楊振良著

牡丹亭研究

俞振飛題

臺灣學生書局印行

圖一　遊　園（張繼青飾）

你道翠生生出落的裙衫兒茜

圖二　寫　眞（張繼青飾）
又怕爲雨爲雲飛去了

圖三　尋　夢（張繼青飾）
少甚麼低就高來粉畫垣

圖四　驚　夢（蔡孟珍・李公律飾）
則為你如花美眷

圖五　驚　夢（今人馬得戲畫）

小生那一處不尋到

劉兩峰生因下占好事遺詞一闋,吐其請云。
夜色映霜楓彩羊橫斜月,閑把素琴消遣芳心誰識,只高山流水淵知音,石邊分香至一法向須七碗香茶勝消渴。
玉則亦歌一曲,弄絕句一首以自抑云。
村落漾蒸霏水晶,枕帳肖引矇朧,吟向綠窗羞傷暮調中,有難寫向鄉,夫、嗟我于期,云不適松精鵲喚。惱人情、高深夜,倚在檐下,轉山香透水絲,漸風吹,餘潮敲窗向,恐訴淵夜空月明。
○其絕句詩云:
月照梅花映女窗,何人窓外訴東風。

杜麗娘慕色還魂

閑向書齋覽古今,罕聞杜女再還魂。
聊將昔日風流事,編作新文勵後人。

話說南宋光宗朝間,有箇官陞授廣東南雄府尹,姓杜名寶,字光輝,進士出身。祖貫山西太原府人。年方五十歲,夫人甄氏,年四十二歲,生一男一女。其女年一十六歲,小字麗娘;男年一十二歲,名喚興文。姊弟二人,俱生得美貌清秀。杜府尹到任半載,請箇教讀,於府中書院內教姊弟二人讀書學禮。不過半年,這士姐聰明伶俐,無書不覽,無史不通。琴棋

何大掄「重刻增補燕居筆記」

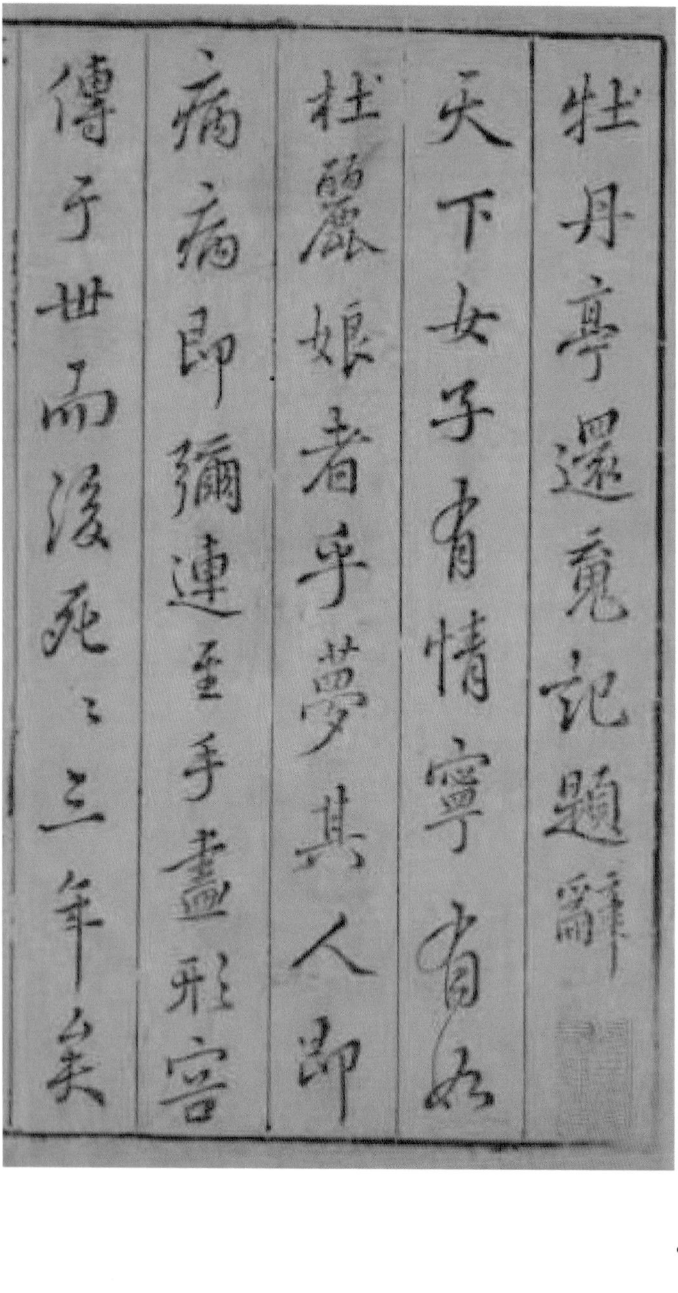
牡丹亭還魂記題辭
天下女子有情寧有如
杜麗娘者乎夢其人即
病病即彌連至手畫形容
傳于世而後死死三年矣

萬曆四十五年刊「牡丹亭還魂記」

重鐫繡像

牡丹亭

懷德堂藏板

明萬曆年間坊刊「重鐫繡像牡丹亭」

吟香堂曲譜 牡丹亭上卷

古吳馮起鳳雲章氏定
男懋才秀林梓

言懷

雙調 眞珠簾

上尺工 工 上尺工 上 尺上 工 上 上尺四合 上尺

河東舊族柳氏名門最

工 尺 工 上 尺 工尺四合 合四 尺上 上 五六 上五 尺上 工 上

論星宿連張帶鬼幾葉到寒儒受雨

四 尺上四合 四 工六 工 尺 尺 上尺 五 五六尺上 上 上五 尺上 四

打風吹漫說書中能富貴顏如玉和

上 上 上尺四 合四 四 四 尺上 上尺 工上 上 尺上 工 尺 工

黃金那里貧薄把人灰且養就這浩

清乾隆五十四年「吟香堂曲譜」

乾隆壬子春鐫

牡丹亭全譜

納書楹藏板

乾隆壬子（五十七）年「納書楹牡丹亭全譜」

暖紅室彙刻牡丹亭還魂記「驚夢」插圖

自序

不論研究中國音樂史或戲劇史，崑曲是不能忽略的一章，因爲就詩詞曲的性質、淵源來看，崑曲，正是勾玄探微的關鍵。瞭解崑曲，應是曲學研究者最基礎、最亟需具備的涵養。

原因在此：崑曲的演唱及搬演有著嚴格的規定，這些規定，在在透露出劇藝的美感思想，以及曲學根本、結構上的問題。比如說，字聲和字韻的轉化與演唱有必然的關係，明代度曲家沈寵綏「度曲須知」所提到「去聲高唱，此在翠字、再字、世字等類，其聲屬陰者，則可耳；若去聲陽字，如被字、淚字、動字等類，初出不嫌稍平，轉腔乃始高唱，則平出去收，字方圓穩；不然，出口便高揭，將『被』涉『貝』音，『動』涉『凍』音，陽去幾訛陰去矣。」；清代戲曲家李漁「閒情偶寄」所云：「曲譜則愈舊愈佳，稍稍趨新，則以毫釐之差，而成千里之謬。」（凜遵曲譜）的說法，均值得接觸戲曲的人一再體味。

值得體味的原因又是甚麼呢？他們的話並不只是說出一個現象，而是說出了一個唱曲者的心聲。轉述現象並不是學問，傳達心聲才是一種歷久彌新的生命學問！

說得明白一點，古人言學，有明體，有達用，戲曲之學，就是一種達用之學，達用之學，不拘泥於死心塌地的閉關潛修；它通過唱演的過程來看人生與時代，詮釋美與善，甚至還面對冷酷卻靈光四射，呈現出一片生命中的恆常眞實。懂得曲學，並不只是搬宮調、談聲韻、研考證，而是如數家珍的明通古今學術，又能字清、腔純、板正的唱出動人心魄的曲子來，當然，這個時代已不易找出這樣程度的大師，但是，至少，整理資料而不接觸戲劇唱念本質的研究態度，無法提昇戲曲的層次，我們大可以不必走上這條歧路！

先說我爲何要選「牡丹亭」這部劇作探討的原因。

如果你曾翻閱過湯顯祖的總集，讀過他的詩作、詞賦、序、記、題詞、上疏，會被深深的感動，一個人能在有生之年完成這麼多的作品，又能學而優則仕，原來，一個成功的人，就是從未浪費一分一秒的生命。我很欣賞湯顯祖的一點：他的詩文器度，顯示他上下與天地同流，他的戲曲劇作，足堪與世俗共處，不同於太多歷史上失意政客落魄文士的寒傖小器，一個人可以在毅然選擇離開官場之後，猶能以戲曲光華主宰數百年的天下人心，就是尙友孔孟聖哲理想的一流人才。

所以，湯顯祖的作品「牡丹亭」，堪稱三百九十年來，令中國崑曲散發古典魅力，也是令無數研究者一再深入探索的一部不朽之作。這部作品，是湯顯祖的「四夢」之一，文字行雲推月，旋律流麗幽雅，思想上除表現生命內部深刻的情調之外，還用抽象與夢幻式的敍述，使人在搖曳盪漾之中，靜定在人物千迴百轉的旖旎裏。於是，以戲成夢，以夢得眞，將近四百年來的歲月裏，有太多的人在舊時社會種種束縛與壓迫下，因觀賞此劇而得到暫時紓解，在咨嗟與寄情的過程中，尋回了自己的本性。同時，也有無數作家在湯顯祖作品中受到「天機」、「靈性」的啓發，去創作劇本、追求眞摯。一九八二年，大陸舉辦了湯顯祖逝世三百六十六周年的學術活動，並出版專刊，更使這位傑出劇作家的成就再次受到歷史的肯定。

一部劇作可以成爲文化的典範，這是不易的，就如同先秦諸子、十三經，是千萬年發掘不盡的寶藏。這裏面有神通智慧，也有音聲相和、前後相隨的完美體製，更有一種非常的雄辯，不可以等閒的才子佳人故事視之，在我們驚覺作者竟能將旋生旋滅的夢境與現實結合，以因緣作爲轉折，化爲眞實恆常之時，不禁低廻凡人平日只有一時浮泛的情感或激情，所以不易形成主導歷史文化的力量。

當然，「道」不因聖哲而增，亦不因凡人而減，「牡丹亭」的戲劇彷彿是一個天道銜接到人間的通道，不斷輸送恆常眞實抽象根原中的天機靈性，啓發人性潛勢，它固然未使道體增加，但它提昇生命心光，折轉來看生命歷程、本質的價值，是完全可以肯定的，因爲，在世上我們永遠面對著人間生滅虛幻的一切，如今經過「牡丹亭」，我們發覺自己仍是眞實與自由，所有的煩惱苦悶束縛，不過只是心態，而非心的本身。

搜抉靈根，才氣煥發，主宰天下人心，格律嚴謹，曲韵天成。這就是我感興趣，並且探索「牡丹亭」的原因！而湯顯祖所云：「天下文章所以有生氣者，全在奇士。士奇則心靈，心靈則能飛動，能飛動則下上天地，來去古今，可以屈伸長短生滅如意，如意則可以無所不如。彼言天地古今之義而不能皆如者，不能自如其意者也。不能如意者，意有所滯，常人也。」（序丘毛伯稿）則爲我在寫作研究中的座右銘！

至於本書後附的譜例整理，希望這是一個比較科學研究唱腔結構流變的起點——如此解讀，才能接觸許多曲律的本質與核心，以勾玄握旨地瞭解戲曲唱腔的規律和添加原則。

一九九一年八月於新店度曲樓

牡丹亭研究目次

第四章　明清以來牡丹亭的搬演及選目

第一章　總論

每一個劇本都會有屬於它自己的精神、藝術呈現的美，以及那一股創作時所灌注的眞。而在中國古典戲劇園地裡，最美最眞，並且雅如幽蘭般的一部戲劇，就當推明代戲劇大師湯顯祖的名著「牡丹亭」了。這個劇本，表現了極大的藝術魅力，用寓意深遠的夢幻世界，寫出杜麗娘所追尋的理想伴侶，懷春慕色，因而以夢爲眞，繼而求之不得，憂鬱成疾，含恨死去，又安排柳夢梅在花園中拾畫，並在依戀畫中人的頻頻叫喚聲中，夢境重開，讓麗娘的靈魂與夢中人相會相愛，由之還魂結爲夫婦。於是，杜麗娘因傷情而死，又因深情而活，全劇環繞著一個「情」字，這個故事，就在一片深情，堅持己愛的氣氛中，令讀者觀者悠悠起了一陣迴旋動盪的感念，在無盡的歷史時空中傳繇下來！

審視這樣一個不朽的劇本，推究其之所以流傳的原因，可注意的是它的題材符合一般人的性情，亦能爲人們宣洩深入寸心的遐想，於是在讀後觀後，便對之驚嘆神往。而另一個原因是夢境並不能在現實出現，然而作者卻藉著戲劇作品將夢境呈示出來，替人們實現渴念與希望，滿足了心靈上的企求。它的劇情，除了詩情畫意，別具慧心，也傳達了生命之所以不朽的答案：「惟有至情可以超生死，忘物我，通眞幻，而永無消滅。」，至於字句之美，聲腔之動人心弦，是作者刻意筆墨，卻又洋溢和諧自然，與當日其他經營愛情的浩繁作品相較，有其不同的芳醇宛然，於是，它不同於光影虛幻的感覺世界，這也正是它能夠以震盪人心的姿態與影響力，而燦爛於人間的主要原因。

我們也來看看此一時期其他名家之作；明代中葉之後，由於社會結構的急遽變化，嘉靖、隆慶、萬曆三朝百年之間（一五二二—一六一九），產生了無數的戲劇作家，而江、浙、湖、廣一帶，亦根據當地的語言和民歌小曲，逐漸形成各自的戲劇聲腔。徐渭在嘉靖卅八年完成的「南詞敍錄」中曾寫到：

> 今唱家稱弋陽腔，則出於江西，兩京、湖南、閩、廣用之。稱餘姚腔者，出於會稽（紹興），常（常州，今武進）、潤（潤州，今丹徒）、池（池州，今貴池）、太（太平，今當塗）、揚（揚州，今江都）、徐（徐州，今銅山）用之。稱海鹽腔者，嘉（嘉興）、湖（湖州，今吳興）、溫（溫州，今永嘉）、臺（臺州，今臨海）用之。惟崑山腔止行於吳中，流麗悠遠，出乎三腔之上，聽之最足蕩人；妓女尤妙此❶。

在這蓬勃的戲劇活動發展下，戲曲編纂、批評、與創作同時進行，文人才子，專逞才情，散齣選本如「群音類選」、「樂府紅珊」、「時調青崑」、「歌林拾翠」、「吳歈萃雅」、「醉怡情」、「彩筆情辭」、「太霞新奏」、「九宮正始」、「風月錦囊」、「詞林逸響」、「南音三籟」、「八能奏錦」、「玉谷新簧」、「怡春錦」、「月露音」；全本戲曲如李開先「改定元賢傳奇」、無名氏「雜劇四段錦」、玉陽仙史「古名家雜劇」、「新續古名家雜劇」、尊生館主人「陽春奏」、臧懋循「元曲選」（一百種）、無名氏「傳奇圖像十種」❷，推波助瀾，將戲曲發展推至最高。

而較有名的傳奇作品，亦如雨後春筍，梁辰魚繼承了魏良輔婉轉輕揚的聲腔成就，撰爲「浣紗記」傳奇❸。這個劇本，以范蠡、西施寫吳越興亡，首齣「家門」、「漢宮春」曲云：「看今古浣紗新記，舊名吳越春秋。」，『新記』二字說明這齣戲劇在於著意創作，而搬演之後，以聲腔別開生面，很快就受到一般文士鍾愛，於是起而效倣，紛紛利用崑腔撰作劇本，一時之間，如辰魚友人張鳳翼編寫「陽春六集」，所謂：「紅拂記」、「祝髮記」、「竊符記」、「灌園記」、「虎符記」、「扊扅記」，並親自化妝，與家人同登氍毹❹，這些，均奠定了崑曲流傳天下，深入民間的基礎。周貽白氏曾於「中國戲曲發展史綱要」第十四章❺，將明代中葉的崑腔劇本分爲三大派別，即崑山派、臨川派、吳江派，各派及作者如下：

崑山派：鄭若庸「玉玦記」，梁辰魚「浣紗記」，梅鼎祚「玉合記」、「長命縷」二種，許自昌「水滸記」，屠隆「彩毫記」、「曇花記」、「修文記」三種，張鳳翼「紅拂記」、「祝髮記」、「虎符記」、「灌園記」四種。

臨川派：湯顯祖「玉茗堂四夢」，吳炳「綠牡丹」、「療妒羹」、「畫中人」、「西園記」、「情郵記」五種，孟稱舜「鴛鴦冢嬌紅記」、「張玉娘貞文記」二種，阮大鋮「燕子箋」、「雙金榜」、「牟尼合」、「春燈謎」四種。

吳江派：沈璟「屬玉堂傳奇」（今存八種），顧大典「青衫記」，沈自晉「翠屛山」、「望湖亭」二種，卜世臣「冬青記」，王驥德「題紅記」，袁晉「西樓記」、「鷫鸘裘」、「金鎖記」三種，馮夢龍「雙雄記」、「萬事足」二種。

此外，周氏又列出介乎「臨川」、「吳江」兩派之間者，爲汪廷訥、范文若、葉憲祖；不介屬於三派者爲：徐復祚、陸采、史槃、陳與郊❻。實際分類雖盡非如此，如王驥德的作品就並非完全屬於吳江派，以其「曲律」一書所提主張，可知王氏論曲看法，偏於「才性」、「辭采」、「聲律」、「情思」❼，但也可由偌多作品，得窺有明一代傳奇創作之繁榮景象❽。湯顯祖的「臨川四夢」，便在這樣一個環境中產生，其間「牡丹亭」一劇，王驥德評曰：「婉麗妖冶，語動刺骨」，又云：「其才情在淺深、濃淡、雅俗之間，爲獨得三昧」，最是曲苑代表之作。故「牡丹亭」之成就亦在於此。

第一節　崑曲史上的一朵奇葩

誠如所言，自魏良輔、梁辰魚而下之劇作家，當以徐渭、湯顯祖並稱❾。按湯顯祖（一五五〇—一六一六），字義仍，號若士、海若，自稱淸遠道人，江西臨川縣人，生於明世宗嘉靖二十九年，卒於明神宗萬曆四十四年。作有傳奇「紫簫記」等。按鄒迪光「湯義仍先生傳」❿謂湯氏「生而穎異不群，體玉立；眉目朗秀，見者嘖嘖曰『湯氏寧馨兒』！五歲能屬對，試之卽應……庚午舉於鄉，年猶弱冠耳。」可知湯氏早負文名，鄒氏之敍云：

> 彼其時，於古文詞而外，能精樂府、歌行、五七言詩；諸史百家而外，通天官、地理、醫藥、卜筮、河渠、墨兵、神經、怪牒諸書矣。……時相蒲州、蘇州兩公，其子皆中進士，皆公

同門友也，意欲要之入幕，酬以館選。而公率不應，亦如其所以拒江陵時者。以樂留都山川，乞得南太常博士。至則閉門距躍，絕不懷半刺津上。擲書萬卷，作蠹魚其中，每至丙夜，聲琅琅不輟。家人笑之：「老博士何以書為？」曰：「吾讀吾書，不問博士與不博士也。」閒策蹇驢，探雨花、木末、烏榜、燕磯、莫愁、秦淮、平陂、長干之勝，而舒之毫楮，都人士展相傳誦，至今紙貴。……公於書無所不讀，而尤攻漢、魏「文選」一書，至掩卷而誦，不訛隻字。於詩若文無所不比擬，而尤精西京、六朝、青蓮、少陵氏。然為西京而非西京，為六朝而非六朝，為青蓮、少陵而非青蓮、少陵，其洗刷排盪之極，直舉秦、漢、晉、唐人語為芻狗，為餕餘，為土苴，而汰之絕糠粃，鎔之絕泥滓，太始玉屑，空濛沆瀣，帝青寶雲，玄涯水碧，不可以物類求，不可以人間語論矣。公又以其緒餘為傳奇，若「紫簫」、「二夢」、「還魂」諸劇，實駕元人而上。每譜一曲，令小史當歌，而自為之和，聲振寥廓，識者謂神仙中人云。

而錢謙益所撰「湯遂昌顯祖傳」⑪又提及：「所居玉茗堂，文史狼籍，賓朋雜坐，雞塒豕圈，接跡庭戶，蕭閒詠歌，俯仰自得。」所以湯氏作品流傳之廣，影響之大，皆得力於其深刻思想內容與開濶豐富的創作經驗。故錢氏又云：

胸中魁壘，陶寫未盡，則發而為詞曲。「四夢」之書，雖復流連風懷，感激物態，要於洗蕩情塵，銷歸空有，則義仍之所存略可見矣。

至於湯氏爲文風格，前人亦有「遺思入神，往往破古」⑫，「文章氣節，嚆矢一時」⑬之論，要皆其讀書務求精密，故看法見地能超人一等且有所發明。劉應秋「徐聞縣貴生書院記」敍述湯顯祖以言事謫尉徐聞⑭，構講堂爲貴生書院，教導學生，其中一則教學記載，說明湯顯祖對古文別具慧眼，亦別有體悟，其語云：

> 義仍自為說，訓諸弟子……譬之水然，太一之所鍾也，萬流之所出也，本自潔直，無有邪穢。湛之久，則不能無易也。方圓曲折，湛於所遇而形易；青黃赤白，湛於所受而色易；鹹淡芳臭，湛於所染而味易。易非性也。易而不能反其本初，則還復宜於自性。人生亦猶是也。故善觀水者，從其無以易水者而已矣；善養生者，去其所以害生者而已矣。心之有欲，如目之有眯，弗祓弗淨；如耳之有楔，弗祓弗除。學也者，所以祓塵、祓楔，而復其聰明之常性者也；是故學不可以已……世間薰天塞地，無非欲海。吾人舉心動念，無非欲根，勢已極矣，學者思一起沈錮之積習，反而偕之大道，自非廓然自信其所以生，而奮然有必為此不為彼之志，欲以廻狂瀾而清濁源，此必不幾之數也。諸弟子業聞義仍貴生之說，有如寐者恍焉覺悟，可不謂旦夕遇之乎！

湯氏「貴生書院說」⑮亦曾說到：「大人之學，起於知生。」、「天地之性大矣，吾何敢以物限之；天下之生久矣，吾安忍以身壞之。書曰：『無起穢以自臭。』言自己心行本香，爲惡則是自臭也。」，至於文內說到「天地之性人爲貴」、「吾前時昧於生理，狎侮甚多。」則能看出湯顯祖的心境由儒轉趨道家。徐朔方先生「湯顯祖年表」⑯列湯氏一生經歷，最能看出此種心境上的轉型，今將其所撰年表迻錄於後：

明世宗嘉靖二十九年（一五五〇）	一歲	舊曆八月十四日 公曆九月廿四日生於江西撫州府臨川縣城東文昌里。
嘉靖四十一年（一五六二）	十三歲	從泰州王艮三傳弟子羅汝芳遊。
嘉靖四十二年（一五六三）	十四歲	補縣諸生。
穆宗隆慶四年（一五七〇）	二十一歲	江西鄉試以第八名中舉。
隆慶五年（一五七一）	二十二歲	春試不第。
神宗萬曆二年（一五七四）	二十五歲	春試不第。
萬曆三年（一五七五）	二十六歲	所著「紅泉逸草」刊於臨川。
萬曆四年（一五七六）	二十七歲	客宣城。與沈懋學、梅鼎祚遊。遊南京國子監。

萬曆五年（一五七七）	二十八歲	首相張居正欲其子及第。羅海內名士以張之。聞湯顯祖及沈懋學名，命諸子延致。顯祖謝勿往。春試不第。沈懋學以一甲一名進士及第，張居正次子嗣修以第二名及第。遊南京國子監。作「廣意賦」，厥後以海若為別號。
萬曆七年（一五七九）	三十歲	「紫簫記」傳奇約為萬曆五年秋至本年秋兩年內作於臨川。
萬曆八年（一五八〇）	三十一歲	不與張居正三子懋信交游。春試不第。張懋修以一甲一名進士及第。張居正長子敬修以二甲十三名登第。遊南京國子監。
萬曆十一年（一五八三）	三十四歲	以第三甲第二百十一名同進士出身。觀政於北京禮部。
萬曆十二年（一五八四）	三十五歲	不受輔臣申時行、張四維招致，出為南京太常寺博士。正七品。
萬曆十三年（一五八五）	三十六歲	吏部驗封郎中以書來，勸與執政通，可陞為吏部主事。作書却之。
萬曆十四年（一五八六）	三十七歲	羅汝芳至南京講學。湯顯祖日往討論。時刑部右侍郎王世貞、太常少卿王世懋並官南京，顯祖且為世懋部屬，以文學主張不同，不相往還。

萬曆十五年（一五八七）	三十八歲	「紫釵記」傳奇成於是年前後。
萬曆十六年（一五八八）	三十九歲	改官南京詹事府主簿。從七品。
萬曆十七年（一五八九）	四十歲	遷南京禮部祠祭司主事。正六品。
萬曆十八年（一五九〇）	四十一歲	初會達觀禪師於南京鄒元標家。
萬曆十九年（一五九一）	四十二歲	上「論輔臣科臣疏」，斥執政。謫廣東徐聞典史，迂道往遊廣東羅浮山。在徐聞建貴生書院。
萬曆二十年（一五九二）	四十三歲	自徐聞歸臨川。
萬曆二十一年（一五九三）	四十四歲	量移浙江遂昌知縣。建相圃書院。
萬曆二十五年（一五九七）	四十八歲	作「感宦籍賦」。為礦稅作「感事」詩。
萬曆二十六年（一五九八）	四十九歲	棄官歸臨川。作「聞都城渴雨時苦攤稅」詩。作「牡丹亭」（還魂記）傳奇。十二月，達觀來訪。

萬曆二十七年（一五九九）	五十歲	夢達觀來書。此後以海若士為別號，一作若士。
萬曆二十八年（一六〇〇）	五十一歲	作「南柯記」傳奇。長子士蘧卒。
萬曆二十九年（一六〇一）	五十二歲	歸家三年後，吏部考察以『浮躁』罷職閒住。作「邯鄲記」傳奇。
萬曆三十年（一六〇二）	五十三歲	李贄於北京獄中自殺，作「嘆卓老詩」哀之。
萬曆三十一年（一六〇三）	五十四歲	達觀禪師於北京監獄被害。作詩「西哭」三首悼之。
萬曆三十三年（一六〇五）	五十六歲	漕運總督李三才自揚州遣使來迎，謝之。
萬曆三十四年（一六〇六）	五十七歲	「玉茗堂文集」刊於南京文棐堂。
萬曆四十二年（一六一四）	六十五歲	作「續棲賢蓮社求友文」。十二月母卒。
萬曆四十三年（一六一五）	六十六歲	正月，父卒。門人許重熙來謁，以文十卷付之。

萬曆四十四年（一六一六）	六十七歲	（舊曆）六月十六日 七月二十九日 逝世。

由年表知「牡丹亭」作於湯氏四十九歲棄官歸臨川之後，此時心境漸平，人生光彩亦因棄官而趨乎淡化，其所熱愛性理之學與戲曲創作，正隨之充塡生活，五十一歲所作「南柯記」與五十二歲時的「邯鄲夢」傳奇，談禪敍道，耐人咀嚼。「邯鄲夢」第卅齣「合仙」•「浪淘沙」，藉著八仙之口，述出人生衆相皆是空幻：

〔漢〕甚麼大姻親，太歲花神。粉骷髏門戶一時新，那崔氏的人兒何處也？你個癡人。
〔生叩頭答介〕我是個癡人。
〔曹〕甚麼大關津，使著錢神。插宮花御酒笑生春，奪取的狀元何處也？你個癡人。
〔生叩頭答介合前〕
〔李〕甚麼大功臣，掘斷河津。為開疆展土害了人民，勒石的功名何處也？你是癡人。
〔生叩頭答介合前〕
〔藍〕甚麼大寃親，竄貶在烟塵。雲陽市斬首潑鮮新，受過的悽惶何處也？你個癡人。
〔生叩頭答介合前〕
〔韓〕甚麼大階勳，賓客塡門。猛金釵十二醉樓春，受用過家園何處也？你個癡人。
〔生叩頭答介合前〕……

至於「南柯記」第廿四齣「風謠」，也透露對理想社會的看法：「征徭薄，米穀多。官民易親風景和。」、「行鄉約，制雅歌，家尊五倫人四科。」、「多風化，無暴苛，俺婚姻以時歌伐柯，家家老小和。」、「平稅課，不起科，商人離家來安樂窩，關津任你過，晝夜總無他。」，明・呂天成「曲品」列湯氏傳奇爲「上上品」⑰，其文云：

湯奉常，絕代奇才，冠世博學。周旋狂社，坎坷宦途。當陽之謫初還，彭澤之腰乍折。情癡一種，固屬天生；才思萬端，似挾靈氣。搜奇八索，字抽鬼泣之文；摘豔六朝，句疊花翻之韻。紅泉秘館，春風檀板敲聲；玉茗華堂，夜月湘簾飄馥。麗藻憑巧腸而濬發，幽情逐彩筆以紛飛。蘧然破噩夢於仙禪，皭矣銷塵情於酒色。熟拈元劇，故琢調之妍媚賞心；妙選生題，致賦景之新奇悅目。不事刁斗，飛將軍之用兵；亂墜天花，老生公之說法。原非學力所及，洵是天資不凡。

而在其書「新傳奇品」內，於「湯海若所著五本」各有評隲，將湯氏傳奇特色說明無遺：

「紫簫」：琢調鮮美，鍊白駢麗。向傳先生作酒色財氣四犯，有所諷刺，是非頓起，作此以掩之。僅成半本而罷。覺太曼衍，留此清唱可耳。

「紫釵」：仍「紫簫」者不多，然猶帶靡縟。描寫閨婦怨夫之情，備極嬌苦，直堪下淚。真絕技也。

> 「還魂」：杜麗娘事，甚奇。而着意發揮，懷春慕色之情，驚心動魄，且巧妙叠出，無境不新，真堪千古矣。
>
> 「南柯夢」：酒色武夫，迺從夢境證佛，此先生妙旨也。眼闊手高，字句超秀。方諸生極賞其登城北詞，不減王、鄭，良然，良然！
>
> 「邯鄲夢」：窮士得意，興盡可仙。先生提醒普天下措大，功德不淺。卽夢中苦樂之致，猶令觀者神搖，莫能自主。

「牡丹亭」是這許多劇本中最具藝術價值者，湯顯祖為不朽者亦以此劇。雖然，「牡丹亭」承襲於古代話本及各種民間故事傳說[18]，然而終能以鎔裁之筆，化他人文字於其筆下。其實，「四夢」皆是將古人故事再現於世，然而卻脫胎換骨，以藝術加工的處理方式，寓予深意，進行自我創造，並以各種不同的觀點來觀察人世，也透過創作來提供人們靈思，故能影響深刻。

近人研究湯顯祖者，頗以湯顯祖與西方文豪莎士比亞相比，如徐朔方先生曾云：

> 舉具體的作品卽湯顯祖的『牡丹亭』同莎士比亞的『羅密歐與朱麗葉』為例。『牡丹亭』是湯顯祖最好的戲曲，『羅密歐與朱麗葉』却是莎士比亞的早期作品。論悲劇，批評家幾乎一致認為它次於『漢姆萊脫』、『奧賽羅』、『李爾王』、『麥克佩斯』。

這段文字雖然沒有牽涉問題的重心，卻以二人相提並論。徐氏此篇文章，以二人當時社會思潮及文辭上比較，內容及所下定語牽強[19]，不過，有人以「東方莎翁」以譽顯祖，誠是湯氏在戲曲上應有之成就。

「四夢」最大的藝術特徵，就是湯顯祖皆以「夢」來表現藝術性，而「夢」又爲各劇之關鍵。湯顯祖亦在「復甘義麓」中說：「因情成夢，因夢成戲」，故牡丹亭之中，麗娘在夢中尋得了愛情，然而卻在夢醒之後失落，此爲牡丹亭五十五齣關鍵之處[20]，由之發展出以後劇情。於是全劇再環繞此一「情」字，由之深入發展。至於有關本劇文字風格，李漁「閒情偶寄」·「詞采」曾就「牡丹亭」字句予以說明製曲塡詞之理，其文云：

> 「驚夢」首句云：「裊晴絲吹來閒庭院，搖漾春如線。」以遊絲一縷，逗起情絲，發端一語，卽費如許深心，可謂慘澹經營矣。然聽歌牡丹亭者，百人之中，有一二人解出此意否？若謂製曲初心，並不在此，不過因所見以起興，則瞥見遊絲，不妨直說，何須曲而又曲？由「晴絲」而說及春，由春與「晴絲」，而悟其如線也。若云：「作此原有深心」，則恐索解人不易得矣。索解人既不易得，又何必奏之歌筵，俾雅人俗子，同聞而共見乎？其餘「停半晌，整花鈿，沒揣菱花，偷人半面。」及「良辰美景奈何天，賞心樂事誰家院，遍青山，啼紅了杜鵑。」等語，字字俱費經營，字字皆欠明爽，此等妙語，止可作文字觀，不得作傳奇觀……而予最賞心者，不專在驚夢尋夢二折，謂其心花筆蕊，散見於前後各折之中：「診祟」曲云：「看你春歸何處歸，春睡何曾睡，氣絲兒，怎度的長天日……」；

「憶女」曲云：「地老天昏，沒處把老娘安頓……」此等曲，則純乎元人，置之百種前後，幾不能辨。以其意深詞淺，全無一毫書本氣也。

這段文字說明李漁的戲劇觀念是崇尚本色，認爲「字字俱費經營，字字皆欠明爽」者，雖是妙語，但畢竟是曲高和寡，所以他說這種曲詞「止可作文字觀，不得作傳奇觀」，但就笠翁下文所說「牡丹亭」予其最賞心的是「心花筆蕊，散見於前後各折之中」，顯示他仍極爲激賞湯作。其實，湯顯祖也一直以「意深詞淺」的方式創作傳奇，其數本代表作固不待言，就其評論他劇之語，如「焚香記總評」一文云：

> 其填詞皆尚真色，所以入人最深，遂令後世之聽者淚，讀者顰，無情者心動，有情者腸裂。

「牡丹亭」的文字確乎做到了狀難言之情於目前，也使一個愛情故事成爲一齣最動人心魄的戲劇。湯顯祖是個不世出的天才，原因就在於他把不可捉摸的人生、輕柔的夢境結合在一起，讓人們把所有不愉快的心與空虛感放下，透過「牡丹亭」，見到人間的希望、美好、理想，而書也成爲那個時代浪漫思潮作品的極峰，後代戲曲優美的範本，不休止的將盎然生機延伸下來！

第二節　牡丹亭故事探源

「牡丹亭」膾炙人口，其故事爲前有所承抑或新創？許多文人均爲探索牡丹亭故事藍本，提出個人看法。而湯氏本人，亦曾於題詞之內敍及，今分別述之如后：

(一)　起於李仲文、馮孝將、談生之說

這個說法，源於湯氏自己在「牡丹亭題詞」中述及，署名「清遠道人」[21]的情節，其文云：

> 天下女子有情，寧有如杜麗娘者乎！夢其人卽病，病卽彌連，至手畫形容，傳于世而後死。死三年矣，復能溟莫中求得其所夢者而生。如麗娘者，乃可謂之有情人耳。情不知所起，一往而深。生者可以死，死可以生。生而不可與死，死而不可復生者，皆非情之至也。夢中之情，何必非真？天下豈少夢中之人耶！必因薦枕而成親，待掛冠而為密者，皆形骸之論也。傳杜太守事者，彷佛晉武都守李仲文，廣州守馮孝將兒女事，予稍為更而演之。至于杜守收拷柳生，亦如漢睢陽王收拷談生也。嗟夫！人世之事，非人世所可盡。自非通人恒以理相格耳！第云理之所必無，安知情之所必有邪！

「曲海總目提要」繼承了這個說法，其「還魂記」條說：

> 柳夢梅與杜麗娘夢中相遇於牡丹亭，本無此事。顯祖作傳奇四種：牡丹亭、邯鄲夢、紫釵、南柯，相傳謂之「四夢」，此記尤為人所指名。其大略見「漢宮春」詞云：「杜寶黃堂，生麗娘小姐，愛踏春陽。感夢書生折柳，竟為情傷；寫真留記，葬梅花道院淒涼。三年上，有夢梅柳子，於此賦高唐。果爾回生定配，赴臨安取試，寇起淮揚。正把杜公圍困，小姐驚惶。教柳郎行探，反遭疑激惱平章。風流況，施刑正苦，報中狀元郎。」標目云：「杜小姐夢寫丹青記。陳教授說下梨花槍。柳秀才偷載回生女，杜平章刁打狀元郎。」首尾粗具於此。其「驚夢」、「尋夢」、「寫真」、「悼殤」、「冥判」、「拾畫」、「玩真」、「幽媾」、「冥誓」、「回生」、「折寇」、「鬧宴」、「硬拷」、「圓駕」等折，流傳衆口，莫不豔稱。皆係虛空結構。自序云：「傳杜太守事者，彷彿晉武都守李仲文、廣州守馮孝將兒女事。予稍為更而演之。杜守收考柳生，亦如睢陽王收考談生也。」然其言外或別有寄寓。

可說是完全抄錄自湯氏「題詞」的文字，無甚改變，且認爲是「虛空結構」以成劇情，其中，李仲文與馮孝將故事分見如下：

甲、李仲文（見「張子長」條）

晉時，武都太守李仲文，在郡喪女，年十八，權假葬郡城北。有張世之代為郡。世之男字子長，年二十，侍從在廨中，夢一女，年可十七八，顏色不常。自言：前府尹女，不幸早亡，會今當更生，心相愛樂，故來相見就。如此五六夕，忽然晝見，衣服薰香殊絕，遂為夫婦，寢息，衣皆有洿，如處女焉。後仲文遣婢視女墓，因過世之婦相問。入廨中，見此女一只履在子長床下，取之啼泣，呼言發冢。持履歸以示仲文。仲文驚愕，遣問世之：君兒何由得亡女履邪？世之呼問，兒具陳本末。李、張並謂可怪，發棺視之，女體已生肉，顏姿如故，惟右脚有履。子長夢女曰：「我比得生，今為所發，自爾之後，遂死肉爛，不得生矣，萬恨之心，當復何言。」泣涕而別。（「太平廣記」卷三百十九引「法苑珠林」）[22]

乙、馮孝將

㈠

廣平太守馮孝將，男馬子，夢一女人，年十八九歲，言我乃前太守徐玄方之女，不幸早亡，亡來四年，為鬼所枉殺。按生籙，乃壽至八十餘，今聽我更生，還為君妻，能見聘否？馬子掘開棺視之，其女已活，遂為夫婦。（「太平廣記」卷二百七十六引「幽明錄」）

㈡

東晉馮孝將，廣州太守，兒名馬子，年二十餘，獨臥廐中，夜夢見女子，年十八九，言：「我是太守北海徐元方女，不幸為鬼所殺，按生錄，當年八十餘，聽我更生，又應為君妻，要當有依憑，乃得活，能從所委見救不？」馬子曰：「可！」與馬尅期當出，拜敎以出之養之之法。至期，馬子屛左右，以丹雄雞一頭，飯一盂，酒一升，陳之，去廨十餘步所，祭訖，掘棺出，開視，女身體完好如故，抱置帳中，惟心下微煖，口鼻微有息而已。常以青羊乳汁瀝其目，始開口，能咽粥，漸亦能語。二百日，持杖起行，既一期，肌膚氣力悉如常，乃遣報徐氏，上下盡集，選吉日下禮，聘為夫婦，生二男一女焉。（花朝生筆記）㉓

而談生的事蹟，見於「太平廣記」卷三百十六所引「列異傳」：（復見「搜神記」卷十六）

談生者，年四十，無婦，常感激讀書。忽夜半，有女子，年可十五六，姿顏服飾，天下無雙，來就生為夫婦。乃言：「我與人不同，勿以火照我也，三年之後，方可照。」生一兒，已二歲，不能忍，夜伺其寢後，盜照視之，其腰已上，生肉如人，腰下，但有枯骨。婦覺，遂言曰：「君負我，我垂生矣，何不能忍一歲，而竟相照也。」生辭謝，涕泣不可復止。云：「與君雖大義永離，然顧念我兒，若貧不能自偕活者，暫隨我去，方遺君物。」生隨之去，入華堂，室宇器物不凡，以一珠袍與之。曰：「可以自給。」裂取生衣裾，留之而去。後生持袍詣市，睢陽王家買之，得錢千萬。王識之曰：「是我女袍，此必發墓。」乃取拷之。生具以實對，王猶不信，乃視女塚，塚完如故。發視之，果棺蓋下得衣裾。呼其兒，正類王女，王乃信之，卽召談生，復賜遺衣，以為主婿，表其兒以為侍中。

此外，清人焦循「劇說」，俞樾「茶香室叢鈔」均引郭象「睽車志」，認爲其中情節與牡丹亭的父女不肯相認，夢梅與還生後的麗娘相偕生活有關㉔。所謂起於「馬絢娘」說，其故事概說引郭象所言述之於下：

有士人寓三衢佛寺，忽有女子，夜入其室。詢其所從來，輒云：「所居在此。」詰其姓氏，卽不答，且云：「相慕而來，何乃見疑？」士人惑之。自此比夜而至。第詰之，終不言。居月餘，士人復詰之，女子乃曰：「方將自陳，君宜勿訝。我實非人，然亦非鬼也，乃數政前郡倅馬公之第幾女，小字絢娘，死于公廨，叢葬于此，卽君所居之鄰空室是也。然將還生，得接燕寢之夕，今體已甦矣。君可具斤鍤，夜密發棺，我自于中相助。然棺既開，則不復能施力矣，當憒然如熟寐，君但逼我，連呼我小字及行第，當徐開目，卽擁致臥榻，飲之醇酒，令放安寢，既寤，卽復生矣。君能相從，再生之日，君之賜也，誓終身奉箕帚。」士人如其言，果再生之。曰：「此不可居矣。」脫金把臂，俾士人辦裝，與俱遁去。轉徙湘湖間。數年，生二子。其後馬倅來視，遷葬此女，視殯有損，棺空無物，大驚。聞官，盡逮寺僧鞠之，莫知所從。馬亦疑若為盜發取金帛，則不應失其屍。有一僧，默念數歲前，士人鄰居久之，不告而去。物色訪之，得之湘湖間。士人先子然，後疑其有妻子，問其所娶，則云馬氏女也。因逮士人，問得妻之由。女曰：「可並以我書寄父，業已委身從人，惟父母勿念。」父得書，真其亡女手札，遣老僕往視。女出與語，問家人良苦，無一遺誤，士人略述本末，而隱其發棺一事。馬亦惡其涉怪，不復終詰，亦忌見其女，第遣人問勞之而已。（郭象「睽車志」卷四「馬絢娘」）

㈡　起於「倩女離魂」之說

這個說法，見於孟稱舜的「柳枝集」、宋犖「西陂類稿」，以及焦循「劇說」㉕。按「倩女離魂」之事，「太平廣記」曾引錄，記爲大歷時人陳玄祐所撰，而「異聞集」及「綠窗新語」亦有記載。元人鄭光祖有「倩女離魂」雜劇。之所以有此說法，以牡丹亭名爲「還魂記」，而第四十八齣「遇母」亦有：「論魂離倩女是有，知他三年外靈骸怎全？」之句。今將太平廣記卷三百五十八「王宙」逐錄於下：

> 天授三年，清河張鎰因官家于衡州。性簡靜，寡知友。無子，有女二人，其長早亡，幼女倩娘，端妍絕倫。鎰外甥太原王宙，幼聰悟，美容範。鎰常器重，每曰：「他時當以倩娘妻之。」後各長成，宙與倩娘常私感想于寤寐，家人莫知其狀。後有賓寮之選者求之，鎰許焉。女聞而鬱抑。宙亦深恚恨，托以當調，請赴京。止之不可，遂厚遣之。宙陰恨悲慟，訣別上船。日暮，至山郭數里。夜方半，宙不寐，忽聞岸上有一人行聲甚速。須臾，至船。問之乃倩娘，徒行跣足而至。宙驚喜欲狂，執手問其從來。泣曰：「君厚意如此，寢食相感！今將奪我此志，又知君深情不易，思將殺身奉報，是以亡命來奔。」宙非意所望，欣躍特甚。遂匿倩娘于船，連夜遁去，倍道兼行，數月至蜀。凡五年，生兩子，與鎰絕信。

> 其妻常思父母，涕泣言曰：「吾曩日不能相負，棄大義而來奔君。向今五年，恩慈間阻，覆載之下，胡顏獨存也？」宙哀之，曰：「將歸，無苦。」遂俱歸衡州。既至，宙獨身先至鎰家，首謝其事。鎰曰：「倩娘病在閨中數年，何其詭說也。」宙曰：「見在舟中。」鎰大驚，促使人驗之。果見倩娘在船中，顏色怡暢，訊使者曰：「大人安否？」家人異之。疾走報鎰。室中女聞，喜而起，飾裝更衣，笑而不語，出與相迎，翕然而合為一體，其衣裳皆重。其家以事不正，秘之，惟親戚間有潛知之者。後四十年間，夫妻皆喪。二男並孝廉擢第，至丞尉。事出陳玄祐離魂記云。

說明倩娘之魂因追求至愛而離體，與王宙共同生活五年，而後因思親返家探望，與長臥床褥的肉身結合為一，因有「離魂」的浪漫主義色彩，故後人將「牡丹亭」與之比附。

(三) 起於「碧桃花」說

是說見於焦循「劇說」：

> 玉茗之「還魂記」，亦本「碧桃花」、「倩女離魂」而為之也。

按：「碧桃花」故事，元雜劇有無名氏作品四折，原名為：「薩眞人夜斷碧桃花」，其第二折「幽會」、第三折「夜斷」，分別與牡丹亭「幽媾」、「冥判」情節近似[26]，「碧桃花」的故事內容，根據「曲海總目提要」敍述，迻錄於下：

東京張珪為廣東潮陽縣縣丞，有子曰道南，博通經史，人皆許為國器。知縣徐端，亦東京人，有女名碧桃，許字道南而未婚。時三月牡丹盛開，珪治具邀端夫婦相賞，而碧桃與婢游於後園。適道南有白鸚鵡飛過園中，道南踰牆覓鸚鵡，與碧桃遇。甫相見而端夫婦歸，見女與道南語，怒責其女越禮。碧桃憤極而死，即葬園中。後端致仕，珪任滿還京，道南應舉得第，授潮陽縣知縣。赴任至園，見碧桃花盛開，追思舊游，誦崔護「桃花人面」句，憶碧桃不置。夜，見花陰一女子殊麗，詢之，則但云鄰家女，而不道姓名。道南悅之，贈以詞，女收去。自此往來甚密，而道南得危疾，醫藥罔效。珪聞有薩真人者，行五雷法，延請禳禱。真人結壇作法，攝碧桃詰責。碧桃詳告云：「生前與道南遇，沒葬園中，陰府以陽壽未絕放回，而屋舍已壞，道南至此相見，贈詞致病，非無端作魅也。」真人為檢姻緣簿，知與道南當復合，而碧桃之妹玉蘭，又當祿盡，乃假玉蘭之身，使碧桃附之還魂。適端欲以次女玉蘭與道南續舊好，而玉蘭暴亡。比甦，則自稱碧桃，敍前事歷歷。真人亦為珪道其詳。道南疾亦愈，遂再合姻緣，為白頭夫婦。（卷四）

此說謂碧桃與道南偶遇相語，爲父母撞見產生誤會，以致憤極而死，後借其妹玉蘭之身還魂，與道南爲夫婦。

(四) 起於「眞眞故事」說

「牡丹亭」第十四齣「寫眞」有〔尾犯序〕曲牌：

心喜轉心焦。喜的明妝儼雅，仙珮飄颻。則怕呵，把俺年深色淺，當了箇金屋藏嬌。虛勞，寄春容敎誰淚落，做真真無人喚叫。

蔣瑞藻「小說考證」一書卷四考證如下：

「堅瓠集」載明時有一木姓秀才，年少學博，倜儻好義，與其父執杜姓之女有白頭約。女父微有所聞，頗重茂才為人；然以其屢試不售，思擇配豪門以絕木。女偵知之，遂仰藥死。父檢其囊篋，得美人圖一帙，則女自描之小像也。題詩有「不在梅邊在柳邊」語，蓋隱示木字之意。杜恐醜事宣播，遂草草殮之，而厝於後園之牡丹亭側。數年後，杜就撫軍之職。忽一日，茂才來謁，席間出舊畫一軸求售，展視之，則女之殉葬物也。疑茂才為竊塚者，撻之不認，遂囚之，並欲送刑部而嚴懲焉。會有送登科錄者至，啓視之，第一名乃茂才名，籍貫年歲，皆無少異，不得已而釋之。越月，茂才帥其妻來見杜，以其輕薄也，愈不欲見。事為杜夫人所聞，私遣婢女窺之，則確為己女，乃言於杜。翁婿始歸於和好，始知前者女死，皆詐術也。湯玉茗譜「牡丹亭」，未必真有所本；果其有之，情節最與此事吻合，亦當在此不在彼。曲園引「睽車志」證之，未必然也。

又引「慵傭羼抹」云：

> 畫裡真真故事，往往見諸詞章，而或不知其所本。按范石湖詩註：進士趙顏，得一軟障，圖一婦人甚麗。工曰：「余神畫也，此名真真，呼其名百日卽應。」顏如其言，遂下步，飲食言語如常。生一兒，友人曰：「此妖也。」真真乃泣曰：「妾南岳地仙，今疑妾，不可住矣。」攜其子卻上軟障，障上圖畫中，卽添一孩子。說太離奇，本不足為典實，然詞家旣習用其事，不妨姑妄聽之。或謂湯玉茗「牡丹亭」傳奇，乃暗從此事脫胎者。

由故事情節的比對，可發現「寫眞」一齣內只是杜麗娘將自己比作「眞眞」，如說此劇全因「眞眞故事」而起，並非確論。

以上各種起源之說，比對之餘，極易了解，然則若指某說卽爲「牡丹亭」之創作原因暨某類故事卽其藍本，均爲淺直之論。且又清楚明白可發現：湯顯祖結合各種說部，用錯綜及善於鋪排方式，將故事所欲寄託之事一一湧現，並不附於固定之處。

然則，上述各說法亦無可厚非。在中國古典文學研究的舊傳統中，最尋常之觀察角度，就是先講求一作品內的「用典」與「出處」，然而，許多人卻始終環繞於故典之內，以致繫乎故典之間產生的糾結，妨礙了研究作品的反映深意與表達之旨。所謂「藍本」，實另有源頭，即「杜麗娘慕色還魂話本」，即於下節言之。

㈤ 牡丹亭的寫作藍本——「杜麗娘慕色還魂」話本

探索牡丹亭的藍本問題，近代以來的研究情形已如上述。不過皆未接觸核心。這個問題一直到一九五八年，才有了初步的推測。學者譚正璧於晁瑮的「寶文堂書目」內發現「杜麗娘記」，並撰述「傳奇『牡丹亭』和話本『杜麗娘記』」一文，發表於一九五八年四月廿七日「光明日報」上㉗。認爲晁氏書目所著錄的「杜麗娘記」可能就是湯氏「牡丹亭」寫作的藍本㉘。按：晁瑮字君石，號春陵，爲嘉靖時進士，官至國子監司業，藏書頗豐，「寶文堂書目」即其藏書目錄。孫楷第「中國通俗小說書目」就其中子部雜類登錄一一二種，後來譚氏亦在「話本與古劇」一書「寶文堂藏宋元明人話本考」㉙節提及，其文云：「晁氏在世年代前于湯氏數十年，這篇話本當作於『牡丹亭還魂記』之先，我另有文考證㉚。牡丹亭故事本濫觴於『列異傳』的談生與王氏女事，但話本與傳奇都以屬之柳夢梅與杜麗娘。敍麗娘因傷春夢與夢梅結爲夫婦，醒來後鬱鬱而死。後其陰魂與夢梅相遇，囑其開棺，當得復活，夢梅依言，果得爲夫婦。以後歷經波折，麗娘卒與父母相會，而夢梅亦中了狀元。」

但是，譚氏並未見原書，僅憑臆測推斷，且牡丹亭的研究也僅是增添了一條資料而已。一九六三年，姜志雄在北京大學圖書館發現了何大掄本「燕居筆記」，該書爲木版寫刻本，凡六册，前有扉頁，題：「重刻增補燕居筆記，口盛堂……（梓）行」，欄卷首署名「金陵書林李澄源」；正文每頁分上下欄，中間以橫線隔開。上下欄編排各自獨立，各有十卷，上欄每半頁十五行，每行十四字，下欄每半頁十三行，每行十五字。「杜麗娘慕色還魂」話本刊在下欄卷九中，且經孫楷第證實，與日本東京所見何本「燕居筆記」相同，姜氏隨即發表「一個有關『牡丹亭』傳奇的話本」，刊於「北京大學學報」一九六三年第六期。文章中指出：湯氏「牡丹亭」、「驚夢」一齣，其賓白十之八九皆是話本原句；而「鬧殤」等齣之賓白亦然，肯定：「湯顯祖的『牡丹亭』傳奇乃據話本擴大改作而成。」㉛胡士瑩「話本小說概論」第十三章「明代話本的著錄和敍錄」刊有「杜麗娘慕色還魂」的全文，其全文如後：

閑向書齋覽古今，罕聞杜女再還魂。
聊將昔日風流事，編作新聞勵後人。

話說南宋光宗朝間，有個官升授廣東南雄府尹，姓杜名寶字光輝，進士出身，祖貫山西太原府人，年五十歲。夫人甄氏，年四十二歲，生一男一女；其女年一十六歲，小字麗娘，男年一十二歲，名喚興文，姊弟二人俱生得美貌清秀。杜府尹到任半載，請個教讀，於府中書院內教姊弟二人讀書學禮。不過半年，這小姐聰明伶俐，無書不覽，無史不通，琴棋書畫，嘲風咏月，女工針指，靡不精曉。府中人皆稱為女秀才。

忽一日，正值季春三月中，景色融和，乍晴乍雨天氣，不寒不冷時光，這小姐帶一侍婢名喚春香，年十歲，同往本府後花園中遊賞，信步行至花園內，但見：

「假山真水，翠竹奇花，普環碧沼，傍栽楊柳綠依依，森聳青峰，側畔桃花紅灼灼。雙雙粉蝶穿花，對對蜻蜓點水。梁間紫燕呢喃，柳上黃鶯睍睆。縱目台亭池館，幾多瑞草奇葩。

端的有四時不謝之花，果然是八節長春之草。」

這小姐觀之不足，觸景傷情，心中不樂，急回香閣中，獨坐無聊，感春暮景，俯首沉吟而嘆曰：「春色惱人，信有之乎？常見詩詞樂府，古之女子，因春感情，遇秋成恨，誠不謬矣。吾今年已二八，未逢折桂之夫，感慕景情，怎得蟾宮之客。昔日郭華偶逢月英，張生得遇崔氏，曾有《鍾情麗集》、《嬌紅記》二書，此佳人才子，前以密約偷期，似皆一成秦晉。嗟呼，吾生於宦族，長在名門，年已及笄，不得早成佳配，誠為虛度青春，光陰如過隙耳。」嘆息久之，曰：「可惜妾身，顏色如花，豈料命如一葉耶？」遂凭几晝眠，才方合眼，忽見一書生年方弱冠，丰姿俊秀，於園內折楊柳一枝，笑謂小姐曰：「姐姐既能通書史，可作詩以賞之乎？」小姐欲答，又驚又喜，不敢輕言，心中自忖，素昧平生，不知姓名，何敢輒入於此。正如此思間，只見那書生向前將小姐摟抱去牡丹亭畔，芍藥欄邊，共成雲雨之歡娛，兩情和合，忽值母親至房中喚醒，一身冷汗，乃是南柯一夢。忙起身參母，禮畢，夫人問曰：「我兒何不做些針指，或觀翫書史，消遣亦可，因何晝寢於此？」小姐答曰：「兒適在花園中閑玩，忽值春暄惱人，故此回房，無可消遣，不覺困倦少息，有失迎接，望母親恕兒之罪。」夫人曰：「孩兒，這後花園中冷靜，少去閑行。」小姐曰：「領母親嚴命。」道罷，夫人與小姐同回至中堂飯罷。這小姐口中雖如此答應，心內思想夢中之事，未嘗放懷，行坐不寧，自覺如有所失，飲食少思，淚眼汪汪，至晚不食而睡。次早飯罷，獨坐後花園中，閑看夢中所遇書生之處，冷靜寂寥，杳無人迹。忽見一株大梅樹，梅子磊磊可愛，其樹矮如傘蓋。小姐走至樹下，甚喜而言曰：「我若死後得葬於此幸矣。」道罷回房，與小婢春香曰：「我死，當葬於梅樹下，記之記之！」次早，小姐臨鏡梳妝，自覺容顏清減，命春香取文房四寶至鏡台邊，自畫一小影，紅裙綠襖，環珮玎璫，翠翹金鳳，宛然如活，以鏡對容，相像無一，心甚喜之，命弟將出衙去裱背店中裱成一幅小小行樂圖，將來掛在香房內，日夕觀之。一日，偶成詩一絕，自題於圖上：

近睹分明似儼然，遠觀自在若飛仙。
他年得傍蟾宮客，不在梅邊在柳邊。

詩罷，思慕夢中相遇書生，曾折柳一枝，莫非所適之夫姓柳乎？故有此警報耳。

自此麗娘慕色之甚，靜坐香房，轉添淒慘，心頭發熱，不疼不痛，春情難遏，朝暮思之，執迷一性，懨懨成病，時年二十一歲矣。父母見女患病，求醫罔效，問佛無靈，自春至秋，所嫌者金風送暑，玉露生涼，秋雨瀟瀟，生寒徹骨，轉加沉重。小姐自料不久，令春香請母至床前，含淚痛泣曰：「不孝逆女，不能奉父母養育之恩，今忽夭亡，為天之數也。如我死後，望母親埋葬於後園梅樹之下，平生願足矣。」囑罷，哽咽而卒，時八月十五也。母大痛，命具棺槨衣衾收殮畢，乃與杜府尹曰：「女孩兒命終時分付要葬於後園梅樹之下，不可逆其所願。」這杜府尹依夫人言，遂命葬之。其母哀痛，朝夕思之，光陰迅速，不覺三年任滿，使官新府尹已到，杜府尹收拾行裝，與夫人幷衙內杜文與一同下船回京，聽其別選，不在話下。

且說新府尹姓柳名恩，乃四川成都府人，年四十，夫人何氏，年三十六歲。夫妻恩愛，止生一子，年一十八歲，喚作柳夢梅，因母夢見食梅而有孕，故此為名。其子學問淵源，琴棋書畫，下筆成文，隨父來南雄府，上任之後，詞清訟簡，這柳衙內因收拾後房，於草茅雜沓之中，獲得一幅小畫，展開看時，却是一幅美人圖，畫得十分容貌，宛如姮娥。柳衙內大喜，將去掛在書院之中，早晚看之不已。忽日，偶讀上面四句詩，詳其備細，「此是人家女子行樂圖也，何言不在梅邊在柳邊，此乃奇哉怪事也。」拈起筆來，亦題一絕以和其韻，詩曰：

　　貌若嫦娥出自然，不是天仙是地仙。
　　若得降臨同一宿，海誓山盟在枕邊。

詩罷，嘆賞久之。却好天晚，這柳衙內因想畫上女子，心中不樂，正是不見此情情不動，自思何時得此女會合，恰似望梅止渴，畫餅充飢，懶觀經史，明燭和衣而臥，翻來覆去，永睡不着，細聽譙樓已打三更，自覺房中寒風習習，香氣襲人。衙內披衣而起，忽聞門外有人扣門，衙內問之而不答，少頃又扣，如此者三次，衙內開了書院門，燈下看時，見一女子，生得雲鬢輕梳蟬翼，柳眉顰蹙春山。其女趨入書院，衙內急掩其門，這女子斂衽向前，深深道個萬福。衙內驚喜相半，答禮曰：「妝前誰氏，原來黃夜至此。」那女子啓一點朱唇，露雨行碎玉答曰：「妾乃府西鄰家女也，因慕衙內之丰采，故奔至此，願與衙內成秦晉之歡，未知肯容納否？」這衙內笑而言曰：「美人見愛，小生喜出望外，何敢却也？」遂與女子解衣滅燭，歸於帳內，效夫婦之禮，盡魚水之歡。少頃，雲收雨散，女子笑謂柳生曰：「妾有一言相懇，望郎勿責。」柳生笑而答曰：「賢卿有話，但說無妨。」女子含笑曰：「妾千金之軀，一旦付於郎矣，勿負奴心，每夜得共枕席，平生之願足矣。」

柳生笑而答曰：「賢卿有心戀於小生，小生豈敢忘於賢卿乎？但不知姐姐姓甚何名？」女答曰：「妾乃府西鄰家女也。」言未絕，鷄鳴五更，曙色將分，女子整衣趨出院門，柳生急起送之，不知所往。至次夜，又至，柳生再三詢問姓名，女又以前意答應，如此十餘夜。一夜，柳生與女子共枕而問曰：「賢卿不以實告於我，我不與汝和諧，白於父母，取責汝家。汝可實言姓氏，待小生稟於父母，使媒妁聘汝為妻，以成百年夫婦，此不美哉？」女子笑而不言，被柳生再三促迫不過，只得含淚而言曰：「衙內勿驚，妾乃前任杜知府之女杜麗娘也。年十八歲，未曾適人，因慕情色，懷恨而逝，妾在日常所愛者後園梅樹，臨終遺囑於母，令葬妾於樹下，今已一年，一靈不散，尸首不壞，因與郎有宿世緣姻未絕，郎得妾之小影，故不避嫌疑，以遂枕席之歡。蒙君見憐，君若不棄幻體，可將妾之衷情，告稟二位椿萱，來日可到後園梅樹下，發棺視之，妾必還魂與郎共為百年夫婦矣。」這衙內聽罷，毛髮悚然，失驚而問曰：「果是如此，來日發棺視之。」道罷，已是五更，女子整衣而起，再三叮嚀：「可急視之，請勿自誤，如若不然，妾事已露，不復再至矣，望郎留心，勿使可惜矣。妾不得復生，必痛恨於九泉之下也。」言訖，化清風而不見。

柳生至次日飯後，入中堂稟於母，母不信有此事，乃請柳府尹說知。府尹曰：「要知明白，但問府中舊吏門子人等，必知詳細。」當時柳府尹交喚舊吏人等問之，果有杜知府之女杜麗娘葬於後園梅樹之下，今已一年矣。柳知府聽罷驚異，急喚人夫同去後園梅樹下掘開，果見棺木，揭開蓋棺板，衆人視之，面顏儼然如活一般。柳知府教人燒湯，移屍於密室之中，卽令養娘侍婢脫去衣服，用香湯沐浴洗之，霎時之間，身體微動，鳳眼微開，漸漸蘇醒。這柳夫人教取新衣服穿了。這女子三魂再至，七魄重生，立身起來，柳相公與柳夫人幷衙內看時，但見身材柔軟，有如芍藥倚欄干，翠黛雙垂，宛似桃花含宿雨。好似浴罷的西施，宛如沉醉的楊妃。這衙內看罷，不勝之喜，叫養娘扶女子坐下，良久，取安魂湯定魂散吃下，少頃，便能言語，起身對柳衙內曰：「請爹媽二位出來拜見。」柳相公、夫人皆曰：「小姐保養，未可勞動。」即喚侍女扶小姐去臥房中睡。少時，夫人分付，安排酒席於後堂慶喜。當晚筵席已完，教侍女請出小姐赴宴。當日杜小姐喜得再生人世，重整衣妝，出拜於堂下。柳相公與杜小姐曰：「不想我愚男與小姐有宿世緣分，今得還魂，真乃是天賜也。明日可差人往山西太原去尋問杜府尹家接下報喜。」夫人對相公曰：「今小姐天賜還魂，可擇日與孩兒成親。」相公允之。至次日，差人持書報喜，不在話下。

過了旬日，擇得十月十五吉旦，正是屛開金孔雀，褥隱繡芙蓉。大排筵宴，杜小姐與柳衙內合巹交盃，坐床撒帳。一切完備。至晚席散，杜小姐與衙內同歸羅帳，並枕同衾，受盡人間之樂。

話分兩頭，且說杜府尹回至臨安府尋公館安下，至次日，早朝見光宗皇帝，喜動天顏，御筆除授江西省參知政事，帶夫人幷衙內上任已經兩載。忽一日，有一人持書至杜相公案下，相公問何處來的？答曰：「小人是廣東南雄府柳府尹差來。」懷中取書呈上。杜相公展開書看，書上說小姐還魂與柳衙內成親一事，今特馳書報喜。這杜相公看罷大喜，賞了來人酒飯，「待我修書回復柳親家。」這杜相公將書入後堂與夫人說南雄府柳府尹送書來說麗娘小姐還魂與柳知府男成親事，夫人聽知大喜，曰：「且喜昨夜燈花結蕊，今宵靈鵲聲頻。」相公曰：「我今修書回復，交伊朝晚在臨安府相會。」寫了回書付與來人，賞銀五兩，來人叩謝去了，不在話下。

却說柳衙內聞知春榜動，選場開，遂拜別父母妻子，將帶僕人盤纏前往臨安府會試應舉。不則一日，已到臨安府客店安下，逕入試院，三場已畢，喜中第二甲進士，除授臨安府推官。柳生馳書遣僕報知父母妻子，這杜小姐已知丈夫得中，任臨安府推官，心中大喜。至年終，這柳府尹任滿帶夫人并杜小姐回臨安府推官衙內投下，這柳推官拜見父母妻子，心中大喜，排筵慶賀，以待杜參政回朝相會。住不兩月，恰好杜參政帶夫人并子回至臨安府館驛安下，這柳推官迎接杜參政并夫人至府中與妻子杜麗娘相見，喜不盡言，不在話下。這柳夢梅轉升臨安府尹，這杜麗娘生兩子，俱為顯官，夫榮妻貴，享天年而終。

何大掄本「燕居筆記」計收載話本小說及傳奇故事卅一篇，據姜志雄「一個有關牡丹亭傳奇的話本」的研究，此筆記「凡見於他書者，大半可確定爲嘉靖以前作品，至晚亦在嘉靖前期。如：「金鳳釵記」、「聯芳樓記」、「滕穆醉游聚景園記」、「牡丹灯記」、「渭塘奇遇記」、「愛卿傳」六篇，見於瞿佑『剪灯新話』……『新話』成書於（明）洪武十一年。又如：「江廟泥神記」、「田洙遇薛濤聯句記」、「鳳尾草記」、「芙蓉屏記」、「吳媚娘傳」、「瓊奴傳」六篇，見於明・李昌琪『剪灯餘話』。惟『吳媚娘傳』，『餘話』作『胡媚娘傳』，但內容全同，文字出入很少，……『餘話』成書於明永樂十八年，亦在嘉靖之前。」

這篇研究中指出最重要的觀點，是「涉及嘉靖十九年以後的作品，書中連一篇也找不到。」觀察這早期話本，其中，柳夢梅是府尹柳恩的兒子，四川成都府人，與上述「李仲文」、「馮孝將」的情節類似㉜。至於話本後段：「女子整衣而起，再三叮嚀：可急視之，請勿自誤，如若不然，妾事已露，不復再至矣，望郎留心，勿使可惜矣。妾不得復生，必痛恨於九泉之下也。言訖，化清風而不見。」又與「列異傳」述「談生」故事內：「經夜半，有女子，年可十五六，姿顏服飾，天下無雙，來就生爲夫婦，自言：我與人不同，勿以火照我也，三年之後，方可照……」有若干程度上的近似，足見湯氏於「牡丹亭題詞」所謂「傳杜太守事者，彷彿晉武都守李仲文、廣州守馮孝將兒女事。予稍爲更而演之，至於杜守收拷柳生，亦如漢睢陽王收拷談生也……」可知「杜太守事者」就是指這篇流傳於民間的話本，而話本故事正是由李仲文、馮孝將敷衍而來。

話本的主要情節，湯顯祖幾乎都未予更動，甚至連賓白都照抄。話本的文字作：

> 獨坐無聊，感春暮景，俯首沈吟而嘆曰：「春色惱人，信有之乎？常見詩詞樂府，古之女子，因春感情，遇秋成恨，誠不謬矣。吾今年已二八，未逢折桂之夫，感慕景情，怎得蟾宮之客。昔日郭華偶逢月英，張生得遇崔氏，曾有『鍾情麗集』、『嬌紅記』二書，此佳人才子，前以密約偷期，似皆一成秦晉。嗟呼，吾生於宦族，長在名門，年已及笄，不得早成佳配，誠為虛度青春，光陰如過隙耳。」嘆息久之，曰：「可惜妾身，顏色如花，豈料命如一葉耶？」

則幾乎全數抄在「驚夢」齣曲牌〔隔尾〕的賓白內㉝，而將其中「留鞋記」的郭華王月英改爲「韓夫人得遇于郞」㉞。

至於貴為府尹之子的夢梅，湯顯祖在牡丹亭中改為窮書生㉟。陳最良老學究的造型為新增入；話本之內原由夢梅稟明父母，掘墓開棺，麗娘還魂，二人結為夫妻，並通知杜寶，來年夢梅高中的情節。在傳奇改為麗娘告以眞象，柳生自掘麗娘之墳，因此遭杜寶疑為盜墓賊，被杜寶收拷，一如睢陽王收拷談生的事件。

而在末尾部份，話本原是敍述杜寶得到喜訊，赴京與女兒女婿相見，闔家團圓。湯顯祖改以杜寶為顧全自己身份，不願相認，甚至指麗娘為鬼魅，要以秦鏡照出原形的種種波折。縱觀話本與湯氏還魂傳奇之間的關係，已確認湯氏以「話本」為藍本，在「牡丹亭」的前半部分，採用了話本的情節，但後半段則另為敷衍。此外，除「驚夢」折之外，其餘如「尋夢」、「寫眞」、「鬧殤」之賓白、題詩，均保留話本原句㊱。這些，都反映了湯顯祖憑之以為藍本的事實。

劇本的創作是自發性的。雖然，牡丹亭內許多齣目在話本之中均已定型，我們卻不可說牡丹亭抄襲「杜麗娘慕色還魂」話本，因為，湯顯祖所做的是修飾加工的工作，他將民間耳熟能詳的故事，一方面照顧市民階級的愛好，一方面也提昇了精緻的藝術層面，牡丹亭可說是藉著另一種藝術型式呈現，而影響力卻遠遠的超過了話本。

第三節　由湯沈之爭看牡丹亭「律」的問題

明代中葉，中國戲曲界有所謂「湯沈之爭」。沈指沈璟，字伯英，號寧庵，江蘇吳江人，世稱詞隱先生，對南曲具獨到見解，著有「義俠記」等傳奇㊲，以湯氏傳奇不合格律，故以改劇招致湯顯祖不悅，所謂「同夢記」正是「牡丹亭」的改本㊳。二人爭議情況，王驥德「曲律」有所記述㊴。

> 臨川之於吳江，故自冰炭。吳江守法，斤斤三尺，不欲令一字乖律，而毫鋒殊拙；臨川尚趣，直是橫行，組織之工，幾與天孫爭巧，而屈曲聱牙，多令歌者齚舌。吳江嘗謂：「寧協律而不工，讀之不成句，而謳之始協，是曲中之工巧。」曾為臨川改易『還魂』字句之不協者，呂吏部玉繩以致臨川，臨川不懌，復書吏部曰：「彼惡知曲意哉！余意所至，不妨拗折天下人嗓子。」其志趣不同如此。

其後呂玉繩亦對「牡丹亭」加以改訂，湯氏故致書於凌濛初，「玉茗堂尺牘」卷四載「答凌初成」云：

> 不佞「牡丹亭記」，大受呂玉繩改竄，云便吳歌。不佞啞然笑曰：昔有人嫌王摩詰之冬景芭蕉，割蕉加梅，冬則冬矣，然非王摩詰冬景也㊵。

而湯氏「答孫俟居」亦言：

> 弟在此自謂知曲，意者筆嬾韻落，時時有之，正不妨拗折天下人嗓子。兄達者，能信此乎？

湯沈二人爭議的關鍵，在於湯顯祖「牡丹亭要依我原本，其呂家改的，切不可從！雖是增減一、二字以便俗唱，卻與我原做的意趣大不同了。」㊶；沈璟則認爲「名爲樂府，須教合律依腔」，這個觀念見於其「詞隱先生論曲」的「二郎神」散套之中㊷，其全文爲：

〔二郎神〕何元朗，一言兒啓詞宗寶藏。道欲度新聲休走樣，名為樂府，須教合律依腔。寧使時人不鑒賞，无使人撓喉捩嗓，說不得才長，越有才越當著意斟量！

〔前腔〕參詳，含宮泛徵，延聲促響，把仄韻平音分幾項，倘平音窘處，須將入韻埋藏，這是詞隱先生獨秘方，與自古詞人不爽。若遇調飛揚，填他幾字相當。

〔囀林鶯〕詞中上聲還細講，比平聲更覺微茫；去聲正與分天壤，休混把仄聲字填腔。析辨陰陽，却只有那平聲分黨，細商量陰與陽，還須趁調低昂。

〔前腔〕用律詩句法須審詳，不可廝混詞場。步步嬌首句堪為樣，又須將懶畫眉推詳。休教鹵莽，試一比類，當知趨向。豈荒唐，請細閱琵琶，字字平章。

〔啄木鳥〕中州韻，分類詳，正韻也因他為草創。今不守正韻填詞，又不遵中土宮商。製詞不將琵琶仿，却駕言韻依東嘉樣，這病膏肓，東嘉已誤，安可襲為常！

〔前腔〕北詞譜，精且詳，恨殺南詞偏費講。今始信舊譜多訛，是鯫生稍為更張㊸，改弦又非翻新樣，按腔自然成絕唱。語非狂，從教顧曲，端不怕周郎。

〔金衣公子〕奈獨立，怎提防，講得口唇乾空鬧嚷，當筵幾度添惆悵。怎得詞人當行，歌客守腔，大家細把音律講。自心傷，蕭蕭白髮，誰與共雌黃。

〔前腔〕曾記少陵狂，道細論詩歌晚節詳，論詞亦豈容疏放。縱使詞出繡腸，歌稱繞梁，倘不諧音律也難褒獎。耳邊廂，訛音俗調，羞問短和長。

〔尾聲〕吾言料沒知音賞，這流水高山逸響，直待後世鍾期也不妨。

在這曲〔二郎神〕散套裡，可以分析出沈璟對格律的重視，綜合他對傳奇創作的態度，一是「合律依腔」（二郎神）、二是「平音窨處，須將入韵埋藏」（二郎神）、三是「析辨陰陽」（囀林鶯）、四是「句法不可廝混詞場」（囀林鶯）、五是「遵中州、正韵、遵中土宮商」（啄木鳥），有關他探求曲律的情形，王驥德說他：「生平於聲韻、宮調，言之甚毖。」、「其於曲學、法律甚精，汎瀾極博。斤斤返古，力障狂瀾，中興之功，良不可沒。」至於所着散曲「情癡寐語」及「詞隱新詞」，也「大都法勝於詞」。然則除了「紅蕖記」之外，其餘諸作並非完全遵譜，故王氏復云：「顧於己作，更韻、更調，每折而是，良多自恕，殆不可曉耳。」（以上均見王氏「曲律」雜論卷卅九下）所以，句法格律也限制了沈璟本人的創作，湯顯祖「四夢」不合格律之處，只能看作是偶爾不能兼顧，絕不會是湯、沈爭議的重點。湯、沈之爭的關鍵所在，是〔二郎神〕曲中：「道：欲度『新聲』休走樣，名爲樂府，須教合律依『腔』」，『新聲』與『腔』分明指的就是新唱腔——崑腔。

因此，沈璟要求湯顯祖的「四夢」去合「崑腔之律」，他自己編有「南九宮十三調曲譜」二十二卷，就是崑腔。當時此譜詞壇風嚮，流傳頗廣，然則顯祖仍以海鹽餘畜宜黃腔伶人塡曲習慣作崑腔，故而爆發此次著名的爭議。而臧懋循、凌濛初，也都是用這個標準去衡量湯氏，因此，臧懋循「玉茗堂傳奇引」：「今臨川生不踏吳門，學未窺音律……局故鄉之聞見，按亡節之弦歌，幾何不爲元人所笑乎？」」；凌濛初「譚曲雜劄」：「（湯）塡調不諧，用韻龐雜，而又忽用鄉音，如『子』與『宰』叶之類……況江西弋陽土曲，句調長短，聲音高下，可以隨心入腔，故總不必合調[44]」。均以吳人之腔評「四夢」，這是必須釐清的一個觀念。

然則，一種理論亦必有其實際價值，除了上述「腔」的問題之外，湯氏傳奇是否完全合乎「律」亦值得探討。按南曲宮調使用，每齣至多用至二個宮調，襯字亦不過三[45]，可是就「牡丹亭」·「驚夢」一齣言，竟用了五個宮調，即：商調、仙呂、南宮、黃鐘、越調。若要按曲情分析，「仙呂」清新綿邈；「南呂」感嘆傷悲；「正宮」惆悵雄壯，實難相配，變換笛色以及角色唱腔轉換不易，且易生混淆。至於「襯字」，許守白「曲律易知」云：「如牡丹亭訓女折第四支玉抱肚曲云：『不枉了銀娘玉姐只做個紡磚兒』，此句只『銀娘玉姐紡磚兒』七字是正字，餘皆襯字也。」正說明湯氏傳奇襯字不完全依格律。

沈璟諸人批評之處即在於此。湯顯祖不願改字就譜，是站在美學觀點，沈璟、臧懋循、呂玉繩的改竄文字，則在演唱通俗，可是比起原著就大爲減色。近人吳梅「顧曲麈談」有云：「當時凌初成、馮猶龍、臧晉叔諸子，爲之改竄，雖入歌場，而文字遂遜原本十倍[46]，而王驥德「曲律」對湯沈的劇作比較，也有如是發人深省的評語：

還魂、二夢如新出小旦，妖冶風流，令人魂銷腸斷，第未免有誤字錯步。……吳江諸傳，如老教師登場。板眼、場步，略無破綻，然不能使人喝采。

所以，湯顯祖「四夢」的不合格律，若從戲曲美的角度去認可「情眞語切」的一面亦能成立，但是，講究格律又爲戲曲演唱所必備。湯顯祖的「頗能模仿元人，運以俏思，盡有酷肖處，而尾聲尤佳，惜其使才自造，句脚、韵脚所限，便爾隨心胡湊，尚乖大雅。」是缺點；沈璟的「審於律而短於才，亦知用故實、用套語之非宜，欲作當家本色語，卻又不能，直以淺言俚句，綳拽牽湊。」（皆見淩濛初「譚曲雅劄」）也是他有所不足之處。於是有人提出「合則雙美」的想法，沈永隆「南詞新譜・後敍」云：

兩家意不相侔，蓋兩相勝也。豪俊之彥，高步臨川，則不敢畔松陵㊼三尺；精研之士，刻意松陵，而必希獲臨川片語，亦見夫合則雙美，離則兩傷矣。

呂天成「曲品」也說：

天壤間應有此兩項人物。不有光祿，詞硎不新；不有奉常，詞髓孰抉？倘能守詞隱先生之矩矱，而運以清遠道人之才情，豈非合之雙美者乎？

可是，要「辭、調兩到」，卻也是個不易結合的問題。所謂「辭、調兩到，詎非盛事歟？惜乎其難也！」㊽這種情形，到了明末淸初的鈕少雅，就用了「改調」的方式處理，所謂的「改調」，是改調就辭，不改辭就調，使曲辭完全合調。鈕氏「格正牡丹亭」（又名「格正還魂記」）是

「逐句勘核九宮，其有不合，改作集曲，使通本皆被管弦，而原文仍不易一字。」㊾清代度曲家葉懷庭（堂）「納書楹四夢全譜」便就是將不合格律處以「集曲」方式處理，其「四夢全譜凡例」有云：

> 南曲之有犯調，其異同得失最難剖析。而臨川四夢為尤甚。譜中遇犯調諸曲，雖已細注某曲某句，然如〔雙梧門五更〕、〔三節鮑老〕等名，余所創始，未免穿鑿。第欲求合臨川之曲，不能謹守宮譜集曲之舊名，識者亮之。

他照顧到湯氏原來的曲文，不予刪改，而以音樂去遷就，「改譜就詞」。所謂「集曲」，是南曲中的一種曲調變化的方法。即用兩支以上的曲牌，各選取若干樂句，重新組合，使之成爲一支新的曲牌，謂之集曲㊿「牡丹亭全譜」第八齣「勸農」的〔雙調〕「清南枝」、第十二齣「訣謁」中的〔仙呂〕「桂月上南枝」以及第二十七齣「幽媾」中的〔商調〕「雙梧門五更」就是這種例子。

就舉「清南枝」言，原作「清江引」，末句當有九字，然而原作「你德政碑隨路打」只有七字，句法不合，葉堂就將曲牌改爲集曲，而成爲以下的情形：

〔清南枝〕（清江引首至合）黃堂春遊韻瀟灑，身騎五花馬。村務裏有光華，花酒藏風雅。（鎖南枝八至末）你德政碑隨路打。

葉堂可說是處理這種情形非常得宜。湯沈之爭的關鍵，上述已詳，畢竟湯顯祖並非是完全不合律的，我們可以分兩方面來探討這個問題：一、湯顯祖創作的戲曲仍是崑腔，但在吳地作家眼中，他的鄉音造成了不少困擾，故而引起了爭論。二、有關湯顯祖作品的評價，葉堂在「四夢全譜．凡例」中說得好，茲引錄作爲本章結語：

至其字之平仄聱牙，句之長短拗體，不勝枚舉。特以文詞精妙，不敢妄易，輒宛轉就之。知音者卽以為臨川之韻也可，以為臨川之格也可。

由於如此，湯顯祖的文詞找到了適合的詮釋規格，也說明由於優秀音樂家與文學家的合作，這部作品愈臻完美了。

附註

❶ 有關於明代當時的戲曲聲腔發展情形，祝允明「猥談」、陸容「菽園雜記」、顧啓元「客座贅語」、湯顯祖「玉茗堂文集」卷七「宜黃縣戲神清源師廟記」、范濂「雲間據目鈔」卷二「風俗」、王驥德「曲律」均有提及，其細目可參看葉德均「戲曲小說叢考」卷上「明代南戲五大腔調及其支流」。中華書局、一九七九。

❷ 關於明刊全本戲曲之細目，參考羅錦堂「中國戲曲總目彙編」頁六二—一六二，香港萬有圖書公司，一九六六。

❸ 梁氏生平見張大復「梅花草堂筆談」卷五、卷八、「崑新兩縣續修合志」卷卅「文苑」。又有明・沈寵綏「度曲須知」卷首「詞學先賢姓氏」並有「梁少白諱辰魚，崑山人，國學生。」之簡介。

❹ 見朱承樸、曾慶全「明清傳奇概說」第二章「發展概況」・二「中期：創作繁榮，名家輩出」節，廣東人民出版社，一九八五。

❺ 見此書頁二九五，上海古籍出版社，一九七五。

❻ 周貽白列汪廷訥「獅吼記」、「種玉記」「天書記」、「三祝記」、「投桃記」、「彩舟記」、「義烈記」，范文若「花筵賺」、「鴛鴦棒」、「夢花酣」，及葉祖憲「鸞鎞記」、「四豔記」二種爲介乎「臨川」、「吳江派」之間著。此外，並謂徐復祚「投梭記」、「宵光記」、「紅梨記」，陸采「明珠記」、「懷香記」、「西廂記」，史槃「櫻桃記」、「夢磊記」，及陳與郊「靈寶刀」、「鸚鵡洲」、「麒麟罽」、「櫻桃夢」四種不屬於以上三派（崑山、臨川、吳江）。見該書頁二九五之敍述。

❼ 王氏「曲律」對當時的戲曲撰作，有其獨特見解，如「論套數第廿四」云：「有規有矩，有色有聲，衆美具矣！而其妙處，政不在聲調之中，而在句字之外。又須煙波渺漫，姿態橫逸。攬之不得，挹之不盡。摹歡則令人神蕩，寫怨則令人斷腸。不在快人，而在動人。此所謂『風神』，所謂『標韻』，所謂『動吾天機』，不知所以

然而然，方是神品，方是絕技。」至於論曲主張，請參拙作「論王驥德曲律對文心雕龍的因襲」，中國文學批評討論會論文、台北、民國七十六年十二月。

⑧ 明亡之前百年間，爲傳奇創作最繁盛時期，留下劇目八百多個，傳有劇本者一百五十餘部。有關資料，可參莊一拂「古典戲曲存目彙考」，上海古籍出版社，一九八二；又據傅惜華「明代傳奇全目」卷二、卷三（崑曲繁盛時期傳奇作品上中）敘述，此一時期劇作家幾達百人，而改編、創作的新劇目亦近乎三百多種。中國戲曲研究院主編，北京作家出版社出版，一九五八。

⑨ 明代王驥德「曲律」雜論第卅九下：「客問今日詞人之冠，余曰：『於北詞得一人，曰高郵王西樓……於南詞得二人：曰吾師山陰徐天池先生——瑰瑋濃鬱，超邁絕塵。木蘭、崇嘏二劇，刳腸嘔心，可泣神鬼。惜不多作！曰臨川湯若士——婉麗妖冶，語動刺骨，獨字句平仄，多逸三尺，然其妙處，往往非詞人工力所及。惜不見散套耳！』」見「中國古典戲曲論著集成」第四冊，（一九五九年，中國戲劇出版社）。

⑩ 鄒迪光，字彥吉，號愚公。江蘇無錫人，萬曆甲戌（一五七四）進士，此傳見其所著「調象菴稿」卷卅三。

⑪ 見錢謙益「列朝詩集小傳」丁集中。上海古籍出版社。

⑫ 見崇禎間舉人查繼佐（與齋）「湯顯祖傳」，「罪惟錄」‧「列傳」卷十八，四部叢刊三編。

⑬ 見劉應秋「徐聞縣貴生書院記」，「劉大司成集」卷四。

⑭ 湯顯祖於萬曆十九年辛卯四月，任南京禮部祠祭司主事，上「論輔臣科臣疏」，其文云：「奏爲星變陳言，輔臣欺蔽如故，科臣賄媚方新，伏乞聖明，特加戒論罷斥，以新時政，以承天戒事。」，亦對高桂、饒伸因彈劾大臣子弟考試舞弊而受害，作一有力之聲援。隨即降爲徐聞縣（今海南島）典史。

⑮ 作於「貴生書院」成時，見「湯顯祖詩文集　」卷卅七。

⑯ 見徐朔方箋校「湯顯祖詩文集」附錄。上海古藉出版社，一九八二。

⑰ 見呂天成「曲品」卷上，「中國古典戲曲論著集成」第六冊，頁二二三。

⑱ 「牡丹亭」傳奇承襲「杜麗娘慕色還魂話本」處，詳見本論文第一章、第二節㈤「牡丹亭的寫作藍本」。

⑲ 見徐朔方「論湯顯祖及其他」頁七十七，其云：「莎士比亞作品中平常的，甚至有缺點的詩句，難以被讀者識別，反而易於以媸爲 妍；而湯顯祖的文學語言的瑕疵則易於誇大……」上海古籍出版社，一九八三年。

⑳ 有關此處論點，請參考：陳仰民「臨川四夢中眞善美的統一」。「湯顯祖研究論文集」頁一七四－一八一。中國戲劇出版社，一九八四。

㉑ 黃汝亨「寓林集」：「若湯若士清遠道人之題，庶不刺俗人忌才者之眼。」此人爲湯顯祖之知友，其言可證。考「吳苑記」：「陳思王（曹植）游魚山，聞岩里有誦經聲 ，清遠寥亮，因使解音者寫之，爲神仙之聲。道士效之，作步虛聲。」湯顯祖自稱清遠道人，可能取義于此。黃芝岡「湯顯祖編年評傳」說是：湯顯祖貶官徐聞，路經廣州清遠縣，愛其地峽山風景，而峽山「福地」，又與道家傳說有關，所以他後來就自稱清遠道人。以上資料參徐扶明「牡丹亭研究資料考釋」頁九。上海古籍出版社。

㉒ 李仲文之事亦見於東晉・陶潛「搜神後記」卷四。

㉓ 馮孝將之事並見於劉敬叔「異苑」卷八。

㉔ 焦循與俞樾之說如下：

「睽車志」載：士人寓三衢佛寺，有女子與合。其後發棺復生，遁去。達書于父母，父以涉怪，忌見之。柳生、杜女始末，全與此合，知玉茗「四夢」，皆非空撰，而有所本也。（焦循「劇說」）

宋郭彖「睽車志」云：（略）。按此事，乃湯臨川「牡丹亭」傳奇藍本。絢娘卽麗娘，但姓不同耳。（俞樾「「茶香室叢鈔」）

㉕ 「『牡丹亭』格調，原本元・鄭光祖『倩女離魂』」。（孟稱舜「柳枝集・倩女離魂」楔子眉批）；「吳寶郎演玉茗堂倩女離魂（按指「牡丹亭」），眞不禁聞歌喚奈何矣。」（宋犖「西陂類稿」卷二十九「與吳孟舉書」）；「玉茗之『還魂記』，亦本『碧桃花』、『倩女離魂』而爲之也。」（焦循「劇說」）

㉖ 明人范文若「夢花酣」、清人張翊清「碧桃花」均以此故事加以敷衍。本論文「牡丹亭之影響」第二節「文人製作」有同夢記、墜釵記、風流夢、續牡丹亭、夢中緣、才貌緣、石榴記等之敘述。

㉗ 按此文後來收入譚正璧、譚尋「曲海蠡測」一書之內，浙江人民出版社。

㉘ 在譚氏之前，孫楷第於「中國小說書目」卷三亦有發現，其云：「杜麗娘記 存（？）明何大掄『燕居筆記』九，有『杜麗娘慕色還魂』。余公仁『燕居筆記』八，有『杜麗娘牡丹亭還魂記』。幷以文言演之，不知卽此本否？」

㉙ 見譚正璧、譚尋「話本與古劇」頁四十三—六十八，上海古籍出版社，一九八五。其中「杜麗娘記」部分見頁六〇。

㉚ 卽⑮所收光明日報一篇。

㉛ 此文收載於「湯顯祖研究論文集」頁二八五—二八九。

㉜ 「李仲文」見「法苑珠林」：「有張世之代爲郡。世之男，字子長，年二十，侍從在廨中，夢一女……」、「馮孝將」見「幽明錄」：「東晉馮孝將爲廣州太守，兒名馬子，年二十餘，獨臥廐中，夜夢一女子……」二說皆已於本章第二節㈠中敘述。

㉝ 吟香堂曲譜「隔尾」作「商調．尚遶梁煞」。

㉞ 按卽唐人傳奇內「紅葉題詩」故事，明人王驥德曾據此寫成戲曲「題紅記」。

㉟ 見牡丹亭第二齣「言懷」、「眞珠簾」曲之賓白：「小生姓柳，名夢梅……所恨俺自小孤單，生事微渺……二十過頭，志慧聰明，三場得手，只恨未遭時勢，不免饑寒。」但第卅二齣「冥誓」、「啄木兒」却又出現「柳衙內聽根節」之句，因襲話本之跡明顯可見。

㊱ 如「牡丹亭」．「寫眞」中，杜麗娘與柳夢梅均對「春容圖」題詩一首，麗娘所題之「近覩分明似儼然，遠觀自在若飛仙。他年得傍蟾宮客，不在梅邊在柳邊」就爲話本原句。

㊲ 沈璟著有「紅蕖」「分錢」、「埋劍」、「十字」、「雙魚」、「合衫」、「義俠」、「分柑」、「鴛衾」、「桃符」、「珠串」、「奇節」、「鑿井」、「四異」、「結髮」、「墜釵」、「博笑」等十七記、王驥德「曲律」雜論卷卅九下有載錄其名稱。

38 詳參本論文第五章「牡丹亭之影響」第二節「文人製作」㈠「沈璟的『同夢記』與『墜釵記』」。

39 見王驥德「曲律」雜論卷卅九下。

40 湯氏亦有「見改竄牡丹詞者失笑」一詩，詩云：「醉客瓊筵風味殊，通仙鐵笛海雲孤。縱饒割就時人景，却愧王維舊雪圖。」按此詩中「醉客瓊筵」乃「太和正音譜」形容關漢卿雜劇風格之語；而王維「雪裡芭蕉圖」呈現之美最能代表王維畫風，或云「割蕉加梅」以合雪景，湯氏頗不以爲然。故以此例說明改竄「牡丹亭」者皆「割蕉加梅」，破壞原作之精神。

41 湯顯祖「典宜伶羅章二書」。

42 「詞隱先生論曲」爲沈璟現存的一篇論曲專著，見存於明刊本之「博笑記」卷首。

43 所謂「舊譜」，即蔣孝舊編「南九宮譜」，後來沈璟增訂爲「南九宮十三調曲譜」，日人青木正兒「中國近世戲曲史」中譯本（王古魯譯）頁五三六至七〇八曾費一百七十餘頁篇幅探討此二譜之關係。

44 有關於用「子」與「宰」叶的看法，李調元「雨村曲話」卷下云：「其病處在此，佳處亦在此。」較凌濛初爲持平。

45 此處參許守白「曲律易知」・「論聲韻襯字」及「論犯調」。按南曲板式規定嚴格，每一唱句之中，板有定數，亦有定所，不可移易，加上「襯字」，只可借眼，不可占板，故襯字過多，以致上下板的距離過長，難免造成出調的情況。故有「襯不過三」之說，王驥德「曲律」於「曲禁」卷二十三，亦將「襯字多（襯至五六字）列爲宜予避免者。吳梅「顧曲麈談」第一章第三節「論南曲作法」亦云牡丹亭襯字太多。

46 見吳梅「顧曲麈談」第一章「原曲」頁七二，商務印書館「人人文庫」本。

47 松陵指沈璟。王驥德「曲律」：「松陵詞隱沈寧庵先生，諱璟。」（雜論）

48 語出張琦「衡曲麈譚」。

49 吳梅「中國戲曲概論」評語見卷中頁三十一。

50 此處觀點參考何爲「戲曲音樂散論」頁一九五「湯顯祖・沈璟・葉堂」之敘述，北京人民音樂出版社，一九八六。與王守泰「昆曲格律」頁一七五，江蘇人民出版社，一九八二。

第二章　牡丹亭之創作原委及美學

「牡丹亭」一出，幾令西廂減價。曲文之美，曲調之豐，藝術魅力，以及戲曲之中蘊含的深意，都是對後世戲曲有啓示作用的。她本身是一部成功的作品，因此塡詞作曲之人多以爲典範。雖然「牡丹亭」音譜部分頗爲人所詬病，如沈德符「萬曆野獲編」卷二十五「詞曲」云：

奈不諳曲譜，用韻多任意處。

以及葉堂在「納書楹玉茗堂四夢曲譜」序言中所言：

顧其詞句，往往不守宮格，俗伶罕有能協律者。

但是湯顯祖的才情不朽卻是不爭事實。湯氏亦頗以自豪，並曾提出自己的看法，以爲作品成就，在於結構情節，並不完全只在音律上。其「答姜山書」說：

凡文以意、趣、神、色為主，四者到時，或有麗詞俊音可用，爾時能一一顧九宮四韻否？

如必按字摸聲，即有窒、滯、迸、拽之苦，恐不能成句矣……。

所以，湯氏不同於當時一般的作者，他可說是「以詩人忠厚之旨，爲詞人麗則之言」、「句必尖新，義歸渾雅」，他並非是一個完全不懂曲韻之人，只是他不願意受到曲韻與音譜的約束。快雨堂「冰絲館重刻還魂記敍」說得好：「世有見玉茗堂還魂記而不歎其佳者乎？然欲眞知其佳，且盡知其佳，亦不易言矣。風雲月露，天之才也；山川花柳，地之才也；詩詞雜文，人之才也。此三才者，亙古至今而不易，推遷變化而弗窮。還魂記，一傳奇耳，乃薈天地之才爲一書，合古今之才爲一手！」本來，文藝作品的創造，便在乎彌縫鎔鑄，而推敲辭達，並拈出其中慧眼，一篇作品，亦要呈現其不同之風格，方爲上品。文學劇作，若能將主人翁情感抒發無遺，已極成功，不宜以枝節上的小問題予以限制，至於是否成於氍毹，則完全在乎演員詮釋的程度而論。「冰絲館重刻還魂記敍」又云：

（還魂記）……以為禪，則禪宗之妙悟靡不入也；以為莊、列，則莊、列之詼誕靡不臻也；以為騷、選，則騷、選之幽渺，靡不探也；以為史，則史家之筆削靡不備也；以為詩，則詩人之溫厚靡不蘊也；以為詞，則詞人之縟麗靡不抒也；以為曲，則度曲家之清濁高下，宮商節族，靡不極其微妙，中其窾郤也。

換句話說，「牡丹亭」是一個劇本呈現的綜合藝術，作者湯顯祖將自己所有的才華全數傾出，至嘔心肝而不悔，又欲以文詞摹人世之事以求深道；亦將由百態千姿的戀愛方式去勾勒人性眞象。他的詞藻穠麗，不嚼字咬文，在四夢之中，各顯本色。張岱「答袁籜菴」說：

> 湯海若初作紫釵，尚多痕跡；及作還魂，靈奇高妙，已到極處。螘夢、邯鄲，比之前劇，更能脫化一番，學問較前更進，而詞學較前反為削色。蓋紫釵則不及，而二夢則太過，過猶不及，故總於還魂遜美也。

就是因爲風格的寶光陸離，一時以四夢爲格範的比比皆是，淵實「中國詩樂之遷變與戲曲發展之關係」❶一文說：「明之末，自湯臨川出『玉茗堂四夢』以降，倣之作者極多。……。」如「墜釵記」、「夢花酣」、「後牡丹亭」、「續牡丹亭」、「療妒羹」刻意學習或删改之外，亦有人於劇中加入類似還魂記情節者，如明末至清以來梅孝己的「灑雪堂」傳奇、西泠長的「芙蓉影」、朱東藩「風流院」、袁于令「西樓記」、張堅「夢中緣」、梁廷柟並以其所著「江梅夢」、「圓香夢」、「斷緣夢」、「曇花夢」總名「小四夢」（見傅惜華「清代雜劇總目」）皆是。

然而，對於這一宏大體系的劇作，雖知劇情結構，取材來自話本。亦有許多揣測說法環繞其四周，如諷刺某人之說，諷刺說方面有刺陳繼儒、王曇陽、張居正、鄭洛等四種說法：

第一節　有關牡丹亭作於「諷刺」的幾個說法

(一)　刺陳繼儒說

此說法分見於：(一)蔣士銓「湯顯祖傳」。(二)趙吉士「寄園寄所寄」引「懷秋集」。(三)顧公燮「消夏閒記摘抄」。(四)況𥓓「花帘塵影」。(五)楊復吉「夢闌瑣筆」，茲將各書之說列之於下：

湯顯祖，年二十一，舉於鄉，忤陳繼儒，遂以媒蘖下第。（蔣士銓「湯顯祖傳」）

陳眉公負肥遁重名，湯公若士知其人，素輕之，不與浹洽。太倉王相國喪，湯公往弔，陳代陪賓。湯大聲曰：「吾以為陳山人當在山之巔，水之涯，名可聞而面不可見者，而今乃在此會耶！」陳慚赧無地。（趙吉士「寄園寄所寄」引「懷秋集」）

雲間陳眉公入泮，即告給衣頂，自矜高致，其實日奔走于太倉相王錫爵長子緱山(名衡)之門。適臨川孝廉湯若士在座，陳輕其年少，以新構小築命湯題額，湯書「可以棲遲」，蓋譏其在「衡門下」也。陳啣之。自是王相主試，湯總落孫山；王歿後，始中進士。其所作「還魂記」傳奇，憑空結撰，汚衊閨閫，內有陳齋長，即指眉公。（顧公燮「消夏閒記摘抄」）

將心餘作「臨川夢」傳奇，極詆陳眉公之為人，且于湯、陳交惡之由，言之頗詳。然「晚香堂集」中題「牡丹亭」一跋，有楊用修長於論詞，而不嫻於造曲，徐天池「四聲猿」，能排突元人，長於北而又不長於南，獨臨川以花間蘭畹之遺，兼擅其長云云，其推崇臨川至矣。至化夢還覺，化情歸性等語，亦能道出「牡丹亭」之本意。觀此，則眉公當日，固尚與臨川相厚。空梁泥落，漸積怨嫌，名士忌才，正復何所不至。（況琛「花簾塵影」）

聞諸故老，言：湯若士為王文肅主試江西所得士，後知其未婚，屬意焉，欲以曇陽子妻之。文肅復命後，即膺命他出。時眉公在塾課曇陽子，因囑其俟若士謁見時，觀其人品學問，可妻與否。迨若士來見，以口語相失，力沮其事。故若士銜忿，有「牡丹亭」之作。未知信否？（楊復吉「夢闌瑣筆」）

刺陳繼儒的說法，主要有幾個情節：

一、因湯氏忤陳繼儒之意，以致鄉試落第。
二、湯氏向來輕視陳氏，以致其於賓客前無地自容。
三、湯故意於題額時羞辱陳氏，以致總落孫山。
四、湯、陳交惡，乃由於名士忌才。
五、陳力阻王文肅為湯氏主婚，由是交惡。

此為「刺陳繼儒」說之大略。

(二) 刺王曇陽說

刺王曇陽的說法，正、反說法見於徐樹丕「識小錄」[3]、朱彝尊「靜志居詩話」、龔煒「巢林筆談」、王宏撰「山志」卷四「傳奇」、楊恩壽「詞餘叢話」、劉炳照「玉獅堂傳奇」諸書：

若士文章，在我朝指不多屈，出其餘緒為傳奇，驚才絕艷，「牡丹亭」尤為膾炙。往歲聞之文中翰啓美云：「若士素恨太倉相公，此傳奇杜麗娘之死而更生，以況曇陽子，而平章則暗影相公也。」按曇陽仙蹟，王元美為之作傳，亦既彰彰矣。其後，太倉人更有異議云：曇陽入龕後復生，至嫁為徽人婦，其說曖昧不可知，若士則以為實然耳。（徐樹丕「識小錄」）

「牡丹亭」……世或相傳云刺曇陽子而作。然太倉相君實先令家樂演之，且云：「吾老年人，近頗為此曲惆悵。」假令人言可信，相國雖盛德有容，必不搬演之于家也。（朱彝尊「靜志居詩話」）

曇陽子仙去，鳳洲先生傳其事，而世或以「牡丹亭」誣之，誤矣。夫神仙之說，欺愚易，而罔智難；飾遠易，而誣近難。鳳洲先生以絕人之才，負天下之望，生同里閈，苟非信有而徵，肯稱弟子、浼筆墨、嘖嘖傳其事哉？且「牡丹亭」出自湯遂昌，遂昌品行卓卓，非夫世之輕薄浮浪者比也。「還魂」之作，不過推極夫情之至，豈有所指名哉！卽使隱有所指，安見其為曇陽子而發乎？卽使為曇陽子而發，僑居誤聽之傳奇，反足信于同里鉅公之傳記乎？而況遂昌必不為此也。吾意「牡丹亭」之誤人，見夫還魂之事近乎仙，太傅適有女仙去，而其名位，又有同於所謂杜平章者，求作者之意而不得，遂擬議其事以實之。負冤二百年莫為申雪，予故表而出之。（龔煒「巢林筆談」）

臨川「牡丹亭」，膾炙人口，然意侵婁江，亦涉輕薄。（王宏撰「山志」卷四「傳奇」）

當海內轟傳（曇陽事）時，先生（湯顯祖）遽采風影之談，填成艷曲。初不過游戲三昧，不料原本一出，遂有千古後人，讀其詞，未嘗不信其事，實為曇陽之玷。先生官職不顯，畢世沈淪，誠受筆墨之障。將心餘瓣香玉茗，私淑有年，「臨川夢・集夢」一齣，亦以誣蔑曇陽為非，其詞云：「畢竟是桃李春風舊門牆，怎好把帷薄私情向筆下揚？他平生罪孽這詞章！」（楊恩壽「詞餘叢話」）

中郎爭唱，每多假托之詞；曇陽寓言，厥有「離魂」之記。（劉炳照「玉獅堂傳奇序」）

按：王曇陽，名燾貞，小名桂，爲王錫爵之妻朱氏所生。十七歲時，嫁徐景韶，徐死於當年，王燾貞從此長齋禮佛。又按王世貞「弇州山人四部稿續稿」卷七十八「曇陽大師傳」的記載，有：

師姓王氏，父學士荊石，母朱淑人夢月輪墜於床而孕，名曰桂。許字徐景韶，年十七，將嫁，師乃灑掃淨室，奉觀世音像，願長齋受戒。禪居三月，會景韶病死，以訃來。師縞服草屨，別築一土室居之。夜夢至上真所，香烟成篆書善字，有朱真君令師吸之，命名燾貞，號曇陽。醒卽却食，唯進桃杏汁液，首挽雙髻。已而丹成，並不復進諸果。嘗築茅齋于僻地，榜曰恬澹觀。閱五年，道有成，請謁徐郎墓，酹畢，遂于享室東隅，以一氈據地而坐，不復移足，亦不令有所蓋覆。九月二日問學士龕成否，重九吾期也。世貞促載龕至日，卽氈所為高坐，召世貞等之稱弟子者及女弟子各有誨語，忽袖刀割右髻於几曰：「吾以上真度，不獲死，遺蛻未卽朽，不獲葬，此髻所以志也，為我啓徐郎窆而附之。」時年二十三。

的說法，可知曇陽是爲亡夫「守貞入道」。徐樹丕「識小錄」所說的「曇陽入龕後復生，至嫁爲徽人婦。」則爲另一種說法，而龔煒與楊恩壽極力反對，所以說：「安見其爲曇陽子而發乎？」❹

㈢ 刺張居正說

根據明史·湯顯祖傳的記載：「張居正欲其子及第，羅海內名士以張之。聞顯祖及沈懋學名，命諸子延致，顯祖謝弗往。懋學遂與居正子嗣修偕及第。顯祖至萬曆十一年始成進士。」暴露的是一齣時代科場舞弊黑幕。「四夢」反映當時社會種種腐敗，比比皆是❺，有關明代科場弊案，「萬曆野獲編」卷十六有云：

> 至嘉靖末年，時文冗濫，千篇一律。記誦稍多，卽掇第如寄。而無賴孝廉，久棄帖括者，盡抄錄小本，挾以入試。時世宗忌諱旣繁，主司出題，多所瞻顧，士子易以揣摩，其射覆未有不合者，至壬戌而瀾倒極矣。

而萬曆庚辰狀元張懋修即爲張居正之子，當時被稱爲「關節狀元」，「邯鄲夢」內崔氏所言：「奴家四門親戚都在要津，你去長安，都須拜在門下。」可能即指此事。有關牡丹亭以諷刺張居正而作的說法，便因而產生，根據資料，只有焦循「劇說」記載提及：

相傳張江陵欲以鼎甲畀其子，羅海內名士以張之，令諸郎因其叔延致湯、沈兩生。湯臨川獨不往，而宣城沈君典遂與江陵子懋脩偕及第。「邯鄲夢」中宇文，即指江陵也。兩夢中「吊打」、「欽定」諸劇，皆極詆訕，至云「壯元能值幾文來」，憤悵極矣。蔣心餘太史本此諸事，作「臨川夢」傳奇。（焦循「劇說」）

這裡所謂的「延致」湯顯祖，在湯氏自己的文章中也有記載：

余識宣城令荊人姜君奇方孝廉時，長者。後余遊宣，行水陽……。令朝京師，會余上試。令故江陵相弟子師也。不數日：江陵弟子介令候余，余謝不敢當。（湯顯祖「玉茗堂文」卷七「宣城令姜公去思記」）

至於其中細節，鄒迪光「湯義仍先生傳」及錢謙益「列朝詩集小傳」均有詳細敍述❻：

丁丑會試，江陵公屬其私人啖以巍甲而不應，庚辰，江陵子懋修與其鄉之人王篆來結納，復啖以巍甲而亦不應。曰：「吾不敢以處女子失身也。」（鄒迪光「湯義仍先生傳」）

顯祖……嘗下第，與宣城沈君典薄遊蕪陰，客于郡丞龍宗武。江陵有叔，亦以舉子客宗武，交

> 相得也。萬曆丁丑，江陵方專國，從容問其叔：「公車中頗知有雄駿君子晁、賈其人者乎？」曰：「無逾于湯、沈兩生者矣。」江陵將以鼎甲畀其子，羅海內名士以張之，令諸郎因其叔延致兩生。義仍獨謝弗往，而君典遂與江陵子懋修偕及第。（錢謙益「列朝詩集小傳」丁集中）

但是，談遷的「棗林雜俎」，對於上述的說法不表同意，在他的書中提及「義仍（顯祖字）下第，然深服江陵之知人、能下士，爲語常熟許子洽云。」其全文爲：

> 鄉人姜□宰宣城。萬曆丙子，義仍過訪，宿□寺。識梅鼎祚禹金，得交沈孝廉懋學，嘗同課寺中。有楚客，角巾葛衣通候。問里氏，曰江陵張某，今相國父行也。疑之。然不敢忤，留飲且臚焉。客辭曰：「二孝廉入京，相國期一晤。」意頗懃切。至期，並寓燕。前客果來，勸謁相國，各未決。客曰：「第訪我，相國自屏後覘之耳。」沈獨往而退。客又至，語沈曰：「相國善足下文，謂福薄耳。」招義仍，終不往。尋沈雋南宮對策，進士第一。義仍下第。然深服江陵之知人，能下士，為語常熟許子洽云。（談遷「棗林雜俎」）

此爲「刺張居正」說之大略。

㈣ 刺鄭洛說

有關刺鄭洛的說法，見「曲海總目提要」「還魂記」條：

顯祖頗多牢騷。所作傳奇，往往託時事以刺貴要。初隆慶時，總督王崇古招俺答來降，封為順義王，其妻三娘子，封忠順夫人。由是邊督之缺，為時所慕。自方逢時、吳兌以後，其權愈重，稱曰經略，流俗相傳，有七省經略之稱。侍郎鄭洛，保定安肅人也，心欲得之。廣西人蔣遵箴為文選郎中，聞鄭女甚美，使人謂曰：「以女嫁我，經略可必得也。」鄭以女嫁之，果得經略。而其女遠別。洛妻痛哭詬洛，洛亦流涕。女至粵，不久而卒。張居正為首輔，聞之笑曰：「範溪（洛別號也）涕出而女於吳。」杜安撫者，蓋指洛為經略也。洛家近畿，而杜陵最近長安，曰去天尺五，故以為比也。

這件事亦在史實上可以找到證據的。「萬曆野獲篇」說：

萬曆十三年，御史章志癸劾奏宣、大總督鄭雒十二罪。一曰：廣人將遵箴賁舊輔。為文登選郎遵箴有妻之喪，聞雒有女及笄，托志登求不得；再托所厚善王篆求之，亦不得。適宣、大缺出，雒請篆。篆要之曰：「兄必欲得軍門，須成蔣婚事。」雒卽許之，且屬篆，得相公一見為信。篆、遵箴過居正，語如洛指。雒隨往謝。而婚媾諧不五日，遂有總督之命。雒妻聞而絕，女哭而罵，雒亦無可如何❼。

鄭洛將女遠嫁，所求僅一祿位，致家破人亡，孑然一身，其中情節與牡丹亭不甚相符。而以上有關此劇作於「諷刺」的幾個說法，可見均爲時人附會，並不盡然。

第二節　牡丹亭之創作美學

世之有謂：傳奇有銷魂者六：「紫釵、西廂、紅梨、紅拂、雙紅、還魂。」❽而萬曆間人王彥泓「疑雨集」亦於其詩說到：「玉茗先生迴出塵，語言無處不清新。瓊花風度釵頭見，更覺書名絕可人。」❾

這首詩對「牡丹亭」的讚譽，是由創作語言上著眼，代表著一般文學批評的標準尺度。不過，「牡丹亭」成功之處，應該還有夢境的構思以及情感的營造：「臨川四夢」以不同的夢境詮釋湯顯祖對世界的觀察，正說明他以「夢」爲歷程，寓寄言外之旨，並襯出人世白雲蒼狗、露電泡影、甚至情感綿延相續。

這樣看來，「牡丹亭」內杜麗娘和柳夢梅的「同夢」，不啻是這這部劇作的妙處關鍵——杜、柳二人在夢中相會相愛，繼而杜女爲情而死，柳生又拾畫、叫畫，並與畫中杜女幽媾。細尋出這條脈絡，「牡丹亭」之所以不同於一般才子佳人的愛情戲，正因爲通過如此別具一格的處理，這也是在「四抉」之中較爲特殊的，沈際飛評湯顯祖「夢覺篇」所云：「臨川善於寫夢，小小轉折處猶工。」於是，「自生而之死……自死而之生。其中搜抉靈根，掀翻情窟，能使赫蹄爲大块，

隃靡爲造化，不律爲眞宰，撰精魂而通變之。」（洪昇評語）

關於牡丹亭的創作，明人祁彪佳❿在「曲品凡例」說了一番持平公允的評論，他說：

> 文人善變，要不能設一格以待之。有自濃而歸淡，自俗而趨雅，自奔逸而就規矩，如湯清遠他作入妙，紫釵獨以豔稱。沈詞隱他作入雅，四異獨以逸稱。……音律之道甚精，解者不易。……才如玉茗，尚有拗嗓，況其他乎？

而崇禎間的徐士俊「古今詞統評語」亦云：

> 何良俊「草堂詩餘序」：近湯臨川四種傳奇，稱一代詞宗。其中名曲多隱括詩餘取勝，他可知已。（卷首）

這兩處評語，均以創作角度提出湯氏創作特色，雖然，也有人認爲湯顯祖應在經綸騷雅上下功夫⓫，可是，令湯氏不朽的卻是傳奇「四夢」。

一談到「四夢」，就牽涉「牡丹亭」的思想內容與創作美學，其中創作繁富豐美之凝結、繼而呈現的境界，以及其間關目轉折，都有湯氏匠心巧意的灌注。往往有人學其章法不成，慨嘆其劇作才情如海，於是轉而鑽研其他學術。賀貽孫「詩餘序」曰：

弱冠時，酷嗜湯臨川及徐山陰詞曲，曾為效顰，擬作雜劇，未及成稿而罷，殘興不已，遂寄意於詩餘。（「水田居全集」卷三）

至於明代當時，與湯氏互立一幟的沈璟姪兒沈自晉、沈自友，也對其格外推崇。沈自晉「重定南詞全譜凡例」云：

前輩諸賢，不暇論。新詞家諸名筆（如臨川、雲間、會稽諸家）。古所未有，真似寶光陸離，奇彩騰躍。

又沈自友⑫「鞠通生小傳」云：

海內詞家旗鼓相當，樹幟而角者，莫若吾家詞隱先生與臨川湯若士。水火既分，相爭幾於怒詈。生蟬緩其間，錦囊彩筆，隨詞隱為東山之遊。雖宗尚家風，著詞斤斤尺矱，而不廢繩簡，兼妙神情，甘苦匠心，朱碧應度；詞珠宛如露合，文冶妙於丹融。兩先生亦無間言矣。⑬

甚至學者黃宗義亦嘗云：「玉茗、太乙，人所膾炙，而粉筐黛器，高張絕絃，其佳者亦是搜牢元人成句。」⑭但是劇作以能夠搬演爲上乘，不能實踐的只能作爲案頭曲，「牡丹亭」的寫作出發點就以演爲目的，湯顯祖本人還能親自司樂伴奏。其「七夕醉答君東」詩有如下描述：

玉茗堂開春翠屏，新詞傳唱牡丹亭。
傷心拍遍無人會，自招檀痕教小伶[15]。

至如「寄嘉興馬、樂二丈兼懷陸五台太宰」又說自己是：

往往催花臨節鼓，自踏新詞教歌舞[16]。

因此，分析他的創作美學，有實質上的劇藝基礎，茲分述如後：

(一) 筆酣墨飽，鎔鑄新詞

湯顯祖的文字，可說得上是運用融貫變化，有含蘊曲折之美的。他的文字沒有時文氣，不會令人陷入晦澀的感覺中，由他的文字敍述，可以發覺其於古典文學採擷果實，並極度發揮的一股活力。他不斤斤於工筆細畫，卻又筆酣墨飽，流露體式之外，並且透過故事來抒發自己心思，藉著前人詩句，鎔鑄爲另一種境界的開展。「牡丹亭」第一齣「標目」「蝶戀花」曲牌敍述此戲創作緣起，即云：「玉茗堂前朝復暮，紅燭迎人，俊得江山助。但是相思莫相負，牡丹亭上三生路。」這其中，「玉茗堂」與「牡丹亭」便有來歷，徐扶明「牡丹亭研究資料考釋」舉同治「臨川縣志」云：

宋時，（雍熙間），郡東院產白山茶一株。（康定間），郡守崔仁冀作『玉茗花賦』，謂前郡守周中甫命名此白山茶為玉茗花。（淳熙間），郡守趙熠將東院白山茶移植府署，建山堂，並建玉茗亭。

以爲：「玉茗，原是白色山茶花之名，宋代詩人黃庭堅、陸游、范成大等，贊此花『格韻高絕』『純白得天眞』……湯顯祖用此花作堂名，借以表達自己不與當時醜惡勢力同流合汚的堅貞、高潔的情操。」⑰

而「牡丹亭」部份，該書又舉喬孟符「金錢記」第三折：「我見他恰行過這牡丹亭，又轉過芍藥圃薔薇後。」及唐人白居易「春腸遙斷牡丹亭」詩句⑱。湯氏本之，此爲明證。「牡丹亭」一詞，本意爲男女幽會之所，然湯氏取用，卻嘗試創造另一層深意。

因此，牡丹亭中的句子，多有來處。徐士俊「古今詞統評語」卷三批云：

顧敻「醉公子」：「還魂」曲「恁今春關情似去年」用此也。「最撩人春色是今年」，則又翻此⑲。

（按：顧敻「醉公子」詞下闋爲「睡起橫波慢，獨坐情何恨，衰柳數聲蟬，魂銷似去年。」）

卷四徐士俊又批云：

歐陽修「浣溪沙」（春遊）湯若士「良辰美景奈何天」⑳本此。（按：歐陽修的原詞是：「湖上朱橋響畫輪，溶溶春水浸春雲，碧琉璃滑淨無塵。當路遊絲縈醉客，隔花啼鳥喚行人，日斜歸去奈何春。」）

此外，卷十一並云：「林章『河滿子』（詠夢），竟是『牡丹亭』上鬼語。」、「張先『一叢花』，『還魂記』妙語皆出於子野。」㉑再細繹全劇，亦多有取前人佳句而重新賦予意義者，試舉言之於下：

△還則怕嫦娥妒色花頹氣（言懷）出於元雜劇「牆頭馬上」第二折「梁州第七」：「深拜你個嫦娥不妬色。」

△自家南安府儒學生員陳最良……兩年失館，衣食單薄，這些後生都順口叫我「陳絕糧」（腐嘆），出於「論語、衛靈公」「在陳絕糧」。

△如酥嫩雨，遶膝春色𧀁𧀁茸。（勸農）出於楊萬里「野薔薇」詩：「紅殘綠暗已多時，路上山花也則稀。𧀁𧀁茸餘春還子細，燕脂濃抹野薔薇。」㉒

△月明無犬吠黃花，雨過有人耕綠野。（勸農）出於元雜劇「曲江池」一折鄭府尹上場詩：「雨後有人耕綠野，月明無犬吠黃昏。」

△怕燕泥香點涴在琴書上（肅苑），出於杜甫「漫興」九首之一：「江上燕子故來頻。銜泥點涴琴書內。」

△香飯盛來鸚鵡粒（尋夢），出於杜甫「秋興」第八首：「香稻啄餘鸚鵡粒。」

△嬌鳥嫌籠會罵人（尋夢），出於全唐詩卷廿四李山甫「公子家」二首：「鸚鵡嫌籠解罵人。」

△斷腸春色在眉彎（寫真），出於周邦彥「訴衷情」：「一段傷春，都在眉間。」

△瘦的龐兒沒了四星（詰病），出於方諸生本「西廂記」第一本第三折註引「雲窗秋夢」雜劇：「瘦得那俊龐兒沒了四星。」

△要還俗，『百家姓』上有俺一家；論出身，『千字文』中有俺數句。天呵，非是俺『求古尋論』，恰正是『史魚秉直』……。（道覡）按：此段共引『千字文』一百十六句，為湯氏遊戲筆墨。

△敢甚處裏綠楊曾繫馬（幽媾）出於宋．姜夔「月下笛」詞：「曾遊處，但繫馬垂楊，認郎鸚鵡。」與元雜劇「兩世姻緣」第三折「調笑令」：「何處綠楊曾繫馬。」

△雨雲羞怯顫聲訛（歡撓），出於「董西廂」：「欲言羞懶顫聲訛。」

△胸中十萬兵（繕備）出於「宋人軼事彙編」卷八，袁桷題范仲淹畫像：「甲兵十萬在胸中，赫赫英名震犬戎。」

△夢回遠塞荒雞咽（冥誓），出於李璟「攤破浣溪沙」：「細雨夢回雞塞遠」。

△釣竿兒拂綽了珊瑚（耽試），出於杜甫「送孔巢父謝病歸游江東，兼呈李白」：「釣竿欲拂珊瑚樹。」

△月明橋上聽吹簫（急難），出於杜牧「寄揚州韓綽判官」：「二十四橋明月夜，玉人何

處教吹簫？」

△甚天公有處安排俺（寇間），出元人白无咎「鸚鵡曲・漁父」：「算從前錯怨天公，甚也有安排我處！」

△濁水污泥清路塵（淮泊），出於曹植七哀詩：「君若清路塵，妾若濁水泥。」

△長淮千騎雁行秋（鬧宴），出於辛棄疾詞：「罷長淮，千騎臨秋。」

△傷心不為悲秋瘦（鬧宴），出於李清照「鳳凰台上憶吹簫」：「新來瘦，非干病酒，不是悲秋。」

△要問黿鼉窟，還過烏鵲橋（聞喜），出於杜甫「玉臺觀」詩句：「江光隱現黿鼉窟，石勢參差烏鵲橋。」

以上諸語，皆是由古人麗辭佳句中得來，可從彼此的對照之下發現，湯顯祖思贍善斅，將每一典故內容鎔爲一爐，正合乎文心雕龍「鎔裁」篇中所說：「裁則蕪穢不生，鎔則綱領昭暢」，使原句意首尾圓合，條貫統序，而仍使意念流韻綺靡，這便是湯氏牡丹亭爲何振采於劇壇，揄揚風流最主要的原因了。

因此，對於湯氏文辭，可謂其「筆酣墨飽，鎔鑄新詞」，新詞雖略異，然則思轉自圓，甚而較之原句更有深意，不得不令人佩服。明人王驥德「曲律」「論引子第卅一」云：

引子，須以自己之腎腸，代他人之口吻。蓋一人登場，必有幾句緊要說話，我設以身處其地，模寫其似，却調停句法，點檢字面，使一折之事頭，先以數語該括盡之，勿晦勿泛，此是上諦。……近惟『還魂』、『二夢』之引，時有最俏而最當行者，以從元人劇中打勘出來故也㉓。

即從其鎔裁上著眼。由於鎔裁得體，因而從此處來捕捉戲劇之「味」，與文章煥發之「神韻」，便將觀者、讀者的意念推於高潮。並能把握到這份精到深微，而隨之懷想、望見劇中人物於眼前了。

(二) 排場關目，章明慮周

牡丹亭全書體式極爲完整，各齣之間的關照頗有開闔之致。就從縱的發展來看，這個劇本不爲一體所限，而各齣與各齣之間的連繫，遙相呼應。

按劇作本求於章法，當一個作者思緒萬千，浮想聯翩，如何掌握而納之筆下，在於作者才情駕馭。因爲，美的歷程是流動性的，即以其屬流動，故美感經驗稍縱即逝，忽然而已㉔。如何將已經掌握的美感片段不致流失，且趨乎美的型式，明人王驥德「曲律」早已提出「規式段數」的想法，其書「論章法第十六」說：

作曲，猶造宮室者然。工師之作室也，必先定規式，自前門而廳、而堂、而樓，或三進、或五進、或七進，又自兩廂而及軒寮，以至廩庾、庖湢、藩垣、苑榭之類，前後、左右、高低、遠近，尺寸無不了然胸中，而後可施斤斲。作曲者，亦必先分段數，以何意起，何意接，何意作中段敷衍，何意作後段收煞，整整在目，而後可施結撰。

而李漁「閒情偶寄」「結構」㉕也說到：「湯若士，明之才人也。詩文尺牘，儘有可觀，而其膾炙人口者，不在尺牘詩文，而在還魂一劇。」並謂：

填詞首重音律，而予獨先結構者，以音律有書可考……雖欲故犯而不能……至於結構二字，則在引商刻羽之先，拈韻抽毫之始，如造物之賦形，當其精血初凝，胞胎未就，先為制定全形，使點血而具五官百骸之勢。倘先無成局，而由頂及踵，逐段滋生，則人之一身，當有無數斷續之痕，而血氣為之中阻矣。

他並模擬王驥德「曲律」對章法的說明，以工師建宅爲譬：

工師之建宅亦然，基址初平，間架未立，先籌何處建廳，何方開戶，棟需何木，梁用何材？必俟成局了然，始可揮斤運斧……故作傳奇者，不宜卒急拈毫，袖手於前，始能疾書於後，有奇事，方有奇文，未有命題不佳，而能出其錦心，揚為繡口者也㉖。

而章法，指的便是傳奇的關目、排場。笠翁論劇觀念，備載「閒情偶寄」之內㉗，蓋排場構成因素，有脚色運用、關目配置、套數搭配等項，許之衡「曲律易知」卷下「論排場」・「排場變動」內又提及排場與劇情變動有關，稍後於許氏的王季烈，於其「螾廬曲談」・「論劇情與排場」將此說更加詳述，文云：

> 悲歡離合謂之劇情，演劇者之上下動作謂之排場，欲作傳奇，此二事最須留意。……作傳奇者，情節奇矣，詞藻麗矣，不合宮調則不能付之歌喉；宮調合矣，音節諧矣，不講排場則不能演之氍毹㉘。

因此，整個劇作的排場，可決定這齣戲中演員的勞逸，亦在決定是否繁簡相間。有關於「牡丹亭」內角色及排場大略，張清徽教授「明清傳奇導論」曾列舉一表，今迻錄於下㉙：

第一齣	標目	末	正末引場
第二齣	言懷	生	文細正場
第三齣	訓女	外、老旦、貼、旦	文靜正場
第四齣	腐歎	末、丑	過場
第五齣	延師	外、貼、丑、旦、末	中細正場
第六齣	悵眺	丑、生	過場
第七齣	閨塾	貼、末、旦	文靜諧場

第八齣	勸農	外、淨、貼、生、末、衆、丑、旦、老旦	群戲大場
第九齣	肅苑	末、貼、丑	中細正場
第十齣	驚夢	旦、貼、生、末	神怪大場
第十一齣	慈戒	老旦、旦	過場
第十二齣	尋夢	旦、貼	文細大場
第十三齣	訣謁	生、淨	中細小過場
第十四齣	寫眞	旦、貼	文細正場
第十五齣	虜諜	淨、衆	過場
第十六齣	詰病	老旦、貼、外	中細正場
第十七齣	道覡	淨、丑	過場
第十八齣	診祟	貼、旦、末、淨	文細正場
第十九齣	牝賊	淨、衆、丑	武過場
第二十齣	悼殤	貼、旦、老旦、淨、外	文細大場
第廿一齣	謁遇	老旦、淨、外、生、末、丑	群戲正場
第廿二齣	旅寄	生、末	中細短場
第廿三齣	冥判	淨、丑、貼、旦、末	神怪北口大場
第廿四齣	拾畫	生、淨	文細正場
第廿五齣	憶女	貼、老旦	小過場

第廿六齣	玩眞	生	文細正場
第廿七齣	魂游	淨、貼、丑、旦	神怪正場
第廿八齣	幽媾	生、旦	神怪大場
第廿九齣	旁疑	淨、貼、末	中細短場
第卅齣	懽撓	生、旦、淨、貼	神怪正場
第卅一齣	繕備	末、淨、衆、外	文武正場
第卅二齣	冥誓	生、旦	文細大場
第卅三齣	祕議	淨、生	粗細正場
第卅四齣	詗藥	淨、末	過　場
第卅五齣	回生	丑、淨、生、旦、衆	群戲正場
第卅六齣	婚走	淨、旦、生、末、外、衆	文靜大場
第卅七齣	駭變	末	文靜短場
第卅八齣	淮警	淨、衆	武　場
第卅九齣	如杭	生、旦	文細正場
第四十齣	僕偵	淨、丑	半過場
第四一齣	耽試	淨、丑、生、外、衆	群戲正場
第四二齣	移鎭	外、老旦、貼、末、丑、衆	文靜正場
第四三齣	禦淮	外、生、末、衆、淨、丑、老旦、末	文武正場

第四四齣	急難	旦、生	文細正場
第四五齣	寇間	老旦、外、末、淨、丑	粗細半過場
第四六齣	折寇	外、衆、末	文武正場
第四七齣	圍釋	淨、衆、末、丑	文武大場
第四八齣	遇母	旦、淨、老旦、貼	中細正場
第四九齣	淮泊	生、丑	半過場
第五十齣	鬧宴	外、丑、衆、旦、貼、生、末、淨	群戲大場
第五一齣	榜下	外、淨、末	半過場
第五二齣	索元	淨、老旦、丑、貼、衆	群戲過場
第五三齣	硬拷	生、淨、丑、末、外、衆、老旦、貼	南北大場
第五四齣	聞喜	貼、旦、淨、老旦、外、丑	群戲大場
第五五齣	圓駕	末、外、生、旦、老旦、淨、丑、衆	南北大場

而以「吟香堂曲譜」及萬曆四十五年刊「牡丹亭」對照得各齣曲牌宮調及角色出場爲：

（標目）〔蝶戀花〕末㉚

（言懷）

雙調引「真珠簾」㉛生　仙呂集曲「九迴腸」㉜生

（訓女）

中呂宮引「滿庭芳」外　商調引「遶池遊」老旦、外　「前腔」旦、貼　仙呂集曲「玉山頹」㉝旦　「前腔」外、老旦、（合）旦、貼　正曲「玉胞肚」外、（合）　「前腔」老旦、（合）　「前腔」旦、（合）老旦、外　「前腔」外、老旦、（合）　黃鍾「三句兒煞」外

（腐嘆）

高大石調正曲「雙勸酒」末、丑　正宮正曲「洞仙歌」末、丑（合）　「前腔」丑、末、（合）

（延師）

仙呂引「胡搗練」㉞外、貼、丑、衆　「前腔」末、丑、外、淨　雙調正曲「瑣南枝」末、外、（合）　「前腔」外、末、（合）　「前腔」旦、貼、（合）淨、外、末　「前腔」外、貼、（合）末、旦

（悵眺）

仙呂引「卜算子」㉟丑　「前腔」生、丑　南呂正曲「鎖寒窗」㊱生、（合）丑　「前腔」丑、生、（合）

（閨塾）

商調引「遶池遊」旦、貼、末　仙呂正曲「掉角兒序」末、（合）、旦、貼　「前腔」貼、末、旦　「前腔」旦、貼、末

商調「尚繞梁煞」❸⓻ 末、(合)、貼、旦

〔勸農〕

仙呂引「夜行船」外、淨、貼、丑、衆 「前腔」生、末 雙調正曲「普賢歌」丑、老旦、(合)、生、末 羽調正曲「排歌」

外、衆、生、末、(合) 仙呂正曲「八聲甘州」外、(合)、生、末 「前腔」生、末、(合)、外 雙調集曲「孝金經」淨、外、(合)

「前腔」丑、外、(合) 「前腔」旦、老旦、(合) 「前腔」老旦、丑、外、(合)、生、末 「清南枝」衆

〔肅苑〕

南呂正曲「一江風」貼 「前腔」末、(合)、貼 「前腔」末、貼 「前腔」末、貼、(合) 雙調正曲「普賢歌」

丑、(合)、貼 越調正曲「梨花兒」丑、(合)、貼 「前腔」貼、丑、(合)

〔驚夢〕

商調引「遶池遊」㊳ 旦、貼 仙呂正曲「步步嬌」旦、貼 「醉扶歸」旦、(合)、貼 「皁羅袍」旦、(合)、貼

「好姐姐」旦、貼、(合) 商調「尚遶梁煞」旦、貼 商調正曲「山坡羊」旦、生 越調集曲「山桃紅」生、旦、(合)

正曲「鮑老催」末 集曲「山桃紅」生、旦、老旦、(合)、 正曲「綿搭絮」旦、貼 仙呂「情未斷煞」旦

〔慈戒〕

南呂正曲〔征胡兵〕[39] 老旦、貼　〔前腔〕老旦、貼

（尋夢）

仙呂引〔夜遊宮〕貼　本宮正曲〔月兒高〕旦、貼　〔前腔〕旦、貼　南呂正曲〔懶畫眉〕旦　〔前腔〕旦、
貼　仙呂〔惜花賺〕貼、旦　〔前腔〕旦、貼　〔忒忒令〕旦　〔嘉慶子〕旦　〔尹令〕旦、
〔品令〕旦　〔豆葉黃〕旦　〔玉交枝〕旦　〔三月海棠〕旦　〔么令〕旦　〔江兒水〕旦、貼
〔川撥棹〕貼、旦、（合）　〔前腔〕旦、貼、（合）　〔前腔〕旦、貼　〔尾聲〕旦

（訣謁）

越調〔杏花天〕生　雙調〔字字雙〕淨、生　仙呂集曲〔桂花順南枝〕生　〔前腔〕淨、生　〔喜無
窮煞〕淨、生

（寫真）

正宮引〔破齊陣〕旦、貼　本宮集曲〔刷子玉芙蓉〕旦　〔朱奴插芙蓉〕貼、旦　正曲〔普天樂〕旦
〔雁過聲〕旦　〔傾盃序〕貼、旦　〔玉芙蓉〕貼、旦　〔小桃紅〕旦、貼　中呂正曲〔尾犯序〕
旦、貼、丑　黃鐘正曲〔鮑老催〕旦、丑　正宮〔不絕令煞〕旦、貼、（合）

（虜諜）

南呂調集曲〔一枝花〕淨、衆　雙角隻曲〔雙令江兒水〕淨、衆　〔本音隨煞〕淨

（詰病）

南呂引〔三登樂〕老旦、貼　中呂正曲〔駐馬聽〕貼、老旦　〔前腔〕老旦、貼、外　〔前腔〕老旦、外　〔前腔〕外、（合）、丑　〔慶餘〕外、丑、老旦、貼

（道覡）

仙呂正曲〔風入松〕淨、丑　南呂正曲〔大迓古〕丑、淨、（合）　〔前腔〕淨、丑

（診祟）

南呂正曲〔一江風〕貼、旦　商調雙曲〔金落索〕旦、貼　〔前腔〕貼、末、旦　〔前腔〕末、旦、（合）、貼、淨　〔前腔〕淨、旦、貼、（合）　〔慶餘〕旦、貼

（牝賊）

仙呂調集曲〔點絳脣〕淨、衆　仙呂引〔番卜算〕丑、淨　正曲〔六么令〕丑、（合）　〔前腔〕合

（鬧殤）

仙呂引〔金瓏璁〕貼　〔鵲橋仙〕貼、旦　商調〔集賢賓〕旦　〔前腔〕貼、旦　〔前腔〕旦、貼、老旦　〔前腔〕老旦　〔囀林鶯〕旦、衆　〔前腔〕老旦、（合）、旦　集曲〔黃玉鶯兒〕旦、老旦、（合）　〔前

腔〕旦、貼　〔憶鶯兒〕外、老旦、貼、(合)、旦　商調〔尙遶梁煞〕旦、外、貼　南呂正曲〔紅衲襖〕貼、淨　〔前腔〕淨、貼、老旦　〔前腔〕老旦、貼、外　〔前腔〕外、丑、末、老旦、淨　〔尙按節拍煞〕外

(謁遇)

仙呂正曲〔光光乍〕老旦　南呂引〔掛眞兒〕淨、末、外、貼、丑、(合)、老旦　越調正曲〔亭前柳〕淨、(合)　〔前腔〕老旦(合)　南呂引〔掛眞兒〕生、淨　中呂正曲〔駐雲飛〕淨、生　〔前腔〕生、淨、(合)　南呂正曲〔三學士〕淨、生、(合)　〔前腔〕生、淨、(合)　〔尙按節拍煞〕生、淨

(旅寄)

仙呂引〔胡搗練〕生　〔山坡羊〕生　仙呂正曲〔步步嬌〕末、生、(合)　〔風入松〕生、末　〔前腔〕末、生、(合)

(冥判)

仙呂套曲〔點絳脣〕淨、丑　〔混江龍〕淨、丑、貼、末、老旦、外、生　〔油葫蘆〕淨、外、丑、旦　〔天下樂〕淨、旦、丑　〔那吒令〕淨、旦　〔鵲踏枝〕淨、旦、丑、末　〔後庭花〕淨、末　〔寄生艸〕淨、末、旦　〔前腔〕淨、旦、末　〔賺煞〕淨、末

(拾畫)

仙呂引〔金瓏璁〕㊵生　高大石調引〔一落索〕㊶淨、生　中呂集曲〔好子樂〕生　正宮正曲〔錦纏道〕生
中呂正曲〔千秋歲〕生、淨　正宮〔不絕令煞〕生

（〈憶女〉）

黃鐘引〔翫仙燈〕貼　〔前腔〕老旦、貼、（合）　南呂正曲〔香羅帶〕老旦、（合）　〔前腔〕貼、老旦、（合）

（〈玩真〉）

商調正曲〔黃鶯兒〕生　〔二郎神慢〕生　〔鶯啼序〕生　〔集賢賓〕生、（合）　〔黃鶯兒〕生
集曲〔鶯啼御林〕生　正曲〔簇御林〕生　〔尚繞梁煞〕生

（〈魂遊〉）

南呂引〔掛真兒〕淨　中呂正曲〔太平令〕貼、丑、（合）、淨　雙調集曲〔孝南歌〕淨、眾、（合）　〔前腔〕淨、眾、（合）
商調正曲〔水紅花〕（魂旦）　越調正曲〔小桃紅〕旦、（合）　〔下山虎〕旦、（合）　〔五韻美〕旦、
（合）　〔黑蟆令〕旦、（合）　〔有餘情煞〕旦、（合）、丑　〔憶多嬌〕眾、（合）、貼　大石調〔尚
輕圓煞〕淨

（〈幽媾〉）

仙呂引〔夜行船〕生　南呂正曲〔香徧滿〕生　〔懶畫眉〕生、（合）　商調〔梧桐樹集〕㊷生　南呂正曲

〔浣沙溪〕生、(合) 〔劉潑帽〕生 〔秋夜月〕生 〔東甌令〕生 〔金蓮子〕生 〔尚按節拍煞〕生、(魂旦) 本宮集曲〔朝天懶〕(魂旦)、生 〔前腔〕旦、生 黃鐘引〔翫仙燈〕生、旦 南呂正曲〔紅衲襖〕生、旦 〔前腔〕旦、生 〔宜春令〕旦、(合)、生 〔前腔〕生、旦 中呂集曲〔二馬普金花〕㊸旦 〔三段子〕㊹生、(合)、旦 〔三句兒煞〕旦、生

(旁疑)

仙呂正曲〔步步嬌〕淨 〔前腔〕貼、(合)、淨 中呂正曲〔剔銀燈〕淨、貼 〔前腔〕貼、淨、(合) 黃鐘集曲〔畫眉帶一封〕㊺末、淨、貼 〔前腔〕末、貼、(合) 仙呂〔情未斷煞〕末、淨、貼

(歡撓)

小石調引〔顆顆珠〕㊻生 南呂引〔稱人心〕(魂旦)、生、旦 雙調引〔梅子黃時雨〕㊼ 南呂正曲〔繡帶兒〕旦、生 正宮正曲〔白練序〕旦、生 〔醉太平〕生、(合) 〔白練序〕旦、生、(合) 〔醉太平〕生、(合)、淨、貼、旦 仙呂〔喜無窮〕生、旦、淨、貼 黃鐘正曲〔黃龍衮〕淨、貼、生、(合)、旦 〔前腔〕淨、生 〔慶餘〕貼、生、淨

(繕補)

仙呂引〔番卜算〕貼、淨 〔前腔〕衆、外 中呂正曲〔山花子〕衆、(合)、外、末、老旦 〔前腔〕外、(合)

〔舞霓裳〕衆、（合）　〔紅繡鞋〕衆、（合）　黃鐘〔三句兒煞〕外

（冥誓）

仙呂集曲〔月兒映江雲〕㊽生　〔雲鎖月〕（魂旦）　南呂正曲〔懶畫眉〕㊾生、旦、（合）　〔太師引〕生、（合）　〔瑣窗寒〕旦、生　〔太師引〕旦、生、（合）　〔瑣窗寒〕生、旦　〔紅衫兒〕生、旦、（合）　〔前腔〕旦、生　黃鐘正曲〔滴溜子〕生、旦　〔滴滴金〕旦、生　〔啄木兒〕旦、生　〔前腔〕旦、生

〔三段子〕旦、生　〔前腔〕旦、生　集曲〔神仗滴溜〕㊿旦、生　正曲〔下小樓〕旦　中呂正曲〔永團圓〕51旦　〔三節鮑老〕旦、生　仙呂〔喜無窮煞〕旦、生

（秘議）

商調引〔遶池遊〕淨　〔前腔〕生、淨52　南呂正曲〔五更轉〕淨、生、（合）　〔前腔〕生、淨、（合）　〔前腔〕淨、生　〔前腔〕生、淨

（詗藥）

中呂引〔柳梢青〕53淨、末　商調正曲〔黃鶯兒〕淨、末　〔前腔〕末、淨

（回生）

雙調正曲〔字字雙〕丑　黃鐘正曲〔出隊子〕淨、生、丑　集曲〔啄木三歌〕生、丑　〔前腔〕丑、淨、生、衆、旦

越調引〔金蕉葉〕旦、生、淨、丑　商調正曲〔鶯啼序〕生、旦、（合）、淨　〔前腔〕淨、生、旦、衆　〔慶餘〕生、旦、淨

（婚走）

南呂引〔意難忘〕淨、旦、（合）　羽調正曲〔勝如花〕旦、（合）、淨　南呂引〔生查子〕生、旦、淨　羽調正曲〔勝如花〕旦、生　仙呂正曲〔不是路〕[54]末、生、衆　〔前腔〕末、淨、生、旦　中呂集曲〔榴花好〕[55]生、旦　〔前腔〕生、旦、外、丑、淨　大石調正曲〔摧拍〕衆、旦、生、（合）　〔前腔〕生、旦、淨、（合）　正宮正曲〔一撮棹〕生、旦、淨、（合）　〔不絕令煞〕生、旦

（駭變）

南呂正曲〔懶畫眉〕末、（合）　〔朝天子〕末、（合）　正宮正曲〔普天樂〕末　〔不絕令煞〕末

（淮警）

越調引〔霜天杳〕淨、衆、老旦　〔前腔〕丑、淨　仙呂引〔青天歌〕淨、（合）　〔前腔〕衆、丑、淨

（如杭）

仙呂引〔唐多令〕生、旦　正宮集曲〔鴈過江〕旦、生、（合）　〔前腔〕生、（合）、淨、旦　仙呂正曲〔小措大〕旦　〔前腔〕生、旦　黃鐘〔三句兒煞〕旦

（僕偵）

南呂正曲〔女冠子〕[56]淨　中呂正曲〔紅繡鞋〕丑、（合）、淨　〔尾犯序〕淨、丑、（合）　〔前腔〕丑、淨、（合）

黃鐘〔慶餘〕淨、丑

（耽試）

商調引〔鳳凰閣〕淨、（合）　仙呂〔一封書〕淨、（合）　黃鐘正曲〔神仗兒〕生、丑、淨、（合）　中呂集曲〔駐馬近〕生、淨　〔前腔〕淨、生、外　黃鐘正曲〔滴溜子〕外、（合）、淨　〔前腔〕淨、外

（移鎮）

仙呂引〔夜行船〕外　〔似娘兒〕老旦、貼、外、（合）、淨、丑　正曲〔長拍〕外　〔不是路〕末、外、老旦　[57]〔前腔〕丑、老旦、外　〔短拍〕外、老旦、（合）　中呂〔尚如縷煞〕老旦、外

（禦淮）

仙呂正曲〔六么令〕外、生、末、眾　正宮正曲〔四邊靜〕外、（合）　〔前腔〕淨、丑、貼、（合）、外、眾　仙呂引〔番卜算〕老旦、末、淨、丑、（合）眾　中呂正曲〔紅繡鞋〕外、眾、老旦、（合）　〔前腔〕外、（合）、貼　本宮引〔好事近〕外、貼、老旦、眾、丑、淨　正宮正曲〔剗鍬兒〕外、眾、（合）　〔前腔〕眾、外、（合）、丑　〔慶餘〕外

（急難）

中呂引〔菊花新〕旦　黃鐘正曲〔出隊子〕生、旦　中呂正曲〔瓦盆兒〕生、旦　集曲〔榴花好〕旦　〔前腔〕

生、旦 〔漁家燈〕旦、生 〔前腔〕生、旦、(合)、淨 〔慶餘〕旦、生

(寇間)

越調正曲〔豹子令〕老旦、外、(合) 中呂正曲〔駐馬聽〕末、老旦、外、(合)、 雙調正曲〔普賢歌〕淨、丑 黃鐘引〔翫仙燈〕
⑱外、末、淨 南呂正曲〔大迓鼓〕末、淨、丑、生 中呂〔慶餘〕末、淨、丑、(弔場)

(折寇)

正宮引〔破陣子〕外、衆 仙呂集曲〔玉桂枝〕⑲外、淨 南呂集曲〔浣溪令〕末、外、(合) 〔玉桂枝〕⑳外、衆、末
〔榴花泣〕外、末 〔慶餘〕末

(圍釋)

黃鐘正曲〔出隊子〕貼、(合) 高大石調正曲〔雙勸酒〕淨、衆、丑 雙角〔夜行船〕老旦、外、淨、丑、貼 〔清江
引〕丑、貼 〔前腔〕丑、老旦、貼、淨 〔煞尾〕淨、老旦、貼、丑 中呂集曲〔雙金圓〕末、貼、淨 仙呂正曲〔一封書〕
淨、丑、末 〔前腔〕淨、丑、末、(合) 〔喜無窮煞〕淨、末、丑、衆(弔場) 越調正曲〔江頭送別〕丑 〔前腔〕
丑、衆、淨

(遇母)

商調引〔十二時〕㉑旦、淨、(合) 仙呂正曲〔針線廂〕旦、淨 〔前腔〕淨、旦 集曲〔三集月兒高〕老旦、貼

正曲〔不是路〕旦、老旦　〔前腔〕老旦、旦、貼　〔前腔〕淨、貼、老旦、(合)　〔前腔〕老旦、旦、貼　越調正曲〔番山虎〕老旦、(合)　〔前腔〕旦、老旦、(合)　〔前腔〕淨、老旦、(合)　〔前腔〕貼、(合)　仙呂〔喜無窮煞〕老旦、旦

(淮泊)

商呂引〔三登樂〕生　正宮正曲〔錦纏道〕生、丑　仙呂正曲〔皂羅袍〕生、丑　〔前腔〕丑、生、(合)、商調集曲〔公子穿皂袍〕生

(鬧宴)

正宮引〔梁州令〕外、丑、眾、(合)　越調引〔金蕉葉〕生、丑、外　正宮引〔梁州令〕62 末、淨、丑　南呂集曲〔梁州新郎〕外、末、淨、(合)　〔前腔〕外、末、淨、(合)　〔前腔〕末、淨、(合)、外　〔前腔〕外、(合)、生、丑、旦、貼　〔節節高〕旦、貼、(合)、生、丑、外、末、淨　〔前腔〕末、淨、外、旦、貼、(合)　商調〔慶餘〕外、末、淨

(榜下)

老旦、丑　仙呂調〔點絳脣〕外、淨、末　中呂正曲〔駐雲飛〕末、(合)、淨　〔前腔〕淨、外、末

(索元)

商調正曲〔吳小四〕淨　仙呂正曲〔六么令〕老旦、丑　南呂正曲〔香柳娘〕老旦、丑、眾、(合)、貼　〔前腔〕眾、貼、丑

「前腔」淨、老旦、丑、眾　「前腔」淨、眾

（硬拷）

仙呂正曲「風入松慢」生、淨、丑、末　本宮引「糖多令」外、眾、淨、丑、生、雜　仙呂入雙角合套「北新水令」生、外　「南步步嬌」外、生、丑　「北折桂令」生、外、貼　「南江兒水」外、生、（合）　「北鴈兒落」[63]生、外、眾、淨、老旦、貼　「南綵衣舞」淨、外、生、貼、老旦　「北收江南」外、生、老旦　「南園林好」淨、眾、外　「北沽美酒帶太平令」淨、生　雙調「雙煞」淨、外、丑、末（外弔場）

（鬧喜）

商調引「遶池遊」貼　中呂引「遶紅樓」旦、貼　南呂集曲「羅江怨」旦、貼　「前腔」貼、旦　黃鐘引「翫仙燈」老旦、旦　「前腔」淨　越調「入賺」外、丑、老旦、旦　黃鐘正曲「滴溜子」旦　「前腔」老旦、（合）　「三句兒煞」老旦、旦、淨

（圓駕）

淨丑　仙呂「點絳脣」末　「前腔」外、生、末、旦　黃鐘合套「北醉花陰」旦、淨、丑、末、生、外　「南畫眉序」外、生、（合）、末、旦　「北喜遷鶯」旦、末　「南畫眉序」生、外、旦　「北出隊子」旦、外、生、老旦　「南滴溜子」老旦、旦、末　「北刮地風」旦、末、外、老旦、生　「南耍鮑老」[64]末、生、（合）、旦、外　「北四門子」旦、外、末　「南鮑老催」淨、末、生、貼、旦　「北古水仙子」旦、生、外、末、丑　「南雙聲子」眾　「北煞尾」生、旦

(三) 駘蕩遊夷，世總爲情

世間唯有情難訴，於是湯顯祖劇作擁有最多的是女讀者，以其所渲染的氣氛，有著很鮮明的情感成份。全劇之中，兩個主角——柳夢梅與杜麗娘所呈現的悲喜之情，尤使觀者爲之感動。「尋夢」一齣內說：

> 最撩人春色是今年。少甚麼低就高來粉畫垣，元來春心無處不飛懸，睡荼蘼抓住裙衩線，恰便是花似人心好處牽。（懶畫眉）

寫出千年萬世人們所共有的一種情思，而旋律強烈的文辭，也述出太多在傳統中曾被隱瞞的事實。上述這段唱詞，很明顯與「驚夢」齣的句組相映：「最撩人春色是今年」一句，承「驚夢」的「恁今春關情似去年」而發。杜麗娘遊春傷感，她從一幕幕接觸的美景中，勾起抑鬱和感嘆；在夢裏卻得到意中人柳夢梅的溫存，這是她生命裏的第一次，但又是這麼短暫匆忙，那種芳醇宛然，使她放棄千金小姐的矜持，一探期盼已久的心靈秘密，而這探尋秘密的想法，對她而言是絕對沒有迷惘與虛妄的。所以，她不願人知的心境，因爲裙腳被荼蘼絆住而顯得越發焦急，「睡荼蘼抓住裙衩線，恰便是花似人心好處牽」，如此一來，就托出杜麗娘的私有世界，舞台上的演員唱至「元來春心無處不飛懸」的「懸」字時，脚尖一踮，彷彿被荼蘼絆住，心中一愣，回眸嫣然，於是用扇尖將荼蘼挑開，在水袖與斑爛扇面的翻舞中，一幅絢麗春景如在目前，逗引著杜麗娘步步探尋她夢中的春情。

讀此觀此，令人們在思想和情緒上有了一個跳過傳統束縛的機會，然則，當跳躍之後，人們寧願去追求這種人性中共有的感情經驗。「尋夢」中，杜麗娘說道：

偶然間心似繾，梅樹邊。這般花花草草由人戀，生生死死隨人戀，便酸酸楚楚無人怨。待打併香魂一片，陰雨梅天，守的箇梅根相見。（江兒水）

表露出一種懷春慕色，並且想在流動自然萬象中，捕捉永恒，「牡丹亭」的杜麗娘為人們解開了心頭之結，亦說明人當執著何事何情的追求。這種思想，不但表露於此，事實上在湯氏文辭章句與尺牘中多有透示。我們試由其他文作之中審查他這些看法，作為考索研究他寫入劇作的線索。

首先說到湯氏對「情」的看法，其「耳伯麻姑遊詩序」云：「世總為情，情生詩歌，而行于神。天下之聲音笑貌大小生死，不出乎是。因以憺蕩人意，歡樂舞蹈，悲壯哀感鬼神風雨鳥獸，搖動草木，洞裂金石。其詩之傳者，神情合至，或一至焉；一無所至，而必曰傳者，亦世所不許也。」（湯顯祖詩文集卷卅一）可見其以為詩文之能流傳後世者，皆在「神」、「情」二字。「牡丹亭」的創作年代，在顯祖四十九歲時（「牡丹亭題詞」所署萬曆戊戌秋，可知此作定稿於萬曆廿六年），該年湯氏棄官歸臨川，由「情」與其棄官返鄉相論，可明此「情」之意或指人之本性。故「牡丹亭」・「驚夢」中有「可知我一生兒愛好是天然」（醉扶歸）之句。人之心性，本皆天然，而湯氏亦於「睡庵文集序」（詩文集廿九），有所謂：「篤于功名世法之外，有以秀鬱而蒼發，或千餘言旆如其舒……雖其稸積衍按，尚未極其曉世之情。其必不為世人，而為道人文人也決矣。」之語，又於該文末段，一發：「道與文新，文隨道眞。情智所發，旁薄獨絕，肆入微妙。」的觀點。皆能爲其言「情」之註脚。

故湯氏「懷人賦」有如此的句子：

> 悲夫天大地小，飄其淳光，日往月來，流其迅景。運密徙以疇覺，物昭徂而遞警。戢升淪于半氣，覽衰隆于俄頃。孰無懷而不傷，在有情而必整。（詩文集卷廿二）

又以「浮粱縣新作講堂賦」中以浮粱之茗與瓷爲譬，說明一件藝術品淨化生命情調，令人翛然意遠的原因所在：

> 夫浮粱之茗，聞于天下，惟清惟馨，係其揉者。浮粱之瓷，瑩于水玉，亦係其鈞，火候是足。然則，無清英之意者不可以及遠，鮮陰陽之力者不可以致用。故夫通人學士，坐進此道：鑿戶牖以為室，則思其人以居之；觀埏埴以為器，則思其人以儀之。必且撰杖履，儕衣冠，診同文，發更端，舉聞見而歷落，依性命以盤桓……。（詩文集卷廿五）

所謂「無清英之意者不可以及遠，鮮陰陽之力者不可以致用」正是令人翛然意遠的根源所在。因此，他說：「情多想少，流入非類。吾行於世，其於情也不爲不多矣，其於想也則不可謂少矣！」（續棲賢蓮社求友文）他對情感觀察的隻眼別具，又活靈活現的呈現精神思想，則說明他「澄清覺路」所尋出的一片生命境界的廣濶視野，成爲「牡丹亭」出類拔萃的一個關鍵！

　　而考索晚明文學，以抒發性靈爲主，當時除湯顯祖之外，亦有李贄的「童心說」、鍾惺「夫詩道性情者也」（陪郎草序）、譚元春「詩隨人皆現，才觸情自生」（「汪子戊巳詩序」）、湯賓尹「寄於舌於手爲文章」（「睡菴稿文集」卷六「蘿縣閣社義序」），及袁宏道兄弟的性靈之說。湯氏處於此種思潮之內，自然超雋求眞，並求文章之內情韻合一，超雋自然不俗，不俗自然有其特殊之韻。此觀點表現於其「庭中有異竹賦」一文之內：

> 故孤生者常直，近人者常曲；直有取於明心，曲亦時而備足。（詩文集卷廿二）

至如天地之內紛披萬象，除以「情」總之，亦有所謂「天機」，「太平山房集選序」云：

> 善觀人者，不觀其人，而觀其人之天；相千里馬者，取其精，遺其粗。見其內，而忘其外，以此謂之「天機」。……故曰：言語者仁之文也，行事者仁之施也。行莫大乎節行，而言莫大乎文章。（詩文集卷卅）

「天機」與「仁」，皆人之潛在性，此處似乎已結爲一說，以其後又有「去仁則其智不清，智不清則天機不神」之語。天機不同，便爲雋才奇士，他在一篇「秀才說」中說得極好：

秀才之才何以秀也？秀者，靈之所為。孟子曰：「以為未嘗有才者，豈人之性也哉。不能盡其才者也。」故性之才為才也。盡其才則日新。心含靈粹，而英華外槩。行則有度，言則有音。（詩文集卷卅七）

「序丘毛伯稿」又說：

天下文章所以有生氣者，全在奇士。士奇則心靈，心靈則能飛動，能飛動則下上天地，來去古今，可以屈伸長短生滅如意，如意則可以無所不如。彼言天地古今之義而不能皆如者，不能自如其意者也。不能如意者，意有所滯，常人也。（詩文集卷卅二）

可見作者要有靈性，文章才有靈性。有靈性，平凡素材頃刻間可錦繡燦然、氣象萬千；人有靈性，則能予以深刻內涵。湯顯祖在這方面是很自負的，例如他在以下兩篇文章之中就流露出這種觀點：

相天下文章，寧復有文章乎？予謂文章之妙不在步趨形似之間。自然靈氣，恍惚而來，不思而至，……夫使筆墨不靈，聖賢減色，皆浮沈習氣為之魔。士有志於千秋，寧為狂狷，毋為鄉愿。（合奇序）

天下大致，十人中三四有靈性。能為伎巧文章，竟伯什人乃至千人無名能為者。則乃其性少

靈者與？……獨有靈性者自為龍耳。（張元長噓雲軒文字序）

就是因爲文壇上缺乏靈性的人充斥，才使得衆說紛紜，所謂「士有志於千秋，寧爲狂狷，毋爲鄉愿。」湯顯祖無疑是自覺出整個文學空氣陷入絕境，一般的文人不過就那麼點本事，離開了文章套式甚麼也不行，只有知識習氣，沒有創作新事物、新觀點的才華，他是很瞧不起一般文人的，因此他推開一般的「浮沈習氣」，將自己的筆墨朝向更廣大豐富的路上走去！

就創作方面，由上引敍述可以看出湯顯祖並不反對文字藻飾，一部「牡丹亭」內，也多得是經過藻飾的字句，所謂：「情」、「天機」、「神」，均是顯祖創作的態度，他是以這種抒發性靈的態度，去創作一個原本流行於民間的話本「杜麗娘記」，呂天成「曲品」論牡丹亭，以「杜麗娘事甚奇，而著意發揮，懷春慕色之情，驚心動魄，且巧妙叠出，無境不新。」之評，列此劇爲上上品，並非偶然，即著眼於文藝推陳出新創作而言，帥機「玉茗堂文集序」並謂湯顯祖「博故能精，淵故恣揭。於塵無不有，乃能吐陳宿而爲鮮新，於物無不備，乃能汰混濁而透清泠。」亦是對其文藝作品極佳評語。

第三節　牡丹亭的押韻問題

文采清逸，想像豐贍，是「牡丹亭」的特色。自其問世之後，翻刻本子極夥，湯顯祖將話本中的杜麗娘塑造成家家傳誦的人物，是一次非常成功的藝術創造，清代度曲家葉堂在其「納書楹四夢全譜」自序說：

臨川湯若士先生天才橫逸，出其餘技為院本，瓌姿奸骨，斵巧斬新，直奪元人之席。

可謂以戲曲翹楚來讚揚湯氏，所謂「不妨拗折天下人嗓子」，葉堂也有深入的解釋：

且曰：「吾不顧捩盡天下人嗓子。」此微言也。若士豈真以捩嗓為能事？嗤世之盲於音者衆耳。

葉堂是清代有名的音樂家，對於湯顯祖的劇曲音樂安排別有體悟，故發此論。而另一位音樂家胡介祉，亦有同樣看法，其「格正牡丹亭題辭」曰：

蓋先生以如海才，拈生花筆，興之所發，任意所之，有浩瀚千里之勢，未嘗不知有軼于格律之外者，第惜其詞而不顧也。

「惜其詞」而不顧格律的約束，可說是湯氏知音，他並不抹煞牡丹亭在戲曲史上的成就貢獻，用一種較實際的中肯態度，確立湯氏與衆不同的創作結構。

然而，自古及今有關牡丹亭劇本，一個爭論不休的問題，即是湯顯祖到底有無違逆押韻的情形？祁彪佳「曲品凡例」說：

音律之道甚精，解者不易。自東嘉決「中州韻」之藩，而雜韻出矣。自人誤認「中州韻」之分三聲，而南詞亦以入聲代上去矣。才如玉茗，尚有拗嗓，況其他乎？

又如王季烈「螾廬曲談」，也說：

玉茗四夢往往于平上去韻之間，參雜入聲韻一二字，則其入聲字必依北曲之歌法歌之，方可叶韻，殊不足以為法也。

此外，清人李調元及葉堂亦在其書中對「牡丹亭」有以批評。李調元「雨村劇話」卷下：「牡丹亭，句如『雨絲風片、烟波畫船』，皆酷肖元人。惜其使才，于韻脚所限，多出以鄉音，如『子』與『宰』叶之類。」而葉堂「納書楹四夢全譜凡例」亦說：「臨川用韻，間亦有筆誤處，如『歡撓』中『鳴嘬』之『嘬』字，以皆來押歌戈；『香囓』中『零逋』之『逋』字，以魚模押家麻，未免乖謬。」今試就牡丹亭之內各齣曲牌押韻的情形，舉其細目，敘之於下：

牡丹亭各齣曲牌押韻情形分析如後：65

一、（標目）魚模〔蝶戀花〕

二、（言懷）齊微〔眞珠簾〕、〔六時理鍼線〕

三、（訓女）魚模〔滿庭芳、遶池遊、玉胞肚、前腔、玉胞肚、前腔、前腔、前腔、三句兒煞〕

四、（腐歎）侵尋〔雙勸酒〕

尤侯〔洞仙歌、前腔〕
五、（延師）齊微〔胡搗練、前腔、鎖南枝、前腔、前腔、前腔〕
六、（悵眺）先天〔卜算子、前腔、鎖窗寒、前腔〕
七、（閨塾）家麻〔遶池遊、掉角兒序、前腔、前腔、尚繞梁煞〕
八、（勸農）家麻〔夜行船、前腔、排歌、八聲甘州、前腔、孝金經、前腔、前腔、前腔、清
南枝〕
歌戈〔普賢歌〕
九、（肅苑）江陽〔一江風、前腔、前腔、梨花兒、前腔〕
家麻〔普賢歌〕
一〇、（驚夢）先天〔遶池遊、步步嬌、醉扶歸、皁羅袍、好姐姐、尚遶梁煞、山坡羊、山桃紅、
鮑老催、山桃紅、綿搭絮、情未斷煞〕
一一、（慈戒）歌戈〔征胡兵、前腔〕
一二、（尋夢）寒山〔夜遊宮〕
先天〔月兒高、前腔、懶畫眉、前腔、惜花賺、前腔、忒忒令、嘉慶子、尹令、
品令、豆葉黃、玉交枝、三月海棠、么令、江兒水、川撥棹、前腔、前腔、
意不盡〕
一三、（訣謁）齊微〔杏花天、字字雙、桂花順南枝、前腔、喜無窮煞〕
一四、（寫眞）蕭豪〔破齊陣、刷子玉芙蓉、朱奴揷芙蓉、普天樂、雁過聲、傾盃序、玉芙蓉、

小桃紅、尾犯序、鮑老催、不絕令煞〕

一五、（虜諜）蕭豪〔一枝花、雙令江兒水、本音隨煞〕

一六、（詰病）庚青〔三登樂、駐馬聽、前腔、前腔、慶餘〕

一七、（道覡）江陽〔風入松、大迓古、前腔〕

一八、（診祟）齊微〔一江風、金落索、前腔、前腔、前腔、慶餘〕

一九、（牝賊）東鍾〔點絳脣、番卜算、六么令、前腔〕

二〇、（鬧殤）東鍾〔金瓏璁、鵲橋仙、集賢賓、前腔、前腔、前腔、囀林鶯、前腔、黃玉鶯兒、前腔、憶鶯兒、尚遶梁煞〕
蕭豪〔紅衲襖、前腔、前腔、前腔、尚按節拍煞〕

二一、（謁遇）家麻〔光光乍、掛眞兒㈠、掛眞兒㈡、駐雲飛、前腔、三學士、前腔、尚按節拍煞〕

二二、（旅寄）蕭豪〔胡搗練、山坡羊、步步嬌、風入松、前腔〕
歌戈〔亭前柳、前腔〕

二三、（冥判）皆來〔點絳脣、混江龍、油葫蘆、天下樂、那吒令、鵲踏枝、後庭花、寄生草、么篇、賺尾〕

二四、（拾畫）歌戈〔金瓏璁、一落索、好子樂、錦纏道、千秋歲、不絕令煞〕

二五、（憶女）眞文〔翫仙燈、前腔、香羅帶、前腔〕

二六、（玩眞）歌戈〔黃鶯兒、二郎神慢、鶯啼序、集賢賓、黃鶯兒、鶯啼御林、簇御林、尚繞

梁煞〕

二七、（魂遊）江陽〔挂眞兒、太平令、孝南歌、前腔、憶多嬌、尙輕圓煞〕

庚青〔水紅花、小桃紅、下山虎、五韻美、黑蔴令、有餘情煞〕

二八、（幽媾）家麻〔夜行船、香徧滿、懶畫眉、梧桐樹集、浣沙溪、劉潑帽、秋夜月、東甌令、金蓮子、尙按節拍煞、朝天懶、前腔、翫仙燈、紅衲襖、前腔、宜春令、前腔、二馬普金花、三段子、三句兒煞〕

二九、（旁疑）江陽〔步步嬌、前腔、剔銀燈、前腔〕

魚模〔畫眉帶一封、前腔、情未斷煞〕

三〇、（歡撓）歌戈〔顆顆珠、稱人心、繡帶兒、白練序、醉太平、喜無窮煞、黃龍衮、前腔、慶餘〕

三一、（繕備）江陽〔番卜算、前腔、山花子、前腔、舞霓裳、紅繡鞋、三句兒煞〕

三二、（冥誓）車遮〔月兒映江雲、雲鎖月、懶畫眉、太師引、瑣窗寒、太師引、瑣窗寒、紅衫兒、前腔、滴溜子、滴滴金、啄木兒、前腔、三段子、前腔、神仗滴溜下小樓、永團圓、喜無窮煞〕

三三、（秘議）齊微〔遶池遊、前腔、五更轉、前腔、前腔、前腔〕

三四、（詗藥）江陽〔柳梢青、黃鶯兒、前腔〕

三五、（回生）魚模〔字字雙、出隊子、啄木三歌、前腔、金蕉葉、鶯啼序、前腔、慶餘〕

三六、（婚走）皆來〔意難忘、勝如花、生查子、勝如花、不是路、前腔、榴花好、前腔、摧拍、

前腔、一撮棹、不絕令煞〕
三七、（駭變）皆來〔懶畫眉、朝天子、普天樂、不絕令煞〕
三八、（淮警）東鍾〔霜天杏、前腔、青天歌、前腔〕
三九、（如杭）皆來〔唐多令、鴈過江、前腔、小措大、前腔、三句兒煞〕
四〇、（僕偵）江陽〔女冠子、紅繡鞋、尾犯序、前腔、慶餘〕
四一、（耽試）家麻〔鳳凰閣〕
歌戈〔一封書〕
尤侯〔神仗兒、駐馬近、前腔、滴溜子、前腔〕
四二、（移鎮）魚模〔夜行船、似娘兒、長拍、不是路、前腔、短拍、尚如縷煞〕
四三、（禦淮）蕭豪〔六么令、四邊靜、前腔、番卜算、紅繡鞋、前腔、好事近、剗鍬兒、前腔、
慶餘〕
四四、（急難）蕭豪〔菊花新、出隊子、瓦盆兒、榴花好、前腔、漁家燈、前腔、慶餘〕
四五、（寇間）歌戈〔豹子令〕
寒山〔駐馬聽、普賢歌〕
江陽〔翫仙燈、大迓鼓、慶餘〕
四六、（折寇）齊微〔破陣子、玉桂枝、浣溪令、玉桂枝〕
東鍾〔榴花泣、慶餘〕
四七、（圍釋）家麻〔出隊子、雙勸酒、夜行船、清江引、前腔、煞尾〕

歌戈〔雙金圓〕

蕭豪〔一封書、前腔、喜無窮煞〕

東鍾〔江頭送別、前腔〕

四八、（遇母）齊微〔十二時、針線廂、前腔〕

桓歡〔三集月兒高〕

寒山〔不是路〕

生天〔不是路㈢、喜無窮煞〕

寒山、先天混押〔不是路㈡、不是路㈣、番山虎㈢〕

桓歡、先天混押〔番山虎㈠、番山虎㈡、番山虎㈣〕

四九、（淮泊）尤侯〔三登樂、錦纏道〕

家麻〔皁羅袍、前腔、公子穿皁袍〕

五〇、（鬧宴）尤侯〔梁州令、金蕉葉、梁州令、梁州新郎、前腔、前腔、前腔、節節高、前腔、慶餘〕

五一、（榜下）江陽〔點絳脣、駐雲飛、前腔〕

五二、（索元）先天〔吳小四、六么令、香柳娘、前腔、前腔、前腔〕（香柳娘「貫」字爲桓欲）

五三、（硬拷）東鍾〔風入松慢、糖多令、北新水令、南步步嬌、北折桂令、南江兒水、北鴈兒落、南綵衣舞、北收江南、南園林好、北沽美酒帶太平令、雙煞〕

五四、（聞喜）車遮〔遶池遊、遶紅樓、羅江怨、前腔、玩仙燈、前腔、入賺、滴溜子、前腔、

五五、（圓駕）皆來〔點絳脣、前腔〕

三句兒煞〕

家麻〔北醉花陰、北喜遷鶯(一)、北喜遷鶯(二)、北出隊子、北刮地風、北四門子、北古水仙子、南雙聲子、北煞尾〕

歌戈〔南畫眉序(一)、南畫眉序(二)、南滴溜子、南耍鮑老、南鮑老催〕

由以上各齣押韻分析可知，牡丹亭內的「桓歡」、「寒山」、「先天」三韻有混押的情形，如第四十八齣「遇母」：

△寒山、先天混押之曲牌及韻脚爲：

〔不是路(二)〕 椽 燃 院 圓——（先天）

安 難 間——（寒山）

遠 旋 現——（先天）

〔不是路(四)〕 年 旋 言 眷 穿 選 院——（先天）

還 探〔吟香堂曲譜作「看」字〕——（寒山）

〔番山虎(三)〕 嘸 元 眷 現 緣 遍——（先天）

寒 姦（吟香堂曲譜作奸）——（寒山）

△桓歡、先天混押之曲牌及韻腳為：

〔番山虎㈠〕天　蓮　見　穿　顛　天　田　年　邊——（先天）

斷　亂——（桓歡）

〔番山虎㈡〕眠　天　前　天　前　天　嫌　連——（先天）

斷——（桓歡）

〔番山虎㈣〕全　院　穿　專　筵　薦　船　緣　遍——（先天）

官——（桓歡）

再如第五十二齣「索元」亦有如是現象，其「香柳娘」曲牌韻腳如下：

元　元　纏　傳　傳　煙　宴　天　天　旋　見——（先天）

貫——（桓歡）

而第廿九齣「旁疑」內魚模韻（畫眉帶一封、前腔、情未斷煞）的押韻，中原音韻、洪武正韻、中州全韻、音韻輯要、新訂中州全韻、韻學驪珠、螾廬曲談的區分為66：

韻母	中原音韻（1324）	洪武正韻（1375）	中州全韻（1488～1498）	音韻輯要（1781）	新訂中州全韻（1791）	韻學驪珠（1792）	螾廬曲談（1928）
y	魚模	魚語御	居魚	居魚	居魚	居魚	居魚
u	魚模	模姥暮	居魚	蘇模	蘇徒	姑模	蘇模

可知「中原音韻」把 y 韻母和 u 韻母歸入一個韻目，也是受了金元北曲的影響，並且是由詩韻沿襲下來的。以後由「洪武正韻」起，開始把這兩個韻母分成兩個韻目，但是曲家塡詞還是常常互押㊼。清人李漁「閒情偶寄」塡詞部「音律第三·魚模當分」說明魚模韻自「中原音韻」以來應予分開的看法：

詞曲韻書，止靠中原音韻一種，此係北韻，非南韻也。十年之前，武林陳次升先生，欲補此缺陷，作「南詞音韻」一書，工垂成而復輟，殊為可惜。予謂南韻深渺，卒難成書，填詞之家，即將「中原音韻」一書，就平上去三音之中，抽出入聲字，另為一聲，私置案頭，亦可暫備南詞之用，然此猶可緩，更有急於此者，則魚模一韻，斷宜分別為二。魚之與模，相去甚遠，不知周德清當日何故比而同之。……當今魚自魚而模自模，兩不相混，斯為極妥，即不能全齣皆分，或每曲各為一韻，如前曲用魚，則用魚韻到底，後曲用模，則用模韻到底，猶之一詩一韻後不同前，亦簡便可行之法也。

然而，上述情形仍在曲家們創作時仍出現互押現象，近人趙景深氏於其「讀曲小記」一書「崑曲的魚模韻」章節內提及以洪昇「長生殿」·「酒樓」爲例的情況㊽，今就以其所舉例曲牌與韻脚試析如下：

「集賢賓」　吐呼烏狐舞（蘇模）除漁（居魚）

「逍遙樂」　步（蘇模）旅如（居魚）扶夫（蘇模）侶去（居魚）無（蘇模）

「上京馬」　隅（居魚）舞沽疏圖（蘇模）

而湯顯祖之「紫釵記」・「折柳陽關」及「邯鄲記」・「掃花三醉」之內「居魚」、「蘇模」互押亦屢見於曲中，至於「牡丹亭」第廿九齣「旁疑」內二韻互押情形爲：

「畫眉帶一封」　除居主主（居魚）姑姑無（蘇模）

「前腔」　除虛（居魚）乎（蘇模）儒俗（居魚）姑梳（蘇模）銖（居魚）

「情未斷煞」　躇（居魚）疏（蘇模）雨（居魚）

其中「前腔」之「俗」字與「情未斷煞」之「躇」字皆爲入聲，又第卅三齣「秘議」・「五更轉」(一)

之末句「年年寒食」、「五更轉」㈢末句「穿籬挖壁」的「食」、「壁」又皆爲入聲字，正好印證上述王季烈「螾廬曲談」所言「玉茗四夢往往于平上去韻之間，參雜入聲韻一、二字」的說法。

最後，就「牡丹亭」五十五齣內各曲牌押韻情形比較，得知今人徐扶明「牡丹亭研究資料考釋」（上海古籍出版社，一九八七）其中韻部分析有以下錯誤，茲述之如後：

△第廿一齣「謁遇」，徐書僅作「家麻」一韻，然此齣前八曲牌爲「家麻」韻外，後二曲牌「亭前柳」、「前腔」實爲「歌戈」韻。

△第廿九齣「旁疑」徐書僅作「江陽」一韻，然此齣除作四曲牌爲「江陽」韻外，後三曲牌「畫眉帶一封」、「前腔」、「情未斷煞」皆屬「魚模」韻。

△第四十一齣「耽試」曲牌「一封書」，徐書誤作「魚模」韻，而實爲「歌戈」韻。

△第四十七齣「圍釋」，後二曲牌「江頭送別」、「前腔」爲「東鍾」韻，徐書並未列出。

△第四十八齣「遇母」，曲牌「不是路㈢」「喜無窮煞」爲「先天」韻，徐書未標出。且該齣內「不是路㈡」「不是路㈣」「番山虎㈢」「寒山」「先天」混押；「番山虎」（一—三）有「桓歡」「先天」混押情形，徐氏亦不及細查。

以上，爲「牡丹亭」內押韻情形概述。關於湯氏押韻略有訛舛之事，近人吳梅於其「中國戲曲概論」卷中「論紫釵記」格律有云：「緣臨川當時尚無南北詞譜，所據以填詞者，僅太和正音譜、雍熙樂府、詞林摘豔諸書而已。不得以後人之律，輕議前人之詞也。」誠爲的評，譜律如此，湯氏偶有出韻，亦宜以文學價值判斷，不應以其一二音分辨不清而遽下定論。

第四節　餘論——牡丹亭之版本

(一)明代刊本

(一)牡丹亭還魂記二卷四册，明萬曆丁巳（四十五年）刊本，附圖（國立中央圖書館善本書室）

(二)牡丹亭還魂記二卷二册　明萬曆丁巳（四十五年）附圖，原北平圖書館（國立中央圖書館善本書室）

(三)牡丹亭還魂記二卷二册　明萬曆丁巳（四十五年），附圖（故宮博物院善本）

按：以上三個本子皆同，前有萬曆戊戌秋清遠道人題「牡丹亭還魂記題辭」，亦有萬曆丁巳季夏石林居士「書牡丹亭還魂記」

(四)牡丹亭還魂記二卷四册　即「重鐫繡像牡丹亭」，懷德堂藏板（中央圖書館善本書室）

按：此本即萬曆四十五年覆刻本。

(五)牡丹亭四卷　明代朱墨刊本　「古本戲曲叢刊初集」據此影印（其中插圖題字有「庚申中秋寫」，當爲明光宗泰昌元年（一六二〇）刻本，茅暎（遠士）評點）

(六)臨川四夢八卷十六册　臧懋循訂　明末吳郡書業堂翻刻六十種曲本、附圖　（中央圖書館善本書室）

(七)新刊牡丹亭還魂記四卷　繡刻演劇(存四十五種)　明代文林閣刊本　(中央圖書館善本書室)

(八)柳浪館批評玉茗堂還魂記二卷四册　附圖　（中央圖書館善本）

(九)還魂記二卷（六十種曲本）　明・毛晉編　明虞山毛氏汲古閣刊，清代修補本　（中央圖書

館善本)

(二) 清代刊本

(十) 臨川四夢八卷十册 清初坊刊本 (原北平圖書館)(國立中央圖書館善本書室)

(十一) 吳人三婦評牡丹亭 康熙卅三年刊本(據通行刊本)

按:吳人,原名儀一,字舒鳧,號吳山,錢唐人,與長生殿作者洪昇友善。三婦:指吳人未婚妻陳氏,妻談氏,續娶妻錢宜。

(十二) 格正還魂記詞調,金閶逸士鈕少雅勘正定本,不載介、白。康熙卅三年,循齋胡介祉重刊,據通行刻本。

按:胡介祉,字循齋,號茨村,又號自娛主人。山陰人,著有「廣陵仙傳奇」、「隨園詩集」。

(十三) 牡丹亭 光緒十二年(一八八五)同文書局印本 (按:此書據明代懷德堂本覆刻)

(十四) 玉茗堂還魂記二卷 附格正還魂記詞調二卷六册 清光緒卅四年傅氏暖紅室刊本 (臺灣東海大學普通線裝書)

(十五) 玉茗堂還魂記二卷二册 清宣統二年夢鳳樓暖紅室刊本 (國立臺灣師範大學普通線裝書)

(十六) 玉茗堂還魂記二卷 圖一卷 附:格正牡丹亭還魂記詞調二卷 彙刻傳劇(民國、劉世珩輯)民國八年(一九一九)貴池劉氏暖紅室刊本。

(十七) 暖紅室覆刻冰絲館重刻還魂記 (冰絲館據清暉閣本覆刻) 清刊本。

以上十七種版本,屬萬曆四十五年刊本最佳,最末之冰絲館刊本,以進呈清皇室觀賞,其中凡遇金人韃子，均有加以刪改，第十五齣「虜諜」則盡行刪去，四十七齣「圍釋」亦刪去頗多，趙景深氏「戲曲筆談」並曾以此本與今通行本比對，其書「讀湯顯祖劇隨筆」一章69，舉出第十九齣「牝賊」、第卅八齣「淮警」、第十一齣「慈戒」、第廿三齣「冥判」、第卅一齣「繕備」、第四十一齣「耽試」、第四十二齣「移鎮」、第四十三齣「禦淮」、第四十四齣「急難」、第四十五齣「寇間」、第四十六齣「折寇」、第五十一齣「榜下」之字句皆有改動。如「胡笳」、「胡兵」、「胡塵」均作「胡」為「邊」（四十三齣）；「金韃子」改為「那金朝」（第廿三齣）；「擒胡過汴梁」改為「勤王到汴梁」（第五十一齣）均是。

這種竄改的情形至為嚴重。無怪乎鄭振鐸「劫中得書記」70有云：「自臧晉叔改本還魂記出，而還魂記失其眞面目矣；自冰絲館刊本還魂記出，而還魂記無全本矣，何若士之多厄也。」即對冰絲館改竄之本存無限感發之心情。

附註

❶ 見「晚清文學叢鈔」•「小說戲曲研究卷」。

❷ 關於牡丹亭本於何事，焦循「劇說」說起於「碧桃花」、「倩女離魂」，蔣瑞藻則考證脫胎於「堅瓠集」，見其「小說考證」。

❸ 徐樹丕，字武子，號活埋庵主人。長洲人。明季諸生。有「識小錄」、「埋庵集」等。

❹ 呂天成「曲品」亦說：「曇陽子事，當巧狀其靈幻之態，而詞乃庸淺。」又國立中央圖書館藏楊爾曾「新鐫仙媛紀事」（明萬曆三十年楊氏草玄居刊本）卷八「曇陽子」亦有極詳敍述。

❺ 如「南柯夢」中曲牌「字字雙」，府幕錄事官唱道：「爲官只是賭身強，板障。文書批點不成行，混帳。權官掌印坐黃堂，旺相。勾他紙贖與錢糧，一搶。」

❻ 除此下二條資料外，「曲海總目提要」「還魂記」條亦有：「柳夢梅姓名中有兩木字，時丁丑狀元沈懋學、庚辰狀元張懋修、癸未榜眼李廷機，皆有兩木字。丁丑、庚辰，顯祖下第，癸未又不得翰林，故暗藏此以譏之也。」

❼ 語見「萬曆野獲編」卷十一。亦見於「明實錄」冊三八二。

❽ 見華淑・「療言」，「湯顯祖研究資料彙編」頁六六〇徵引。

❾ 見「疑雨集」「白山茶揷髻，甚可觀，因書二絕」，按：民間有謂湯顯祖是山茶花神。俞樾「春在堂叢書」・「曲園雜纂」第四十四，即談到花神。又謂：「十一月山茶花，湯若士。原議以石季倫爲山茶花之神，未爲允協，擬改用湯臨川，雖名輩較晚，然玉茗風流固勝金谷繁華也。」（十二月花神議）

❿ 祁彪佳，字虎子，一字幼文，號世培。浙江山陰人。明天啓壬戌（一六二二）進士，著有「曲品」、詩文集。甲申變後，力圖抗清，並於潞王監國時，任蘇松總督，終因清兵大舉南下，事不可爲，自沈殉國。

⓫ 如明・陳洪綬「槎庵先生傳」就說：「槎庵先生，諱斯行，字道之，號馬湖。閩右方伯，越之蕭山人。……先生蓋有本之經綸也。先生故善書而不欲以書名，能騷雅而不屑以騷雅稱。先生昔見湯若士先生諸辭，曰：「徒勞才智，乃雜聲歌，可惜哉！」

⓬ 沈自晉弟，字君張，有「綺雲齋稿」。

⓭ 見「南詞新譜」。

⓮ 見黃宗羲「外舅廣西按察使六桐葉公改葬墓誌銘」，「南雷文定」卷五。

⓯ 「玉茗堂詩」卷十三。

⓰ 「玉茗堂詩」卷五。

⓱ 見徐扶明「牡丹亭研究資料考釋」頁一。

⓲ 見徐扶明「牡丹亭研究資料考釋」頁四。

⓳ 「恁今春關情似去年」，語見「驚夢」・「遶池遊」曲牌。「最撩人春色是今年」，語見「尋夢」・「懶畫眉」曲牌。

⓴ 「良辰美景奈何天」，語見「驚夢」・「皁羅袍」曲牌。

㉑ 林章詞「春日弄花不影，秋宵踏月無痕」；又張先詞：「傷高懷遠幾時窮，無物似情濃。離愁正引千絲亂，更東陌飛絮濛濛。嘶騎漸遙，征塵不斷，何處認郎蹤？雙鴛池沼水溶溶，南北小橈通。梯橫畫閣黃昏後，又還是斜月簾櫳。沈恨細思，不如桃杏，猶解嫁東風。」

㉒ 清・錢大昕「十駕齋養新錄」卷十六。

㉓ 見「中國古典戲曲論著集成」第四冊，頁一三八。

㉔ 參見拙著「論王驥德曲律對文心雕龍審美上的因襲」，中國文學批評討論會論文，一九八七年。

㉕ 見李漁「閒情偶寄」卷二「詞曲部」。

㉖ 亦見「閒情偶寄」卷一「詞曲部」。

㉗如「結構」、「選劇」、「格局」、「脫套」，李漁書中均有論及，又曾永義教授有「說排場」一文（明代戲曲小說國際研討會論文）於此問題敍之綦詳。張清徽先生「明淸傳奇導論」第四編、第一節（傳奇分場的研究」，則從傳奇劇本本身予以分析。

㉘見王季烈「螾廬曲談」卷二，「集成曲譜」聲集頁五十一，古亭書屋。

㉙見是書頁一二二—一二六。

㉚此齣於現存之吟香堂、納書楹四夢全譜均未見收錄。

㉛納書楹牡丹亭全譜作「遶池簾」。

㉜吟香堂曲譜原作「六時理鍼線」。

㉝納書楹作「玉山供」。

㉞納書楹作「搗練子」。

㉟納書楹作「番卜算」。

㊱納書楹作「瑣寒窗」。

㊲納書楹作「尾聲」。

㊳納書楹作「遶陽臺」。

㊴納書楹作「蒸餬餅」。

㊵納書楹作「金馬兒」。

㊶納書楹作「卜算仙」。

㊷納書楹作「雙梧鬪五更」。

㊸納書楹作「金馬樂」。

㊹納書楹作「雙棹入江泛金風」。

㊺納書楹作「一封書」。

46 納書楹作「搗練子」。

47 納書楹作南呂「稱人心」、仙呂「雨中歸」。

48 納書楹作「月夜渡江歸」。

49 納書楹作「懶扶歸」。

50 納書楹作「神杖雙聲」。

51 納書楹作「滴滴金」。

52 納書楹與前曲牌聯爲一曲。

53 納書楹作「鳳池遊」。

54 納書楹作「惜花賺」。

55 納書楹作「榴花泣」。

56 納書楹作「孤飛雁」。

57 納書楹作「不是路」。

58 納書楹作「劍器令」。

59 納書楹作「玉桂五枝」。

60 納書楹作「玉桂五枝」。

61 納書楹作「十二漏聲高」。

62 納書楹作數乾板。

63 納書楹作「鴈兒落帶得勝令」。

64 納書楹作「滴滴金」。

65 明人向有「北宗『中原』；南宗『洪武』」之說，然湯氏傳奇押韻「魚模」、「齊微」、「蕭豪」三韻皆不似「洪武正韻」各析爲二；又入聲常與平、上、去混押，此種情形與「中原音韻」較爲接近，故此處韻部姑以

「中原音韻」爲準。

66 見王守泰「崑曲格律」頁卅三。江蘇人民出版社，一九八二。

67 見王守泰「崑曲格律」頁廿三。

68 見趙景深「讀曲小記」頁一七七，中華書局，一九五九。

69 見趙景深「戲曲筆談」頁一二〇—一二二，中華書局。

70 鄭振鐸「劫中得書記」頁一一七。古典文學出版社出版，一九五七。

第三章 牡丹亭之曲譜與套數

從四折體製的北雜劇到不定齣數的南劇，是中國戲劇體製上一個重大的改革。南劇發祥於江左一帶，徐渭「南詞敘錄」曰：

> 南戲始於宋光宗朝，永嘉人作趙貞女王魁二種實首之，故劉后村有『死後是非誰管得，滿村聽唱蔡中郎』之句。或云：宣和間已濫觴，其盛行則自南渡，號曰永嘉雜劇，又曰鶻伶聲嗽，其曲則宋人詞而益以里巷歌謠，不協宮調。……

然早自金元入主中國，塡詞作曲，却產生了所謂的「北曲」，王世貞「藝苑巵言」說到：「曲者，詞之變。自金元入中國，所用胡樂嘈雜，緩急之間，詞不能按，乃更爲新聲以媚之。」❶魏良輔「曲律」說到其中的差異時提到：

> 北曲與南曲大相懸絕，有水磨調、弦索調之分。北曲字多而調促，促處見筋，故詞情多而聲情少，南曲字少而調緩，緩處見眼，故詞情少而聲情多，北力在弦索，宜和歌，故氣易粗；南力在磨調，宜獨奏，故氣易弱。

而聽曲之感覺，徐渭「南詞敘錄」又加以說明：

> 聽北曲使人神氣鷹揚，毛髮灑淅，足以作人勇往之志，信胡人之善於鼓怒也！所謂『其聲噍殺以立怨』是已。南曲則紆徐綿眇，流麗婉轉，使人飄飄然喪其所守而不自覺，信南方之柔媚也，所謂『亡國之音哀以思』是已。

於是勁壯雄麗的北曲與清峭柔遠的南曲形成了强烈的對比，在北曲極盛的時代，也就是以「新聲媚之」的元代，北曲是屬於士大夫階層的。元代滅亡之後，明太祖朱元璋特推崇高明「琵琶記」，該劇以南曲演唱，配合明代統治階層「教忠教孝」的政策，於是深入民間。沈寵綏「度曲須知」有云：

> 明興，樂惟式古，不祖夷風，程士則四書五經為式，選舉則七義三場是較，而偽代填詞往習，一掃去之。雖詞人間踵其轍，然世換聲移，作者漸寡，歌者寥寥，風聲所變，北化為南，名人才子，踵琵琶拜月之武，競以傳奇鳴；曲海詞山，於今為烈。而詞既南，凡腔調與字面俱南，字則宗洪武而兼祖中州……。（曲運隆衰）

所謂：「宗洪武而兼祖中州」，已明示當時戲曲文學的語音問題，於是到了嘉靖、隆慶之際，自魏良輔首創水磨調之後，吳地人士，皆祖崑山魏氏，造成「北詞幾廢」的現象。沈德符「顧曲雜言」云：「自吳人重南曲，皆祖崑山魏良輔，而北詞幾廢，今惟金陵尚存此調。」❷已說明了崑山腔以其流麗悠遠的特色擅場，「度曲須知」又云：

> （魏良輔）憤南曲之訛陋也，盡洗乖聲，別開堂奧。調用水磨，拍捱冷板。聲則平、上、去、入之婉協，字則頭、腹、尾音之畢勻，功深鎔琢，氣無烟火。啓口輕圓，收音純細……要皆別有唱法，絕非戲場聲口。腔曰崑腔，曲名時曲。聲場稟為曲聖，後世依為鼻祖。蓋自有良輔，而南詞音理已極抽秘逞妍矣。

就是因爲崑曲有此特點，故能深深的感人。徐渭「南詞敍錄」云：「崑山腔……流麗悠遠，出乎三腔（海鹽、餘姚、弋陽）之上，聽之最足蕩人，妓女尤妙此。」。之後梁辰魚創作「浣紗記」，崑曲由是名噪天下，而「崑腔」之名，亦由此而定。「梅花草堂筆記」卷十二「崑腔」條云：

> 梁伯龍聞，起而效之。考訂元劇，自翻新調，作「江東白苧」、「浣紗」諸曲，又與鄭思笠精研音理，唐小虞、陳梅泉五七輩雜傳之，金石鏗然，譜傳藩邸戚畹金紫熠爚之家。而取聲必宗伯龍氏，謂之「崑腔」。

崑腔以靜好腔調及文雅細膩的曲辭，得到了士大夫的賞識，直到清嘉慶初年，未被四喜、三慶、和春、春臺四大徽班逐漸取代之前的這段期間，一直風靡人心，此一原因，在於崑曲唱作並佳，而音樂唱腔也表現魅力。以下即從崑曲的音樂及唱腔分析，並列舉曲譜以言。

第一節　崑曲音樂

古典戲曲，當以崑曲音樂曲牌最豐富，崑曲屬曲牌音樂❸，據統計，其曲牌分南曲一五一三個、北曲五八一個，共計二〇九四個曲牌❹。而在南曲一折戲中同一曲牌連唱二段，稱之「前腔」的曲牌，由於唱腔不同於前曲；以及北曲內所謂重唱的第二段曲牌「么篇」，如此之「又一體」，南曲曲牌有二七六二個，北曲有一七〇四個，共計有四四六六個。

這麼多數量的曲牌，音樂是相當豐富的，而崑曲之內保存的民歌亦多，如「琵琶記」全套曲譜四十二折用了二百三十個不同的曲牌，其中的水調歌、胡搗練、稱人心、吳小四、太平歌、大勝歌、划鍬令等；「金貂記」的「北詐」，有金蕉葉、調笑令、聖藥王、麻郎兒、佫絲娘；「牧羊記」中「告雁」的一盆花、亭前柳、勝葫蘆；「胖姑」的豆葉黃、一緺兒麻、喬牌兒、梅花酒；「借扇」的石鶴子、古鮑老、雙玉環、柳青娘、道和❺，皆是民歌，此外「西樓記」・「樓會」中的大迓鼓，「六國封相」的「村里迓鼓」，亦傳說出於湖北黃梅縣。（黃梅戲之原始調即迓鼓調）。

至於崑曲的過門爲「弦索調吹腔」，其調式爲配合載歌載舞的繁複身段，因此過門不若皮黃劇長，所以結構上較爲緊湊。崑曲之中亦有佛道音樂保存其內，如「孽海記」・「思凡」小尼姑色空上場的誦子爲佛教音樂，「玉簪記」擺道場的道教音樂皆是。

以下從崑曲之「工尺譜」及「唱腔」兩方面，試析崑曲音樂及腔調美化之情形：

㈠崑曲的工尺譜

「工尺譜」是我國民間流行的一種記譜方式，由於它以漢字來記寫，因此亦稱爲「字譜」，又因其用之於簫管，故又名之「管色譜」或「笛色譜」。工尺譜究竟創於何時，已難查考。目前各地流行之工尺譜，其寫法與讀法，亦不盡相同。

崑曲的工尺譜，基本上包括「上、尺、工、凡、六、五、乙」等七個基本符號，這七個符號其實就是古代音樂理論中所謂「五音二變」七個音之簡符。其間關係可參酌下表：

簡譜符號	五音二變	工尺符號
1	宮	上
2	商	尺
3	角	工
4	變徵	凡
5	徵	六
6	羽	五
7	變宮	乙

由此七個音組成的音階相當於西洋音樂中之「大音階」，但南曲中，例不用「凡、乙」二音，即僅有「五音」而無「二變」，其組成之音階實爲西樂中所謂「五聲音階」。北曲工尺譜，則包括此七音之全部。

在此七個工尺符號中，「上」音值最低，依次上升，「乙」音值最高。在崑曲工尺譜中，此七音另有低音與高音，低音作：「上、尺、工、凡、合（亽）、四（ㄋ）、一」，高音通常只到「仉」，按音高次序爲「上（仩）、尺（伬）、工（仜）、凡（仉）」，其配對關係，可由下表得知：

上	尺	工	凡	合（亽）	四（ㄋ）	一
1̣	2̣	3̣	4̣	5̣	6̣	7̣

（仩）	（伬）	（仜）	（仉）			
上	尺	工	凡			
1̇	2̇	3̇	4̇			
上	尺	工	凡	六	五	乙
1	2	3	4	5	6	7

此外，亦當提及笛色，崑曲音樂以橫笛❻爲主要樂器，崑曲工尺譜中所謂的笛色，相當於西洋音樂之「調性」。在西樂中以「C」音爲「1」，所構成之音階稱作「C」調，若把音階全部的音各向上移動一個全音而以「D」音爲「1」，則構成「D」調。所謂「笛色」，即用於說明擫笛吹奏時，以某音作爲「宮」音。

基本的笛色爲「小工調」，若用曲笛吹奏時，將六個笛孔全閉，則可發出小工調之「合」音，此時之音階相當於西樂之「D」調。以此類推，可得調名如下表：

A	乙字調
G	五字調（正工調）
F	六字調
bE	凡字調
D	小工調
C	尺字調
bB	上字調

故橫笛上有七種調法，爲戲曲音樂所使用，笛有六孔，其七調在橫笛吹奏時之情形如下：

尺字調 C

六	○●●●●○
凡	●○●●●●
工	●●○○○●
尺	●●●○●○
上	●●●●○●
乙	●●●●●○
五	●●●●●●

小工調 D

凡	○●●●●○
工	●○○○○●
尺	●●○○○●
上	●●●○●○
乙	●●●●○○
五	●●●●●○
六	●●●●●●

凡字調 bE

工	○●○○●●
尺	●○○○○●
上	●●○○○●
乙	●●●○○○
五	●●●●○○
六	●●●●●○
凡	●●●●●●

六字調 F

尺	○●○○●●
上	●○○○○●
乙	●○●●●●
五	●●●○○○
六	●●●●○○
凡	●●●●●○
b工	●●●●●●

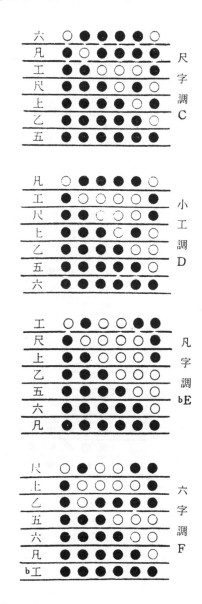

上	○	●	●	●	●	○	
乙	●	○	○	○	○	●	五字調G
五	●	●	○	○	○	●	
六	●	●	●	○	●	○	
凡	●	●	●	●	○	●	
工	●	●	●	●	●	○	
尺	●	●	●	●	●	●	

乙	7	○	●	○	○	●	●	
五	6	●	○	○	○	○	●	乙字調A
六	5	●	●	○	○	○	●	
凡	4	●	●	●	○	●	○	
工	3	●	●	●	●	○	○	
尺	2	●	●	●	●	●	○	
上	1	●	●	●	●	●	●	

五	○	●	○	○	●	●	
六	●	○	○	○	○	●	上字調bB
凡	●	●	○	○	○	●	
工	●	●	●	○	○	○	
尺	●	●	●	●	○	○	
上	●	●	●	●	●	○	
b一	●	●	●	●	●	●	

至於調名之決定，張世彬「中國音樂史論述稿」第五編敘之極詳，其言曰：

> 一般說來，工尺譜用七個調。在七個調中間，又以『小工調』為主，其餘各調，都以小工調各音的音名為調名，而且又各自從其『工』音的絕對音高來相當於小工調各音的絕對音高。換言之，將小工調的某音作為另一新調的『工』音時，則這新調就稱為某調。例如，以小工調的『上』音為『工』音的調，為『上字調』；以小工調的『尺』音為『工』的調，為『尺字調』；其餘可以類推。

此一調名之命名方式，可列下表說明，加以比對，一目瞭然。

工尺譜調名	小工調各音與各調『工』音的關係	合今調
上字調	上尺工凡六五乙 仩伬仜仉亻六伍	♭B
尺字調	一 上尺工凡六五乙 仩伬仜仉亻六	C
小工調	四一 上尺工凡六五乙 仩伬仜仉	D
凡字調	合四一 上尺工凡六五乙 仩伬仜	♭E
六字調	凡合四一 上尺工凡六五乙 仩伬	F
五字調	工凡合四一 上尺工凡六五乙 仩	G
乙字調	尺工凡合四一 上尺工凡六五乙	A

(二) 崑曲的唱腔

前代唱曲，講究口法，如王季烈「螾廬曲談」．「論度曲」云：「度曲者於字頭字尾，固應分晰清楚，然其最著力，而唱得飽滿之處，却在字腹，使人動聽之處，亦在字腹，蓋字頭惟露於一字出口之初，瞬息卽過，字尾旣出，則此字之音，立卽完畢，不能再爲延長，若將字頭之音，侵入字腹，則刻劃太甚，反失眞音，字尾吐露太早，則其音卽絕，而歌聲中斷，皆求工而反拙矣，故唱曲者，於字腹亦不可不注重。」

就資料顯示，前代曲律著作，提出「掇」、「疊」、「擻」、「霍」四種基本口法，而王季烈「與衆曲譜」所附錄之「度曲要旨」，則由之擴充爲「掇、疊、擻、霍、豁、斷」六種❼，依其所言，皆爲聲腔上之變化，而其目的，在求演唱不致單調枯燥，其言曰：

> 掇者，一腔出口之後，略停而後續之，使一腔變為高低相同之兩腔，如工變為工工，尺變為尺尺是也。
>
> 疊者，重疊其音，使一腔變為數腔，如工變為工工工，尺變為尺尺尺是也，長三眼之腔，其後二眼，往往用疊，凡作疊者，宜動下頦，而不宜動喉舌，蓋動下頦，則舌之前端，雖隨而動，舌之後端仍不動，若動舌而不動下頦，則舌之前後俱動，喉中之聲帶，亦隨之忽鬆忽緊，而易走腔矣。
>
> 擻者，忽高忽低，搖曳其聲之謂也，其動作在喉舌。
>
> 霍豁斷三腔，用以區別上去入三聲之字，皆在字之第一腔後。豁者，第一腔盡時，加一較高音，如工後加六，上後加尺，譜中作ノ者是也。霍者，與豁相反，第一腔後，附一較低音，譜中偏寫之工尺等字是也；歌者於此腔，可不唱，略斷而轉腔可矣。斷者，用於入聲字，第一腔出口卽斷，以別於霍。

其中所謂「霍、豁、斷三腔，用以區別上、去、入三聲之字」，已表明字音與「腔格」上密切的關係，而此種看法，在俞粟廬（宗海）「粟廬曲譜」・「習曲要解」之內，更爲擴至十五種之多，俞派唱法追求美化，以聲腔配合劇情及舞臺動作，又兼顧「四聲腔格」，可謂極盡度曲情致，即以此，今人習曲者莫不以之爲圭臬，粟廬之子俞振飛，又於其「振飛曲譜」❽增「疊腔連擻腔」一腔，凡十六種，玆將「粟廬曲譜」及「振飛曲譜」內言及十六種聲腔唱法，條釋如下：

㈠ 帶腔　凡有三式，「粟廬曲譜」言：

(甲)凡在一音連續之中，於應行換氣之處，小作停頓，再迅行仍用原音，續唱而下者，謂之帶腔。如游園折步步嬌閒庭院之閒字庭字，閒字腔格為『上尺工。尺、上』此「工」字下之一點，即係帶腔，庭字腔格為『四上尺上。四、合』此「上」字下之一點，亦係帶腔。

(乙)凡一腔小作停頓後，於前一腔完畢而後一腔未起之先，所唱之另一工尺為帶腔。如游園折步步嬌停半晌之停字腔格為『四。尺上尺工』以「四」字下旁注之「尺」字，即係帶腔。

(丙)凡上下兩字之曲文有不宜分唱者，則於前一字末腔之後，後一字未唱之先，另加一工尺或一點，即為帶腔。如游園折醉扶歸愛好是天然之「好」字，其腔格為『四上。尺五』「是」字腔格為『六五六工、尺』此「好」字腔末旁注之「五」字，即係帶腔，唱者唱至好字最末一腔之時，應小作停頓，再行接唱此五字，以帶至下文是字第一腔之六字。……

㈡ 擻腔　「粟廬曲譜」言：

凡一腔將盡之際，其腔音下轉者，唱者每易將尾音上揚，致有轉入去聲之弊（振良按：去聲腔格用「豁」腔為其主要腔格）特用本腔扣住之，故用於平聲字較多……如游園折皁羅袍誰家院之家字，腔格為『上、尺上四、合 』此四字下之一點，卽係撮腔，（按此腔格四．合共佔一眼）唱時應四．唱半眼，合字唱半眼，共唱一眼，故此一點之符號，緊接四字以明之，唱時應較輕鬆。

㈢ 帶腔連撮腔 「粟廬曲譜」言：

如游園折步步嬌閒庭二字之尾腔，卽俱係帶腔連撮腔。按閒字腔格為：『上、尺工、尺、上』此工字下之一點乃係帶腔，尺字下之一點卽係撮腔，至於庭字腔格為『四、上尺上、四．合』此上字下之一點係帶腔，四字下之一點係撮腔。

㈣ 墊腔 「振飛曲譜」言：

在曲子裏，有些腔音向上的工尺，中間都相差一個音……如果照譜實唱、實吹，由於中間少了一個音，而捍格不順。為求順適起見，往往在「上」、「工」之間添一個「尺」的墊音，這個「尺」就是墊腔。

「粟廬曲譜」則舉游園折皂羅袍「誰家院」之「誰」字其文云：「『誰』字，其腔格為『四上尺』，此旁注之「上」字，卽係墊腔。」（振良按：這是一種腔格上的創新，主要是增加聲腔的搖曳跌宕。）

㈤ 疊腔 「粟廬曲譜」言：

疊腔與撮腔原理相同，皆平聲字而不許其腔音上揚，故用撮腔或疊腔扣住之，其因腔格變化，亦間有用於上去聲字者，疊腔之符號與擻腔相同，均為本工尺下加一小點，惟擻腔必為一拍三工尺者；疊腔則為兩拍三工尺者，其前二音亦必同為一工尺佔一拍，後一工尺佔一拍。如游園折步步嬌春如線之如字，腔格為『四上尺上四』，此上．即為疊腔，至於去聲字用本腔者，如游園折步步嬌春如線之線字，其腔格為『工尺上四』，因第一音之工字已用豁腔，下面「尺上四」三音，極易唱成「尺工上四」，故尺字下用本腔扣住之。又有三疊腔之符號，則於本工尺下連作兩點，如游園折醉扶歸愛好是天然之天字，其腔格為『上尺上四』，此上字下之兩點，即係三疊腔。

三疊腔之變例　「粟廬曲譜」舉爲求適合劇情者，將三疊唱成一疊，或四疊之例。

(六)　啜腔　「振飛曲譜」言：

兩個工尺相連，如果音階是向上的，有時為了唱來迂迴曲折，可以把這兩個工尺重複一遍，尺寸仍在一拍之中。如「尺工」唱作「尺工尺工」，「上尺」唱作「上尺上尺」，這就是啜腔。例如游園步步嬌中「停半晌整花鈿」的「整」字，腔格為工尺工，可以唱做工、尺工尺工，這裏末尾「尺工」兩音就是啜腔。

(七)　滑腔（又名揉腔）　「振飛曲譜」言：

如果一個腔的音階是向下行進的，為了唱得跌宕生動，有時把兩拍之中的一個工尺迭唱一下，叫做滑腔。如游園步步嬌中「停半晌整花鈿」的「花」字，腔格為六五六工，就唱做六。五、、六工……滑腔的一點必在眼上或板上，而且這一拍必是三個工尺。

(八) 擻腔　「粟廬曲譜」言：

凡一腔之中為求唱來宛轉動聽計，特就原有腔格之腰眼或腰板之間，別加三工尺搖曳其音者為擻腔，其符號作〵，（振良按：亦可作〰）如游園折步步嬌閒庭院之院字，其腔格為『四、上尺、、上四。、』細晰之，四上兩字下之尺〵，其工尺為『尺（工尺尺）』此工尺卽係擻腔。

又「振飛曲譜」提到唱法：

擻腔就是古人所謂「遲其聲以媚之」，唱時要運用面頰和下巴這兩個部位，若只用喉部來顫動，就唱不圓，也失去了字準腔圓之意。

(九) 疊腔連擻腔　「振飛曲譜」言：

在曲子中，有時疊腔下面連唱擻腔。這種腔總是四疊腔，唱法是把四疊腔唱出前三疊，然後用擻腔來代替第四疊。例如「琴挑」、「朝元歌」中「一番花褪」的「番」字，「慈悲方寸」的「悲」字。

(十) 豁腔　「粟廬曲譜」言：

凡所唱之字屬去聲，於唱時在出口第一音之後加一工尺，較出口之第一音高出一音，俾唱時音可向上遠越，不致混轉他聲者為豁腔，符號作ㄥ，其非去聲字，切不可用之。……豁腔因非主腔，故不當實唱，僅於主腔將盡時略揚卽可矣。

(十) 嚯腔　按王守泰「崑曲格律」云：「嚯腔用於配合曲詞裏的上聲字」❾，「粟廬曲譜」於此亦說：

凡唱上聲字出口後之落腔，及遇工尺較長或過於板滯之腔時，特少唱一音，使之空靈生動，此少唱之腔音卽係嚯腔，如游園折醉扶歸愛好是天然之是字，其腔格為『六ㄅ五六工、尺』，唱至五字時，須張口略吸半口氣而不出聲，此不出聲之五字，卽係嚯腔。……嚯腔者，亦卽吞吐之吞字法也。

(十一) 哼腔　「振飛曲譜」言：

陰上聲及陽平聲濁音字，出口時要用力噴吐，出音比本工尺稍高一些，但時間很短，最多不能超過半眼，就要回到本工尺，這就是哼腔。所謂稍高一些者，要注意不能過高，只能虛唱，不能唱實，以悅耳為度。比如游園醉扶歸中「花簪八寶瑱」的「寶」字，腔格為四上尺、上，第一個「四」字就用哼腔，出口第一眼的前半個音要用噴吐，比本工尺略高，到後半個音仍舊回到「四」本音。

(十二) 拿腔　「振飛曲譜」言：

拿腔的用法和前面所述各種腔格不同，前述各腔是用在某一工尺、某一腔上，而拿腔是用在一句或者幾句曲文的中間，使得氣氛加強，以配合表演動作。而「粟盧曲譜」則舉「西廂記」‧「佳期」折、十二紅「無端」兩句：

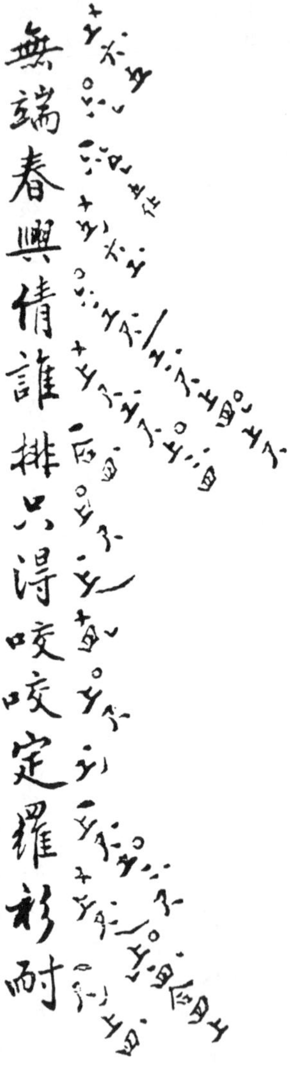

並云：「唱此兩句時，拿腔即起於『誰』字上……三疊腔，而終於『只得咬』之『咬』字。

(四) 賣腔　「振飛曲譜」說：「為了加強氣氛，唱時將某一個音特別拖長，叫做賣腔。「粟盧曲譜」舉「鐵冠圖」「刺虎」折朝天子：「早難道貪戀榮華」之「難」字與「道」字，「難」字之腔格為『仩乚乚』，道字之腔格為『五/仩』難字之仩字，與道字之五字，俱屬賣腔。

(十五) 橄欖腔 「粟廬曲譜」、「振飛曲譜」均指此腔是「唱時由輕而響再由響而收，狀如橄欖之首尾兩尖，故名橄欖腔」⑩如牡丹亭「愛好是天然」之「天」字，其腔格為『上尺上四』「上」字之板式，出口之時要由抑而揚，從中眼起至板上放足，頭眼上收束。

(十六) 頓挫腔 「振飛曲譜」指出頓挫腔與帶腔第二式不同。他說：「頓挫腔有三個特點：第一、一拍四個工尺；第二、旁注的小字工尺必與末一個工尺相同；第三、出口第一個音的頓腔，必定比挫腔低兩個工尺。」「粟廬曲譜」舉游園折「沈魚落雁」之「落」字，謂普通腔格為『四上尺』，如唱為頓挫腔，即應作：『四尺上尺』旁注「尺」字，即為頓挫腔。

由以上十六個崑曲唱腔分析，影響唱腔的因素是口法，而工尺譜的節奏操之於板眼符號，板眼之改變因素，是操之於劇情上的要求，當然，字音本身會影響整個腔格的發展，如上述豁腔即是去聲腔格、嚯腔則配合曲詞裏的上聲字，至於陰上聲及陽平聲濁音字，出口要用力噴吐，即形成啐腔。如就四聲分析其可產生的腔格，可得到以下足資參憑的度曲原則：

（**平聲**）

可用擻腔（撮腔）、疊腔增加聲腔的活潑，不致過於死板，而能凸顯出「平道莫低昂」的腔格。

（上聲）

上聲的字調特色在於低沈⓫，故常在曲文中居工尺之最低音，如游園「醉扶歸」中「花簪八寶瑱」的「寶」字，以「啐腔」唱出；又如驚夢「山坡羊」中「揀名門一例一例裏」，「裏」字爲上聲，工尺作『尺上四』，末音『四』是此句配腔內音值最低的一個工尺，也以「啐腔」唱出。此外，上聲有時也用嚯腔把低沈的末音出口後立卽截斷，唱成呑音，如「長生殿」．「密誓」的「集賢賓」：「天賜佳期剛半頃」之「頃」字，其工尺作『上尺上工』，其中『尺』到『上』卽以嚯腔唱成呑音。

（去聲）

去聲在聲韻學研究中稱爲「發調」，字調跌宕起伏，故常用豁腔來表現其起伏性，如游園「皁羅袍」曲牌：「原來姹紫嫣紅開遍」的「姹」工尺作『六尺上』；「遍」工尺作『六尺上四上』，兩字皆是去聲，故首音『六』皆用豁腔來表現。而豁腔不可唱實，方能表現去聲腔格波折多變與悅耳。

此外，去聲亦可用擻腔來增加調型的顫動起伏，如游園「皁羅袍」：「賞心樂事誰家院」的「院」字，工尺作：『合四上四』，腔腹『上』音卽採擻腔表現去聲的波動性。

（入聲）

南曲入聲字的工尺首音出口後戛然而止，再由次音起腔，以突出促音的特點，「與衆曲譜」謂之「斷腔」，如「遊園」．「步步嬌」：「沒揣菱花」之「沒」字，工尺作『工尺』，「醉扶歸」：「出落的」三字皆爲入聲，其工尺作：『出落的』三字皆出口唱成斷腔，入聲字調之特性，已昭然若揭。

此外，入聲也未必唱爲斷腔，其例如「醉扶歸」中的「八寶瑱」，「八」字爲入聲，其工尺作『六、五、六』，其首音『六』已唱出四分之三拍乃斷，非一出口卽斷，習曲者應將此字唱重，方能表現出入聲之特性。

而各曲譜於腔調上之名稱則如下表所列：

前代曲律	與衆曲譜	粟廬曲譜	振飛曲譜
		帶腔	帶腔
掇腔	掇腔	撮腔	撮腔
		帶腔連撮腔	帶腔連撮腔
		墊腔	墊腔
疊腔	疊腔	疊腔	疊腔
		啜腔	啜腔
		滑腔（又名揉腔）	滑腔（又名揉腔）
擻腔	擻腔	擻腔	擻腔
			疊腔連擻腔

		豁腔	豁腔	豁腔
霍腔	霍腔	嚯腔	嚯腔
		哰腔	哰腔
		拿腔	拿腔
		賣腔	賣腔
		橄欖腔	橄欖腔
	斷腔（常用於入聲字）	頓挫腔	頓挫腔

第二節　牡丹亭的曲譜

王季烈「螾廬曲談」卷三「論宮譜」云：

釐正句讀，分別正襯，附點板式，示作曲家以準繩者，謂之「曲譜」；分別四聲陰陽、腔格高低，旁注工尺板眼，使度曲家奉為圭臬者，謂之「宮譜」。

這段話意思是說：以呈現曲詞「格律」爲主（句讀、正襯、板式）的稱之爲「曲譜」，所專爲度曲正音而輯的「宮譜」不同，二者區別，是以用途作爲標準的。

曲譜代有新作，其編輯目標乃提供塡詞製曲之用，故列曲詞、句讀、韻位、板位，而不記樂譜。影響較大的有「太和正音譜」、「南曲譜」、「嘯餘譜」、「北詞廣正譜」、「欽定曲譜」、「南詞定律」、「十二律崑腔譜」、「南北詞簡譜」等。

至於一般所用來唱曲的「宮譜」，由於曲詞旁邊註明工尺，於是亦泛稱爲「曲譜」，例如以下所列之曲譜，實則爲度曲而設，因此，有必要予以說明，但在名稱上則仍舊從俗。目前唱曲所用曲譜，可得如下：

㈠「九宮大成南北詞宮譜」　周祥鈺、鄒金生編輯。

㈡「吟香堂曲譜」馮起鳳編、乾隆刊本。

㈢「納書楹曲譜」（正、續、外集）、葉堂（懷庭）編、乾隆刊本。

㈣「納書楹四夢全譜」（牡丹亭、邯鄲記、南柯記、紫釵記）（同前）。

㈤「遏雲閣曲譜」王錫存輯、同治刊本。

㈥「崑曲粹存」嚴觀濤、嬾莽輯、清宣統刊本。

㈦「六也曲譜」怡庵主人製、民十年。

㈧「集成曲譜」王季烈輯、民十三年商務印書館。

㈨「崑曲大全」怡庵主人製、民十四年世界書局。

㈩「與衆曲譜」王季烈輯、民二十九年。

(十一)「崑曲新導」劉振修編、民十七年上海中華書局排印。

(十二)「春雪閣曲譜」紫雲社曲譜存稿，民十年上海朝記書莊。

此外，坊刊「西廂」、「荆釵」、「琵琶」、「長生殿」之曲譜亦多有。可謂極其豐富多樣。

而尚未刊行的曲譜，目前據資料顯示者：有葛緝甫「可讀廬曲譜」稿本⑫。及「平聲社」所唱「百順記・賞菊」、仙霓社所唱「長生殿・重圓」⑬。此外，趙景深先生記敍崑曲老前輩徐凌雲先生所藏的賡春曲社十餘冊之記錄當中，發現周石僧所藏曲譜一百冊之內，有崑曲（九百六十八齣）其總目爲⑭：

荆釵記　長生殿　琵琶記　浣紗記　雙珠記　一捧雪　風箏誤　漁家樂　幽閨記　釵釧記
十五貫　繡襦記　鐵冠圖　滿床笏　占花魁　尋親記　邯鄲記　呆中福　紅樓夢　牡丹亭
紅梨記　翡翠園　蝴蝶夢　西廂記　連環記　八義記　千金記　玉簪記　永團圓　西樓記
白兔記　水滸記　折桂傳　金印記　義俠記　醉菩提　白羅衫　衣珠記　牧羊記　精忠記
黨人碑　宵光劍　雙紅記　翠屏山　千鍾祿　慈悲願　白蛇傳　兒孫福　金鎖記　雙官誥
爛柯山

其蒐羅之富，遠超過「集成曲譜」。趙氏曾於其書中說：「希望藏此書的主人，能本學術公器之義，借出來摘要傳鈔刊布，以廣流傳。」，然而迄今尚未有出版消息，至爲可惜。

目前比對曲譜，除「納書楹曲譜正、續、外集」、「春雪閣曲譜」、「崑曲新導」、「六也曲譜」、「崑曲粹存」之外，皆有收載牡丹亭齣目，其中「吟香堂曲譜」、「納書楹四夢曲譜」爲全本，「遏雲閣曲譜」等爲選齣，今分別敍述如後：

(一) 現存爲全本者

(甲) 馮起鳳「吟香堂曲譜」

「吟香堂曲譜」四卷，馮起鳳編，前有乾隆己酉（一七八九）五十四年的石韞玉題序，內容包括湯顯祖「牡丹亭」二卷，洪昇「長生殿」二卷。是目前所知「牡丹亭」全本曲譜中最早刊本⑮。

此一曲譜最大特點，除保留清初「牡丹亭」崑曲唱腔之外，在於所用曲牌名稱皆有眉批說明異同及新舊名稱。又於每一曲牌上註明宮調，如第二齣「言懷」：仙呂宮集曲〔六時理鍼線〕曲牌，眉批云：「舊名九迴腸」（按：今通行本皆作〔九迴腸〕，未註宮調），而曲譜上又標示爲〔解三酲〕（首至七）、〔鍼線箱〕（三至六）、〔急三鎗〕（五至末）三支曲牌所集成之曲，研究至爲方便。

齣目方面，無通行本第一齣「標目」，其餘皆同。「玩眞」一齣附載有「叫畫」；「驚夢」齣後附有「堆花」⑯，所用標示工尺之板眼符號爲：

、（頭板）　ㄴ（腰板）　□（底板）

×（頭贈板）　∠（腰贈板）

。（正眼）　‖（側眼）

而無小眼（含正眼、側眼）。又其各齣之末曲，通行本及「納書楹曲譜」作「尾聲」，此曲譜均爲不同，如黃鐘宮〔三句兒煞〕（訓女）、〔喜無窮煞〕（訣謁）、〔不絕令煞〕（寫眞）、〔本音隨煞〕（虜諜）、〔慶餘〕（慶音腔）（詰病）、〔尚按節拍煞〕（謁遇）、〔尚輕圓煞〕（魂遊）、〔情未斷煞〕（旁疑）、〔不絕令煞〕（婚走）、〔尚如縷煞〕（移鎮）等，可一窺曲詞體製。

又曲文宮調的安排。一般坊刊本均無註明，「吟香堂曲譜」則均有保留，一則可觀曲牌所屬之宮調，一則又能洞悉南北曲套數體製，按南北曲套數體製，本應用相同一宮調所屬曲牌，否則極易造成宮調紊亂，不便歌唱，然則爲適應劇情之變化，亦能向其他宮調借用曲牌，此謂之「借宮」，許守白「曲律易知」卷上⑰云：

> 南曲宮調，有仙呂、正宮、中呂、南呂、黃鐘、道宮、越調、商調、雙調、仙呂入雙調、羽調、大石、小石、般涉共十四種。……若謂同在一宮同一管色之曲，卽可以聯貫成套，則又不然。卽以仙呂言，美中美油核桃，與醉羅歌醉花雲，同是小工，而向未有聯為一套者。……

於是其書「論犯調」⑱對「借宮」解釋爲：

何謂借宮？蓋傳奇每折所聯套數，有時於本宮曲牌之外，亦取別宮之曲牌聯接，是謂借宮。

這種情形在「吟香堂曲譜」內所列，隨處可摭，如「訓女」：

中呂宮引〔滿庭芳〕
商調引〔遶池遊〕
仙呂宮集曲〔玉山頹〕
〔其二〕
正曲〔玉胞肚〕
〔其二〕
〔其三〕
〔其四〕
黃鐘宮〔三句兒煞〕

再如「硬拷」一齣，其套數以宮調標示，尤爲清楚：

仙呂宮正曲〔風入松慢〕
本宮引〔糖多令〕
仙呂入雙角合套〔北新水令〕
〔南步步嬌〕

〔北折桂令〕
〔南江兒水〕
〔北雁兒落〕
〔南絲衣舞〕
〔北收江南〕
〔南園林好〕
〔北沽美酒帶太平令〕
雙調〔雙煞〕

(乙) 葉堂「納書楹牡丹亭全譜」

葉堂是清代極出色的音樂家，字廣平，號懷庭居士，乾隆間長洲人。其生平整理校訂之曲譜，據錢思元「吳門補乘」續編卷十一「藝文」云，計有：

納書楹曲譜正集四卷，續集三卷，補遺四册（王文治、許寶善序）。湯臨川四夢曲全譜，北西廂曲譜。

其所創作之曲譜，並受到戲曲界推崇，清・李斗「揚州畫舫錄」卷十一說：「近時以葉廣平唱口為最著，納書楹曲譜為世所宗，其餘無足數也。」，即以該書最能體悟唱曲藝術之精要，故龔自珍的「書金伶」亦云：

……乾隆中，吳中葉先生以善為聲老海內。海內多新聲，……葉之藝能知雅樂俗樂之關鍵，分別銖忽，而通於本，自稱宋後一人而已。

葉堂是瞭解湯顯祖創作想法的，他對於湯顯祖的「不妨拗折天下人嗓子」提出個人獨特的見解，其云：「且曰：『吾不顧捩盡天下人嗓子。』此微言也，若士豈眞以捩嗓爲能事？嗤世之盲于音者衆耳！」他個人對湯顯祖有很高的評價，在「納書楹四夢全譜自序」中說：

臨川湯若士先生天才橫逸，出其餘技為院本，瑰姿奸骨，斫巧斬新，直奪元人之席。

於是對於牡丹亭的字句，他不像明代沈璟、臧晉叔的改竄，而用音樂去遷就原作，「四夢全譜凡例」所謂「至其字之平仄聱牙，句之長短拗體，不勝枚舉。特以文詞精妙，不敢妄易，輒宛轉就之。知音者卽以爲臨川之韵也可，以爲臨川之格可也。」就能瞭解葉堂是以音樂去發揮原作的聲情與曲情。

至於葉堂是如何譜曲？又如何在不更動湯顯祖原著詞句之下去發揮唱腔。近人王季烈「螾廬曲談」點明用了「集曲」的方式，其文云：

> 玉茗四夢，其所填之曲，每不依正格，多一字，少一字，多一句，少一句。隨處皆是，葉懷庭制「四夢」譜，為遷就原文計，將不合格之詞句，就他曲牌選相當之句以標之，而正曲改為集曲矣。

許守白的「曲律易知」也採取同一看法。其「論犯調」節云：「湯若士所塡諸曲，最喜不循舊式。句法平仄，多剏新路，雖葉懷庭爲之改訂集曲新牌名，勉强合律，而所改諸曲牌，均非人所夙習。唱時窒礙滋多。」其實，這裏所謂的「窒礙滋多」仍是格律，管色上並無大礙：

> 如牡丹亭驚夢折，名曲也，後人譜之者，指不勝屈。然皆自誤誤人而已。此折除隔尾以前之外，接山坡羊是商調；山桃紅是越調；鮑老催是黃鐘，綿搭絮是越調，已自宮調雜亂極矣。曲牌之性質，則山坡羊是悲調，山桃紅是過場細曲；鮑老催是快調；綿搭絮是細膩慢調，亦極不倫不類，除管色僅可通融外，幾於無一合律。

因此，葉堂之爲「四夢」譜曲，可謂苦心，王文治爲「四夢全譜」所作序文有云：「懷庭乃苦心孤詣，以意逆志，順文律之曲折，作曲律之抑揚，頓挫綿邈，盡玉茗之能事。」

「納書楹四夢全譜」成書於清乾隆五十七年（一七九二），晚「吟香堂曲譜」三年，其中二譜相互之差異固有，但由於並非獨立創曲製譜，故彼此繼承傳統唱腔之處亦多，本章末尾一節有節敍之，此處不贅。

「納書楹牡丹亭全譜」齣目與「吟香堂」同，亦無首齣「標目」，「堆花」、「玩眞」則附於下卷之末，「牡丹亭全譜」所用以標示工尺譜之板眼符號為：

、（頭板）　└（腰板）　一（底板）

×（頭贈板）　|×（腰贈板）

。（正眼）　△（側眼）

亦無小眼（含正眼、側眼）。葉堂此書內，有多處齣目曲牌以數乾板方式處理，是其特殊處，如「勸農」：仙呂〔夜行船〕、〔延師〕：仙呂〔搗練子〕、〔鬧宴〕：正宮〔梁州令〕；越調〔金蕉葉〕、〔寇間〕：越調〔豹子令〕及「冥判」齣內一大段乾板。或亦為忠於湯氏原著而做如是之處理。至於「吟香堂曲譜」，則仍有工尺標示於曲文上。

㈡ 現存為選齣者

㈠ 遏雲閣曲譜

「遏雲閣曲譜」，王錫純輯，李秀雲拍正，目前所見之本，有清同治九年序刊本、光緒癸巳序刊本、宣統年間排印本、上海著易堂書局重印本。王錫純於同治九年撰作的序文曾對此書輯集的來龍去脈有如是說明：

余性好傳奇，喜其悲歡離合。曲繪人情，勝於閱歷，而惜其無善本焉，雖有納書楹舊曲，要皆九宮正譜。後綴白裘出，白文俱全，善歌者羣奉為指南，奈相沿至今，梨園演習之戲又多不合。家有二三伶人，命其於納書楹、綴白裘中細加校正，變清宮為戲宮，刪繁白為簡白，旁註工尺，外加板眼，務合投時以公同調，事涉游戲，未敢質諸大雅，然花晨月夕，檀板清謳，未始非怡情之一助也。是為序。（同治九年冬月遏雲閣主人書）

此曲譜共選錄明清以來戲曲八十七齣，爲舞臺實用演出選本，觀作者自序「家有二三伶人」一句，可知推斷不謬，而其中工尺板眼均較吟香堂與納書楹四夢譜爲詳細。

「遏雲閣曲譜」選錄「牡丹亭」的齣目，有「學堂」等九齣，其細目如後：

學堂　遊園　尋夢　拾畫　問路　勸農　驚夢　冥判　叫畫

其用以標示板眼的符號爲『、」一×⊠。△』，與「納書楹四夢全譜」相同，但又更加小眼中之、（正眼）」（側眼）使唱曲者有遵循。自其以下之集成、與衆、崑曲大全莫不以之爲準。且刊載賓白，最爲方便。

(乙) 集成曲譜

清末民初有三大曲家，曰：俞粟廬、吳梅、王季烈，這三人均將研究崑曲作爲畢生事業，在崑曲理論的建立上有重大貢獻。

俞粟廬與傳統唱曲的藝人合作，將以往文人清唱「書房曲子」的風氣，改向藝人學習，不斷的豐富崑曲的唱法，並將音韻學的理論應用到唱曲的方法上。吳梅則以學術的考證功夫，突顯崑曲爲一門學科，並帶入大學的講堂中，提昇了崑曲的文學地位，延續曲學命脈。而王季烈，由於出自張之洞門下，饒富西方科學知識，於是在三大曲家之中別樹一幟，「螾廬曲談」中的「主腔」概念，可說是他的重大發現。

王季烈、劉富樑合作編撰的「集成曲譜」，民國十三年上海商務印書館石印出版。按此書計出「金集」八卷、「聲集」八卷」、「玉集」八卷、「振集」八卷，凡卅二卷、卅六册。共收錄元明清三代以來實際演出戲曲四百十六齣，爲目前對崑曲譜蒐羅數量最豐贍者，其中並附「螾廬曲談」四卷冠於金、聲、玉、振各集之首，亦附有「集成曲譜曲韵」，將韻目分爲廿一類，凡平、上、去聲，皆列陰陽，入聲則派入三聲。

「集成曲譜」收錄「牡丹亭」二十齣，其細目爲：

訓女 學堂 勸農 游園 驚夢 尋夢 寫真 離魂 冥判 拾畫 叫畫 魂游 前媾
後媾 回生 婚走 問路 急難 硬拷 圓駕

這部曲譜，編纂時是爲使初學者入門，故繕寫編輯時亦特爲詳細。據此書內所刊載余宗海之序言可明：

> 自有明中葉迄今四百餘年，院本之作，無慮數千種，然佚者多而存者少……為度曲家圭臬者吟香堂、納書楹二家，前者有賓白而無宮譜（按：指醉怡情、綴白裘），後者有宮譜而刪賓白，皆不便於學者，至近日坊間所印各種曲譜大都由梨園脚本湊集而成，雖宮譜賓白兼全而腔格錯誤，別字連篇，貽誤學者，莫此為甚。余治崑曲六十餘年，每思就葉（堂）

譜加賓白，點小眼，汭成一書，以便初學而卒卒未果……。

故此書編輯之用心已明，而此曲譜之鉅大，亦屬空前，故以「集成」爲名，是爲無愧。

(丙) 崑曲大全

此書全名爲「繪圖精選崑曲大全」，計收聲文並茂之傳奇五十種，每種選劇四折，共計爲兩百折，共分爲四集，每集六册，凡廿四册，將曲白、板眼，悉心訂正，編纂者怡庵主人張芬於自序中云：

讀者感載讐載校之煩而違律乖音，度者有或抗或墮之苦，詒病後學，每嘗慨焉，爰搜故篋，雜採百編，精覈博選，雖未能稱千白之裘，咀宮含商，實足盡六引之妙，既無依訛沿誤之失，而有聚精會華之長……。

足見此書亦爲初學者而設。

「崑曲大全」選「牡丹亭」者凡四齣，即：

學堂　遊園　驚夢　尋夢

皆爲耳熟能詳的劇目，而編纂方針亦以通行爲主。

(丁) 其他

除上述「遏雲閣」、「集成」、「崑曲大全」之外，有關「牡丹亭」選齣之曲譜尚有「與衆曲譜」、「粟廬曲譜」。

「與衆曲譜」，王季烈編，民國廿九年北京合笙曲社石印本，又民國卅六年上海商務印書館石印本。按王氏原本編有「集成曲譜」，唯因卷帙浩繁，定價亦昂貴，攜帶不易，所以另編此曲譜，時有「小集成」之稱，其「序例」云：「歲壬戌，余與劉君鳳叔，共編集成曲譜，冀以矯正伶工脚本之失，書初出，不甚風行，兩次印行千餘部，遭兵燹毀去大半，存於今者僅數百部，而人之求此書者轉衆，近來楮值奇昂，重印匪易，友人勸余選通行之曲，釐正其宮譜，更輯一書，以便初學……。」可知其編輯宗旨。

「與衆曲譜」以王錫純「遏雲閣曲譜」爲藍本，共選百齣名劇，另有「度曲要旨」一卷，附於書內。其中選「牡丹亭」者，有以下各齣：學堂　勸農　游園　驚夢　花判（實爲冥判）　拾畫　叫畫。

「粟廬曲譜」，俞宗海撰。按錢基博曾說：「吳中曲學，啟篳路自俞宗海，而金聲玉振以吳梅及（王）季烈；歌場壇坫，大江以南，莫與京也。」

此書首附「習曲要解」，除註明板眼符號外，亦說明崑曲唱腔，如：帶腔、撮腔、墊腔、疊腔、啜腔、滑腔、擻腔、豁腔、嚯腔、哼腔、拿腔、賣腔、橄欖腔、頓挫腔等，選錄「牡丹亭」爲：遊園、驚夢、尋夢、拾畫。工尺板眼之標示尤爲細緻，爲目前最通行之「俞派唱腔」唱曲譜。

而綜述以上曲譜，各書選齣對照可列表如下：

齣目＼曲譜		遏雲閣	崑曲大全	與衆	集成	粟廬曲譜
一	標目					
二	言懷					
三	訓女				訓女	
四	腐歎					
五	延師					
六	悵眺					
七	閨塾	學堂	學堂	學堂	學堂	
八	勸農	勸農		勸農	勸農	
九	肅苑	學堂	學堂	學堂	學堂	
十	驚夢	遊園・驚夢	遊園・驚夢	遊園・驚夢	遊園・驚夢	遊園・驚夢
十一	慈戒					
十二	尋夢	尋夢	尋夢		尋夢	尋夢
十三	訣謁					
十四	寫眞				寫眞	
十五	虜諜					

十六	詰病					
十七	道現					
十八	診祟					
十九	牝賊					
二十	鬧殤				離魂	
廿一	謁遇					
廿二	旅寄					
廿三	冥判	冥判		冥判	冥判	
廿四	拾畫	拾畫		拾畫	拾畫	拾畫
廿五	憶女					
廿六	玩眞	叫畫		叫畫	叫畫	
廿七	魂遊				魂遊	
廿八	幽媾				前媾·後媾	
卅五	回生				回生	
卅六	婚走				婚走	
卅七	駭變					

卌八	淮警					
卌九	如杭					
四十	僕偵	問路			問路	
四十四	急難				急難	
五十三	硬拷				硬拷	
五十四	聞喜					
五十五	圓駕				圓駕	

㈢ 九宮大成南北詞宮譜

「九宮大成南北詞宮譜」雖名「宮譜」，且旁註工尺樂譜，但過於簡略，與傳統宮譜不同，也非爲度曲正音而纂，事實上具有「曲譜」用途，可供作曲時參憑。

「九宮大成南北詞宮譜」計八十一卷，清・周祥鈺、鄒金生編輯，徐興華、王文祿分纂，徐應龍、朱廷鏐參定。有內府本、坊間影印本。按：清高宗乾隆七年，胤祿奉命輯律呂正義，因於十一年成此譜。其中提及「牡丹亭」傳奇處不一，今列表說明，並附「九宮大成南北詞宮譜」⑲之卷數及頁碼：

齣	目	曲牌名（吟香堂）	見於「九宮大成南北詞宮譜」處
二	言懷	（雙調引）眞珠簾	卷六二・頁二
二	言懷	（仙呂宮集曲）六時理鍼線	卷四・頁廿七
三	訓女	（仙呂宮集曲）玉山頹	卷四・頁五八
四	腐嘆	（正宮正曲）洞仙歌	卷卅一・頁卅九
八	勸農	（仙呂宮正曲）八聲甘州（其二）	卷二・頁三七
八	勸農	（雙調集曲）孝白經	卷六四・頁十五
八	勸農	（雙調集曲）清南枝	卷六四・頁十九
十	驚夢	（仙呂宮正曲）步步嬌	卷二・頁二
十	驚夢	（仙呂宮正曲）醉扶歸	卷二・頁二九
十	驚夢	（越調集曲）山桃紅	卷廿六・頁三
十	驚夢	（越調集曲）山桃紅	卷廿六・頁四
十	堆花	（越調正曲）雙聲子	卷廿五・頁十二
十二	尋夢	（仙呂宮引）夜遊宮	卷一・頁六
十二	尋夢	（仙呂宮）惜花賺	卷三・頁六六

十二	尋夢	（仙呂宮）嘉慶子	卷三・頁五十
十二	尋夢	（仙呂宮）尹令	卷三・頁五一
十二	尋夢	（仙呂宮）玉交枝	卷三・頁卅九
十二	尋夢	（仙呂宮）三月海棠	卷二・頁卅二
十二	尋夢	（仙呂宮）么令	卷三・頁四一
十三	訣謁	（越調）杏花天	卷廿三・頁三
十四	寫眞	（正宮集曲）刷子玉芙蓉	卷卅二・頁十二
十四	寫眞	（黃鐘宮正曲）鮑老催	卷七十・頁十七
二十	鬧殤	（商調）集賢賓	卷五七・頁六
二十	鬧殤	（商調集曲）黃玉鶯兒（其二）	卷五八・頁廿五
廿四	拾畫	（正宮正曲）錦纏道	卷卅一・頁九
廿四	拾畫	（中呂宮正曲）千秋歲	卷十・頁廿三
廿六	玩眞	（商調正曲）二郎神慢	卷五七・頁四
廿六	玩眞	（商調集曲）鶯啼御林	卷五八・頁十六
廿六	玩眞	（商調正曲）簇御林	卷五七・頁十二
廿七	魂遊	（商調正曲）水紅花	卷五七・頁廿九

廿七	魂遊	（越調正曲）黑麻令	卷廿五・頁一
廿八	幽媾	（南呂宮正曲）香徧滿	卷五十・頁八
廿八	幽媾	（南呂宮集曲）朝天懶	卷五一・頁六二
廿八	幽媾	（中呂宮集曲）二馬普金花	卷十二・頁十九
廿九	旁疑	（黃鐘宮集曲）畫眉帶一封	卷七二・頁五
三十	懽撓	（黃鐘宮正曲）黃龍袞（二支）	卷七十・頁四一～二
卅二	冥誓	（仙呂宮集曲）月兒映江雲	卷四・頁十四
卅二	冥誓	（仙呂宮集曲）雲鎖月	卷四・頁十二
卅五	回生	（黃鐘宮集曲）啄木三歌	卷七二・頁十四
卅六	婚走	（中呂宮集曲）榴花好	卷十二・頁四
卅九	如杭	（仙呂宮正曲）小措大（其二）	卷二・頁四一
四一	耽試	（黃鐘宮正曲）滴溜子	卷七十・頁廿二
四四	急難	（中呂宮正曲）瓦盆兒	卷十一・頁十二
四四	急難	（中呂宮正曲）漁家燈	卷十一・頁九
四六	折寇	（仙呂宮集曲）玉桂枝	卷四・頁五九
四六	折寇	（南呂宮集曲）浣溪令	卷五一・頁卅六

四七	圍釋	（中呂宮集曲）雙金園	卷十二・頁廿六
四八	遇母	（越調正曲）番山虎（其一～其四）	卷廿五・頁二～四
五三	硬拷	（仙呂入雙角合套）北新水令、南步步嬌、北折桂令、南江兒水、北雁兒落、南綵衣舞、北收江南、南園林好。	卷閏・頁四一～四五

「九宮大成南北詞宮譜」所收，與後來「吟香堂曲譜」、「納書楹曲譜」的工尺、板眼，除稍有變異外，大致仍屬同一系統，這種現象可證明葉堂「納書楹牡丹亭全譜」雖是葉堂的創作，但仍是有限度的修正，並非全屬創新。

而與「遏雲閣曲譜」比較，繼參之以「集成曲譜」、「崑曲大全」，可發現目前演唱的臺本均由「遏雲閣」而來，且其中產生的腔格型式，亦由「遏雲閣」轉移，「遏雲閣曲譜」可以說是崑曲唱腔史上一部極具關鍵性的書。

至於由「九宮大成譜」、「吟香堂曲譜」、「納書楹牡丹亭全譜」，以及「遏雲閣曲譜」以下的曲譜，在板眼符號的比對情形有如下表所示：

總名	依位置命名	符號：九宮	符號：吟香堂	符號：四夢	符號：遏雲閣以下曲譜	用途
正板	頭板	丶	丶	丶	丶	曲詞單字所配第一個音開始時，或行腔中某一個音開始時。
	腰板	└	└	└	└	音的拖延中，或兩個音夾縫中。
	底板	一	□	一	一	曲詞單字所配末音拖延中或截尾上。
贈板	頭贈板	丶	×	×	×	和頭板相同。
	腰贈板	凸	∠	|×	|×	和腰板及底板相同。
中眼	正眼	口	○	○	○	曲詞單字所配第一個音開始時，或行腔中某一個音開始時。
	側眼	‖.口	‖	△	△	和腰板相似。
小眼	正眼	無	無	無	丶	和中眼正眼相同，但用於頭眼或末眼。
	側眼	無	無	無	└	和中眼側眼相同，但用於頭眼或末眼。

第三節　現存曲譜中牡丹亭套數比較

就目前所見之「吟香堂曲譜」、「納書楹牡丹亭全譜」、「遏雲閣曲譜」、「集成曲譜」、「崑曲大全」、「與衆曲譜」比較，首先可發現在齣中曲牌套數有若干更替或刪除之現象，如「訓女」•〔遶池遊〕曲牌，「吟香堂曲譜」爲一曲，「納書楹牡丹亭全譜」則將其分之爲二，增列〔前腔〕，「集成曲譜」又依「吟香堂曲譜」，未予更變；再如「勸農」齣之〔夜行船〕後，「吟香堂曲譜」與「納書楹牡丹亭全譜」有〔其二〕、〔普賢歌〕，「遏雲閣」、「集成」、「與衆」則全無。「閨塾」齣之〔遶池遊〕在「遏雲閣」、「與衆」、「集成」、「崑曲大全」之中、列於「肅苑」•〔一江風〕曲牌後。至如「遊園」一齣，僅「集成曲譜」有〔普賢歌〕曲牌，其餘皆無；「尋夢」齣之〔夜遊宮〕、〔月兒高〕、〔其二〕三支曲牌不見於目前演本，這種套數上的差異，或照顧到劇情，亦可能是爲協調整個場上的音樂與唱詞結構，所以有如是改動，而其中並有互相承襲處，今將曲譜中有關「牡丹亭」之套數對照表附之於後：

齣目	曲牌套數	備考
女訓㈢	吟香堂曲譜・納書楹四夢全譜　曲牌套數	
	中呂引　滿庭芳 商調引　遶池遊　前腔（四夢） 仙呂集曲　玉山頹 其二 正曲　玉胞肚 其二 其三 其四 黃鐘　三句兒煞	
女訓	目前演出臺本　曲牌套數	集成（收載曲譜）
	（小工調）滿庭芳 遶池遊 玉山供 前腔 玉胞肚 前腔 前腔 前腔 尾聲	

齣目	曲牌套數	備考
(七)閨塾	吟香堂曲譜・納書楹四夢全譜 商調引　遶池遊 仙呂宮正曲　掉角兒序 其二 其三 商調　尚繞梁煞　尾聲（四夢）	原本(七)閨塾、(九)肅苑兩齣，在目前演出臺本中濃縮為「學堂」一齣。
學堂	目前演出臺本 （小工調）一江風 遶池遊 （凡調）掉角兒 前腔 前腔 尾聲	（收載曲譜）遏雲、與衆、崑曲大全、集成

齣目	勸農 (八)	備考
吟香堂曲譜・納書楹四夢全譜 曲牌套數	仙呂引　夜行船 其二 雙調正曲　普賢歌 羽調正曲　排歌 仙呂正曲　八聲甘州 其二 雙調集曲　孝金經 其二 其三 其四 清南枝	
齣目	勸農	
目前演出臺本 曲牌套數	(凡調)夜行船 排歌 八聲甘州 前腔 山歌 (正工調)孝金經 前腔 前腔 前腔 (凡調)清南枝	(收載曲譜)遏雲、與衆、集成

齣目	(九)肅苑	備考
吟香堂曲譜·納書楹四夢全譜 曲牌套數	南呂正曲 一江風 其二 其三 其四 雙調正曲 普賢歌 越調正曲 梨花兒 其二	「肅苑」僅一江風曲牌一支收入臺本「學堂」中，而《普賢歌》只見收入「集成曲譜」爲「遊園」首支曲牌，由丑扮小花郎唱。其餘曲牌在臺本中均刪除。
齣目	學堂	
目前演出臺本 曲牌套數	同前頁	

齣目	曲牌套數	備考
(十)驚夢		
吟香堂曲譜・納書楹四夢全譜 曲牌套數	商調引 遶池遊　遶陽臺（四夢） 仙呂正曲 步步嬌 醉扶歸 皁羅袍 好姐姐 商調 尚遶梁煞　隔尾（四夢）	
遊園		
目前演出臺本 曲牌套數	（小工調）普賢歌（僅見於集成） 遶池遊 步步嬌 醉扶歸 皁羅袍 好姐姐 尾聲	（收載曲譜）遏雲、與衆、崑曲大全、集成

齣目	㈩驚夢	備考
曲牌套數 吟香堂曲譜・納書楹四夢全譜	商調正曲 山坡羊 越調集曲 山桃紅 正曲 鮑老催 黃鐘（四夢） 集曲 山桃紅 越調（四夢） 正曲 綿搭絮 仙呂 情未斷煞 尾聲（四夢）	1. 臺本「驚夢」齣裏有「堆花」、吟香、四夢則將「堆花」另外附錄。 2. 第二支曲牌：「遏雲」作《小桃紅》，其餘臺本皆作《山桃紅》。

齣目	驚夢	
曲牌套數 目前演出臺本	（小工調）山坡羊 小桃紅 出隊子、畫眉序、滴溜子 鮑老催 五般宜、雙聲子 山桃紅 綿搭絮 尾聲	（收載曲譜）遏雲、與衆、崑曲大全、集成。

齣目	曲牌套數	備考
(十一)尋夢	吟香堂曲譜・納書楹四夢全譜 仙呂引 夜遊宮　玉交枝 仙呂正本宮曲 月兒高　三月海棠 其二　么令 南呂正曲 懶畫眉　江兒水 其二　川撥棹 仙呂 惜花賺　其二 其二　其三 忒忒令　意不盡　尾聲(四夢) 嘉慶子 尹令 品令 豆葉黃	《夜遊宮》、《月兒高》(一)、(二)共三支曲牌均不見於臺本。

齣目	曲牌套數	備考
尋夢	目前演出臺本 玉交枝 月上海棠 么令 (六字調)懶畫眉　江兒水 前腔　川撥棹 惜花賺　前腔 前腔　前腔 (小工調)忒忒令　尾聲 嘉慶子 尹令 品令 荳葉黃	(收載曲譜)遏雲、崑曲大全、集成 《懶畫眉》之《前腔》在「遏雲」與「崑曲大全」中皆缺,唯「集成」保留。

齣目	寫眞	備考
吟香堂曲譜·納書楹四夢全譜 曲牌套數	(十四) 正宮引 破齊陣 本宮集曲 刷子玉芙蓉 朱奴插芙蓉 正曲 普天樂 雁過聲 傾盃序 玉芙蓉 小桃紅 中呂正曲 尾犯序 黃鐘正曲 鮑老催 正宮 不絕令煞　尾聲（四夢）	《小桃紅》曲牌之后有詩句，臺本（「集成」）譜上工尺，散板。
目前演出臺本 曲牌套數	（小工調）破齊陣 刷子芙蓉 朱奴芙蓉 普天樂 雁過聲 傾盃序 玉芙蓉 小桃紅 尾犯序 鮑老催 尾聲	（收載曲譜）　集成

齣目	(十) 鬧殤	備考
曲牌套數 吟香堂曲譜・納書楹四夢曲譜	仙宮引 金瓏璁 鵲橋仙 商調 集賢賓 其二 其三 其四 囀林鶯 其二 集曲 黃玉鶯兒 其二 憶鶯兒 越調（四夢） 商調 尚遶梁煞 隔尾（四夢） 南呂正曲 紅衲襖 其二 其三 其四 尚按節拍煞 尾聲（四夢）	《紅衲襖》以下共五支曲牌，臺本全刪 「鬧殤」臺本更名爲「離魂」。
齣目	離魂	
曲牌套數 目前演出臺本	（小工調）金瓏璁 鵲橋仙 （六調）集賢賓 前腔 囀林鶯 前腔 黃玉鶯兒 前腔 憶鶯兒 尾聲	（收載曲譜）集成 《集賢賓》之《前腔》只取其三。

齣目	曲牌套數	備考
(廿三) 冥判	吟香堂曲譜・納書楹四夢全譜 仙呂套曲 點絳唇 混江龍 油葫蘆 天下樂 那吒令 鵲踏枝 後庭花 寄生草 其二　么篇（四夢） 賺煞　煞尾（四夢）	1.「與衆曲譜」雖題爲「花判」，內容實爲「冥判」。 2.臺本删《後庭花》。
冥判	目前演出臺本 （正工調） 點絳唇 混江龍 油葫蘆 天下樂 哪吒令 鵲踏枝 寄生草 么篇 尾聲	（收載曲譜）遏雲、集成、與衆。

齣目	㉔拾畫	備考
吟香堂曲譜・納書楹四夢全譜 曲牌套數	仙呂引　金瓏璁　金馬兒（四夢） 高大石調引　一落索　卜算仙（四夢） 中呂集曲　好子樂　顏子樂（四夢） 正宮正曲　錦纏道 中呂正曲　千秋歲 正宮　不絕令煞　尾聲（四夢）	1.「遏雲」刪去《一落索》、《錦纏道》、《尾聲》三支曲牌，並取《金瓏璁》前二句改成《引》。 2.「集成」僅刪《一落索》一支曲牌，「與衆」與「集成」同。
齣目	拾畫	
目前演出臺本 曲牌套數	（小工調）引（遏雲）金瓏璁（集成） 好事近（遏雲）顏子樂（集成） 錦纏道（集成） 千秋歲（遏雲）千秋歲（集成） 尾聲（集成）	（收載曲譜）遏雲、與衆、集成。

齣目	㈩六 玩眞	備考
吟香堂曲譜·納書楹四夢全譜 曲牌套數	商調 正曲 黃鶯兒 二郎神慢 鶯啼序 集賢賓 黃鶯兒 集曲 鶯啼御林 正曲 簇御林 尚繞梁煞　尾聲（四夢）	此齣「吟香」、「四夢」曲文與原著相同。另外「吟香」所附「叫畫」一齣，則爲目前演出臺本，其中《鶯鶯兒》曲牌，「遏雲」作《鶯啼御林》，「集成」、「與衆」作《鶯啼兒》。
齣目	叫畫	
目前演出臺本 曲牌套數	（六調）二郎神慢（吟香） 集賢賓（吟香） 鶯鶯兒（吟香）鶯啼御林（遏雲） 鶯啼兒（集成）、（與衆） 簇御林（吟香） 尾聲（吟香）	（收載曲譜）遏雲、與衆、集成。

齣目		㈢魂遊	備考
吟香堂曲譜・納書楹四夢全譜	曲牌套數	南呂引　掛真兒 中呂正曲　太平令 雙調集曲　孝南歌　孝南枝（四夢） 其二 商調正曲　水紅花 越調正曲　小桃紅 下山虎 五韻美 黑嘛令 有餘情煞　隔尾（四夢） 憶多嬌 大石調　尚輕圓煞　尾聲（四夢）	
齣目		魂遊	
目前演出臺本	曲牌套數	（凡調）掛真兒 （六調）太平令 （正工調）孝南歌 前腔 （凡調）水紅花 山桃紅 下山虎 五韻美 黑嘛令 隔尾 憶多嬌 尾聲	（收載曲譜）集成

齣目	曲牌套數	備考
㈥幽媾	吟香堂曲譜・納書楹四夢全譜 仙呂引 夜行船 南呂正曲 香徧滿 懶畫眉 商調 梧桐樹集　雙梧鬥五更（四夢） 南呂正曲 浣沙溪 劉潑帽 秋夜月 東甌令 金蓮子 尚按節拍煞　隔尾（四夢）	
前媾	目前演出臺本 （六調）夜行船 香遍滿 懶畫眉 雙梧鬥五更 浣溪紗 劉潑帽 秋夜月 東甌令 金蓮子 尾聲	（收載曲譜）集成

齣目	曲牌套數	備考
㈥幽媾	**吟香堂曲譜·納書楹四夢全譜 曲牌套數** 本宮集曲 朝天懶 其二 黃鐘引 翫仙燈 南呂正曲 紅衲襖 其二 宜春令 其二 中呂集曲 二馬普金花　金馬樂（四夢） 三段子　雙棹入江泛金風（四夢） 三句兒煞	「集成」《朝天懶》曲牌后有詩句：「他年得傍蟾宮客，不在梅邊在柳邊」將其譜上散板之工尺，而「吟香」、「四夢」仍作念白。
後媾	**目前演出臺本 曲牌套數** 朝天懶（六調） 前腔 玩仙燈 紅衲襖（尺調） 前腔 宜春令 前腔 金馬樂 雙棹入江泛金風 尾聲	（收載曲譜）集成

齣目	曲牌套數	備考
(三五)回生	吟香堂曲譜・納書楹四夢全譜 雙調正曲 字字雙 黃鐘正曲 出隊子 集曲 啄木三歌 其二 越調引 金蕉葉 商調正曲 鶯啼序 其二 慶餘　　尾聲(四夢)	《字字雙》曲牌在「吟香」中譜上工尺，在「四夢」中轉為數乾板，「集成」亦作數乾板。
回生	目前演出臺本 字字雙 出隊子(六調) 啄木三歌 前腔 金蕉葉 鶯啼序 前腔 尾聲	(收載曲譜)　集成

齣目	吟香堂曲譜·納書楹四夢全譜 曲牌套數	齣目	目前演出臺本 曲牌套數	備考
(三六) 婚走	南呂引 意難忘 羽調正曲 勝如花 南呂引 生查子 羽調正曲 勝如花 仙呂正曲 不是路　惜花賺（四夢） 其二 中呂集曲 榴花好　榴花泣（四夢） 其二 大石調正曲 摧拍 其二 正宮正曲 一撮棹 不絕令煞　尾聲（四夢）		（凡調）意難忘 勝如花 生查子 勝如花 （小工調）燕歸梁 榴花泣 前腔 山歌 催拍 前腔 一撮棹 尾聲	1.「吟香」《不是路》(一)(二)兩支曲牌，共二十二句，在「集成」中被簡化爲《燕歸梁》僅四句。 （收載曲譜）集成。 2.「吟香」並無「山歌」，「集成」將丑扮舟子所唱兩首山歌之第一首譜上散板工尺。

齣目	曲牌套數	備考
(卌)僕偵	吟香堂曲譜・納書楹四夢全譜 南呂正曲 女冠子 孤飛鴈（四夢） 中呂正曲 紅繡鞋 尾犯序 其二 黃鐘 慶餘 尾聲（四夢）	1.齣名改爲「問路」。（收載曲譜）遏雲、集成。 2.「遏雲」《金銀花》曲牌自「官司拿我」至「……串街坊」皆數乾板。而「集成」與「吟香」、「四夢」皆有工尺譜而非數乾板。 3.臺本《金銀花》后將山歌譜上散板之工尺。
問路	目前演出臺本曲牌套數 （尺字調）雁兒落（遏雲） 金銀花 山歌 尾犯序 前腔 尾聲 孤飛雁（集成） 金錢花 山歌 尾犯序 前腔 尾聲	

齣目	曲牌套數	備考
㈣急難	吟香堂曲譜・納書楹四夢全譜 中呂引　菊花新 黃鐘正曲　出隊子 中呂正曲　瓦盆兒 集曲　榴花好　榴花泣（四夢） 其二 漁家燈 其二 慶餘　尾聲（四夢）	
急難	目前演出臺本 （小工調）菊花新 出隊子 瓦盆兒 榴花泣 前腔 漁家燈 前腔 尾聲	（收載曲譜）集成

齣目	曲牌套數	備考
(三) 硬拷	**吟香堂曲譜・納書楹四夢全譜** 仙呂正曲 風入松慢 仙呂本宮引 糖多令 仙呂入雙角合套 北新水令 南步步嬌 北折桂令 南江兒水 北鴈兒落 鴈兒落帶得勝令(四夢) 南綵衣舞 北收江南 南園林好 北沽美酒帶太平令 雙調雙煞 煞尾(四夢)	「四夢」曲牌未標明南、北。
硬拷	**目前演出臺本** (小工調)唐多令 新水令 步步嬌 折桂令 江兒水 雁兒得勝 綵衣舞 收江南 園林好 沽酒令 尾聲	(收載曲譜)集成

齣目	(五五) 圓駕	備考
吟香堂曲譜・納書楹四夢全譜	曲牌套數： 仙呂調 點絳脣 其二 黃鐘合套 北醉花陰 南畫眉序 北喜遷鶯 南畫眉序 北出隊子 南滴溜子 北刮地風 南耍鮑老 滴滴金（四夢） 北四門子 南鮑老催 北古水仙子 水仙子（四夢） 南雙聲子 北煞尾 尾聲（四夢）	「四夢」曲牌未標明南、北。

齣目	圓駕	備考
目前演出臺本	曲牌套數： （小工調）點絳唇 前腔 （正工調）醉花陰 畫眉序 喜遷鶯 畫眉序 出隊子 滴溜子 刮地風 滴滴金 四門子 鮑老催 水仙子 雙聲子 煞尾	（收載曲譜）集成

以上爲「牡丹亭」有關之曲譜中，各選齣之「套數」比較情形。另外，由文字、工尺的比對上，又能得到以下的情形，玆擇其要點分述如後：

一、『九宮大成』、『吟香堂』兩種曲譜之襯字不盡相同，但皆明顯以小字鐫刻，『納書楹』以後之曲譜（包括『納書楹』、『遏雲閣』、『崑曲大全』、『與衆』、『集成』）均不註明襯字，以致正襯字體大小相同而不可區分。諸多曲譜中，唯『九宮大成』標示韻腳，（「韻」、「合」、「叶」）與非韻腳（「句」、「讀」）。

二、『遏雲閣』首將曲譜之工尺、板眼符號詳盡標明，且最先標出頭眼、末眼、側眼，俾曲家按拍度曲，亦首創豁腔符號「ノ」，例如「驚夢」[20]〔步步嬌〕之「半」字，「九宮大成」、「吟香堂」皆作『尺、上』，而「遏雲閣」作『尺ノ上』「崑曲大全」法之，作『尺ノ上』。

又〔醉扶歸〕中「拾三春好處無人見」之「見」字，『九宮大成』作『尺上』，「吟香堂」作『尺、工上』，「納書楹」作『尺、上』三者皆未標明豁腔符號「ノ」，迄「遏雲閣」始作『尺ノ上』。

又〔皁羅袍〕中「原來姹紫嫣紅」之「姹」字：

「吟香堂」作『仩°五六』，「納書楹」作『六°尺上』，「遏雲閣」作『六ノ尺·上』，「崑曲大全」、「集成曲譜」皆與「遏雲閣」同，標示出豁腔、末眼符號。同曲牌中「奈何天便賞心樂事」之「天」字，「吟香堂」作『工、·尺』，「納書楹」作『工、尺』，至「遏雲閣」，增加了襯字「便」字，並使用豁腔符號，其後之曲譜，如「崑曲大全」、「集成曲譜」皆同於「遏雲閣」而作『天尺、便尺』。

三、「遏雲閣曲譜」具賓白，乃舞臺演出劇本，例如「學堂」一齣，將「肅苑」、「閨塾」二齣融鑄刪減而成，（可參考「曲牌套數對照表」），故以後之曲譜（崑曲大全、集成……）皆僅存「學堂」一齣，而不見「肅苑」、「閨塾」。

四、經比對結果顯示：「遏雲閣」所增益或刪減之工尺板眼，皆爲求配合舞臺上節奏緊湊、悅耳動聽之戲劇效果，故爲其後之曲家所保留而沿襲迄今。其譜或採「九宮大成」，或採於「吟香堂」、「納書楹」之所長，或爲己之創獲。爲一綜合性曲譜。

五、擻腔符號「乀」或「〰」首見於「崑曲大全」，如「驚夢」·〔山坡羊〕中「和春光暗流轉」之「轉」字，「吟香堂」與「納書楹」皆作『合工合四上尺』，「遏雲閣」作『合四工合四上尺』，「崑曲大全」作『合四合四上尺』，「集成曲譜」則與「崑曲大全」同。

又再如同曲牌中「想幽夢誰邊」之「誰」字：「吟香堂」與「納書楹」皆作『四上』，「遏雲閣」作『四上』，「崑曲大全」則作『四上』。

六、在工尺譜的鐫刻中，「九宮」、「吟香堂」、「納書楹」皆把低音的工（3·）與凡（4·）誤刻成工（3）與凡（4）；「遏雲閣」始將之改正，明白標示出低音符號，故以後之曲譜皆沿襲「遏雲閣」而不再謬誤。

附註

❶ 吳梅亦取此說法，其「顧曲塵談」說：「金源入主中原，舊詞之格，往往於嘈雜緩急之間，不能盡按，乃別創一調以媚之。」（第一章），認爲這是北曲的濫觴。

❷ 魏良輔所創的崑山腔，雖是有此興盛的景況，但由許多證據顯示仍停留在清唱的階段，如明清之筆記：「梅花草堂筆談」、「度曲須知」、余懷『寄暢園聞歌記』（載虞初新志）、「瑣聞錄」。所提及之崑山腔，均在唱曲上討論。錢南揚「戲文概論」頁五五－六〇於此問題亦有所研究。

❸ 夏野「戲曲音樂研究」分中國戲曲爲腔板系統及曲牌系統。並舉例敍述，可參其第一章「概說」及第二章「崑腔」，上海文藝出版社，一九五九。

❹ 見「音樂論叢」·白雲生撰述之「崑曲的音樂曲牌」一文，此結論乃由「中國音樂研究所」初步統計所得到結果。下述「前腔」之曲牌亦同此。

❺ 見「崑曲的音樂曲牌」，「音樂論叢」頁四十一。

❻ 崑曲所用伴奏樂器，最初只有笛、管、笙、琵琶（見「南詞敍錄」），至明嘉慶、隆慶間又加入三弦、提琴、箏、阮，成衆樂合奏，其中笛爲主要樂器。蓋笛音可隨歌聲長短調整或收或延長，有聲無字之處，格外迂緩。

❼ 參王守泰「崑曲格律」頁六十九，以及王季烈「與衆曲譜」第八冊，頁卅四。

❽ 「振飛曲譜」，以簡譜方式記音，俞振飛著，一九八二年七月，上海文藝出版社。

❾ 見王守泰「崑曲格律」頁六十九。

❿ 見「振飛曲譜」頁廿二。

⓫ 李漁「閒情偶寄」卷三「音律」·「愼用上聲」云：「平上去入四聲，惟上聲一音最別，用之詞曲，較他音獨低……蓋曲到上聲字，不求低而自低，不低則此字唱不出口。如十數字高，而忽有一字之低，亦覺抑揚有致，

若重複數字皆低，則不特無音，且無曲矣。」

⑫ 見趙景深「讀曲小記」頁一八二。

⑬ 見趙景深「讀曲小記」頁一八二。

⑭ 見趙景深「讀曲小記」頁一八四。

⑮ 石韞玉，字執如，號琢堂，長洲人，乾隆庚戌（一七九〇）進士。有「獨學廬全集」。

⑯ 「堆花」一譜例見附於本論文附錄。

⑰ 見「曲律易知」、「論南曲宮調」。

⑱ 見「曲律易知」‧「論犯調」：「犯調有二：一曰借宮，一曰集曲……」

⑲ 此書故宮有五色套印本，中央研究院史語所有古書流通處印行本，今學生書局出版之「善本戲曲叢刊」採乾隆間乾隆間刊本，版式與後者同。此處所用頁數卷數皆以「善本戲曲叢刊」本爲主。

⑳ 臺本作「遊園」，蓋由「驚夢」前半分出獨立，包含曲牌套數爲：普賢歌、遶池遊、步步嬌、醉扶歸、皂羅袍、好姐姐、尾聲。

第四章　明清以來牡丹亭的搬演及選目

萬曆二十四年丙申（一五九六）年左右，明代著名文學家袁宏道「虎丘」一文，談到明代當時南方崑曲的熱烈程度，其文云：❶

虎丘去城可七八里，其山無高巖邃壑、獨以近城故，簫鼓樓船，無日無之。凡月之夜，花之晨，雪之夕，游人往來，紛錯如織，而中秋為尤勝。每至是日，傾城闔戶，連臂而至：布席之初，唱者千百，聲若聚蚊，不可辨識。分曹部署，競以歌喉相鬪，雅俗既陳，妍媸自別。未幾而搖頭頓足者，得數十人而已。已而明月浮空，石光如練，一切瓦釜，寂然停聲，屬而和者，纔三四輩。一簫，一寸管，一人緩板而歌，竹肉相發，清聲亮徹，聽者魂銷。比至夜深，月影橫斜，荇藻凌亂，則簫板亦不復用。一夫登場，四座屛息，音若細髮，響徹雲際，每度一字，幾盡一刻，飛鳥為之徘徊，壯士聽而下淚矣。

到了清代，揚州地區更是戲曲班子集中之地，一般崑戲班子平時赴人宅第演戲，所謂「堂戲」，「揚州畫舫錄」卷五記載說：

蘇州脚色優劣以戲錢多寡為差。有七兩三錢、六兩四錢、五兩二錢、四兩八錢、三兩六錢之分。（揚州）內班脚色皆七兩三錢，人數之多，至百數十人，此一時之勝也。

至於可稽崑班，有所謂老徐班（班主徐尙志）、老黃班（班主黃雲德）、老張班（班主張大安）、老汪班（班主汪啓源）、老程班（班主程謙德）、大洪班（班主洪充實）、老江班（班主江廣達❷等。雖然說，到了清代正是崑劇的消歇衰弱時期，不過，南方依舊是崑曲的盛行之區。

這種情形，必須從明末以來蘇州一帶演劇的風氣來探討。馮夢禎「快雪堂日記」、張岱「陶庵夢憶」，對此均有記載。由其中反映出明代中晚期之後社會名流對戲劇演出的重視程度。並對藝人劇藝有以評騭，如「快雪堂日記」中有：「歌者劉生，演無雙，甚佳」（萬曆己丑十月廿九日）、袁中道「遊居柿錄」卷十一：「江陵閩藩理李太和見招，遍覓名戲，得沈周班。演武松義俠記。中有扮武大郎者，舉止言語，曲盡其妙。」又潘之恆「劇評」：「中班之小管，鄒班之小潘，雖工，一唱三嘆不及仙度之近自然也。」，而張岱一門，更是戲劇世家，「陶庵夢憶」·「張氏聲伎」條，提及他的祖父張汝霖與劇作家交游，其文云：

我家聲伎，前世無之。自大父於萬曆年間與范長白、鄒愚公、黃貞父，包涵所諸先生講究此道，遂破天荒為之。有可餐班，以張綵、王可餐、何閏、張福壽名。次則武陵班，以何韻士、傅吉甫、夏清之名。再次則梯仙班，以高眉生、李岭生、馬藍生名。再次則吳郡班，以王畹生、夏汝開、楊嘯生名。再次則蘇小小班，以馬小卿、潘小妃名。再次則平子茂苑班，以李含香、顧岕竹、應楚烟、楊騄駬名。（卷四「張氏聲伎」）

這六個戲班，由張岱祖父一直到他與弟弟的時代，所謂：「小傒自小而老，老而復小，小而復老者凡五易之，無論可餐、武陵諸人，如三代法物不可復見；梯仙、吳郡間有存者，皆爲佝僂老人；而蘇小小班，亦強半化爲異物矣。」可見張岱本人一直在戲劇研究與欣賞中蹉摩學問，至於訓練優僮，他亦爲當行。「夢憶」卷七「過劍門」條有如此記載，說明張岱淹通劇藝：

> 傒僮下午唱『西樓』…余舊伶馬小卿、陸子雲在焉，加意唱七齣戲，至更定，曲中大咤異。楊元走鬼房問小卿曰：「今日戲，氣色大異何也？」小卿曰：「坐上坐者余主人。主人精賞鑒，延師課戲，童手指千傒僮到其家謂『過劍門』，焉敢草草…」楊元始來物色余。…嗣後曲中戲，必以余為導師，余不至，雖夜分不開臺也。

此外再如朱楚生亦精音律，其於「江天暮雪」、「霄光劍」、「畫中人」等戲，「雖崑山老教師，細細摹擬，斷不能加其毫末也。」（「夢憶」卷五「朱楚生」條）、「朱雲崍教女戲，非教戲也。未教戲，先教琴，先教琵琶，先教提琴、弦子、簫管、鼓吹、歌舞，借戲爲之，其實不專爲戲也。」（「夢憶」卷二「朱雲崍女戲」條）：皆說明當時賞鑑戲曲風氣鼎盛，對音樂、唱口的講求[3]，因而在此濃厚演劇風氣之下，「牡丹亭」的演唱亦能由史料中尋得線索。

第一節　明清舞臺上的牡丹亭

(一) 湯顯祖「牡丹亭」與宜伶

「玉茗堂開春翠屏，新詞傳唱牡丹亭。傷心拍遍無人會，自掐檀痕教小伶。」（玉茗堂詩」卷十三「七夕醉答君東」之二）。

湯顯祖的「牡丹亭」創作，並非專爲崑山腔而寫，其中亦多宜黃土腔，沈璟、呂玉繩諸人多就此批評，而且王驥德「曲律」並提到：「臨川尙趣，直是橫行，組織之工，幾與天孫爭巧；而屈曲聱牙，多令歌者咋舌。」，沈璟甚至還有一套「二郎神」散曲論此問題，其文云：

〔二郎神〕何元朗，一言兒啓詞中寶藏。道欲度新聲休走樣。名為樂府，須教合律依腔。寧使時人不鑒賞，無使人撓喉捩嗓。說不得才長，越有才越當著意斟量❹。

至如清人李漁亦以爲這並非特點，他以爲「牡丹亭」創作時，加入湯顯祖的家鄉方言雖無可避免，但亦當以流傳角度考慮。其「閒情偶記」卷三云：

凡作傳奇，不宜頻用方言。令人不解，近日填詞家，見花面登場，悉作姑蘇口吻，遂以此為律，每作淨丑之白，卽用方言。不知此等聲音，止能通於吳越，過此以往，則聽者茫然。傳奇，天下之書，豈僅為吳越而設？至於他處方言，雖云入曲者少，亦視填詞者所生之地。如湯若士生於江右，即當規避江右之方言，粲花主人吳石渠生於陽羨，卽當規避陽羨之方言。蓋生此一方，未免為一方所囿，有明是方言，而我不知其為方言，及入他境，對人言之，而人不解，始知其為方言者，諸如此類，易地皆然，欲作傳奇，不可不有桑弧蓬矢之志。（少用方言）

然則湯顯祖詩文中每提及宜黃腔伶人多處，「宜黃縣戲神清源師廟記」一文說明了他與宜黃地區伶人的關係密切。其時海鹽腔傳入江西，形成「宜黃腔」，徐朔方氏於此文之末箋注有以下之說明❺：

按：此記可注意者三。一、宜伶盛行於江西，實為江西化，卽弋陽化之海鹽腔。二、宜伶人數達千餘人之多，足見其盛。湯顯祖殆為此戲曲運動之領袖人物。三、據詩「寄呂麟趾三十韻」：『曲畏宜伶促』、「帥從升兄弟園上作」四首之三：『小園湏著小宜伶』、「寄生脚張羅二恨吳迎旦口號」二首之一：『暗向清源祠下咒，敎迎啼徹杜鵑聲』、「送錢簡棲還吳」二首之一：『離歌分付小宜黃』、「遣宜伶汝寧為前宛平令李襲美郎中壽」、「九日遣宜伶赴甘參知永新」、「唱二夢」：『宜伶相伴酒中禪』及尺牘之四復甘義麓：『弟之愛宜伶學二夢』等，知玉茗堂曲之演唱者實為宜伶。明乎此，乃恍然於尺牘之四答凌初成云『不佞生非吳、越通，智意短陋』；又云「不佞牡丹亭記，大受呂玉繩改竄，云便吳歌』：是原不為崑山腔作也。

而詩文集中「九日遣宜伶赴甘參知永新」、「遣宜伶汝寧爲前苑平令李襲美郎中壽，時襲美過視令子侍御江東還內鄉四首」，❻由「遣」字可知湯氏與宜伶關係可謂親密，故湯顯祖「寄嘉興馬、樂二丈兼懷陸五台太宰」詩云：「往往催花臨節鼓，自踏新詞教歌舞。」（見「玉茗堂詩」卷五）湯顯祖這種親身實踐並參與的態度，鄒迪光「臨川湯先生傳」說得尤爲清楚，其文云：

公又以其緒餘為傳奇，若「紫簫」、「二夢」、「還魂」諸劇，實駕元人而上。每譜一曲，令小史當歌，而自為之和，聲振寥廓，識者謂神仙中人云❼。

是以湯顯祖與宜伶關係可謂相互依存，宜伶並爲湯氏劇作之實踐驗證者，此處已極明白。又玉茗堂詩中除上述二處提及宜伶之外，尚有「唱二夢」（玉茗堂詩卷十四）

半學儂歌小梵天，宜伶相伴酒中禪，纏頭不用通明錦，一夜紅氍四百錢。

一劇作家以其創作，付之演出，而創作與實踐共依共存，湯顯祖「四夢」劇作正可說明此種微妙又密切之情形。

(二) 劇壇擅場

所謂劇壇，這裡所指爲職業戲班之搬演。就明清兩代傳奇搬演的場合而言，職業戲班，或駐唱某地，或經常跑碼頭，沿村轉唱，其資料顯示，厥有以下記載搬演「牡丹亭」：

宋犖「與吳孟舉」：

董氏梨園樂部足冠一時。吳寶郎演玉茗堂倩女離魂，真不禁聞歌喚奈何矣。惜足下遄返，虛此一段佳話，增悵悵也。（「西陂類稿」卷二十九）

焦循「劇說」：

「硼房蛾術堂閒筆」云：「杭有女伶商小玲者，以色藝稱，於「還魂記」尤擅場。嘗有所屬意，而勢不得通，遂鬱鬱成疾。每作杜麗娘「尋夢」、「鬧殤」諸劇，真若身其事者，纏綿淒婉，淚痕盈目。一日，演「尋夢」，唱至『待打併香魂一片，陰雨梅天，守得個梅根相見』盈盈界面，隨聲倚地。春香上視之，已氣絕矣。臨川寓言，乃有小玲實其事耶？」

（「劇說」卷六）

又李斗「揚州畫舫錄」有三處提及：

江班，亦洪班舊人，名曰德音班。江鶴亭愛余維琛風度，令之總管老班，常與之飲及葉格戲。謂人曰：「老班有三通人：吳大有、董掄標、余維琛也。」掄標，美臣子，能言史事，知音律，「牡丹亭」柳夢梅，手未曾一出袍袖。

余德輝演「牡丹亭‧尋夢」、「療妒羹‧題曲」，如春蠶欲死。（卷五）

顧阿夷，吳門人，徽女子為崑腔，名雙清班，延師教之。初居小秦淮客寓，後遷芍藥巷。班中喜官「尋夢」一齣，即金德輝唱口。……小玉為喜官之妹。喜作崔鶯鶯，小玉輒為紅娘；喜作杜麗娘，小玉輒為春香，互相評賞。

鹽務自製器具，謂之內班行頭。……小張班十二月花神衣，價至萬金。（卷五）

小唱以琵琶、絃子、月琴、檀板，合動而歌。最先有「銀紐絲」、「四大景」、「倒扳槳」、「剪靛花」、「吉祥草」、「倒花籃」諸調，以「劈破玉」為最佳。有于蘇州虎邱唱是調者，蘇人奇之，聽者數百人。明日來聽者愈多，唱者改唱大曲，群一噱而散。又有黎殿臣者，善為新聲，至今效之，謂之黎調；亦名「跌落金錢」。二十年前尚哀泣之聲，謂之「到春來」，又謂之「木蘭花」。後以下河土腔唱「剪靛花」，謂之網調。近來群尚「滿江紅」、「湘江浪」，皆本調也。其「京舵子」、「起字調」、「馬頭調」、「南京調」之類，傳自四方，間亦效之。而魯斤燕削，遷地不能為良矣。于小曲中加引子尾聲，如「王大娘」、「鄉里親家母」諸曲。又有以傳奇中「牡丹亭」、「占花魁」之類，譜為小曲者，皆土音之善者也。（卷十一）

此外，邗江小遊仙客「菊部羣英」亦載有劇班名伶擅場「牡丹亭」者：

樂安主人孫彩珠，號絢華，又號紫沅。蘇州人。甲辰生。隸永勝奎部。唱旦兼崑亂。工演「雙拜月」（蔣瑞蓮）、「游園驚夢」（杜麗娘）。

桂林，姓任。本姓王，號燕仙。本京人。戊午生。隸四喜。唱崑旦。桂官，姓王，號楞仙。本京人。己未生。正名樹榮。部同，唱崑生。兩人工演「打番」（番兒），「游園驚夢」（桂官柳夢梅，桂林杜麗娘）。

桂芝，姓薛，原名玉福，小名鎖兒。本京人。庚申生。隸四喜。唱崑旦。工演「學堂」（春香），「打番」（番兒）。

菊秋，姓張，正名椿，號憶仙，小名利兒。本京人。庚申生。隸四喜。唱崑旦兼青衫。工演「湖船」（張大姐），「女詞」（李大姐），「學堂」「游園驚夢」（春香）。

琴芳（芳一作舫），姓周，號韻笙，小名二定。本京人，丁巳生。隸三慶、四喜。唱崑旦，工演「游園驚夢」（小姐），「寄扇」（李香君），「園會」（荷珠），「折柳」（霍小玉）。

瑞生，姓仲，號秀芳。本京人。辛酉生。隸三慶、四喜。工演「後約」（秋香），「游園驚夢」（春香）。

錫慶少主人小芬，號薇仙，小名福兒。丙辰生。隸春臺。唱崑旦兼青衫。善胡琴。工演「湖船」（張大姐），「游園驚夢」（杜麗娘）。

鳳林，姓戴，號儀雲。本京人。辛酉生。隸三慶。唱崑旦兼花旦。本師醇和羅巧福。工演「花鼓」（漢子），「學堂」（春香）。

麗華主人沈芷秋，正名全珍。蘇州人。丁未生。唱崑旦。出春華。前淨香鄭蓮桂之婿。工演「思凡」、「下山」（趙尼），「游園驚夢」、「尋夢」、「圓駕」（杜麗娘），「折柳」（霍小玉），「瑤臺」（公主）。

敬福，姓張，號紫仙。順天人。庚申生。隸四喜。唱崑旦兼青衫。工演「學堂」（春香），「藏舟」（鄔飛霞）。

敬祿，姓江，號荷仙。本京人。癸亥生。隸四喜。唱崑旦。工演「學堂」（小姐），「規奴」。

聯星主人沈阿壽，號眉仙。蘇州人。辛丑生。唱旦兼崑亂。前四喜名旦沈寶珠之胞弟。工演「水鬥」、「斷橋」（小青），「游園驚夢」（春香）。

蕉雪二主人王湘雲，改名緗雲，號次瀛。本京人，乙卯生。隸四喜，唱崑旦。出景龢。工演「湖船」（張大姐），「游園驚夢」（杜麗娘），「折柳」（霍小玉）。

桂亭，姓陳，號秋園（園一作原）。本京人）。原籍蘇州。丙辰生。隸三慶。唱崑生。名生陳金爵之孫，四喜崑生陳永年之子。工演「游園驚夢」（柳夢梅），「琵琶行」（白居易）。

桂枝，姓諸，號秋芬。本京人。丙辰生。隸三慶。唱崑旦。善弈。工演「思凡」（趙尼），「游園驚夢」（杜麗娘），「瑤臺」（公主），「折柳」（霍小玉）。

桂蟾主人，姓錢，號秋湲，又號荇香。本京人。原籍蘇州。乙卯生。前春和錢如蘭之子。隸三慶。唱崑旦。善畫。工管絃。擅「思凡」（趙尼），「游園驚夢」（杜麗娘），「折柳」（霍小玉）。

桂鳳，姓劉，原名小芳，號菱仙，又號秋芳。本京人。戊午生。隸三慶。唱崑旦。前景春朱祖喜之徒。工演「琵琶行」（花秀紅），「游園驚夢」（春香）。

喜穎主人李艷儂正名德華，小名套兒。順天人。辛亥生。唱青衫兼崑生。善彈琴、吹笛、弈、畫。出嘉蔭。工演「連相」，「游園驚夢」（柳夢梅），「醉歸」（秦鍾），「折柳」（李益）。

紫陽主人朱蓮芬，名福壽，正名延禧，行二，蘇州人，丙申生。唱旦，兼崑亂。工書，善管絃。前景春朱福喜之胞弟。工演「思凡」（趙尼），「寄扇」（李香君），「游園驚夢」、「尋夢」（杜麗娘）。

岫雲主人徐小香，正名炘，原名馨，號蝶仙。蘇州人。原籍常州。辛卯生。唱小生，兼崑旦。出吟秀。工演「游園看狀」（蘇公子），「賞荷」（蔡伯喈），「見娘」（王十朋），「游園驚夢」、「拾畫叫畫」（柳夢梅）。

岫雲少主人徐如雲，名連馨，正名玉棟，號蓉秋。丁巳生。隸四喜。唱崑旦兼青衫。工演「舟配」（周玉姐），「游園驚夢」、「尋夢」（杜麗娘），「戲目蓮」（觀音）。

度雲，姓董，名連慶，號桂秋，小名鈕兒。本京人。丁巳生。隸四喜。唱崑旦兼花旦。工演「搜菴」、「茶敘」、「問病」（小尼），「游園驚夢」（春香），「折柳」（霍小玉）。

嘉禮主人杜阿五，正名世樂，號步雲。蘇州人。甲辰生。隸四喜部。唱崑旦。前嘉樹杜蝶雲之胞兄。工演「絮閣」、「小宴」（楊貴妃），「拜冬」（万俟小姐），「游園驚夢」（春香）。

而張肖傖「燕塵菊影錄」並提及徐小香。其書云：

小香之唱，幽逸清新，疏宕雋秀，一洗塵俗。尤以其唱不同雌音…『拾畫叫畫』、『鳳儀亭』諸曲，堪當風流緼藉、飄逸委婉之稱。

以上蓋明清兩代擅長「牡丹亭」之藝人，略舉不過百一❽，但亦可看出風行盛況，「牡丹亭」受觀衆喜愛程度可知。

㈢ 家伶女戲

「牡丹亭」在家伶女戲中亦有搬演之記錄，「紅樓夢」第十八回記元妃省親時開演女戲之熱鬧情景，其中有「牡丹亭」，其文云：

那時賈薔帶領十二個女戲，在樓下正等的不耐煩，只見一太監飛來說：「作完了詩，快拿戲目來！」賈薔急將錦冊呈上，並十二個花名單子。少時，太監出來，只點了四齣戲；第

> 一齣「豪宴」（按為「一捧雪」中一齣），第二齣「乞巧」（按即「密誓」，為「長生殿」中一齣），第三齣「仙緣」（按俗名「仙圓」，「邯鄲記」中一齣），第四齣「離魂」（按為「牡丹亭」中一齣）。賈薔忙張羅扮演起來。一個個歌欺裂石之音，舞有天魔之態。雖是裝演的形容，卻作盡悲歡情狀。……太監又道：「貴妃有諭，說齡官極好，再作兩齣戲，不拘那兩齣就是了。」賈薔忙答應了，因命齡官作「遊園」、「驚夢」二齣。齡官自為此二齣原非本腳之戲，執意不作，定要作「相約」、「相罵」（按，為釵釧記」中的兩齣）二齣。賈薔扭他不過，只得依他作了。

按女戲在折子戲發達時，大江南北之揚州、蘇州是發展中心，陸蕚庭「昆劇演出史稿」記錄清代揚州著名女子昆班「雙清班」有女演員十八員，「紅樓夢」中此段演劇，正反映出有清一代雍正、乾隆在大家庭中女戲的情況。

此外，就筆記及一般文人詩文中亦見有女戲家伶演「牡丹亭」，據梧子「筆夢」云：

> 侍御止宿女樂，而不蓄梨園子弟。邑中向有錢府班名，特託錢牌額，非錢府教成也。然宴外賓演劇多用梨園，而女樂但用家宴。惟先生常得寓目焉，餘雖至戚莫得見也。附記演習院本：「躍鯉記」，「琵琶記」，「釵釧記」，「西廂記」，「雙珠記」，「牡丹亭」，「浣紗記」，「荆釵記」，「玉簪記」，「紅梨記」。（「虞陽說苑」甲編」）

又葉紹袁「年譜別記」云：

沈君張家有女樂七八人，俱十四五女子，演雜劇及玉茗堂諸本，聲容雙美。觀者其二三兄弟外，惟余與周安期兩人耳。安期，兒女姻也。然必曲房深室，僕輩俱扃外廂，寂若無人，紅粧方出。（「葉天寥四種」）

此外，明末長洲人朱隗亦有「鴛湖主人出家姬演牡丹亭記歌」之作，「明詩紀事」辛籤卷二十二收載，其詩中有「當筵喚起老臨川，玉茗堂中夜深魄。歸時風露四更初，暗省從前倍起予。尊前此意堪生死，誰似瑯琊王伯輿。」之句，足見「牡丹亭」於一般文士貴戚家中確爲盛行。除此，女伎擅此戲者。侯方域「答田中丞書」云：「僕之來金陵也，太倉張西銘偶語僕曰：『金陵有女伎李姓，能歌玉茗堂詞，尤落落有風調。』僕因與相識，間作小詩贈之。」，而李元鼎所撰之「春暮偕熊雪堂少宰、黎博菴學憲讌集太虛宗伯滄浪亭，觀女妓演牡丹劇，歡聚深宵，以門禁爲嚴，未得「城，趨臥小舟，曉起步雪老前韻，得詩四首」亦註明「觀女妓演牡丹劇」，詩云：

比年歸臥共滄江，每過談心倒玉缸。搆得草亭剛有半，撥來檀版定無雙。落花滿地愁紅雨，
深柳當門耀碧幢。一自焚魚傳學士，幾回清宴美閒窗。
無端草色暗晴江，歌舞當筵月滿缸。艷曲旌動花錫九，香塵染砌燕飛雙。盟聯洛社娛簫管，
幟樹騷壇陋節幢。睽越天涯今快對，疎星點點下檐窗。

留春無計尋芳甸，勝集同疑坐槃宮。落雁千峯梨苑雨，垂陽三月酒旗風。幾從珮珞驚搖翠，不向臙脂怨洗紅。今古鍾情推玉茗，夢回愁絕嘆飛蓬。

滄浪亭下空流水，誰按霓裳譜舊宮？細囀鶯聲籠澹月，輕翻蝶羽怯迴風。午橋景物人同醉，子夜煙光燭映紅。歸路不愁城析晚，春江一榻寄漁蓬。（卷八）

又其「丁酉初春，家宗伯太虛偕夫人攜小女伎過我，演燕子箋、牡丹亭諸劇，因各贈一絕，得八首」之內，各有詠角色之句，其詩如下：

平陽歌舞舊馳名，占盡風情最此生。欲揖不煩羞掩袂，冠裳久已愧卿卿。生

新妝十五正盈盈，唱徹涼州舉坐驚。若使甄妃今日見，應須還讓小傾城。旦

斜櫳犀梳澹點脣，向人含笑整綸巾。迴風一曲花如霰，疑是何郎傅粉勻。小生

飛飛燕子曲江濱，為妒雲孃獨擅春。畫到有情渾入畫，這回忘却女兒身。小旦

銜居副末職為先，窈窕師生意更研。巧詠關雎真比興，牡丹亭畔月娟娟。末

强囀鶯簧放調歌，桂枝香杳動雲和。嬌容暗逐韶光老，兒女逢場取次多。外

遏雲纔度又凌霄，縱效雄裝髮尚髻。跳躍一身輕似葉，楚王原自愛纖腰。淨

不顧周郎羨小伶，發科全賴假惺惺。喬裝最喜般般似，點綴同場樂滿庭。丑（卷十七）

又其「初春寄宗伯年嫂，並憶烟波曉寒諸女伶」有載：

> 又值陽春景物和，怡懷誰解曉寒歌。年光荏苒閒愁劇，風雨淒其感詠多。玉茗尚然迷柳夢，滄浪空自鎖烟波，花餘錫九應增艷，憶掐檀痕喚奈何。

均爲女樂、女伎演出「牡丹亭」之記錄。文人雅士，則於演出之時，附庸風雅，益增文藝氣息。而此類家伶女戲的蓄養，多是豪門之家，至於文人之間的蓄養家樂，則可以陳繼儒青蓮山房詩中所謂「牢騷寄聲伎，經濟儲山林」之心理基礎，說明文人對聲容並美藝術的欣賞追求。上述李元鼎「觀女妓演牡丹劇」詩中「今古鍾情推玉茗，夢回愁絕嘆飛蓬」，則又是以寄情古典爲出發點，不論如何，這些活動均是藝術延續的明證，故家樂亦爲此劇推波助瀾之一力也。

第二節　牡丹亭折子戲及選目

由明末至清初，舞台搬演逐漸朝向場次精簡的發展。折子戲的演出，說明劇場演出起了革新，務使演出劇情緊扣觀衆注意力。折子戲可以汰除劇本中繁蕪浩漫的部分，由於已汰除了不必要、多餘、拖沓的枝節，折子戲顯得更爲吸引人，更由於折子戲選的劇情是屬於高潮情節的部分，在聯繫之下，便與原有關目不同，可視爲另一種新的藝術創作，觀衆在欣賞之後，所能感受到的戲劇衝突會比原有的傳統情節來得強烈，以致更為歡迎而樂於接受。

當然，新情節「布關串目」的準備工夫是必須極周詳的，因為牽涉到戲劇結構的問題，曲文與賓白的如何安排？宮調與笛色的錯亂可能也會發生，改編者必須成竹在胸，方能下筆設計。清人李漁「曲話」曾云：

> 編戲有如縫衣。……全在針線緊密，一節偶疏，全篇之破綻出矣。

誠是經驗之談，可為編戲者引為箴言，並奉行實踐。

而選輯折子戲的風氣早自明代。由明至清，所收得選輯「牡丹亭」齣目，並予以稍為更動曲文者，有「怡春錦」、「玄雪譜」、「醉怡情」、「綴白裘」、「審音鑑古錄」等，今分別敍之如下：

(一) 怡春錦

「怡春錦」，明、沖和居士選編。明崇禎間刻本。書名全題為「新鐫出像點板怡春錦」，別題「新鐫出像點板纏頭百鍊」。凡六卷，分禮、樂、射、御、書、數六部以統羣曲；所採錄者，俱為明人散齣[9]。如：赴約（西廂記）、尼奸（錦箋記）、私奔（紅拂記）、贈香（青瑣記）、行春、採蓮（浣紗記）、陽告（焚香記）等，然則禮、樂、射、御、書、數所統之曲，各有不同源流、風格，其細目如下：

新鐫出像點板怡春錦曲「幽期寫照」禮集目錄

赴約　尼奸　私奔　贈香　珠圓　詞媾　驚夢　入院　佳期　義媾　私計　野合　私期
私會　機露　巧姤　夢圓

新鐫出像點板怡春錦曲「南音獨步」樂集目錄

酖喜　煎茶　行春　採蓮　分凰　送親　投崖　訓子　報捷　剔目　旅思　贈袍　入禪
別試　逼叙

新鐫出像點板怡春錦曲「名流清劇」射集目錄

度迷　重晤　投紗　盟約　路詬　尚主　幽會　尋夢　緘誤　繡被　就徵　玩月　情鍾
密訂

新鐫出像點板怡春錦曲「絃索元音」御集目錄

海歸　度世　陽告　計賺　訪賢　探報　單刀　困羽　訂盟　鼓琴　夜奔　追賢　點將
重合　榮會

新鐫出像點板怡春錦曲「新詞清賞」書集目錄

咏梅　春閨　奇遇　感夏　佳遇　閨思　別恨　懷舊　花怨　閨思　春怨　詠景　怨別

詠虎丘　遣愁　秋詞　秋景　離恨　閨怨　餘韶　秋懷　宮怨　懷舊　怨別

新鐫出像點板怡春錦曲「弋陽雅調」數集目錄

出塞　分別（附琵琶調）　送衣　唾紅　步雪　弄月　整威　傳情　祭江　對月　詰妻

遇妖　過約　試節

其中禮集「幽期寫照」選「牡丹亭」之「驚夢」；而射集「名流清劇」亦選有「幽會」、「尋夢」。

㈡　玄雪譜

「玄雪譜」爲明、鋤蘭忍人選輯、媚花香史批評，凡四卷，選劇八十二齣，書名全題爲「新鐫繡像評點玄雪譜」，傅云子「東京觀書記」頁九七——一〇〇有介紹文字。

按此書凡例之說明，可知選輯標準，文云：

> 選傳奇，不拘新舊，不循虛名，惟以情詞美惡為去取。美則塵冷之篇，悉為洗發；惡則名公妙筆，亦所不錄。

而選劇所標示之符號，其凡例亦詳細說之：

選劇近百，雖色香聲脆，各吐慧心。然寸長尺短，不能不微分甲乙，聊于篇首用○◊◗別之，以見珍重之意。「詞勝于情」用◗；「情勝于詞」用◊；「情詞雙美」用○。

亦爲極爲醒目之區分方式。「玄雪譜」選輯「牡丹亭」的齣目及品評如下：

○○○「自敘」（卽「言懷」）

◊◊○「驚夢」

○○○「尋夢」

◊◊○「幽歡」

◊○○「吊拷」

而各曲牌之上亦有眉批，如「驚夢」・「皁羅袍」：

韶光不曰自惜，而曰人賤，文章妙處全在脫化。

蓋指「皁羅袍」內：「錦屏人忒看的這韶光賤」而發。「賤」字是否指「人」，姑且不論⑩。但此書爲明代衆多戲曲選本中較能讀出主編者編選好尚與價值觀者。

㈢ 醉怡情

「醉怡情」乃明・青溪菰蘆釣叟所編。清初古吳致和堂刊本。書名全題爲「新刻出像點板時尚崑腔雜曲醉怡情」，凡八卷，選集元明兩代雜劇、傳奇之散齣，皆爲明末流行演出之崑曲劇目。有關內容，可參考任二北「曲海揚波」（收於「新曲苑」，上海，一九四〇年，第四册）卷四頁4b～5a，及張棣華，「善本劇曲經眼錄」（臺北一九七六），頁二八三～八六。

「醉怡情」所收載「牡丹亭」之齣目有：

入夢　尋夢　拾畫　冥判

「入夢」齣即原本「驚夢」删去「山坡羊」、「綿搭絮」二支曲牌，又增加「出隊子」、「滴溜子」、「雙聲子」三支堆花曲牌而成。「尋夢」齣則删去原本「月兒高」㈠、㈡、「惜花賺」㈠、㈡、「三月海棠」、「么令」、「川撥掉」㈡、㈢而成。「拾畫」齣删去了「一落索」、「錦纏道」；而「冥判」齣删去「油胡蘆」、「那吒令」、「後庭花滾」、「么篇」等曲牌，其中文字大致相仿，唯說白有大量減少的趨勢。

「醉怡情」既然標示了「崑腔雜曲」，則代表明末崑腔之基本型式，而折子戲之濫觴亦早在明末，皆是由於適應於搬演而有所改動。其書首「醉怡情雜劇叙」所謂「古有言曰：太上忘情，賢人過情，愚者不及情，余是纂將採古人書而以遙贈天下後世之過情者」，可做爲此書爲求戲劇效果，故有增刪之註脚。

㈣ 綴白裘

通行本「綴白裘」乃錢沛思於乾隆廿八年至卅九年（一七六三～一七七四）間，以玩花主人所編「綴白裘」爲底本，陸續增刪選編當時舞台上流行之崑曲與花部戲劇，計至十二編。刊行以來，翻刻者衆，流傳甚廣，被視爲近代崑曲唯一之總集，堪稱瞭解與研究當時地方戲曲之重要資料⑪。

「綴白裘」所選「牡丹亭」之齣目有：

冥判　拾畫　叫畫　學堂　遊園　驚夢　尋夢　離魂　問路　吊打　圓駕　勸農

其中刪改情形如下：

「學堂」一齣乃將原本「肅苑」、「閨塾」兩齣刪裁而成。

「勸農」一齣除「夜行船」曲牌名改爲「引」並刪去原本之末三句外，其餘曲牌之曲文皆同原本。

「遊園」一齣乃將原本「驚夢」「遶地遊」至「尾聲」截取而來。

「驚夢」一齣則將原本「驚夢」後半段之曲牌「山坡羊」至「尾聲」保留，並增「雙聲子」一支曲牌，其餘曲牌、曲文皆同原本。今演出臺本「遊園」、「驚夢」除「堆花」部分增數支曲牌外，皆沿「綴白裘」之新創部分。

「尋夢」一齣刪去原本「夜遊宮」、「月兒高」㈠、「懶畫眉」㈠，「川撥棹」㈠，共四支曲牌。

「離魂」一齣在原本為「鬧殤」，刪去「金瓏璁」、「集賢賓」㈡、㈢、㈣、「囀林鶯」㈡等五支曲牌，又刪去「紅衲襖」至「尙按節拍煞一」五支曲牌。

「拾畫」一齣刪去原本「一落索」、「尾聲」兩支曲牌。

「冥判」一齣刪去「後庭花」、「么篇」兩支曲牌。

「叫畫」一齣即原本「玩眞」，整齣曲牌、曲文皆沿襲「吟香堂曲譜」所附之「叫畫」。

「問路」即原本「僕偵」一齣，刪去「女冠子」，其餘曲牌、曲文皆同原本。

「吊打」即原本「硬拷」一齣，刪去「風入松慢」曲牌。

「圓駕」一齣將原本「點絳唇」㈡末句略更動為「明鏡有重瞳在」，其除曲牌、曲文與原本同。

㈤ 審音鑑古錄

「審音鑑古錄」是一部演出台本選集。編者無考。道光間由王繼善訂定。琴隱翁於道光十四年（一八三四）所作之序，言及該書編撰緣起時稱：「元明以來，（傳奇）作者無慮千百家，近世好事尤多。擷其華者，玩花主人；訂以譜者，懷庭居士；而笠翁又有授曲教曲之書。皆可謂梨園之圭臬矣。但玩花錄劇而遺譜，懷庭譜曲而廢白，笠翁又泛論而無詞萃。三長於一編，庶乎氍毹之上，無慮周郎之顧矣。」，序中亦提及「審音鑑古錄」一書之特點：

> 選劇六十六折（按：當作六十五折），細言評註，曲則抑揚頓挫，白則緩急高低，容則周旋進退，莫不曲折傳神，展卷畢現。至記拍、正宮、辨譌、證謬，較銖黍而折芒杪，亦復

大具苦心，謂奄有三長而為不易之指南可也。

「審音鑑古錄」所收載「牡丹亭」之齣目有：

勸農　學堂　游園　驚夢　尋夢　離魂　冥判　吊打　圓駕

各齣曲牌、曲文之情形如后：

「勸農」一齣曲牌、曲文皆與原本同。

「學堂」一齣將原本刪裁融鑄之情形，與「綴白裘」相同。

「游園」一齣乃將原本「驚夢」自「遶地遊」至第一支「山桃紅」曲牌所截取而成，齣名改爲「游園」。

「驚夢」一齣則另有增曲牌「出隊子」、「畫眉序」、「鮑老催」（原本有）、「五般宜」等堆花曲牌，與「山桃紅」、「棉搭絮」、「尾聲」融鑄而成。

「尋夢」一齣只刪去「夜遊宮」一支曲牌，其餘皆同原本。

「離魂」一齣即原本之「鬧殤」刪去「集賢賓」㈡、㈢、㈣、「囀林鶯」㈡及「紅衲襖」以下五支曲牌。

「冥判」一齣刪裁原本之情形，與「綴白裘」同。

「吊打」一齣刪去原本「硬拷」一齣之「風入松慢」而成。

「圓駕」一齣與原本全同，僅曲牌名略作更動而已。

綜上所述，自「怡春錦」以來各書折子戲選齣情形如下：

齣目＼選本	怡春錦	醉怡情	玄雪譜	綴白裘	審音鑑古錄
二 言懷				自敍	
七 閨塾				學堂	學堂
九 肅苑				學堂	學堂
十 驚夢	驚夢	入夢	驚夢	遊園、驚夢	遊園、驚夢
十二 尋夢	尋夢	尋夢	尋夢	尋夢	尋夢
二十 鬧殤				離魂	離魂
二十三 冥判		冥判		冥判	冥判
二十四 拾畫		拾畫		拾畫	
二十六 玩眞				叫畫	
二十八 幽媾	幽會		幽歡		
四十 僕偵				問路	
五十三 硬拷			吊拷	吊打	吊打
五十五 圓駕				圓駕	圓駕
八 勸農				勸農	勸農

第三節　牡丹亭之色目造型與穿戴

所謂色目，即角色名目，崑曲角色，宜從傳奇與南戲內予以分析，徐渭「南詞敍錄」記南戲角色解說如下：

生　即男子之稱。史有董生、魯生，樂府有劉生之屬。

旦　宋伎上場，皆以樂器之類置籃中，擔之以出，號曰：『花擔』，今陝西猶然。後省文為『旦』，或曰：『小獸能殺虎，如伎以小物害人也。』未必然。

外　生之外又一生也，或謂之小生。外旦、小外，後人益之。

貼　旦之外貼一旦也。

丑　以墨粉塗面，其形甚醜。今省文作『丑』。

淨　此字不可解。或曰：『其面不淨，故反言之。』予意：即古『參軍』二字，合而訛之耳。優中最尊。其手皮帽，有兩手形，因明皇奉黃旛綽首而起。

末　優中之少者為之，故居其末。手執搕爪。起於後唐莊宗。古謂之蒼鶻，言能擊物也。北劇不然：生曰末泥，亦曰正末；外曰孛老；末曰外；淨曰俫，亦曰淨，亦曰邦老；老旦曰卜兒；其他或直稱名。

這七個角色：生、旦、外、貼、丑、淨、末，與傳奇中所見的生、小生；副末、小末；正旦、貼旦、搽旦、小旦、老旦；外、雜；淨、副淨；丑基本上一脈相承，無多大的變動，試就「牡丹亭」各齣分析其色目，可得結果如下：

第一齣　標目　末上開場（傳奇照例由副末開場）

第二齣　言懷　生（柳夢梅）

第三齣　訓女　外（杜寶）老旦（杜母）旦（杜麗娘）貼（春香）

第四齣　腐歎　末（陳最良）丑（府學門子）

第五齣　延師　外（杜寶）貼（門子）丑（皁隸）末（陳最良）淨（家童）旦（杜麗娘）貼（春香）

第六齣　悵眺　丑（韓秀才）生（柳夢梅）

第七齣　閨塾　旦（杜麗娘）貼（春香）末（陳最良）

第八齣　勸農　外（杜寶）淨（皁隸）貼（門子）丑（縣吏）生、末（父老）丑、老旦（公人）淨（田夫）丑（牧童）旦、老旦（采桑婦）老旦、丑（持筐采茶婦）

第九齣　肅苑　貼（春香）末（陳最良）丑（小花郎）

第十齣　驚夢　旦（杜麗娘）貼（春香）生（柳夢梅）末（花神〔紅衣插花上〕）老旦（杜母）

第十一齣　慈戒　老旦（杜母）貼（春香）

第十二齣　尋夢　貼（春香）旦（杜麗娘）

第十三齣　訣謁　生（柳夢梅）淨（郭駝）
第十四齣　寫眞　旦（杜麗娘）貼（春香）丑（花郎）
第十五齣　虜諜　淨（番王）〔衆〕
第十六齣　詰病　老旦（杜母）貼（春香）外（杜寶）
第十七齣　道覡　淨（老〔石〕道姑）丑（府差）
第十八齣　診祟　貼（春香）病旦（杜麗娘）末（陳最良）淨（石道姑）
第十九齣　牝賊　淨（李全）丑（楊婆）
第二十齣　鬧殤　貼（春香）病旦（杜麗娘）老旦（杜母）外（杜寶）淨（石道姑）丑（院公）
末（陳最良）
第二十一齣　謁遇　老旦（僧）淨（苗舜賓）末（通事）外、貼（皁卒）丑（番鬼）生（柳夢梅）
第二十二齣　旅寄　〔傘袱病容〕生（柳夢梅）末（陳最良）
第二十三齣　冥判　淨（判官）丑（鬼）貼（吏）生、末、外、老旦（犯）丑（鬼卒）旦（杜麗
娘）末（花神）
第二十四齣　拾畫　生（柳夢梅）淨（石道姑）
第二十五齣　憶女　貼（春香）老旦（杜母）
第二十六齣　玩眞　生（柳夢梅）
第二十七齣　魂遊　淨（石道姑）貼（小道姑）丑（徒弟）魂旦（杜麗娘）
第二十八齣　幽媾　生（柳夢梅）魂旦（杜麗娘）

第二十九齣 旁疑 淨（〔石〕老道姑）貼（小道姑）末（陳最良）

第三十齣 歡撓 生（柳夢梅）魂旦（杜麗娘）貼（小道姑）淨（石道姑）

第三十一齣 繕備 貼（文官）淨（武官）外（杜寶）〔衆〕末、老旦（商人）

第三十二齣 冥誓 生（柳夢梅）魂旦（杜麗娘）

第三十三齣 秘議 淨（石道姑）生（柳夢梅）

第三十四齣 詗藥 末（陳最良）淨（石道姑）

第三十五齣 回生 丑（疙童〔癩頭黿〕）淨（石道姑）生（柳夢梅）旦（杜麗娘）

第三十六齣 婚走 淨（石道姑）旦（杜麗娘）生（柳夢梅）末（陳最良）外（舟子）丑（疙童）

第三十七齣 駭變 末（陳最良）

第三十八齣 淮警 淨（李全）老旦（軍人）丑（壓寨夫人）〔衆〕

第三十九齣 如杭 生（柳夢梅）旦（杜麗娘）淨（石道姑）

第四十齣 僕偵 淨（郭駝）丑（疙童）（披衣）

第四十一齣 耽試 淨（苗舜賓）丑（掌門）生（柳夢梅）外（老樞密）

第四十二齣 移鎮 外（杜寶）——〔安撫〕老旦（杜母）貼（春香）淨（報子）丑（驛丞）末（報子）丑（報子）

第四十三齣 禦淮 外（杜寶）生、末衆（軍人）淨（李全）丑、貼（衆軍）老旦、末（文官）——淮安府行軍司馬、淨、丑（武官）——淮安府將軍、貼（辦事官）生（報子）

第四十四齣 急難 旦（杜麗娘）生（柳夢梅）

第四十五齣　寇間　老旦、外（賊兵）、末（陳最良）—（包袱雨傘）淨（李全）、丑（壓寨夫人）生（報子）〔弔場〕

第四十六齣　折寇　外（杜寶）—（戎裝佩劍引衆上）、淨（報子）末（陳最良）

第四十七齣　圍釋　貼（通事）淨（李全）丑（壓寨夫人）老旦（番將）外（馬夫）貼（報子）末（陳最良）

第四十八齣　遇母　旦（杜麗娘）淨（石道姑）老旦（杜母）貼（春香）

第四十九齣　淮泊　生（柳夢梅）—（包袱、雨傘丑（店主）

第　五十　齣　鬧宴　外（杜寶）丑衆（中軍）生（柳夢梅）—（破衣巾攜春容）末（武官）淨（武官）老旦（報子）、旦、貼（女樂）老旦（中軍官）

第五十一齣　榜下　老旦、丑（將軍）—（持瓜、鎚）外（老樞密）淨（苗舜賓）末（陳最良）—破衣巾捧表上。

第五十二齣　索元　淨（郭橐）—（傘、包）老旦、丑（軍校）—（旗、鑼）貼（妓）

第五十三齣　硬拷　生（柳夢梅）淨（獄官）丑（獄卒）—（持棍上）末（公差）外（杜寶）衆、雜（門官）貼（吏）—（取供紙）淨（郭駝）老旦、貼（軍校）淨（苗舜賓）老旦、貼（堂候官）—（捧冠袍帶上）〔弔場〕末（陳最良〔黃門〕）

第五十四齣　聞喜　貼（春香）旦（杜麗娘）老旦（杜母）淨（石道姑）外、丑（軍校）—（持黃旗上）淨（郭駝）

第五十五齣　圓駕　淨、丑（將軍）〔持金瓜〕　末（陳最良）外（杜寶）—（幞頭、袍、笏）

生（柳夢梅）旦（杜麗娘）老旦（杜母）淨（石道姑）貼（春香）丑（韓子才）——（冠帶捧詔上）衆（下）

而由以上五十五齣內角色分配，可以綜合得結論如後所列之情形，可見各齣內角色運用：

〔生〕柳夢梅　(二)、(六)、(十)、(十三)、(二十)、(二十二)、(二十四)、(二十六)、(二十八)、(三十)、(三十二)、(三十三)、(三十五)、(三十六)、(三十九)、(四十一)、(四十四)、(四十八)、(五十)、(五十三)、(五十五)

　　父　老　(八)、

　　犯　　　(二十三)

　　軍　人　(四十二)

　　報　子　(四十二)、(五十二)

〔旦〕杜麗娘　(三)、(五)、(七)、(十)、(十二)、(十四)、(十六)病旦、(二十)病旦、(二十三)、(二十七)魂旦、(二十八)魂旦、(三十)魂旦、(三十二)魂旦、(三十五)、(三十六)、(三十九)、(四十四)、(四十八)、、

　　采桑婦　(八)

　　女　樂　(五十)

〔貼〕春　香　(三)、(五)、(七)、(九)、(十)、(十一)、(十二)、(十四)、(十六)、(十八)、(二十)、(二十五)、(四十二)、(四十八)、(五十四)、(五十五)

　　門　子　(五)、(八)

　　皁　卒　(二十三)

吏　(二十三)、(三十三)

小道姑　(二十七)、(二十九)、(三十)

文官　(三十)

眾(敵)軍　(四十二)

辦事官　(四十二)

通事　(四十七)

報子　(四十七)

女樂　(五十)

妓(王大姐)　(五十一)

軍校　(五十三)

堂候官　(五十三)

〔老旦〕杜母　(三)、(十)、(十一)、(十六)、(二十)、(二十五)、(四十二)、(四十八)、(五十四)、(五十五)

公人　(八)

采桑婦　(八)

持筐采茶婦　(八)

僧　(二十)

犯　（二十三）
商人　（二十三）
軍人　（三十六）
文官　（四十二）
賊兵　（四十三）
番將　（四十七）
報子　（五十）
中軍官　（五十）
將軍　（五十一）
軍校　（五十二）
堂候官　（五十三）

〔外〕
杜寶　（三）、（五）、（八）、（十六）、（二十）、（二十三）、（四十二）、（四十三）、（四十六）、（五十）、（五十三）、（五十五）
皁卒　（二十）
犯　（二十三）
舟子　（三十六）
老樞密　（四十二）、（五十二）
賊兵　（四十三）

馬夫 (四十七)

軍校 (三十四)

「末」(開場) (一)

陳最良 (四)、(五)、(七)、(九)、(十六)、(二十)、(二十二)、(二十九)、(三十四)、(三十六)、(三十七)、(四十三)、(四十六)、(四十七)、(五十)、(五十三)、(五十五)

父老 (八)

花神 (十)、(二十三)

通事 (二十一)

犯 (二十三)

商人 (二十一)

報子 (四十五)

軍人 (四十五)

文官 (四十五)

武官 (四十)

公差 (四十三)

「丑」府學門子 (四)

皂隸 (五)

韓秀才 (六)、(四十五)
縣吏 (八)
公人 (八)
牧童 (八)
持筐采茶婦 (八)
小花郎 (九)、(十四)
府差 (十七)
楊婆 (十九)、(三十六)、(四十五)、(四十七)
院公 (二十)
番鬼 (二十一)
鬼 (二十三)
鬼卒 (二十三)
徒弟 (二十七)
疙童（癩頭黿）(三十五)、(三十六)、(四十)
掌門 (四十二)
驛丞 (四十二)
報子 (四十二)

眾（敵）軍　（四十五）
武官　（四十五）
店主　（四十八）
中軍　（五十）
將軍　（五十一）、（五十三）
軍校　（五十一）、（五十四）
獄卒　（五十三）

〔淨〕
家童　（五）
皂隸　（八）
田夫　（八）
郭駝　（十三）、（四十）、（五十一）、（五十三）、（五十四）
番王　（十五）
石道姑　（十七）、（十八）、（二十）、（二十四）、（二十八）、（二十九）、（三十）、（三十二）、（三十四）、（三十五）、（三十六）、（三十九）、（四十八）、（五十四）、（五十五）
李全　（十九）、（三十八）、（四十五）、（四十六）、（四十七）
苗舜賓　（二十一）、（四十一）、（五十一）、（五十三）
判官　（二十三）
武官　（三十一）、（四十五）、（五十）

報子（四二）、（四八）

獄官（五三）

將軍（五四）

〔雜〕門官（五三）

足見角色運用至爲繁複、卻又十分富有技巧。然則後代於脚色分工上愈分細微，楊蔭瀏先生「天韵雜談」⑫記先輩李靜軒對角色之剖析，將崑曲角色總括爲十六種，所謂「六生六旦四花面」。其文如下：

崑劇配角，嚴切而複雜，學者一時殊難了解。憶去年海上某報載有崑劇角色一篇，社友讀之，病其疵謬，多所評論。先輩李靜軒先生，遂為剖別詳述，茲記其言于下，學崑劇者讀之，於配角集唱，庶幾粗有眉目也。

李先生之言曰：崑劇萬千，總其角色，不外十六，所謂「六生」「六旦」，「四花面」是也。

「六生」六生者，老生三門，曰生，曰外，曰末；小生三門，曰官生，曰黑衣，曰巾生。生常演諍臣直士，學士大夫。外，常演瀟洒儒翁，負病士子。末，則常演式微老者，家人義僕。以例言之，「邯鄲夢」之「雲陽」，生也；「精忠記」之「交印」，外也；「九蓮燈」之「求燈」，末也。官生氣概堂皇，少年科第；黑衣貧苦憂鬱，顛沛流離；巾生風流儒雅，年少英才。如「長生殿」之「迎像」，官生也；「還金鐲」之「哭魁」，黑衣也；「連環記」之「擲戟」，巾生也。

「六旦」六旦者，老旦、正旦、作旦、四旦、五旦、六旦。老旦演老年婦女，正旦演節烈女子，作旦演童年男子，雖稱為旦，所扮係童男子，唱用童聲，曰「作」，蓋謂其實非旦，而被稱作旦也。例如「八義記．觀畫」齣中之趙氏孤兒，卽係作旦。四旦卽殺旦，常演巾幗英雄。此外，五旦演美貌少婦，六旦演風情侍婢。以例言之，老旦如「迎風閣」之「罷宴」，正旦如「金鎖記」之「斬娥」，四旦如「鐵冠圖」之「刺虎」，五旦如「青塚記」之「昭君」，六旦如「水滸記」之「桃帘」是也。

「四花面」 四花面者，紅大白大，統稱曰淨。合之副角丑角，其數凡四也。紅大角色最多。世所傳「七紅」、「八黑」、「三和尚」、「九紫」、「十三花」者，皆屬紅大。紅大聲若洪鐘，身軀偉武，其中「七紅」，面開紅色。蓋淨角中用紅色開面者，惟「一種情」之「冥勘」、「八義記」之「鬧朝」、「九蓮燈」之「火判」、「三國志」之「刀會」、「風雲會」之「訪普」、「雙紅記」之「青門」以及「盜綃」等劇，其數凡七，故曰「七紅」也。

「八黑」 面開黑色，所演劇中人如趙公明、鐵拐李、姚期、鍾馗、張飛、項羽、尉遲恭、包文正，其數凡八，故曰「八黑」。

「三和尚」 在劇中人為惠明、達摩、楊五郎。

「九紫」 開紫面，如「宵光劍」之「鬧莊」等是。

「十三花」 開花面，如「牡丹亭」之「冥判」等是。

紅大之外，白大亦稱淨，其在劇中，多扮奸臣狡吏。然亦有特例，如董卓、嚴嵩、秦檜，卽皆為白大，獨曹操權奸，在京劇開白面者，在崑劇不但不用白大，且配角無定。「議劍」一劇，曹操用二面，而「罵曹」之曹操，乃用小丑。

此外又有紅白大倒串者，「山門」一劇，紅大開白面，「劉唐」一劇，白大戴紅鬚，蓋皆其特例也。

副角一稱二面，所演為皂隸衙役，奸猾之徒，例如「紅梨記」之「醉隸」，「水滸記」之「活捉」，「西廂記」之「游殿」皆是。丑角所演狡童醜士，猾黠少年，例如「艷雲亭」之「點香」，「水滸記」之「盜甲」皆是。

角色之男女別：夫劇中表演，男女別於角色。尋常通例，六生四花面扮男，六旦扮女，然男女之間，亦有特例倒串者。以花面扮女者，其例有三：如「玉簪記」之「秋江」，以白大扮女；「琵琶記」之「稱慶」，以二面扮女；「風箏誤」之「驚醜」，以小丑扮女，皆其例也。六旦扮男者，其例甚多。如「鐵冠圖」之「殺監」，以老旦扮男者也；「千金記」之「十面」，以正旦扮男者也；「八義記」之「觀畫」，以作旦扮男者也；「西廂記」之「長亭」，以四旦扮男者也。而五旦扮男者，有「蓮花寶筏」之「胖姑」。六旦扮男者，有「邯鄲夢」之「番兒」。

這段敍述，將崑曲演出的十六角色提綱挈領的說得極爲透徹，至於穿戴打扮，「審音鑑古錄」提及清代乾隆年間演出牡丹亭之穿戴爲：

「學堂」中春香，「色襖，背褡，紅汗巾繫腰」；「尋夢」中杜麗娘，「插鳳，繡襖，袖中暗帶細扇」。

而「穿戴題綱」一書敍述道光年間的穿戴，則改爲：

「學堂」中春香，「裙，繡襖，花背袖，汗巾」；「尋夢」中杜麗娘，「紅襖，軟帔，雲肩，插鳳，扇」。

現在舞台上演出「牡丹亭」，徐扶明「牡丹亭研究資料考釋」引蘇州市戲曲研究室編「崑劇穿戴」將目前「牡丹亭」各齣搬演時之穿戴有詳細記錄，今迻錄其資料如下[13]：

「勸農」

杜寶（外）　頭戴方翅紗帽，口戴黑滿，身穿紅官衣，腰束角帶，紅彩褲，高底靴，手拿馬鞭。

「鬧學」

春香（六旦）　頭戴包頭，身穿粉紅襖褲，湖色馬甲，腰束四喜帶，花汗巾，彩鞋。

杜麗娘（五旦）　頭戴包頭，身穿湖色繡花帔，襯茄花褶子，腰束花白裙，白彩褲，彩鞋。

陳最良（老生）　頭戴方巾，黃打頭，口戴花三，身穿藍褶子，秋香長馬甲，腰束藍官絛，鑲鞋。

「游園」

杜麗娘（五旦）　梳大頭，戴花加綢包頭，身穿繡茄花帔，紅斗蓬，腰束白花裙，白彩褲，彩鞋，手拿女折扇（唱至「揣菱花」時，除包頭，斗蓬，罩皎月繡花帔）。

春香（六旦）　梳大頭，戴花，身穿粉紅襖褲，湖色馬甲，腰束四喜帶，花汗巾，彩鞋，手拿團扇。

「驚夢」

杜麗娘（五旦）　梳大頭，戴花，身穿皎月繡花帔，襯茄花褶子，腰束白花裙，白彩褲，彩鞋。

柳夢梅（巾生）　頭帶文生巾，身穿粉紅褶子，湖色彩褲，高底靴，雙手捧楊柳枝上。

杜夫人（老旦）　尖包頭，老旦挽頭，身穿寶藍團頭帔，腰束綠裙，白彩褲，鑲鞋。

「尋夢」

杜麗娘（五旦）　包頭戴花，身穿粉紅繡花帔，襯皎月花褶子，腰束白裙，白彩褲，彩鞋。

春香（六旦）　包頭戴花，身穿湖色襖褲，粉紅馬甲，腰束四喜帶，花汗巾，彩鞋。

「離魂」

杜麗娘（五旦）　包頭戴花，藍綢打頭，身穿青蓮素褶子，腰束白裙，白彩褲，彩鞋。

「花判」

胡判官（大面）　頭戴判帽，披紅綢加耳毛子，口戴紅札，身穿綠蟒罩紅官衣，腰束角帶，紅彩褲，高底靴，手拿馬鞭（接印後，脱去官衣，放下馬鞭）。

杜麗娘（五旦）頭戴銀泡，披黑紗，身穿黑素褶子，腰束白裙，白彩褲，彩鞋。

「拾畫叫畫」

柳夢梅（巾生）頭戴小生巾，身穿湖色褶子，茄花彩褲，高底靴。

「問路」

郭禿駝（白面）頭戴白毡帽，口戴白滿，身穿白棉綢褶子，腰束白布裙、打腰，黑彩褲，鑲鞋，手拿拐杖。

癩頭黿（小面）頭梳勒邊小辮子，身穿黑富貴衣，黑彩褲，黑布靴。

以上崑劇色目及各齣穿戴情形，可比照出後世於舞台演出時講求之情況，就此一演出實踐來看，中國戲曲表演的舞台美術，並不在舞台，而在演員身上，其穿戴在於強調主角之身份之外，並塑造其人物形象，而煥發出性格、精神，而在數百條年來的實踐與創造的累積經驗之下，穿戴不斷的改良精進，至爲明顯。

附註

❶ 見錢伯城「袁宏道集箋校」卷四，頁一五七，（香港中華書局，一九八〇）

❷ 參陸萼庭「昆劇演出史稿」頁二一七—二三二，上海文藝出版社，一九八〇。

❸ 有關明清兩代蓄優演劇風氣之探討，可參「俞大綱全集」論述卷對「陶庵夢憶」、「紅樓夢」之演劇探討文章，幼獅文化事業公司，民76 6臺北，及王安祈「明代傳奇之劇場及其藝術」第一章「明代劇團之類別及組織」對宮廷劇團、職業戲班、私人家樂、串客演劇之敍述。學生書局，民國75年6月。

❹ 何元朗著有「四友齋叢說」，論曲有所謂「欲度新聲休走樣」之觀點。沈璟此曲，顯然是針對湯顯祖而發，故湯氏「與孫俟居書」有「弟在此自謂知曲，意者筆懶韵落，時時有之，正不妨拗折天下嗓子。兄達者，能信此乎？」有關此處文句，已於本論文首章末節敍及，可參之。

❺ 參徐朔方箋注之「湯顯祖詩文集」頁一一二九。上海古籍出版社。

❻ 分見湯顯祖詩文集卷十九、十八，「湯顯祖詩文集」頁七九九及七五七。

❼ 見鄒迪光「調象菴稿」卷卅三，按鄒迪光，字彥吉，號愚公，江蘇無錫人，萬曆甲戌（一五七四）進士。

❽ 按國立故宮博物院「集部詞曲類總集」善本書中亦有「新鐫出像點板怡春錦曲」六卷十二冊，板本最佳。

❾ 另按顧篤璜「昆劇史補論」頁一六九「乾隆以來昆劇上演劇目的狀況」之敍述，尚有清咸豐十年的一份戲單，內有「牡丹亭」二十二齣，與仙霓社經常所演之「牡丹亭」十二齣。

❿ 「賤」字宜作「濺」解。整句之意，是指杜麗娘懷春慕色，一嘆自身蹉跎光陰，任時光流濺而去。

⓫ 有關「綴白裘」之介紹，可參杜穎陶「談綴白裘」，「劇學月刊」三卷七期；至於板本問題，林鋒雄先生「舶載書目所錄綴白裘全集釋義」一文亦有提及，見「天理大學學報」第一四〇輯，一九八三。

⓬ 見「楊蔭瀏音樂論文選集」頁三—五，上海文藝出版社，一九八六。

⑬ 見徐扶明「牡丹亭研究資料考釋」頁一九六、「近代演『牡丹亭』的穿戴。」上海古籍出版社，一九八七。

第五章　牡丹亭之影響與有關評論

委婉深情，使牡丹亭形成了一種獨特的藝術風格，而過人之處是作者湯顯祖更透過了「情」的安排，爲劇中人尋找出追隨的目標，一使人憬悟到眞正的至愛。這個戲劇，在長期的流行與搬演過程中，不但大大擴展了戲曲的影響力，也使觀衆在浪漫生動的氣氛中，去瞭解這始終執着堅定的愛情故事，寄託了他們的善良願望。

愛本是一種固執的生命糾纏，也是人生一種很難解除的基本態度，湯顯祖的筆，將這種糾纏與基本態度發揮到了極致，也寫出了天下人共有的生命企盼。他的敍述，擺脫了傳統與禮敎的羈絆，一揉入廻旋動盪的姿致，著重感性，而以直感所達到的極致與成就也是無人可及的，柳夢梅的無端想念，竟會叫醒杜麗娘的靈魂，「幽媾」一齣之中，夢梅一股拋不開的懷念呢喃，雖是平易，卻也足以起九泉之人再返：

〔劉潑帽〕恨單條不惹的雙魂化，做箇畫屏中倚玉蒹葭。小姐呵，你耳朵兒雲鬢月侵芽，可知他一些些都聽的俺傷情話？

〔秋夜月〕堪笑咱，說的來如戲耍。他海天秋月雲端掛，煙空翠影遙山抹。只許他伴人清暇，怎教人佻達。

〔東甌令〕俺如念咒，似説法。石也要點頭，天雨花。怎虔誠不降的仙娥下？是不肯輕行踏。（內作風起，生按住畫介）待留仙怕殺風兒刮，粘嵌著錦邊牙。怕刮損他，再尋箇高手臨他一幅兒……。

於是，夢梅如痴般的呼喚，將原本懸空的囈語，產生眞眞切切的事實。麗娘便由之導入超昇，流連於夢梅所處的陽世：「（打睡介）（魂旦上）『泉下長眠夢不成。一生餘得許多情。魂隨月下丹青引，人在風前歎息聲。』妾身杜麗娘鬼魂是也。爲花園一夢，想念而終。當時自畫春容，埋於太湖石下。題有『他年得傍蟾宮客，不在梅邊在柳邊』。誰想魂遊觀中幾晚，聽見東房之內，一箇書生高聲低叫：『俺的姐姐，俺的美人。』那聲音哀楚，動俺心魂。悄然驀入他房中，則見高掛起一軸小畫。細玩之，便是奴家遺下春容。後面和詩一首，觀其名字，則嶺南柳夢梅也。梅邊柳邊，豈非前定乎！因而告過冥府判君，趁此良宵，完其前夢。想起來好苦也。……（生睡中念詩介）『他年若傍蟾宮客，不在梅邊在柳邊。』我的姐姐呵。（聽打悲介）」。

可見湯顯祖用純美的意象陡然接出麗娘音容，在風影燈花中走來，也由夢梅一番呼喚，勾出女主角心裡莫可究詰的深痛。所以，他是爲人們寫出一片淒然與嚮往的，在當時，有俞二娘以酷嗜「牡丹亭」曲致斷腸而死，顯祖亦有詩弔之。其「哭婁江女子二首」序云：

吳士張元長，許子洽前後來言，婁江女子俞二娘秀慧能文詞，未有所適。酷嗜牡丹亭傳奇，蠅頭細字，批注其側。幽思苦韻，有痛于本詞者。十七惋憤而終。……相國曰：『吾老年人，近頗為此曲惆悵！』，王宇泰亦云，乃至俞家女子好之至死，情之於人甚哉❶！

而又有詩云：「畫燭搖金閣，眞珠泣繡窗。如何傷此曲，偏祇在婁江？」、「何自爲情死？悲傷必有神。一時文字業，天下有心人。」悵此知音之逝。此外亦相傳內江女子因感湯氏非意中所想，投水而死。焦循「劇說」引「黎瀟雲語」云：「內江一女子，自矜才色，不輕許人，讀還魂而悅之，逕造西湖訪焉，願奉箕帚。湯若士以年老辭，女不信。一日，若士湖上宴客，女往觀之，見若士皤然一翁，傴僂扶杖而行，女嘆曰：「吾生平慕才，將托終身，今老醜若此，命也！」因投於水。」❷然而，這個說法較不可信，徐扶明「牡丹亭研究資料考釋」以爲湯氏自萬曆二十六年向吏部告歸，寫成「牡丹亭」一書，至萬曆四十四年在家中逝世，其間十八年未曾至於西湖，以爲係由「婁江女子俞二娘事附會而成」❸不無可能。而更有金鳳鈿、馮小青、商小玲感傷的種種記載，可見湯氏牡丹亭於當時風靡影響，今述之於后：

第一節　時人感傷

(一) 金鳳鈿

鄒弢「三借廬筆談」：

湯臨川牡丹亭曲，膾炙人口。相傳揚州有女史金鳳鈿，父母皆故，弟年尚幼。家素業鹾，遺貲甚厚。鳳鈿幼慧，喜翰墨，尤愛詞曲，時牡丹亭書方出，因讀而成癖，至於日夕把卷，吟玩不輟，時女未字人，乃謂知心婢曰：「湯若士多情如許，必是天下奇才，惜不知里居、年貌爾，為我物色之，我將留此身以待也。」婢果托人探得耗，知若士年未壯，已有室，時正待試京師，名籍籍傳人口。即以覆鳳鈿，鳳鈿嘿然久之，作書寄燕都達意，有「願為才子婦」之句。年餘，亡覆書，蓋已付洪喬公矣。復修函寄之，轉輾浮沈，半年始達。時若士已捷南宮，感女意，星夜來廣陵，則鳳鈿死已一月矣。臨死，遺命于婢曰：「湯相公非長貧賤者，今科貴後，倘見我書，必來相訪，惟我命薄，不得一見才人，雖死，目難瞑，我死，須以牡丹亭曲殉，無違我志也！」言畢遂逝。若士感其知己，出己貲，力任葬事，廬墓月餘始返，因理金氏產，并其弟，悉載以去，後弟亦成名。楊雲生為余述。

(二) 商小玲

「硐房蛾術堂閒筆」云：

杭有女伶商小玲者，以色藝稱，于還魂記尤擅場，嘗有所屬意，而勢不得通，遂鬱鬱成疾，每作杜麗娘「尋夢」、「鬧殤」諸劇，真若身其事者，纏綿淒婉，淚痕盈目。一日演「尋夢」，唱至「待打併香魂一片，陰雨梅天，守得個梅根相見」，盈盈界面，隨聲倚地。春香上視之，已氣絕矣。

另外也有鮑倚雲的「退餘叢話」的記敍也與上說相同，不過說明商小玲是崇禎時代的藝人：

錢塘陳楞山，撰「西湖竹枝詞」，用商小玲事，人都不解。崇禎時，杭有商小玲者，以色藝稱，演臨川「牡丹亭」院本，尤擅場。嘗有所屬意，而勢不得通，遂成疾。每演至「尋夢」、「鬧殤」諸齣，真若身其事者，纏綿凄惋，橫波之目，常擱淚痕也。一日，復演「尋夢」，唱至「打并香魂一片，陰雨梅天，守得梅根相見。」盈盈界面，隨聲倚地。春香上視之，已殞絕矣。臨川寓言，乃有小玲實其事，兪二娘沒，不意復有此人。語並見「玉几詩話」。

㈡　馮小青

「花朝生筆記」：

女史馮元元，字小青，廣陵人。母為女塾師。小青自幼嫺習翰墨。年十六，嫁杭州馮生為妾。生固傖父，妻更悍妒，小青曲意下之，終不懈。后居孤山別業。小青深自歛戢。生妻有戚屬某夫人，才而賢。嘗從小青學弈。憐之，勸他適。小青曰：「吾命自薄，他適何益？」

夫人重其行，謂曰：「子信如是，吾不子強。雖然，好自愛。彼或飲食汝，乃更可慮。即旦夕所需，第告我。」相顧泣下。后夫人以宦遠方，小青亦復無聊。未幾，感疾卒。自歸生至卒，凡二年，妻取其遺像及所著書，悉焚之。茲引其所錄絕句之一如下：「冷雨幽窗不可聽，挑燈閒看牡丹亭，人間亦有癡如我，豈獨傷心是小青？」

後來馮小青的故事鋪演爲「療妬羹」傳奇❹，寫杭州富豪褚太郎，命老嫗陳媽媽由揚州買得小青爲妾，（此處小青姓喬），由於小青頗有姿色，又擅於詩作，故褚妻苗氏極端嫉妒，百般凌虐。後來小青經過楊器夫人顏氏安排，離開褚家，嫁給了楊器爲妾。這個傳奇，與「牡丹亭」甚有關係，尤以「題曲」一折最爲近似。梁廷枏「曲話」云：

療妒羹「題曲」一折，逼真牡丹亭。如云：「一任你拍斷紅牙，拍斷紅牙，吹酸碧管，可賺得淚紛沾袖，總不如牡丹亭一聲『河滿』便潸然」、「四壁如秋，半晌好迷留，是那般憨愛，那些癆瘦。只見幾陣陰風涼到骨，想又是梅月下俏魂遊。天那！若都許死後自尋佳偶，豈惜留薄命，活作羈囚！」此等曲情，置之還魂記中，幾無復可辨。

「牡丹亭」之中，杜麗娘所尋的是心中慕求的夢，喬小青在向楊夫人借得「牡丹亭」之後，終夜耽讀，被麗娘那種深情執著所感動，於是作詩題於箋上，而她所尋的，正是麗娘的夢境，而夢境，就是喬小青的心事。楊恩壽「詞餘叢話」說：

小青詩云：「冷雨淒風不可聽，挑燈閒看牡丹亭，世人亦有癡如我，豈獨傷心是小青。」療妒羹就此詩意，演成「題曲」一齣，包括還魂記大旨，處處替寫小青心事⑤。

至如李漁「曲話」則更推崇並予以評價云：「吾于近劇中，取其俗而不俗者，還魂而外，則有『粲花五種』，皆文人最妙之筆也。『粲花五種』之長，不僅在此，才鋒筆藻，可繼還魂。……使粲花主人及今猶在，奮其全力，別製一種新詞，則赤壇赤幟，豈僅為若士一人所攫哉？所恨予生也晚，不及與二老同時，他日追及泉臺，定有一番傾倒，必不作妒而欲殺之狀，向閻羅天子掉舌，排擠後來人也。」（「閒情偶寄」卷三）以詼諧口吻，將「療妒羹」一書之藝術價值與還魂記並列，足見此書在戲曲史上宜有定位。

另外，就「療妒羹」中的文詞，也能時見「牡丹亭」的影子，如第十一齣「得箋」、十三齣「遊湖」、十四齣「絮影」、十九齣「病雪」、廿二齣「訣語」、廿三齣「回生」、廿七齣「匿竄」、廿八齣「禮畫」、廿九齣「假魂」、三十齣「假醋」，皆有以己比麗娘之寫，第十九齣「病雪」就說到：「嘗讀牡丹亭記，杜麗娘抱病，自知不起，手畫春容，藏之墓側，後遇柳生拾得，叫醒痴魂，遂成再世姻緣，傳作千秋話柄。我小青，豈是能詩杜女，堪留既死之魂，亦無入夢柳生，許證前生之畫。」，至於廿三齣亦說：「長嘯過西湖，省長吁，好似夜走南安，偷載回生女，只等待入夢書生證畫圖。」，因此「牡丹亭」便在這種易懂卻又難解的情形之下，成為了許多寫作者用之不竭的泉源，顯示它難以窮盡的境界與啓發。

明人衛泳「悅容編」曾說：「女人識字，便有一種儒風。故閱書畫，是閨中學識。……如宮闈傳，列女傳，諸家外傳，西廂，玉茗堂還魂、二夢，雕蟲館彈詞六種，以備談述歌詠。間有不能識字，暇中輒爲陳說，共話古今奇勝，紅粉自有知音。」（「昭代叢書」本），「療妒羹」寫「牡丹亭」的知音馮小青，事實上，世界每個角落均會有此知音，可見湯顯祖的「牡丹亭」不但爲當時人欣賞及了解，其風靡程度，乃由於劇作本身就以純眞性情構築，故而觀者以情相遇，在交滲相融之下產生心中的激盪，亦使人深深艷羨，艷羨而求之不得，便墜入莽莽世塵的情障之內，而感者率多爲閨閣婦女。顧姒「題三婦評本牡丹亭」云：「百餘年來，誦此書者，如俞娘、小青，閨閣中多有解人」，又馮夢龍「風流夢小引」言：「若士先生千古逸才，所著四夢，牡丹亭最勝。王季重敍云：『笑者直笑，笑即有聲；啼者眞啼，啼即有淚；歎者眞歎，歎即有氣。麗娘之妖，夢梅之癡，老夫人之軟，杜安撫之古執，陳最良之腐，春香之賊牢，無不從劬節竅髓，以探其七情生動之微。』此數語直爲本傳點晴。」更訴說「牡丹亭」煥乎情采的原因，故此傳奇之情乃是以不沾滯的方式將情思流行而出，由之自然感人，於是「牡丹亭」的藝術精神便爲人所肯定了。

（附）支如增「小青傳」（選輯自「媚幽閣文娛」）

自杜麗娘死，天下有情種子絕矣。以吾所聞小青，殆麗娘後一人也。小青讀《牡丹亭》詞，嘆曰：「人間亦有癡於我，豈獨傷心是小青！」悲夫，眞情種也。爰作《小青傳》。小青者，武林某生姬也。家廣陵，名玄玄，字小青。其姓不傳。姬幼隨母學，母本閨塾師，所遊多名閨，故得博覽圖書，妙解聲律，兼精諸技，每當閨秀雲集，茗戰手語，姬隨變酬答，人人自失。十齡時遇一老尼，口授心經，一過輒成誦。尼曰：「是兒早慧福薄，乞隨予作弟子。卽不許，毋令識字，可三十年活。」母難之。十六，歸生。生之婦奇妒。姬曲意下之，終不悅。偶隨婦遊天竺，婦問：「西方佛無量，世多專禮大士者何？」姬曰：「以慈悲故耳。」婦知諷己，笑曰：「吾當慈悲汝。」乃徙之孤山別業。誡曰：「非吾命郎至，不得入；非吾命郎手札至，亦不得入。」姬往，生亦不甚相顧。姬悽惋無已。有某夫人者，時從姬學弈，絕憐愛之，而姬性好書，向生索取不得，數從夫人處借觀。閒賦小詞自遣。對佳山水，有所得輒作小畫。生聞之，每索，卒不與。姬又好與影語，斜陽花際，烟空水清，輒臨池自照。對影絮絮如問答。女奴窺之，輒止。但見眉痕慘然，故嘗有「瘦影自臨春水照，卿須憐我我憐卿」之句，悲哉！妬婦庸奴，都無可語，徒向《牡丹亭》說夢耶。一日從婦登樓船，某夫人亦在座。時同遊女伴見兩堤間遊冶少年馳騎，俱指顧相謔。姬獨淡然凝坐，或俯清流轉眄而已。某夫人曰：「昔太白舉杯邀月，對影三人，惟太白之影可與太白飲，亦惟小青之影可與小青對耶？」時婦已醉臥。姬頻覷婦，低語夫人曰：「太白仙才，小青怨女，故自不類。三閭大夫索知己不得，索之雲中之湘君；妾又索湘君不得，索之水中之影耳。」夫人曰：「子悲憤無聊，政類三閭，生亦類楚懷王，顧不知誰為上官大夫也。」姬默然。夫人曰：「以三閭之才，游諸侯，何國不容，而自令若此，太史公憾之矣。」姬曰：「此三閭之為三閭也。」夫人乘間向姬曰：「此舟有樓，汝伴我同登。」比登樓遠眺，顧左右無人，撫姬背曰：「好光景！可惜虛過章臺柳，亦倚紅樓盼韓郎走馬，而子作蒲團空觀耶？」姬曰：「賈平章劍鋒可畏也。」夫人曰：「子誤矣，平章劍鈍，女平章利害耳。」少選，從容諷曰：「子既閑儀則，多技能，而風流綽約復爾，豈當墮羅剎國中。吾非女俠，力能脫子火坑。頃言章臺柳，子非會心人耶？天下豈少韓君乎！且彼婦卽善遇子，子終向黨將軍帳下作羔酒侍兒乎！」姬曰：「夫人休矣。妾幼夢手折一花，隨風片片着水，命止此矣！夙業未了，又生他想。彼冥朝姻緣簿，非吾如意珠，再辱奚為？徒供羣口畫描耳。」夫人點首長嘆，相顧良久，泣下沾衣，徐拭淚還座。夫人向宗戚每談及之，無不咨嗟太息云。自後夫人從宦遊，姬益寥閴，遂感疾。婦命醫來，乃遣婢捧藥至。姬詳諭。婢出，擲藥床頭，泣曰：「吾卽不願生，亦當以淨體皈依，作劉安雞犬，豈以一杯鴆斷送耶？」乃貽書某夫人曰：「關頭祖帳，回隔人天；官舍良辰，當非寂度。馳情感往，瞻睇慈雲；分燠噓寒，如依膝下；縻身百體，未足云酬。姊姊姨姨無恙！猶憶南樓元夜，看燈諧謔，姨指畫屏中一憑欄女曰：『是妖娃兒倚風獨盼，恍惚有思，當是阿青。』妾亦笑指一姬曰：『此執拂狡鬟，偷近郎側，將無似姊。』於時角彩尋歡，纏綿徹曙，寧復知風流雲散，遂有今日乎！逞者仙槎北渡，斷梗南棲，狺語哮聲，日焉三至。漸乃微辭含吐，亦如尊旨云云，竊揆鄙衷，未見其可。夫屠肆菩心，餓狸悲鼠，此直快其換馬，不敢辱以當壚。去則弱絮風中，住則幽蘭霜裏，蘭因絮果，現業誰深。若便祝髮空門，洗粧浣慮，而豔思綺語，觸緒紛來，正恐蓮性雖胎，荷絲難殺，又未易言此也。乃至遠笛哀秋，孤燈聽雨，雨殘笛歇，謖謖松聲，羅衣壓肌，鏡無乾影，朝淚鏡潮，夕淚鏡汐，今茲雞骨，殆復難支，疾灼肺然，見粒而嘔，錯情易意，悅憎不馴，老母姊弟，天涯問絕。嗟乎，未知生樂，馬知死悲？慽促懽淹，無乃非達！妾少受天穎，機警靈速，豐茲嗇彼，理詎能雙？然而神爽有期，故未應寂寂也。至其淪忽，亦匪至今。結褵以來，有宵靡旦，夜臺滋味，諒不殊斯。何必紫玉成烟，白花飛蝶，乃謂之死哉！或軒車南返，駐節維揚，老母惠存，如妾之受。阿秦可念，幸終垂憫。疇昔珍贈，悉令見殉；瑤鈿繡衣，福星所賜，可以超輪消刼耳。小六娘先期相俟，不憂無伴。附呈一絕，亦是鳥死鳴哀。其詩集小像，託陳嫗好藏，覓便馳寄。身不自保，何有於零膏冷翠乎。他時放船堤下，探梅山中，開我西閣門，坐我綠陰床，髣生平於響像，見空帷之寂颺，是耶？非耶？其人斯在！嗟乎夫人，明冥異路，從此永辭。玉腕珠顏，行就塵土，興言及此，慟也如何！」書成未達。疾益甚，水粒俱絕，日飲粒汁少許。然明妝冶服，擁襆欹坐，雖數暈絕，終不蓬垢偃臥也。忽一日語老嫗曰：「傳語冤業郎，覓一良畫師來。」師至，命寫照。寫畢，攬鏡熟視，曰：「得吾形矣，未得吾神也。姑置之。」師易一圖進。嫗曰：「神是矣，丰采未流動也。昔杜麗娘自圖小像，恐為雨為雲飛去，丰采流動耳。」乃命師且坐，自與老嫗扇茶鐺，或檢圖書，或整衣褶，或代調丹碧諸色，縱其想會。久之，命寫圖。圖成，極妖纖之致。笑曰：「可矣。」取供榻前，爇名香，設梨汁奠之曰：「小青小青，此中豈有汝緣分耶！」撫几而泣，淚雨潸潸下，一慟而絕，年纔十八耳。時萬歷壬子歲也。哀哉！人美於玉，命薄於雲，瓊蕊優曇，人間一現，欲求如杜麗娘牡丹亭畔重生，安可得哉！日向暮，生踉蹌來，披帷視之，則容光藻逸，衣態鮮好如生前，不覺長號頓足。既檢遺詩及像，又一緘，卽前寄某夫人稿也。讀之，敘致惋痛。生狂叫曰：「吾負卿矣！」嘔血數升。婦聞恚甚，趣索圖，生詭以

第一圖進。立焚之。又索詩；詩至，亦焚之。廣陵散從玆絕矣。悲夫！楚焰誠烈，何不以紀信誑之？則罪不在婦又在生耳。猶幸第二圖，其姻婭有購得之者。而姬臨卒時，以花鈿數事，贈閨媪之小女，襯以二紙，偶為好事者所見，則皆姬手蹟，字亦漫滅。細閱之，得九絕句，一古詩、一詞，殆詩草也。然題亦不可考。嗟夫，姬信情種，命題亦當有致。惜乎其不可考也。雖然，詩且不全，何有於題！而更有遊姬別業者，於壁間拾殘箋數寸許，有字云：「數盡㣕㣕深夜雨，無多也，只得一半工夫……」亦姬遺墨，蓋《南鄉子》詞而未全，李易安工為情語不逺也。而世所傳僅此，併寄某夫人一絕及一緘耳。嗟乎，麗娘幀首數言，便足千古，亦何必盡吐奇葩，供人長玩耶。不然，脱小青臨卒，不以花鈿贈人，而彼畫師寫照，落筆便肖，則遺照殘箋，且盡歸妬婦刼火，又安得桃花一瓣流出人間也哉！

（附）「療妒羹」．「題曲」（王季烈「集成曲譜」）

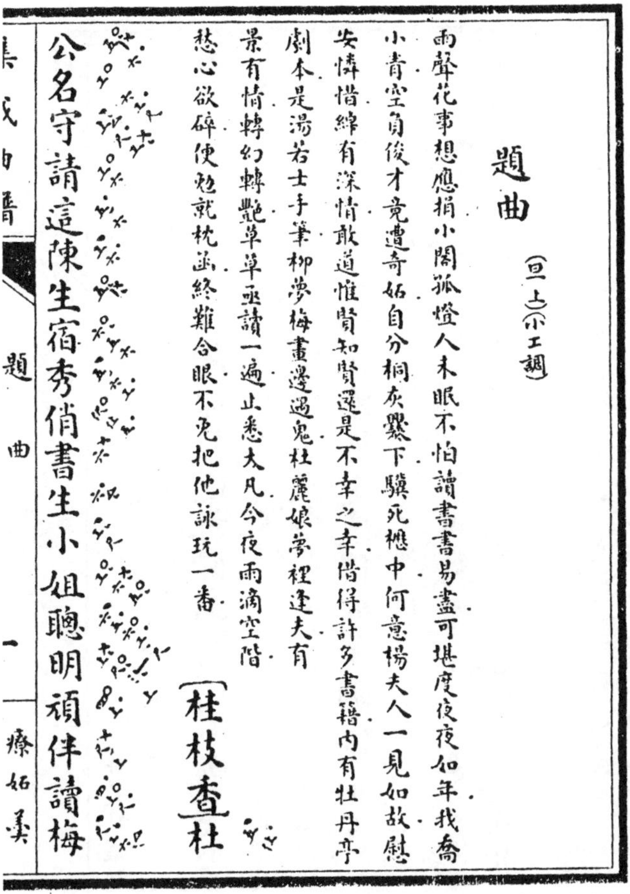

集成曲譜　題曲　一　療妒羹

題曲（旦上）（小工調）

雨聲花事想愁捐小閣孤燈人未眠不怕讀書書易盡可堪度夜夜如年我喬小青空負俊才竟遭奇妒自分桐灰嬰下驟死棺中何意楊夫人一見如故慰安憐惜綿有深情敢道惟賢知賢還是不幸之幸借得許多書籍內有牡丹亭劇本是湯若士手筆柳夢梅畫邊遇鬼杜麗娘夢裡逢夫有景有情轉幻轉艷草草亟讀一遍止悉大凡今夜雨滴空階愁心欲碎便勉就枕函終難合眼不免把他詠玩一番

【桂枝香】杜公名守請這陳生宿秀俏書生小姐聰明頑伴讀梅

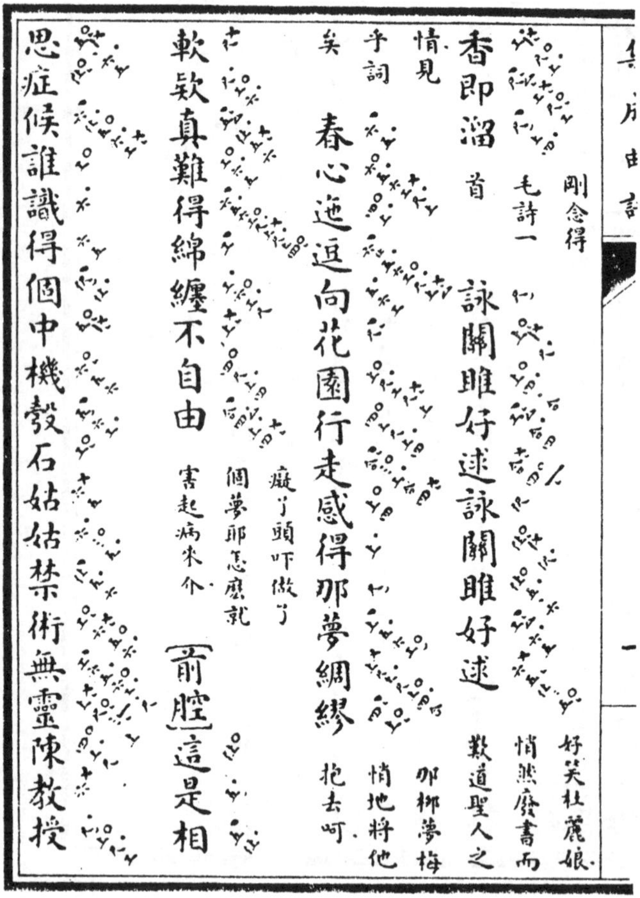
剛念得
好笑杜麗娘
毛詩一
悄然廢書而
香即溜
首
詠關雎好逑詠關雎好逑
數道聖人之
情見
那柳夢梅
乎詞
情地將他
矣
春心迤逗向花園行走感得那夢綢繆
抱去呵
癡了頭吓做了
個夢那怎麼就
軟欵真難得綿纏不自由
害起病來介
[前腔]這是相
思症候誰識得個中機彀石姑姑禁術無靈陳教授

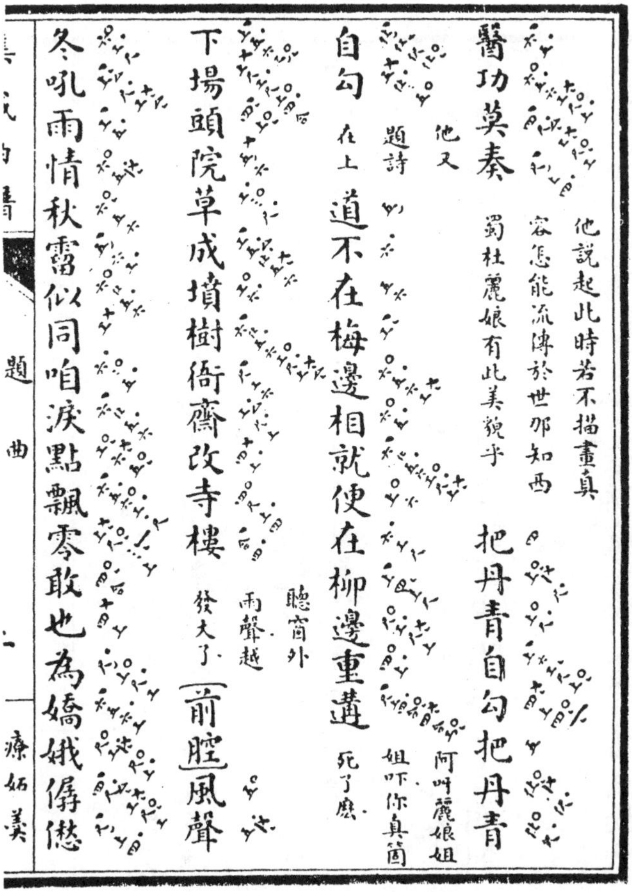
醫功莫奏
他說起此時若不描畫眞容怎能流傳於世那知西蜀杜麗娘有此美貌乎
把丹青自勾把丹青
阿吖麗娘姐姐吓你眞箇死了麼
自勾
他又題詩
在上
道不在梅邊相就便在柳邊重遣
聽窗外雨聲越發大了
下場頭院草成墳樹倚齋改寺樓
前腔
風聲
冬吼雨情秋霤似同咱淚點飄零敢也為嬌娥僝僽
題曲
療妬羹

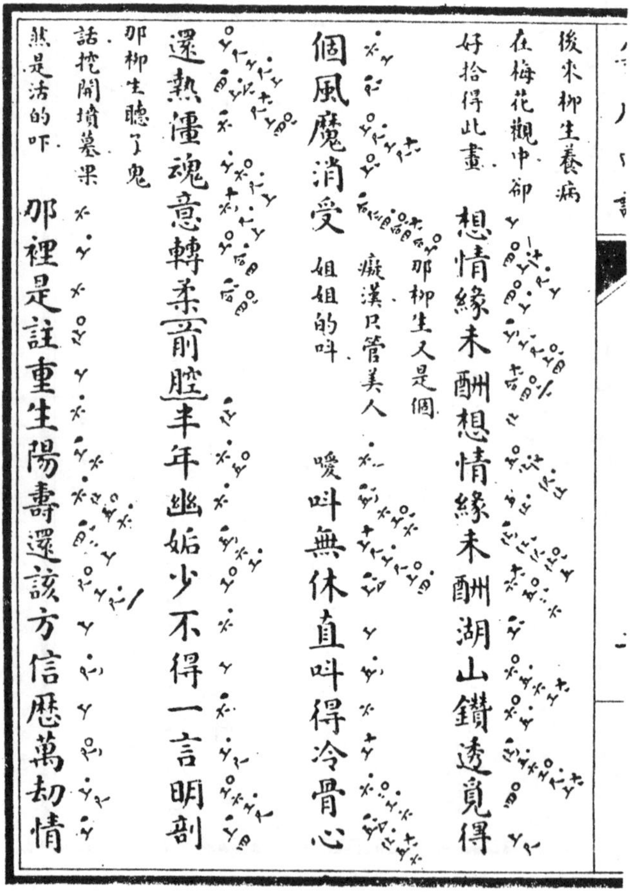
後來柳生養病
在梅花觀中卻
好拾得此畫
想情緣未酬想情緣未酬湖山鑽透覓得
那柳生又是個
痴漢只管美人
姐姐的叫
嗳
個風魔消受
叫無休直叫得冷骨心
還熱僵魂意轉柔
前腔
半年幽姤少不得一言明剖
那柳生聽了鬼
話挖開墳墓果
然是活的吓
那裡是註重生陽壽還該方信歷萬劫情

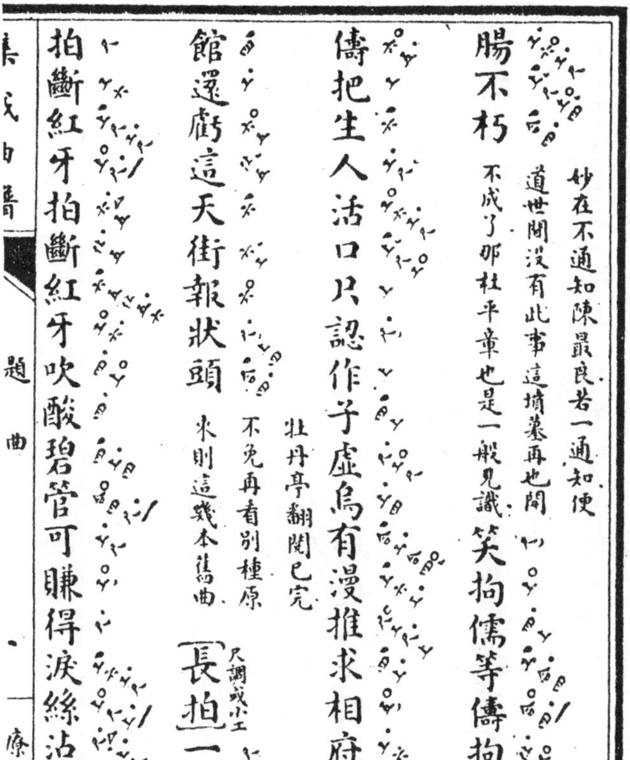
妙在不通知陳最良若一通知便
道世間沒有此事這墳墓再也開
不成了那杜平章也是一般見識
腸不朽
笑拘儒等儔拘儒等
儔把生人活口只認作子虛烏有漫推求相府開掘
牡丹亭翻閱已完
不免再看別種原
本則這幾本舊曲
館還虧這天街報狀頭
【長拍】尺調或小工
一任你
拍斷紅牙拍斷紅牙吹酸碧管可賺得淚絲沾袖
題曲

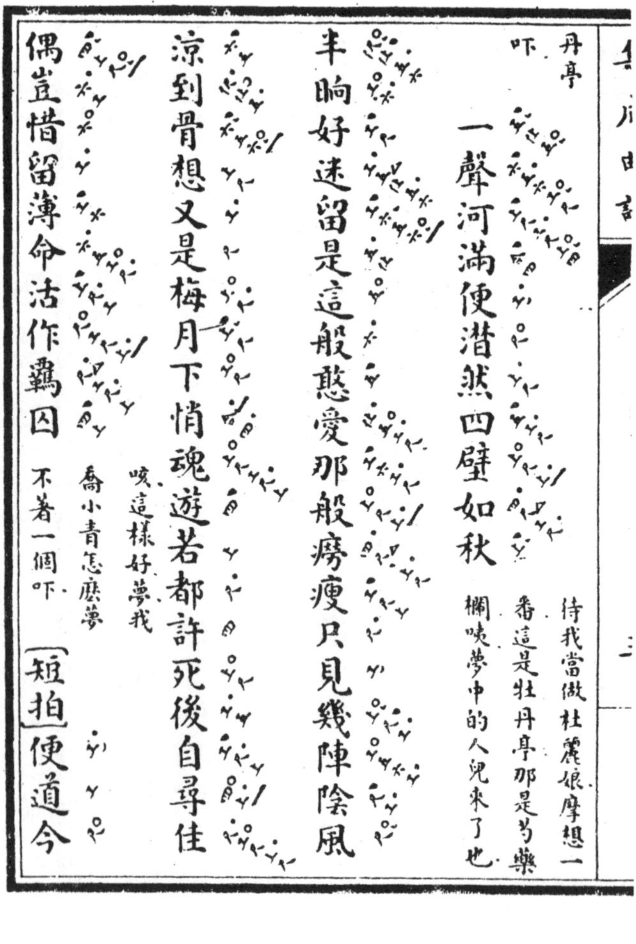
丹亭
吓
侍我當做杜麗娘摩想一
番這是牡丹亭那是芍藥
欄唉夢中的人兒來了也
一聲河滿便潸然四壁如秋
半晌好迷留是這般懲愛那般孱瘦只見幾陣陰風
涼到骨想又是梅月下悄魂遊若都許死後自尋佳
咳這樣好夢我
喬小青怎麽夢
偶豈惜留薄命活作羈囚
不著一個吓
[短拍]便道今

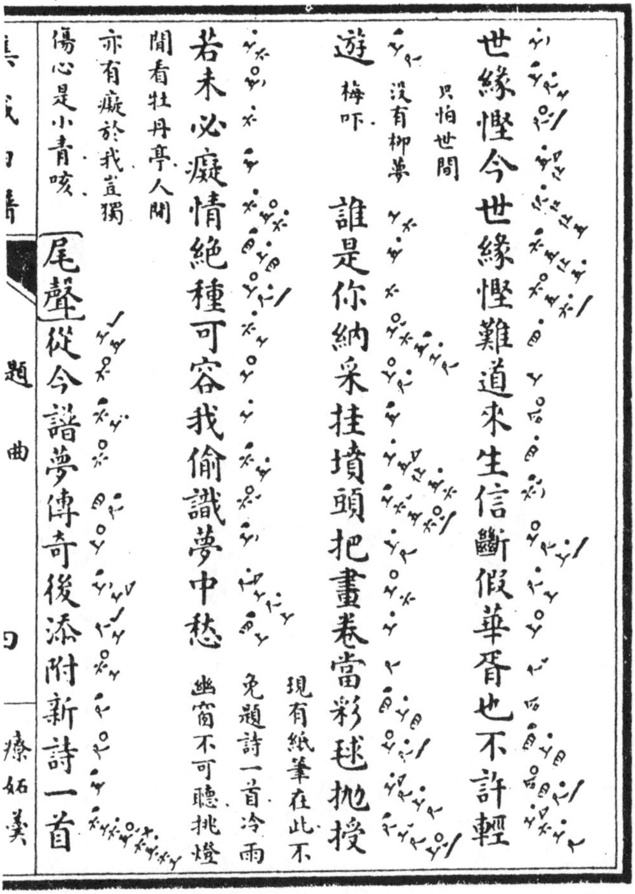
世緣慳今世緣慳難道來生信斷假華胥也不許輕
只怕世間
沒有柳夢
遊
梅吓
誰是你納采挂墳頭把畫卷當彩毬拋擲
現有紙筆在此不
免題詩一首冷雨
幽窗不可聽挑燈
若未必癡情絕種可容我偷識夢中愁
閒看牡丹亭人間
亦有癡於我豈獨
傷心是小青咳
【尾聲】從今譜夢傳奇後添附新詩一首
題曲
療妬羹

○麗娘姐姐吓 你可聽語傷心也向夢裏酬(下)

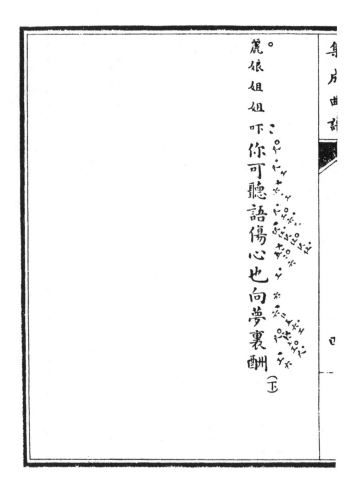

第二節　文人製作

有關「牡丹亭」的影響在當時者已如上述，而所謂傳奇「四夢」者，亦唯有「牡丹亭」匠心獨運，由是文人雅士轉相模倣，如沈璟、馮夢龍、陳軾、徐肅穎、王墅、范文若諸人，皆有試作。今分別敍之於下：

(一) 沈璟的「同夢記」與「墜釵記」

沈璟，字伯英，號寧庵，詞隱，吳江人，歷任吏部員外郎、光祿寺丞、行人司司正等官，他一生寫過十七個劇本，總稱爲「屬玉堂傳奇」❻，亦有「同夢記」，「南詞新譜」卷十六及卷廿二均載其殘文❼：

〔蠻牌令〕說起淚猶懸，想著膽猶寒。他已成雙成美愛，還與他做七做中元。那一日不舖孝筵，那一節不化金錢。

〔下山虎〕只說你同穴無夫主，誰知顯出外邊。撇了孤墳雙雙同上船。

〔憶多嬌〕（合）今夕何年，今夕何年，還怕是相逢夢邊。（以上卷十六）

〔眞珠簾〕河東柳氏簪纓裔，名門最。論星宿連張隨鬼，幾葉到寒儒，受雨打風吹，謾說書中能富貴。金屋與玉人那裏？貧薄把人灰，且養就浩然之氣。（卷廿二）

又有「墜釵記」，見收於「古本戲曲叢刊」初集，然此本或爲其姪沈自晉撰。非沈璟原作。按王驥德「曲律」說：

> 詞隱「墜釵記」，蓋因「牡丹亭」而興起者，中轉折盡佳，特何興娘鬼魂別後，更不一見，至末折忽以成仙會合，似缺鍼線。余曾應鬱藍生之請，為補入二十七「盧二舅指點修煉」一折，始覺完全，今金陵已補刻。

「墜釵記」又名「一種情」，取材自「剪灯新話」的「金鳳釵記」，寫何興娘鬼魂與崔興哥同居一年而別，又撮合妹慶娘與興哥結爲夫妻。今「曲海總目提要」卷廿一敍述這齣戲的情節爲：

> 按大德中，揚州富人吳防禦，居春風樓側，與宦族崔君為鄰。交契甚厚。崔有子曰興哥，防禦有女曰興娘，俱在襁褓，崔君因求女為興哥婦，防禦許之，以金鳳釵一隻為約。而崔君遠宦，凡一十五載，音耗竟絕，女年十九矣，其母謂防禦曰「崔家郎君一去杳然，興娘長成矣，不可執守前言，令其失時也。」防禦曰：「吾已許故人矣，可食言耶？」女亦望生不至，因而感病，半載而終，臨殮，母持金鳳釵撫尸而泣曰：「此女夫家之物也。吾留此安用？」遂簪于其髻而殯焉。殯兩月而崔生至，防禦迎之，訪問其故。生曰：「父為宣德府理官而卒，母亦先逝數年矣，今已服除，故不遠千里而來。」防禦下淚曰：「興娘薄命，為念君故得疾，于兩月前飲恨而死，今殯之矣。」引生入室，至其靈席前，焚楮錢以

告之，擧家號慟。防禦謂生曰：「郎君父母旣沒，道途又遠，今旣來此，可便於吾家住宿，故人之子，卽吾子也，勿以興娘沒故，自同外人。」卽令搬挈行李於門側小齋安泊。將及半月，時値清明，防禦以女新歿，擧家上塚。興娘妹慶娘，年甫十七，是日與家衆同赴新墳，惟留崔生在家。至暮回歸，天色已黑，崔生於門迎，有轎二乘，前轎已入，後轎至生前，忽有物墮地鏗然，生急往拾之，乃金鳳釵一隻，欲納還防禦，則中門已閉。生還小齋，明燭兀坐……方欲就枕，忽聞剝啄，問之則不答……乃强起開門，視之，一女殊麗，立於門外，遽搴裙而入，生大驚，女子低容歛氣，向生細語曰：「崔郎不識妾耶？妾乃興娘之妹慶娘也。適來墜釵轎下，君拾得否？」欲止生室，生以其父待之厚，拒之確，至于再三，女忽赧怒曰：「吾父以子姪之禮待汝，置留小齋，汝乃敢於深夜誘我至此，我訴之於父，訟汝于官，必不捨汝矣。」生懼，不得已而從焉。至曉乃去。自是，暮隱而入，朝隱而出，往來於小齋，可一月半。忽一夕謂生曰：「……今日之事，幸無人覺……莫若先事而發，懷璧而逃。……嘗聞父言有舊僕金榮者，信義人也，居鎭江呂城，以耕種爲業，今往投之，庶不我拒。」至明日五更，與女輕裝而出……。

於是二人住金榮家約有一年光景，崔與哥從慶娘之議，返吳防禦家，並以金鳳釵囑其攜帶。吳防禦說其女已臥病在牀一年，饘粥不進，而此時生由袖中取出金鳳釵以示，防禦大驚：「此物吾亡女興娘殉葬之物，胡爲至此？」此時，慶娘忽由床上欣然而起，出至堂前，拜其父：

「與娘不幸，早辭嚴侍……然與崔生緣分未斷，今來此，意亦無他，請以愛妹慶娘續其婚爾。」

這是興娘借其妹慶娘之身以續姻緣，後其妹病體亦痊，問之前事，皆云不知，而崔與哥終與慶娘結爲連理。

其中明顯汲取牡丹亭者有二處：

（老旦）老兒，前日薄倖崔郎逃去了，莫非要學柳夢梅的故事麼？江濤路豈遙，快差人南下，往周廟祈禱，倘如杜女回生，或把孩兒殃祟消。（「墜釵記」第十九齣「慶病」）

（正旦）誰知道奴在黃泉哽咽，悲痛哭號天地。苦嗄，怎學得牡丹亭魂返，枉教人六道輪迴。（第卅齣「虛度」）

而「初刊拍案驚奇」之中「大姊魂遊完宿願，小妹病起續前緣」亦演述這個故事，可見還魂之說影響的痕迹。

㈡ 馮夢龍的「風流夢」

馮夢龍，字猶龍，一字子猶，長洲人，有「墨憨齋定本傳奇」。「風流夢」是「牡丹亭」的改本，依舊演述柳夢梅與杜麗娘故事，「風流夢小引」云：

余雖不佞甚，然於此道竊聞其略，僭刪改以便當場，即不敢云若士之功臣，或不墮音律中之金剛禪云爾。梅柳一段因緣全在互夢，故沈伯英題曰「合夢」，而余則題為「風流夢」云。

至於兩夢不同之處，馮夢龍本人在「風流夢總評」之中也自述其中差別之處。其言曰：

兩夢不約而符，所以為奇。原本生出場，便道破因夢改名，至三、四折後旦始入夢。二夢懸截，索然無味。今以改名緊隨旦夢之後，方見情緣之感。「合夢」一折，全部結穴於此，俗優仍用癩頭黿發科收場，削去「江頭金桂」二曲，大是可恨。（其一）

凡傳奇最忌支離，一貼旦而又翻小姑姑，不贅甚乎！今改春香出家，即以代小姑姑，且為認真容張本，省却葛藤幾許。又李全原非正戲，借作線索，又添金主，不更贅乎！去之良是。（其二）

生謁苗舜賓時，旦尚無恙也。途中一病，距投觀為時幾何；而「薦亡」一折，遂以為三年之後，遲速太不相炤，今改周年較妥。（其三）

真容叫喚，一片血誠，一遇魂交，置之不問，生無解於薄情矣。「阻歡」折添「忒忒令」一曲，為生補過，且借此懸掛真容，以便旦之隱身，全無痕跡。（其四）

> 原本如老夫人祭奠，及柳生投店等折，詞非不佳，然折數太煩，故削去。卽所改竄諸曲，儘有絕妙好辭。譬如取飽有限，雖龍肝鳳髓，不得不為罷箸，觀者幸勿以點金成鐵而笑余也。（其五）

「墨憨齋三會親風流夢」，於「新傳奇品」、「今樂考證」、「曲考」、「曲海目」、「曲錄」並見著錄。「古本戲曲叢刊初集」收載。

㈢ 陳軾的「續牡丹亭」

陳軾，字靜機，福建侯官人，崇禎十三年進士。由南海縣擢御史。桂王時，官蒼梧道❽，著有「道山堂詩集」。姚燮「今樂考證」云：「靜機『續還魂』，亦名『續牡丹亭』」，目前僅存鈔本，由「西諦善本戲曲目錄」登錄。「曲海總目提要補編」「續牡丹亭」條❾敍述：

> 軾字靜機，福建人。明崇禎十三年進士，官部曹。入本朝（清），未仕。晚年，流寓江浙甚久。詩酒詞翰，跌宕風流，人頗稱之。所著傳奇數種，此其一也（卽『續牡丹亭』）。因湯顯祖載柳夢梅乃極佻達之人，作者欲反而歸之於正。言：夢梅自通籍後，卽奉濂、洛、關、閩之學為宗，每日讀『朱子綱目』；又與韓侂胄相牴牾，而當時許及之，趙師睪趨侂胄者，皆夢梅所不合。大率皆戲筆也。夢梅官遷學士，且納春香為妾，蓋以團圓結束，補『還魂記』所未及云。

明指出柳夢梅爲深讀理學之義理家，又納春香爲妾，與湯顯祖「牡丹亭」原著精神不甚相符。

四 范文若的「夢花酣」

范文若（一五八八——一六三六），名景，字香令、更生，自稱吳儂荀鴨，上海人，曾歷任山東汶上縣知縣及兵部主事，著有「博山堂三種」傳奇，根據「上海縣志」的記載，文若善爲戲曲：「識者擬之湯臨川云」。姚燮「今樂考證」及「曲品」、「曲海目」、「曲錄」並見著錄。「古本戲曲叢刊二集」根據明代崇禎年間博山堂刊本影印，凡卅四齣。根據莊一拂「古典戲曲存目彙考」❿記載：「據作者自序，似修改其幼作『碧桃花』，演蕭斗南，謝蒨桃幽夢還魂事。題目作『謝蒨桃風流抱香死，蕭斗南情淚哭花枯；張園叟移桃還接柳，馮令公有女只如無。』又荀鴨「夢花酣序」云：

此事微類「牡丹亭」，而幽奇冷豔，轉摺姿變，自謂過之，且臨川多宜黃土音腔板，絕不分辨襯字襯句，湊插乖舛，未免拗折人嗓子，茲又便歌者。

而鄭元勳「夢花酣題詞」亦如此說：

「夢花酣」與「牡丹亭」，情景略同，而詭異過之。余嘗恨柳夢梅氣酸性木，大非麗娘敵手，又不能消受春香侍兒，不合判入花叢繡簿。……文人之情如釋氏法羽流術，苦行旣成，自能驅使人鬼，此道力，非魔力也。情不至者，不入于道，道不至者不解于情，當其獨解于情，覺世人貪嗔歡羨俱無意味，惟此耿耿有物，常舒卷於先後天地之間。嗚呼！湯比部之傳「牡丹亭」，范駕部之傳「夢花酣」，皆以不合時宜而見情耶，道耶？所謂寓言十九者非耶？（「影園詩稿」）

(五) 其他

如上所述，一本「牡丹亭」的辭采、劇情均對當時戲曲有深刻啓發，上述馮小青故事「療妒羹」作者吳炳「粲花五種」事實上皆有規撫的痕跡。「曲海總目提要」說：

「畫中人」，其關目又彷彿「牡丹亭」，蓋吳炳「粲花五種」，皆力摹湯顯祖「四夢」⑪。

此外，亦有徐肅穎「丹青記」。毛效同「湯顯祖研究資料彙編」著錄云：

此劇據湯顯祖「還魂記」改編，所以易稱「丹青記」者，蓋因原作標目「杜小姐夢寫丹青記」而然。全劇二卷八十五齣。明刊本。題名「陳眉公先生批評丹青記傳奇」。曾經吳興周氏言言齋收藏。

而姚燮「今樂考證」所著錄之「王墅『後牡丹亭』」，焦循「劇說」說：「牡丹亭，又有『後牡丹亭』，必說癩頭黿爲官清正，柳夢梅以理學與考亭同貶，凡此者，果不可以已乎？」此本戲曲，一如「續牡丹亭」，寫柳夢梅爲理學家，在劇情上則稍有變化。

至於「周貽白戲劇論文選」⓬亦提及張漱石「夢中緣」、東山痴野「才貌緣」，以及黃振「石榴記」。今就周氏此書研究，迻錄其中一二有關於牡丹亭部份，敍之於后：

〔張漱石『夢中緣』〕

『散曲叢刊』十五種，尾附『曲諧』四卷……雖鈔撮成書，亦可資治曲者之一助。……彭仲山『詞餘偶錄』一條云：「『羅江怨』云：怎知你偷趁高唐雨不收，審分明誰把這情緣叩？凭痴魂先引起幻中由，怕柔腸干惹下相思曲。還愁你嫩蕊嬌香，早跌倒在巫山岫，亏殺你盼書生臉兒怎羞！許情郎身兒怎投？可也破瓜時一霎兒難禁受。」「二犯滴滴金」云：「閒拖逗，睡魂中委實風流，雖則是空裏綢繆，問蜂黃而今在否？還不曾有交親比目和同，誰信這沒指證的鴛鴦交媾。只問你枕花陰怎不把金釵溜？臥蒼苔怎不把湘裙皺？摟腰肢褪不下芙蓉袖，揣酥胸擺不脫丁香扣。任眠花藉草把雨雲羞，還嗔鶯怪燕怕風情漏。有一日燭影搖紅照好逑，你少不的慢凝眸，看可是夢兒中那人依舊。」仲山評云：「喁喁兒女語，情態畢露。」按其詞意，殆亦如『牡丹亭』之有驚夢事實在內。

周氏云：「按此二曲系張漱石『夢中緣』傳奇第三齣，文媚蘭之婢女輕雲所唱。蓋媚蘭曾于夢中與一書生名鍾心者幽媾，醒後適遇其父遴選試卷，以備相攸。鍾心以才高中選，媚蘭聞其名，私以其夢語之輕雲。輕雲詰之不已，媚蘭含羞而下，于是輕雲乃唱出以上二曲。」

〔東山痴野『才貌緣』〕

周氏按語：「『才貌緣』上下二卷，共卅二齣，不見著錄。……所用宮調，雖不至十分舛誤，但集曲頗多，因而煉句殊欠穩妥。詰屈聱牙，所在皆是，殆思學玉茗，務為纖巧，致造成此項惡札。」

〔黃振『石榴記』〕

周氏按語：「『石榴記』，四卷，共卅二齣，乾隆間家刻本，黃振撰。……梁廷柟『藤花亭曲話』云：「『石榴記』，如皋瘦石振作也，詞白都有可觀，「神感」諸折暗以『牡丹亭』作譜子，至「圓夢」折，則明白落玉茗窠臼，顧其自然情韻，即未必青出于藍，而模山範水庶幾亦步亦趨也。」意蓋指其詞學玉茗，僅得大凡。然據黃氏于卷端所拈之凡例，如謂：余素昧音律，每問途已經，頗不畫依樣葫蘆，至若湯臨川之才大于法，旁幾掩正，則斷不敢效。……據此，其所師法者，實為明初南戲。」

由以上三傳奇的情況予以比對，「牡丹亭」劇情爲人熟知，一般人爲附庸通識戲曲，頗多猜測之評，周氏可由作者自敍推斷，自超過僅憑蛛絲馬迹判斷者爲之高明。

第三節　明清兩代有關牡丹亭之論評

如上所述，「牡丹亭」除了對時人頗有影響之外，亦使不少文人從事於改編或摹倣。足見此戲劇之文學力量。

有關「牡丹亭」的評論，泰多肯定他在曲詞創作上的成就，極少數的則吹毛求疵，在其音律上責全求備。不過，仍是推崇其才情，如馮夢龍「風流夢小引」說到：

> 若士先生千古逸才，所著「四夢」，「牡丹亭」最勝。王季重敍云：「笑者真笑，笑即有聲；啼者真啼，啼即有淚；歎者真歎，歎即有氣。麗娘之妖，夢梅之癡，老夫人之軟，杜安撫之古執，陳最良之腐，春香之賊牢，無不從觔節竅髓，以探其七情生動之微。」此數語直為本傳點睛。獨其填詞不用韻，不按律，即若士亦云：「吾不顧捩盡天下人嗓子！」夫曲以悅性達情，其抑揚清濁，音律本於自然。若士亦豈真以捩嗓為奇？蓋求其所以不捩嗓者而未遑討，強半為才情所役耳。識者以為此案頭之書，非當場之譜，欲付當場敷演，即欲不稍加竄改而不可得也。若士見改竄者輒失笑，其詩曰：「醉漢瓊筵風味殊，通仙鐵笛海雲孤。總饒割就時人景，却愧王維舊雪圖。」若士既自護其前，而世之盲於音者，又代為若士護之，遂謂才人之筆，一字不可移動；是慕西子之極，而并為諱其不潔，何如浣濯以全其國色之為愈乎？

馮夢龍就基本言的態度還是認爲戲劇的生命是在舞台上的，並且認爲湯氏「不顧捩盡天下人嗓子」的說法是強辯，不過，他也指出湯氏之所以如此，是由於「蓋求其所以不捩嗓者而未遑討，強半爲才情所役耳。」，因此，「識者以爲此案頭之書，非當場之譜，欲付當場敷演，即欲不稍加竄改而不可得也！」。他的著眼點完全是放在演出上，而戲曲的歌唱，必須不與語言相抵牾。

有關湯氏牡丹亭傳奇之論評，依明、清之時代先後，就辭采、文情、音律等方面，分別將各家說法列之於後。

㈠ 辭采之論

「牡丹亭」傳奇與其他劇作一個頗令人觸目的差別，就是在辭采上的表現。湯顯祖筆下如畫，而他的文字也有極度寫景寫情的感染力，文心雕龍「麗辭」篇所謂的「碌碌麗辭，則昏睡耳目」⑬，在湯氏的作品中從未出現，可見他並不是以堆砌麗辭取勝，而是以辭成文理，可使讀者觀者一見宛轉相承的才思，與他那種透視無窮的人生體悟。

有關批評「牡丹亭」，由辭采結構角度論者有：

△引子，須以自己之腎腸，代他人之口吻。蓋一人登場，必有幾句緊要說話。我設以身處其地，摸寫其似。却調停句法，點檢字面，使一折之事頭；先以數語該括盡之，勿晦勿泛，此是上諦。……近惟「還魂」、「二夢」之引，時有最俏而最當行者，以從元人劇中打勘出來故也。（王驥德「曲律」、論「引子」第卅一）

△戲劇之道，出之貴實，而用之貴虛……還魂、「二夢」，以虛而用實者也。以實而用實也，易；以虛而用實也，難。（王驥德「曲律」、「雜論」第卅九上）

△「還魂」：杜麗娘事，甚奇。而著意發揮，懷春慕色之情，驚心動魄，且巧妙叠出，無境不新，真堪千古矣。（呂天成「新傳奇品」）

△予於歌無所入，但徵聲耳。……湯先生自言，此案頭之書，非房中之曲。而學語者，輒有當行未當行之解，此真可笑也。諸君會歌於元越西第，酒醒後，耳中猶自作響。（張大復「梅花草堂筆談」卷六）

△南音北調不啻充棟，而獨有取於「牡丹亭」一記何耶？吾以家弦而戶習，聲遏行雲，響流洪水者，往哲已具論。第曰傳奇者，事不奇幻不傳，辭不奇艷不傳；其間情之所在，自有而無，自無而有，不魂奇愕眙者亦不傳；而斯記有焉。夢而死也，能雪有情之涕；死而生也，頓破沈痛之顏；雅麗幽艷，燦如霞之披而花之旖旎矣。論者乃以其生不踏吳門，學未窺音律，局故鄉之聞見，按無節之弦歌，幾為元人所笑，不大難為作者乎！大都有音卽有律，律者法也，必合四聲，中七始而法始盡；有志則有辭，曲者志也，必藻繪如生，顰笑悲涕而曲始工。二者固合則並美，離則兩傷；但以其稍不諧叶而遂訾之，是以折腰齲齒者攻於音，則謂夷光南威不足妍也，吾弗信矣。（茅瑛「題牡丹亭記」）

△卽若士自謂一生「四夢」，得意處惟在「牡丹」。情深一敘，讀未三行，人已魂銷肌栗；而安頓齣字，亦自確妙不易。其款置數人，笑者真笑，笑卽有聲；嗁者真嗁，嗁卽有淚，歎者真歎，歎卽有氣。杜麗娘之妖也，……以探其七情　動之微也。杜麗娘雋過言鳥，觸

似羚羊，月可沈，天可瘦，泉臺可瞑，獠牙判髮可狎而處；而「一梅」、「柳」二字，一靈咬住，必不肯使刼灰燒失。柳生見鬼見神，痛叫頑紙；滿心滿意，只要插花。老夫人胥是血描，腸鄰斷草；拾得珠還，蔗不陪檗。杜安撫搖頭山屹，強笑河清；一味做官，半言難入。陳教授滿口塾書，一身襪氣；小要便益，大經險怪。春香貶香卽知，錐心必盡；亦文亦史，亦敗亦成。如此等人，皆若士玄空中增減朽塑；而以毫風吹氣生活之者也。（王思任「批點玉茗堂牡丹亭詞敍」）

△古今高才，莫高於「易」。「易」者，象也；象也者，像也。其次則五經遞廣之，此外能言其所像人亦不多。左邱明、宋玉、蒙莊、司馬子長、陶淵明、老杜、大蘇、羅貫中、王實甫，我明王元美、徐文長、湯若士而已。若士時文既絕，古文、詞、詩歌、尺牘，玄貴浩鮮，妙處夥頤。然稟胎江右，開乳六朝，頳糟粉肉，響糜板袍之意，時或有之。至其傳奇靈洞，散活尖酸，史因子用，元以古行，筆筆風來，層層空到。（同前）

△其文冶丹融，詞珠露合，古今雅俗，泚筆皆佳。沛公殆天授，非人力乎！若夫綽影布橋，食肉帶刺，冷哨打世，邊鼓撾人，不痰不癢處，皆文人空世海，墳五嶽，習氣所在，不足為若士病也。往見吾鄉文長批其卷首曰：「此牛有萬夫之稟。」雖為妒語，大覺頫心。（同前）

△數百載以下筆墨，摹數百載以上之人之事，不必有，而有則必然之景之情，而能令信疑，疑信，生死，死生，環解錐畫；後數百載而下，猶惚惚有所謂懷女思士、陳人迂叟，從楮間眉眼生動。此非臨川不擅也。臨川作「牡丹亭」詞，非詞也，畫也；不丹青，而丹青不能繪也；非畫也，真也；不啼笑而啼笑，卽有聲也。以為追琢唐音乎，鞭箠宋調乎，抽翻

元劇乎？當其意得，一往追之，快意而止。非唐，非宋，非元也。柳生騃絕，杜女妖絕，杜翁方絕，陳老迂絕，甄母愁絕，春香韻絕，石姑之妥，老駝之勩，小癩之密，使君之識，牝賊之機，非臨川飛神吹氣為之，而其人遁矣。若乃真中覓假，呆處藏黠，繹其指歸，□□則柳生未嘗癡也，陳老未嘗腐也，杜翁未嘗忍也，杜女未嘗怪也。理於此確，道於此玄，為臨川下一轉語。（沈際飛「牡丹亭題詞」）

就以上各家對「牡丹亭」情辭結構的說法，可知諸家對此傳奇呈現的生氣與境界，別有獨特感受。諸家綢繆於這一部美與完美的創作，自是以心靈面對，並有個人色彩寄於其內。

清初葉燮，曾於「原詩」之中說到：「可以言言，可以解解，即爲俗儒之作。惟不可名言之理，不可施見之事，不可徑達之情，則幽眇以爲理，想像以爲事，惝怳以爲情，方爲理至，事至，情至之語。」

由於不可名言，又以想像爲事，「牡丹亭」昇華出變化無窮的情思，也成爲讀者精神世界的源泉，捧讀之餘，爲之陶融其中。

(二) 音律之論

文章以情理爲根本，辭采爲枝葉。然而傳奇的製作又牽涉到演唱的問題，湯顯祖本是江西人，他所寫的作品自是以江西方言爲其基礎，這一點也正是許多人據以批評的。而宮商律呂的產生，亦與文詞本身有很密切的關連，齊梁時代的平頭、上尾、蜂腰、鶴膝、大韻、小韻、傍紐、正紐，爲當時作家寫作宜避免，就是由於語調、聲韻易在此情況下產生齟齬的弊病。

而曲詞對這方面的要求更爲嚴格，明代王驥德「方諸館曲律」•「論平仄」有云：

今之平仄，韻書所謂四聲也，而實本始反切。古無定韻，詩樂皆以叶成，觀三百篇可見。自西域梵教人，而始有反切。自沈約「類譜」作，而始有平仄。欲語曲者，先須識字，識字先須反切。反切之法，經緯七音，旋轉六律。……四聲者，平、上、去、入也。平謂之平；上、去、入總謂之仄。曲有宜於平者，而平有陰陽；有宜於仄者，而仄有上去入。乖其法，則曰「拗嗓」。蓋平聲聲尚含蓄，上聲促而未舒，去聲往而不返，入聲則逼側而調不得自轉矣。……詞隱（沈璟）謂遇去聲當高唱，遇上聲當低唱，平聲入聲，又當斟酌其高低，不可含混……此握管者之責，故作詞第一喫緊義也。

因此，他的「曲律」一書，針對曲之宮調、平仄、陰陽、用韻、腔調、板眼、襯字、對偶…有以發揮，並於作詞時特加講求，關於「牡丹亭」之內的用字用韻，他有以下的意見：

△「還魂」、「二夢」，如新出小旦，妖冶風流，令人魂消腸斷，第未免有誤字錯步。（雜論第卅九下）

又針對湯氏語詞運用之弊病云：

△撇道，北人調侃說「脚」也。湯海若「還魂記」末折：「把那撇道兒搭，長舌揸」，是以「撇道」認作顙子也，誤甚。（「論訛字第卅八」）

類似這種觀點的還有沈德符：

△湯義仍「牡丹亭夢」一出，家傳戶誦，幾令「西廂」減價。奈不諳曲譜，用韻多任意處，乃才情自足不朽也。（「萬曆野獲編」）

不過，沈德符仍肯定湯氏才情的，又鄭元勳亦有如是之評，其「花筵賺序評語」說：

曲祖元人，謂其無移宮入商之紊耳。若協律矣，而更加香艷，豈不更佳？此「還魂記」之遜「西廂」而凌「拜月」也。優人若其文義幽深，不易入口，至議為失律，寃矣。（「媚幽閣文娛」）

但是，從戲劇的處理手法來看，唱腔的優美與否和戲劇的發展有絕大的影響力，所謂：「曲之篇章句字，既播之聲音，必高下抑揚，參差相錯，引如貫珠，而後可入律呂，可和管絃。」（王氏「曲律」·「論陰陽」），許多人在此一前提之下，要求整本戲曲的演出一致，便予以大幅度刪改。如臧晉叔「玉茗堂傳奇引」有云：

臨川湯義仍為牡丹亭四記。……臨川生不踏吳門，學未窺音律，豔往哲之聲名，逞汗漫之詞藻，局故鄉之聞見，按亡節之弦歌，幾何不為元人所笑乎？予病後，一切圖史悉已謝棄，閒取四記，為之反覆删訂，事必麗情，音必諧曲，使聞者快心，而觀者忘倦。

而另一篇他的「元曲選序」又對湯顯祖的「四夢」傳奇嚴加批評：

新安汪伯玉「高唐」、「洛川」四南曲，非不藻麗矣，然純作綺語，其失也靡。山陰徐文長「禰衡」、「玉通」四北曲，非不伉俠矣，然雜出鄉語，其失也鄙。豫章湯義仍庶幾近之，而識乏通方之見，學罕協律之功，所下句字，往往乖謬，其失也疎。他雖窮極才情，而面目愈離，按拍者既無繞梁遏雲之奇，顧曲者復無輟味忘倦之好，此乃元人所唾棄而戾家畜之者也。

臧晉叔的態度是很嚴厲的，這主要的原因是明代對於品評戲曲的標準致然[14]，其中亦有明代文藝思潮的間接影響，這種觀念，可說是極爲普徧。又有張琦，他是明萬曆、崇禎間人士，與其弟旭初曾輯刻「吳騷」三集，他以一編輯選本的文藝工作者，在其書中說：

近日玉茗堂「杜麗娘劇」非不極美，但得吳中善按拍者調協一番，乃可入耳。惜乎摹畫精工，而入喉半拗，深為致慨。若士茲編，殆陳子昂之五言古耶？（「吳騷合編」）

此外，「衡曲麈談」並表示了他的意見：

臨川學士旗鼓詞壇。今玉茗堂諸曲，爭膾人口。其最著，「杜麗娘」一劇，上薄風騷，下奪屈、宋，可與實甫「西廂」交勝。獨其宮商半拗，得再調協一番，辭調兩到，詎非盛事與？惜乎其難之也。

也有持以較爲折衷看法的，如天啓年間進士徐日曦在其「牡丹亭序」中所言，便謂刪改原著不妥：

玉茗先生初以言事出為平昌令，風流佚宕，人共傳說，足供胡盧者亦復不少。余幼景慕，曾獲其「紫簫」半劇，日夕把玩，不啻吉光之羽。迨「四夢」成，而先生之奇傾儲以出；道妙風宗，秖自抒其所得，匪與世人爭妍月露，比叶宮商也。「牡丹亭記」膾炙人口，傳情寫照政在阿堵中。然詞致奥博，衆鮮得解，剪裁失度，或乖作者之意。余稍為點次，以畀童子；海虞子晉兄見而悅之，欲付剞劂。此登場之曲，非案頭之書，鳧短鶴長，各有攸當。如謂剝割支離，强作解事，余固先生之罪人也。

稍後，清初的毛先舒亦於「詩辯坻」·「詞曲」條將這觀點推衍，將湯氏傳奇內長處短處分開敍說，不抹殺文情與辭采的優點，認爲在原來的藝術形式中改革不適應的一面，便已極佳，而「牡丹亭」亦未必全然不符現實，他說：

> 曲至臨川，臨川曲至「牡丹亭」驚奇瓌壯，幽艷淡沲，古法新製，機杼遞見，謂之集成，謂之詣極。音節失譜，百之一二；而風調流逸，讀之甘口，稍加轉換，便已爽然。雪中芭蕉，政自不容割綴耳。「不妨拗折天下人嗓子」，直為抑臧作過矯語。

而生于萬曆卅九年，卒於康熙十九年，跨越明清兩代的戲劇大師李漁，在其「閒情偶寄」一書中，更以「綜合雙美」的肯定態度，予以湯氏作品正面的評價，他站在一個文學史的立場上，對湯氏細察，並予以空前的歷史定位：

> 湯若士，明之才人也。詩文尺牘儘有可觀；而其膾炙人口者，不在尺牘詩文，而在「還魂」一劇。使若士不草「還魂」，則當日之若士，已雖有而若無，況後代乎？是若士之傳，「還魂」傳之也。……近日雅慕此道，刻欲追蹤元人、配饗若士者儘多，而究竟作者寥寥，未聞絕唱。（卷一）

他認為：戲曲本身的創作就不是件容易的事，而撰述之時，並要求雅俗均顧，且捏拿準確，因此有：「科諢之妙，在於近俗；而所忌者又在於太俗。不俗則類腐儒之談，太俗即非文人之筆。吾於近劇中，取其俗而不俗者，『還魂』而外，則有『粲花五種』，皆文人最妙之筆也。」的讚語。此外，他又提到：「凡屬淹通文藝者，皆可填詞，何元人我輩之足重哉！『依樣畫葫蘆』一語，竟似為填詞而發！」，其評湯顯祖，則是：

明朝三百年，善畫葫蘆者，止有湯臨川一人。而猶有病其聲韻偶乖，字句多寡之不合者。甚矣，畫葫蘆之難！而一定之成樣不可擅改也。（卷二）

至於毛先舒與「李笠翁論歌書」討論到這一劇本時，並時時透露這種彼此觀念上的認同：

蓋惟元人于曲，宮譜精確，近代漸已混淆。而湯義仍「牡丹亭」尤甚。臧晉叔改之，雖失本來，却頗上口。義仍遂有「假饒割就時人景，不是王維舊雪圖」之誚。余謂以文章論，則晉叔為臨川之罪人；若以音律論，則晉叔乃古人之功臣也。「南柯」亦然。後人愛臨川原本文字之妙，遂不用臧本，而必以原文入歌，新巧益開，古法逾遠，日長月滋，板存腔變，何可道也。（「毛稚黃十四種」·「韻白」）

(三) 情思之論

就「牡丹亭」所用語彙來看，如「翠偃了情波，潤紅蕉點，香生梅唾。」（歡撓）、「為甚衾兒裏不住的柔腸轉」（尋夢）、「一般兒嬌凝翠綻魂兒顫」（驚夢）、「甚飛絲繾的陽神動」（鬧殤），皆揉入深款情思。湯顯祖是位了不起的天才，他可以用字句捕捉身所盤桓的形形色色，也用他心靈去俯仰於空間萬象，他的文字永遠是呈現著一股靈動活潑，所以，他對人物內心的描寫，也帶領著讀者觀者由深入綢繆而為之銜盪。

就「牡丹亭」而言，除了文句增加了主題上更爲豐富的意念，「牡丹亭」事實上與其他三夢一樣，均是藉著故事來反映現實。這三個夢，「紫釵」是少年舊日的游俠夢，「南柯」是政治改革的烏托邦，而「邯鄲夢」則表現釋家的看破紅塵。[15]「牡丹亭」以濃厚的人間之情，說明了幽明之愛並無隔絕，湯氏「牡丹亭題詞」已說到此一關鍵，故萬曆間吳從先「小窗自紀」評述曰：

> 湯若士「牡丹亭序」云：「夫人之情，生而不可死，死而不可生者，皆非情之至。」又云：「事之所必無，安知情之所必有？」情之一字遂足千古，宜為海內情至者驚服。

王思任「批點玉茗堂牡丹亭詞叙」也說：

> 「南柯」，佛也；「紫釵」，俠也；「牡丹亭」，情也。若士以為情不可以論理，死不足以盡情，百千情事，一死而止，則情莫有深於阿麗者矣。況其感應相與，得「易」之咸；從一而終，得「易」之恆。則不第情之深，而又為情之至正者。今有形一接，而即殉夫以死，骨香名永，用表千秋，安在其無知之性不本於一時之情也？則杜麗娘之情，正所同也，而深所獨也，宜乎若士有取爾也！

深情表達的即是人生內容，而文學中的立體世界，往往是不能達到的理想之境，孔尚任「與王歙州」云：

> 足下多才，肯賜以長言，如臨川譜「四夢」，雖夢之好惡有別，然皆足以警難醒之人也。
> （「湖海集」卷十三）

又自謂其「長生殿」傳奇：

> 棠村相國嘗稱予是劇乃一部鬧熱「牡丹亭」，世以為知言。（「長生殿」例言）

傳奇家的文字，就是他個人生命的告白，這告白之內，有他自已的生命依歸。湯顯祖不耐格律而表現出的情感「基型」，也被世人深所接受。尤侗「艮齋倦稿」記載說：

> 癸酉七月十二日。上問：「你蘇州尤侗還在麼？」揆奏：「尚在；但年已老。日以禪誦為事，亦留心理學，多有著述。」上諭：「他的『臨去秋波』時文甚好，正好說禪。」揆奏：「古尊宿有將『西廂』畫在方丈壁上，亦有此意。如一本『牡丹亭』全與禪理相合，世人見不能到，卽作者亦不自知也。」上首肯久之。靈巖釋超揆恭紀。（卷十四，刊載於（西堂全集」）

從思想的考察，湯顯祖未必刻意引禪入文，但後人的研究歸納，可以綜合出這個定論。換句話說，這是一種自然而然的表現。王驥德「曲律」曾說：「佛家所謂不即不離，是相非相，只於牝牡驪黃之外，約略寫其風韻，令人髣髴中如燈鏡傳影，了然目中，却摸捉不得，方是妙手。」（論咏物第廿六），或能爲此處之註脚。而湯氏本人亦於「如蘭一集序」有云：「禪在根塵之外，遊在伶黨之中，要皆以若有若無爲美。」，更能證明他思想中的趨向了。

第四節　社會輿論與牡丹亭

一部「牡丹亭」，對中國戲曲和文學的震撼是相當大的。但是對社會的影響亦有其正負面的影響，王曉傳「元明清三代禁毁小說戲曲史料」載小說戲曲⑯，說明當時社會時戲曲說唱的一般看法，亦表明宗教界和若干衞道人士對流行於市井鄉間的戲劇、講唱的態度。如「婦女不可看戲」條：

伶優戲劇，止可供賓客之娛，婦女垂簾觀之，粉氣髮香，依依簾下，羅襪弓鞋，隱隱屏下，甚至品評坐客，高談嬉笑，優人之目，直透其中，坐客之心，迴光其內，此猶其次者。戲之忠孝節義者少，偷情調戲者多，婦女觀之，興動心移，所關匪細，不可不慎。（清・錢德蒼「新訂解人頤廣集」卷八「讜言集」）

又「婦女不可聽唱說書」條：

閨門之教，除勤儉孝敬、女工中饋之外，不必令有學識，所以女子以無才為德。獨有敲鼓唱詞之人，編成七字韻，婦女最喜聽之，聽忠孝節義，每悲慟墮落淚，若聽至淫奔苟合，豈不動心。故古人閨訓，惟恐耳聞不正之言，目覩非禮之色，卽物類交感，尚不欲令女孩兒見之，豈可令其聽唱說書！在閨門嚴肅之家，最當防範。（清錢德蒼「新訂解人頤廣集」卷八「讜言集」）

此種舊社會看待戲曲小說之態度，其對「牡丹亭」有如下說法：

㈠　報應之說、節制人心

凡爲小說戲曲者，皆有報應，如：

△山左蒲留仙，好奇成癖，撰「聊齋志異」，後入棘闈，狐鬼羣集，揮之不去，竟莫能得一第。（清・汪啓淑「水曹清暇錄」卷十）

△錢唐羅貫中，本南宋時人，編撰小說數十種，而「水滸傳」敍宋江等事，姦盜脫騙，機械甚詳。然壞人心術，其子孫三代皆啞，天道之報如此。（清・雷琳「漁磯漫鈔」卷七）

△李生漁者，自號笠翁，居西子湖；性齷齪，善逢迎，遨遊縉紳間；喜作詞曲及小說，備極淫褻。常挾山妓三四人，遇貴游子弟，便令隔簾度曲，或使之捧觴行酒，並縱談房中術，誘賺重價；其行甚穢，真士林所不齒者。予曾一遇，後遂避之。夫古人綺語猶以為戒，今觀「笠翁一家言」，皆壞人倫、傷風化之語，當拔舌地獄無疑也。（清・董含「三岡識略」）

甚至讀其書者，亦有悲慘下場。「孽報」條云：

桐鄉一士好閱淫書，搜羅不下數十百種，有子，少聰俊，每伺父出，輒向篋中取淫書觀之，從此纏綿思想，琢鑿真元，患瘵瘵夭死。其父悲慟不已，相繼卒。又某邑一書賈，刻淫詞及春宮圖像，易於銷售；積資四五千金，不數年，被盜席捲，兩目旋盲，所刻諸板，一火盡燼。及死，棺殮無措，妻子離散，此編造淫書之報。（清・錢泳「履園叢話」卷十七「報應」）

「看小說曲文折福」條云：

廣陵有鹺商女，甚美，嘗遊平山堂，遇江都令，令已醉，認此女為娼也，不由分辨，遂笞之。女號泣即回家。其父兄怒，欲白太守。是夜，夢神語之曰：「汝平日將舊書冊夾繡線，且看小說曲文，隨手置牀褥間，坐臥其上，陰司以汝福厚，特假醉令手，以示薄懲，否則，當促壽也。」事遂止。後痛自悔改，以夫貴受封。雍正初年事。（同前）

又：「禍淫案」條：

△維揚某生，造一淫書，既成，夢神呵之，醒而自悔，遂止；後因子殤家貧，仍復付梓，未

幾目瞽，手生惡瘡，五指俱連而死。（清・韓棨「不可錄禍淫案」）

△施耐庵作「水滸」，其中奸盜事寫如繪，子孫啞者三世。（同前）

因此，在社會上有人針對湯氏此書，給予「輕薄」評語，清人王宏撰「山志」卷四「傳奇」云：

臨川牡丹亭，膾炙人口，然意侵婁江，亦涉輕薄。

又清・乾隆刊「遠色編」卷中有如此說法：

邪戲如西廂記牡丹亭之類，恐友人有眷屬窺視，故不點耳。致邪柬，演邪戲，皆以一人而敗兩人之行，一日而啓無窮之姦，故君子惡之。

他們持以反對的原因，在於「子弟婦女，不可觀燈看戲，有亂人心。凡演戲酬神，勿點淫戲，引壞年輕子女，不惟有損，而且有報。」（清・綿邑，不能道人「紙糊燈籠」），所以民間一般衞道人士或宗教界提出以下因果報應的說法，「元明清三代禁毀小說戲曲史料」收錄以下資料：

△雲間陳眉公入泮，即告給衣頂，自矜高致，其實日奔走於太倉相王錫爵長子緱山（名衡）之

門；適臨川孝廉湯若士在座，陳輕其年少，以新構小築命湯題額，湯書「可以棲遲」，蓋譏其在「衡門下」也。陳啣之。自是王相主試，湯總落孫山，王歿後，始中進士。其所作「還魂記」傳奇，憑空結撰，污衊閨闥；內有陳齋長卽指眉公，與唐‧元微之所著「會真記」，元王實甫演為「西廂」曲本，俱稱填詞絕唱。但口孽深重，罪干陰譴，昔有人遊冥府，見阿鼻獄中拘係二人甚苦楚，問為誰，鬼卒曰：「此卽陽世所作「還魂記」、「西廂記」者，永不超生也。」宜哉。（清‧顧公燮「消夏閒記摘抄」卷下「陳眉公學問人品」）

△傳奇小說，點染風流，惟恐男子不消魂，女子不失節，此蠱惑人心之最大者。昔有人入冥府，見一囚，身荷重枷，肢體零落，問為何人，獄卒曰：「汝在生時，曾閱『還魂記』否？」曰：「少年時曾閱過。」獄卒曰：「此卽作『還魂記』者也。此記一出，使天下多少男女淫亂，上帝震怒，罰入此獄中。」問幾時得出，獄卒曰：「直待此世界中，更無一人唱此曲者，彼乃得解脫耳。」吁，可畏也夫。（清‧董正元「慾海慈航」‧「禁絕淫類」）

△人雖不肖，未有敢肆為淫縱者。自邪書一出，將才子佳人四字，抹煞世間廉恥，而男女之大閑不可問矣。又如傳奇新曲，以婉孌嬌好之童，為阿媚私邪之態，壞人閨門，不可勝數。昔有人夢入冥府，遇一囚，身荷重枷，……（同前）……彼乃解脫耳。」夫淫為萬惡首，造淫書者，壞人心，敗風俗，是自居首惡，並陷入於首惡也。但展轉流播，伊於胡底，唯賴端人正士，耳目所及，卽時焚棄，轉勸親朋，廣為燔燬，務使天下少看一人，少看一日，卽所以正人心，維風俗，而造福無涯矣。（重訂「福壽金鑑」卷十一」）

因此，他們認為這些書都是有傷教化人心的，提出不當流傳的呼籲。如：清涼道人「聽雨軒贅記」云：

> 康熙間武林吳吳山有「三婦合評牡丹亭」一書，……評語咸列於上方。吳山復引「詩經」語作旁批，梓行於世，人豔稱之。……係三婦相繼而成，……鄙見論之，大約為吳山所自評，而移其名於乃婦，與臨川之曲，同一海市蜃樓，憑空駕造者也。從來婦言不出閫，卽使閨中有此韻事，亦僅可於琴瑟在御時，作賞鑒之資，胡可刊版流傳，誇耀於世乎？且曲文賓白中，尚有非閨閣所宜言者，尤當謹秘；吳山祇欲傳其婦之文名，而不顧義理，書生獃氣，卽此可見也。是書當以不傳為藏拙。

由以上資料顯示，此種教化人心，多半出於強烈的個人色彩，並不直截承認戲曲文學性與音樂性，立論並不持平。

(二) 愛好風流、以之互稱

但是，也有人以小說戲曲中人物相比附，以為談助。徐珂「清稗類鈔」卷卅五「詼諧類」提到這個現象：

> 高碧湄，名心夔，捷南宮後，改官知縣，令吳縣時，適童試，高出坐大堂點名給卷，諸童繞之三匝，有在人叢中效禮房聲口唱曰：「高心夔」，一童曰：「何不對水滸傳之矮脚虎？」

碧涓聞而大贊曰：「好極，好極！」衆閧然鼓掌。

此外，清・陳其元「庸閒齋隨筆記」卷五亦說：

先是公（紀昀）行路甚疾，南昌彭父勤相國戲呼為「神行太保」。

所以可看出當時官方人士亦不在意，甚至無所忌諱。清・錢泳「履園叢話」卷二十一「笑柄」有這段記載：

乾隆庚辰（一七六〇），一科進士，大半英年。京師好事者，以其年貌各派牡丹亭全本脚色，真堪發笑，如狀元畢秋帆為花神，榜眼諸重光為陳最良，探花王夢樓為冥判，侍郎童梧岡為柳夢梅，編修宋小巖為杜麗娘，尚書曹竹虛為春香，同年中每呼宋為小姐，曹為春香，兩公竟應聲以為常也。更有奇者，派南康、謝中丞、啓昆為石道姑，漢陽蕭侍御芝為農夫，見二公者，無不失笑。

而湯傳楹「閒餘筆話」亦云：

夜坐閱「牡丹亭」，因憶比來所傳，世上演「牡丹亭」一本，若士在地下受苦一日。未知人語鬼語，意甚不平。竊謂才如臨川，自當修文地府，縱不能遇花神保護，亦何至摧殘慧業文人，令受無量怖苦，豈冥途亦妒奇才耶？內子嘗旁語曰：「當係臨川不幸，遇著杜太守、陳教授一般人作冥判耳。」予笑頷之，徐曰：「若令我作判官，定須覓一位杜小姐，判送絪緼司矣。」（「湘中草」卷六，載於「西堂全集」）

至於高鶚亦將學生李氏女比作杜麗娘，比己爲陳最良。其「硯香詞」・「好女兒」云：「宛是生前杜麗，心兒小，性兒甜，問若個先生消受得？」均是借「牡丹亭」中之情節，鎔入個人之好惡之中，以爲情性之發揮。

㈢ 古蹟尋訪、憑弔千古

杜麗娘故事，深深影響社會人心，並成爲人們崇拜企求之偶像，於是地方傳說，或有附會，例如「聽雨軒筆記」有敍及「梅花觀」者，按「梅花觀」本爲故事中杜寶夫婦爲亡女所闢建者，請託石道姑及陳最良守護。此書記云：

辛亥（乾隆五十六年）仲冬初三日，松秀部復于慈相寺前演「牡丹亭」。予按湯若士此曲，卒皆海市蜃樓，憑空駕造，讀其卷首自序，已明言其故矣。然予昔游嶺表，道出南安，聞府署中杜麗娘之梳妝臺猶在焉，見府署後石道姑之梅花觀尚存焉。

又「紅樓夢」第五十一回也有：

不在梅邊在柳邊，個中誰拾畫嬋娟，團圓莫憶春香到，一別西風又一年。（「梅花觀懷古」）……李紈又道：「……這兩件事雖無考，古往今來，以訛傳訛，好事者竟故意的弄出這古迹來以愚人。……如今這兩首詩，雖無考，凡說書唱戲，甚至於求的籤上皆有批註。老少男女，俗語口頭，人人皆知皆說的。」

除「梅花觀」的傳說之外，亦有牡丹亭、及杜麗娘墓之說法，言之鑿鑿，可備一說。何剛德「話夢集」記曰：

麗娘軼事足風流，廢址梳妝話舊樓，授命微官如何托，殘脂賸粉亦千秋。（自注：牡丹亭在南安府後園，亭畔有荒地一區，相傳為杜麗娘梳妝樓故址。）

又「桐蔭清話」云：

湯玉茗「牡丹亭」曲，所謂杜麗娘者，聞其墳，現在南安郡署之後，方靜園先生嘗至其墓。有詩弔云：「從來男女慣多情，夢本無憑恨竟生，不是春容和淚寫，更誰紙上喚卿卿。湖山石畔牡丹亭，芳址烟籠草自青，地下傷春頭白不，如今梅柳總凋零。

以上記載，皆可見「牡丹亭」之爲人著迷處，於是有尋訪古蹟之舉，可對這部不朽之作，增添幾許神秘氣息，亦由於附庸風雅，其所爲人塑造之梅花觀、牡丹亭及杜麗娘梳妝處，亦使人發思古之幽情。蓋民間文學不必刻意尋求其創作原委，亦不必要求其筆墨，所謂自然而然，後人若以現代眼光批評其文辭結構是否高明，則非確途，由上述之言足見「牡丹亭」一書深入民間的影響力。

第五節　有關之戲曲及說唱文學

「牡丹亭」流傳膾炙的情形，已由上述文人製作典模倣竊之而出。而其中關目，又以其生動感人，成爲民間文學汲取素材之源泉。從外來的海鹽腔傳至江西，從湯顯祖自掐檀板教宜黃腔演員，三百多年來，「牡丹亭」藉著戲劇的流佈，在廣濶的民間文學之中紮下根基，故此一才子佳人劇目，便也傳播風行，茲依流行於南北之小曲、鼓詞、子弟書、彈詞、灘簧，略舉其目及內容，以觀牡丹亭在戲曲說唱文學中傳播的情形：

㈠　霓裳續譜內所收小曲

「霓裳續譜」所收均爲民間小曲，其有關「牡丹亭」之部份爲：

△「春意動」

〔西調〕春意動，牡丹亭上迷戀多情種。趁著那一陣香風，吹到那太湖石畔，留戀芳踪，被那人著意纏綿，柳絲兒結就巫山夢。雖然是暢滿情懷，奈嬌羞不敢抬頭，只將那倦眼矇矓。醒來時綉枕香殘，玉釵零落，雲鬢盡蓬鬆。細想那風流何處可相逢。恨被那落花聲驚散鴛鴦，飛起舞東風。疊好教我思一回，想一回，暗地裏心酸慟。疊（卷二）

△「半推窗半掩窗」

〔黃瀝調〕半推窗，半掩窗，凭欄懸望。半是思郎，半是恨郎，意惹情傷。半如癡，半如醉，淒涼情況。半邊衾枕半邊冷，半點音書無半行。

〔雁兒落〕似這般盼煞了杜麗娘，似這般清減了花模樣，似這般靜掩繡朱扉，似這般冷落了紅羅帳。呀，似這般恨煞了楚襄王，似這般辜負了好時光，似這般躭擱了青春享，似這般笑煞了小梅香。衷腸，這回輪流喪；心傷，不由人淚珠兒流幾行。重

〔黃瀝調尾〕獨對著半明半暗的銀燈，半夜裏有那半句話兒，我可對誰講！

△「小伴讀女中郎」

〔黃瀝調〕小伴讀女中郎，陪小姐朝朝隨伴。對菱花，打扮異樣端莊，烏雲巧挽，帕彆玉簪，蟠龍形象。梳洗已畢，往外走去，見先生陳最良。

〔一江風〕小春香，一種在人奴上。畫閣裏，從嬌養，侍娘行，弄粉調脂，貼翠拈香，慣向妝臺傍。陪他理綉筐，陪他理綉床，又陪他燒夜香。小苗條，吃的是夫人杖。

〔黃瀝調尾〕奴本是閨門綉戶的使女，怎知道「關關雎鳩」是那的講！（以上卷四）

(二) 鼓詞、子弟書

傅惜華「明代戲曲與子弟書」嘗云：

「離魂」三回，作者無考。「子弟書目錄」著錄，注云：「三回，一吊二。」「中國俗曲總目稿」頁五一，亦著錄。曲述杜麗娘遊春，夢遇柳夢梅後，因傷感而亡之故事。碧蕖館藏有乾嘉間文萃堂刻本，分上中下三本：上本八十句，中本八十六句，下本八十八句，實係三回，共二百五十四句，韻目全用人辰轍。首卷詩篇曰：「冷落梅花冷落春，奈何天氣奈何人，柳勾艷魄成幽夢，花打春泥驚俏魂。一段風流歸浪子，終身伉儷感花神，小青詩且傳佳句，杜麗娘堪作妙文。」曲中關目，根據「還魂記」傳奇第十八「診祟」、第二十「鬧殤」兩齣，敷演而作，惟將陳最良診病、石道姑禳解二事，完全刪去。其中本敘杜麗娘臨危時云：「春香啊今夕何時也？春香說家家都供兎兒神，但只是風雨蕭條聲悽慘，今年月比去年渾。小姐說怎麼已到中秋也？淒涼殺堂上老雙親，略也無心閒玩賞，月明中風雨更愁人。曾記得陳師父替奴看命，說一交秋令病除根，今正中秋八月節，怎麼病體懨懨一發沈？春香啊推開窗兒奴看看月，別人別兒癡心意內人！小春香慢啓綵紗窗兩扇，薄雨落月看亮又復渾，佳人暗歎今宵月，恰似奴待死不活的小妾身，月兒呀想照奴家無日矣，却是梅花樹下魂！」此曲情文佳妙，亦為子弟書之前期作品。碧蕖館又藏有道光間四德堂刻本，當係重刻者；北大藏有車王府本，亦分三回；中央研究院所藏鈔本，惜燬於抗戰時。

今鼓詞及子弟書所知存目為：

△鼓詞「還魂記八本」

作者無考。「大鼓書目錄」著錄，注云：「八本。代白。二吊四百文。」此曲演述「牡丹亭」杜麗娘、柳夢梅故事。

△八角鼓　「春香鬧學」一本

作者無考。「中國俗曲總目稿」頁五二三著錄。北京鈔本，北京排印本，「文明大鼓書詞」第二十二册亦收此曲。此曲演述「牡丹亭」春香故事。

△子弟書　「春香鬧學」三回（文見附錄一）

作者無考。百本張「子弟書目錄」著錄，注云：「〈尋夢〉以前。笑。三回。一吊。」此書簡名「鬧學」，清鈔本。

△「春香鬧學」　四回

作者無考。此書未見著錄，與上述一種，文字頗多不同，實為別本。文華堂刻本。

△「鬧學」　四回

作者無考。別埜堂「子弟書目錄」著錄，注云：「四回。一吊四百四。」「集錦書目」第二十六句曰：「見六街上『賣刀試刀』，『齊陳相罵』，『鬧學』，『刺湯』。」車王府鈔本。

△「春香鬧學」

（詩篇）荏苒光陰冷落多，逝水年華可奈何。柳勾艷魄成幽夢，梅點香泥染綉閣。一段風流歸浪子，終身伉儷訪嬌娥。「小青傳」且留佳句，「牡丹亭」堪作揣摩。

（頭回）大宋南安一太守，（下闋）（「中國俗曲總目稿」）

△「游園尋夢」　三回

作者無考。百本張「子弟書目錄」著錄，注云：「接『離魂』。三回。一吊二。」鈔本。

△「游園驚夢」　三回

作者無考。此書未見著錄，僅「集錦書目」第七十六句曰：「說你『游園』一日那管奴家咽土『吃糠』。」集此名目。車王府抄本。

△「杜麗娘尋夢」　二回

羅松窗作。此書未見著錄，結尾有句云：「要知小姐離魂事，松窗自有妙文章。」文萃堂刻本

△「尋夢」　三回（文見附錄二）

作者無考。別埜堂「子弟書目錄」著錄，注云：「三回。一吊一。」「集錦書目」第八十

五句曰：「你看那『彩樓』上『悲秋』的人兒同『尋夢』。」鈔本。

△「離魂」　三回，亦有四回

羅松窗作。百本張「子弟書目錄」著錄，注云：「四回。一吊四百四。」車王府鈔本，文萃堂刻本，四德堂刻本，鈔本。

△「離魂」

（詩篇）冷落梅花冷落春，奈何天氣奈何人，柳勾艷魄成幽夢，花打春泥驚俏魂。一段風流歸浪子，終身伉儷感花神。小青詩且傳佳句，杜麗娘堪作妙文。（頭回）（「中國俗曲總目稿」）

△「還魂」

作者無考，此書未見著錄。文萃堂刻本。（傅惜華「子弟書總目」）

△「還魂」

傅惜華「明代戲曲與子弟書」云：「『還魂』一回，作者無考。從未見著錄。曲述杜麗娘死後還魂復生之故事。碧蕖館藏有乾、嘉間文萃堂刻本，標曰二回，實止一回，計一百十句，韻用人辰轍，卷首無詩篇。此曲原係『離魂』一本之續作，衍杜麗娘逝後三日，至入殮時，竟甦生焉。雖譜『還魂記』傳奇之故事，然其情節與『還魂記』第三十五齣『回生』，略有不同處。此曲亦為子弟書之前期作品，惟其文筆平庸，與『離魂』一本相較，絕非出於一人之手。此本流傳未廣，藏者至罕。」

(三)俗曲

△「學堂」（安徽俗曲）

（貼上引）〔一江風〕小春香歡寵在人奴上，畫閣裏從嬌養，侍娘行，描龍刺鳳，弄粉調朱，慣向妝臺傍。陪他理繡床，隨他上學堂，小苗條吃的是夫人杖。（白）吓，這花園好春景也。（唱）〔下闕〕（「中國俗曲總目稿」）

△「勸農」（安徽俗曲）

（正生引）何處尋春開五馬，採豳風物候龍華。竹宇聞鳩，朱旛引鹿。且留憩甘棠之下。（白）時節時節，過了春三二月。乍晴膏雨烟籠，太守春深勸農。農重農重，緩理征徭詞訟。〔下闕〕（「中國俗曲總目稿」）

△「春香鬧學」（牌子曲）

〔曲頭〕太守叫杜寶，居官在宋朝，膝下無兒，所生個多姣，描龍刺鳳廣才學。（嗷唱）乳名兒喚杜麗娘，他的骨格爾窈窕，年方才二八，十分的美貌，真是夫人痡愛，猶如至寶。請〔下闕〕（「中國俗曲總目稿」）

四 彈詞

△馬如飛「冥判」（南詞）

十地宣差胡判官，森羅殿上獨專權。生平正直無私曲，莅任先將冊簿觀。殿上高懸照膽鏡，生前善惡豈能瞞？一枝筆有千觔重，六道輪廻掌生殺權。男犯四名先發判，只為生〔下闕〕（「中國俗曲總目稿」）

△「牡丹亭」

（總內掃板）在金殿忙奏本告職而返。（上中板）官情似水轉還鄉。（白）老夫杜次蓮，歷久在朝，官拜大學士，只因年邁，奏准君王，賜我回家修養。左右打道可。（唱）人來打道回鄉黨。（完臺）〔下闕〕

△「還魂記」

大鼓慢打響連天，列位壓靜請聽言。今日不把別的唱，聽我把賢孝節義言一言。唱得是聖朝一統錦江山，風調雨順萬民安，四夷八蠻歸王化，萬國來朝進中原，五穀豐登太（下闕）。

△馬編彈詞開篇「冥判」

十殿宣差胡判官，森羅殿上獨專權，生平正直無私曲，莅任先將冊薄觀。……提女犯，杜蟬娟，何屈也歸枉死園。奴傷生只為看花起，夢寐緣何梅柳纏，誤走冥途擔不孝，如梅如柳意懸懸，還望爺爺指示穿。判官聽說頻點首……送還陽世見椿萱，骨肉圓時泰晉歡。

（「馬如飛真本開篇」）

△姜映清編「彈詞開篇集」，「牡丹亭」共有以下齣目：

「夢會」、「尋夢」、「拾畫」。

又無名氏編有彈詞開篇「牡丹亭」，其齣目有：「學堂」、「勸農」、「驚夢」、「尋夢」、「寫眞」、「離魂」、「冥判」、「拾畫」、「幽媾」、「吊打」、「圓駕」等。（詞文見附錄三）

(五) 灘黃

范祖禹「杭俗遺風」云：

灘簧以五人分生、旦、淨、丑脚色，用弦子、琵琶、胡琴、鼓板，所唱亦係戲文，如「謁師」、「勸農」（詞文見附錄四）、「梳妝」、「跪池」、「和番」、「鄉探」之類。不過另編七字句，每本五六齣，工錢一千五百文。近又與鑼鼓兒灘簧，亦有串客，不稱工，須請其盛飾酒飯，小孩彌月百祿周歲等多用之，喜事生日亦用。

㈥ 皮黃

吉水「近百年來皮黃劇本作家」云：

唐景崧又改湯臨川「牡丹亭」之「游園驚夢」曲為皮黃，則他人所不敢也。

以上由民間小曲、八角鼓、子弟書、鼓詞、皮黃、彈詞、灘簧、俗曲流傳之情形看來，民間文學確實以此故事敷演成獨特情節，如蘇州彈詞中之「杜麗娘尋夢」而言，其內容實跨越崑曲「驚夢」、「尋夢」，鎔於一體，而「堆花」情節亦與崑曲不同，其中花神竟因麗娘幽會，「汚穢名園佳勝地」，故怒沖沖「立拿花瓣拚孤注，迫緊多嬌不放鬆」，使麗娘霎時驚醒，與崑曲驚夢「堆花」內衆花神歌頌牽合二人姻緣之情節不同，由此可見民間文學朝向較爲自由的敷衍方向進行，而崑曲則嚴守格套，未有逾越。

附註

❶ 語見「湯顯祖詩文集」卷十六・玉茗堂詩之十一。又俞二娘事亦見明・張大復「梅花草堂集」卷七：「婁江俞娘，麗人也，行二。幼婉慧，體弱常不勝衣，迎風輒頓。十三，疽苦左助，彌連數月，小差，而神愈不支。媚婉之容，不可逼視。年十七，夭。當俞娘之在床褥也，好觀文史，父憐而授之。且讀且疏，多父所未解。一日，授還魂記，凝睇良久，情色黯然。曰：『書以達意，古來作者，多不盡意而止，如：生不可死，死不可生，皆非情至。斯眞達意之作矣！』飽研丹砂，密圈旁注，往往自寫所見，出人意表。如感夢一出，注曰：『吾每喜睡，睡必有夢，夢則耳目未經涉者皆能及之。杜女固先我著鞭耶。』如斯俊語，絡繹連篇。顧視其手迹，遒媚可喜，當家人也。」清人朱彝尊「靜志居詩話」亦有載錄。

❷ 說見焦循「劇說」，「中國古典戲曲論著集成」第八冊。

❸ 說見徐扶明編「牡丹亭研究資料考釋」頁二一五。上海古籍出版社。

❹ 「療妒羹」是「粲花別墅五種」之一，這是由明代戲曲作家吳炳（石渠）所作的，又稱爲「石渠五種曲」，包括了「情郵記」、「綠牡丹」、「西園記」、「療妒羹」、「畫中人」五種傳奇。

❺ 見「中國古典戲曲論著集成」第九冊。

❻ 沈璟「屬玉堂傳奇」十七種，分別爲：紅蕖記、埋劍記、十孝記、（曲文存見於「羣音類選」）分錢記（亦見「羣音類選」）、双魚記、合衫記、桃符記、義俠記、鴛衾記、分柑記、四異記、盤井記、珠串記、奇節記、結髮記、墜釵記、博笑記，多半皆已佚失。

❼ 按「同夢記」，「南詞新譜」・「古今入譜詞曲傳劇總目」著錄，注云：「詞隱先生未刻稿，即串本牡丹亭改本」此劇本未經梓行，原稿亦不傳世。

❽ 見「閩中錄」記載，及徐扶明「牡丹亭研究資料考釋」頁二二七徵引。上海古籍出版社，一九八七。

❾ 見徐扶明「牡丹亭研究資料考釋」頁二二七徵引。按：「曲海總目提要補編」於一九五九年由北京人民文學出版社出版。

❿ 見莊一拂「古典戲曲存目彙考」九九一頁，上海古籍出版社，一九八二年。

⓫ 見「曲海總目提要」卷十一・「畫中人」。

⓬ 「周貽白戲劇論文選」頁二八八、三〇八、三一七，湖南人民出版社，一九八二。

⓭ 文心雕龍「麗辭」爲說：「若氣無奇類，文乏異采，碌碌麗辭，則昏睡耳目。」

⓮ 明代品評戲劇的標準，一般是繼承傳統文論的看法，以「才性」、「辭采」、「聲律」、「情思」爲原則。就以王驥德而言，他的「曲律」便強調此四點。詳楊振良「論王驥德曲律對文心雕龍審美上的因襲」（中國文學批評研討會論文，1987.12）及周純一「談明代零齣戲曲選本——明代零齣戲曲選本之選劇標準、格範與價值」「晚明思潮與社會變動」頁四四五—四六五、弘化學術叢刊一。

⓯ 參考錢英郁「湯顯祖的創作道路」。「湯顯祖研究論文集」頁二五一—四〇。

⓰ 此書爲一九五八年作家出版社出版。爲此間河洛出版社重新影印發行，其中收錄民間輿論及官方禁毀戲曲小說資料頗多。

附錄

一、子弟書「春香鬧學」

荏苒光陰冷落多，逝水年□□□□；柳勾艷魄成幽夢，梅點香□□□□。一段風流歸浪子，終身伉儷感花神，小青傳且留佳句，牡丹亭堪作妙文。大宋南安一太守，箕裘克紹□□□，世代書香名杜寶，居官忠□□□□。年過半百缺子嗣，夫人甄氏□□□，獨生一女賢而秀，恰好似那寒宮內的□□□。生成的杏臉欺桃腰怯柳，比上梨花色更白，小字麗娘十五歲，描鸞刺鳳廣才學，凡事兒有大有小皆拘理，從不知自尊自重使歪訛，闔宅內外都欽敬，提起姑娘說好的多。老夫人疼愛佳人如至寶，終日家口內含來手上托，請了位厚道先生教小姐，陳最良考老的生員八股兒明白，侍女春香為讀伴，也拿本撕去皮兒的舊大學，兩眼機伶一團野性，十分狐媚百樣囉嗦。聽見風兒就是雨，常把個出恭的牌子在手內托，翠袖兒滴答硯水是一團墨，綉鞋兒來往踢蹬把門坎子磕。一下臺階使脚掌兒跳，才揭書本兒把眼皮合，背書日日翻白眼，寫仿遭遭鬧成墨河。那像學生活小鬼，可憐師父死窮磨，一半兒認眞一半兒假，女學生輕不得來重不得。一來為貪圖美館不好加緊，必眞是人到無錢萬事和，敍敍家常談談道理，師徒投緣到也甚合。小姐說師母年高康健否，先生說平頭六十也算多活，小姐說毫無孝敬如何過意，奴做雙鞋兒作壽聊表心窩。但只是沒有個樣子可怎麼下手，肥瘦大小要斟酌，先生說竟作個不知足而為履，孟子的樣兒倒也明白。只是生受小姐多承美意，無功受祿怎麼使得，小姐說慚愧先生那裏的話，自己的門人是墻內的柯。講書罷師父今日奴家懶臨帖，先生說任憑小姐那不是學，開講道關關睢鳩睢鳩是水鳥，關關是兩鳥同聲相應合。春香說是怎樣的聲音兒你叫喚叫喚，好師父你照樣兒學來我們快活快活，先生說此鳥性幽喜在河洲之上，春香說師父講的到也喲博。昨日也有兩個班鳩兒在咱衙內，一個黑來一個白，被小姐打開籠子將他放去，忒兒楞楞一翅飛上墻角。可可兒的就落在何知州家的那棵柳樹上，怎麼就與這詩經對了個得，小姐將袖稍兒掩住櫻桃口，先生笑道莫胡說。在河之洲乃是詩經上的興，春香說莫非也姓陳麼是你當窩，先生說興者起也非人之姓，引起那淑女窈窕是破說，春香說鳥兒如何也有姓，難道說要在淑女頭上起成窩，先生說窈窕是幽靜貞嫻女孩兒的情性，君子好逑是求得淑女結絲蘿。春香說既是君子他怎麼又求淑女，其中細膩費撥駁，哼是了君子必定是男子，哦不錯淑女究竟是老婆。忽喇巴兒窈窕怎麼就是淑女，君子他好逑求他甚麼，就是君子必要求淑女，到底是要把淑女怎麼着。先生說這樣糊塗怎麼好，悖逆無知眞囉騾。你如今還不是講書的時候也，雖有個聰明的模樣外清而內濁，春香說師父村粗徒弟才蠢，傳授的糊塗自然不明白。小姐急忙拿眼瞪，春香退後不敢說，小姐說依注看書學生自會，但只是大義通篇尙未得。先生說六經惟有詩經趣，有許多的風雅在閨閣，一言以蔽詩三百，無邪二字總包羅。久而自明細心自體，歸位留神細講說，小姐拜揖說承教誨，今世難忘師父的德。說話之間春香不在，許多時往園中飛跑去串花棵，先生出館忙呼喚，只叫得嗓啞喉乾把手搓。小春香方才答應說來了，誰吊了魂了麼叫我作什麼，你看他少一刻兒就不住的喊，揑腔弄調混充鵝。也有個死釘在書房動也不動，難道說一步兒也不許挪，讀書也不叫人家去撒溺，難道你終日乾嚎不把水喝，連一個變化輪迴也不曉，好一個不知好歹的老駱駝，也是我命中該交這嘎孤運，前世的寃家今世的魔。總長遠也不過一年共半載，你如今倒有六十多，長長的線兒將你放，短命鬼怕你還把百歲活。人家那有砸不碎的碗，怕你不一家兒打恭兒各自累各，這如今少不得由着你，盼只盼厭物離身我就念佛。拔咧牌子忘在花園裏，有了想起還從袖內摸，一壁裏嘟囔一壁裏走，口含着裙帶兒在脚上拖。進門來低聲說我撒溺去，好一個地面方圓眞快活，個個櫻桃紅滿了樹，片片青萍綠滿了河。一園梨花開的不少，花園蝴蝶兒成對兒的更多。柳狗兒多着呢管揪一綑，桃花兒當是少麼夠拉一車，花影兒渾身由着性兒串，鶯聲兒滿樹口着耳朵歌。站在那太湖石上眞清眼，坐在那亭子之中好快活，關了關雎鳩尙有河洲之興，可以人而不如鳥乎麼。先生聽罷一聲喝，說畜生該打欠把皮剝，春香說女孩兒人家講書什麼要緊，又不等着赴考去登科。書宗畫也有人生行樂也，桃李園曾講爲歡能幾何，上古賢人且如此，女孩兒家折柳尋花也不算拙。認兒個字兒多大事，有甚麼本事你橫虎着，未曾一點兒就生窮氣。嚇驚了我的虱子沒處摸。不住的逼人好像個催命鬼，終日裏作勢裝胖充阿哥，先生大怒摸竹板，氣的他渾身亂抖打哆嗦。趕上前去才要打，小姐說情在中間隔，說在我的眼前尙且如此，背地裏那個還敢把你說。師父的跟前敢來頂嘴，難道你丫頭有了魔，女孩兒家嘴裏也由着性兒嗽，撒村禱怪信口兒說。倒像個溜韁的野馬撒歡了性，代鎖猴兒却差不多，陪笑道先生看我饒了他罷，下遭兒不許再胡說。先生說小姐你看他反倒哭喪着臉，難道姑娘還說不着，小姐說賤婢過來聽我吩咐，學生學的是什麼，丫頭你低頭瞧瞧你的手，抓子兒不算還要把針兒鬼兒撥，閑來就把秋千打，瞅空兒時常把花柳捉，放着書房的地兒掃也不掃，聽見打恭兒如同吃蜜餑，不是與孩子們擲白炮，就在那階前打它鑼。小脚兒踢球碰的石頭山響，吊猴兒喚六呼么頑了個潑。誰家念書的將鵪鶉把，從沒見女孩兒懷內養蟈蟈，當眞是無所不爲一言難盡，一時間奴家如何記得許多。再先生一日爲師終身是父，公道說待你的性兒就是活佛，還小麼今年也是十三四歲，由之你的性兒可使不得。以後條條都要改，再犯了奴家總不把情說，還不歸位將書念，作什麼還在那兒怔着起磨。小春香沒好謗氣強歸坐，無奈掀開那破大學，兩眼發涎嘴裏胡念，渾身不住的後仰前合，行念着心不在焉則近道矣，又扯到人之視己在明明德，忽聽見賣花兒的吆喝心一動，改不了平常的野性又多說。說小姐小姐賣花兒的來了，你聽聽一聲聲入耳鑽心把書韻合；針尖兒刺瞎了你的拈花眼，不許你一刻偷出把脚步兒挪。香頭兒燒破了你的招風嘴，不許你信口胡說巧弄舌，春香說看看花兒就扎瞎了眼，這樣的刑法從那頭兒說。說說話兒有什麼妨歹，犯了什麼橫骨捧心的大罪過，唇破眼瞎成了廢物，白拿着閑飯閑茶來養活。小姐說叫你常隨筆硯看書案，陪伴讀書不許挪，春香說伴讀的瞎子從來沒見，豁唇子學生如何念大學。裝煙落得咕嘟着嘴，倒茶還得用手摸，早起難端洗臉水，晚上誰擦吐沫盒。小姐動氣說合誰嗱嘴，用手揪發去招脖，佳人無奈將他打，嘴巴輕輕往臉上擱。春香見小姐眞動了氣，這才股軟兒把頭磕，哀求道先生說個情兒罷，袖手旁觀也忍得。小姐從不將人打，爲你今朝把我挫磨，面善心慈從來是你，你忘了救人急難是帝君說。不看一時瞧往日，難爲我把師父常在心上擱，晚上恐怕先生餓，經心用意取餑餑。今因師父奴家吃苦，頭髮揪秃也梳不得，把先生嘔笑說饒他這次，合他生氣枉囉嗦。我與相公說話去，小姐你叫他讀書不許挪，先生說罷出門去，小春香用手擦乾泪窩。指着脊背把先生罵，老村牛一定出去被過往捉，小姐說一個先生你也罵，想必丫頭你不想活。說話間奶娘送信把書房進，說先生同老爺飲酒把話說，夫人請小姐去用晚膳，明日清晨再上學。

二、子弟書「尋夢」三回（羅松窗）

第一回

嬌懶佳人春睡長，一聲鸚鵡韻淒涼，無端驚起陽臺夢　，怪煞平分銀漢郎；亂耳黃鶯徒婉囀，撩人粉蝶自張狂，擁衾未舍離香榻，情思昏昏是麗娘。這佳人，自從一夢梅花下，每在胸頭思玉郎，懶向花前題俏句，羞從鏡裏細梳妝。瘦腰兒，瘦比從前瘦，芳容兒，芳改舊時芳，心繫兒，千思萬縷愁無限，嬌病兒，何事懨懨眉倦揚。暗嘆道：「痴人兒自古痴情重，我這儍女兒，偏多這儍心腸；致使奴一夢難留花片片，終身定約幻茫茫，巫山夢遠人何處？楚雨雲遙妾斷腸。恨當初，不該午夢留春睡，勾惹起，無限相思這一場；到而今，寂寂閑庭人冷落，昏昏情緒病淒涼。一片羅幃孤繡枕，半床錦被冷牙床，寶鏡兒連朝誰照面，金爐兒幾日未焚香，鬼病兒一味昏沉，情思迷亂，瘦身子兒摺寒衾，但覺浸涼。」這佳人，慢推繡枕擁衾坐，渾身無力怕臨妝。沒奈何，勉強梳洗紗窗下，強伸玉體換衣裳；軟怯怯，慢披繡襖把牙床下，喘吁吁，輕攬春香出了繡房。閃秋波，但見幾株弱柳垂朱戶，睜杏眼，唯看一片紅桃罩畫廊。黃鶯兒，啼出嚦嚦傷心韻，粉蝶兒，何事雙雙惹斷腸。這佳人，俏立花陰低粉頸，悶倚欄杆泪幾行。小春香，俏性靈心能會意，朱唇輕啓喚姑娘，說：「小姐呀！花陰已上欄杆也，不早了，咱們也應該赴學堂。別惹的先生囉哆我，那陳最良却是一個陳不良，吆三喝四能作勢，酸文假醋慣揑腔，終朝哭喪着臉，噘着嘴，到像與誰來嘔氣，吹着鬍子，瞪着眼，胡充那家的山大王。哭喪棒，是青竹板一塊，打人的手，還不准人家搪一搪。走罷，喲！娘哦！別要連累了我，他又說：「丫頭家貪睡，不請你姑娘。」病佳人一轉秋波眉兒一蹙，說：「煩死人！一個女孩兒家，進的是什麼學堂？老爺多事把先生請，無故的不學刺綉，學念文章。念這些雅、頌、國風何處用？縱學得滿懷錦綉，也只平常。空把那『關關雎鳩』終日講，最難評是『淑女窈窕』，後半章。」春香催道說：「走罷，小姐！好好兒的不去讀書，把什麼思量？」小姐說：「看奴舉動還趔趄，那有精神去念文章？春香哦；你告稟先生說奴告假，只說是小姐昨夜受了涼。」春香說：「罷喲！姑娘又來治我，只顧你懶去讀書，却教妾搪。夫人知道豈饒我，我這嫩皮肉，那裏禁得竹板子量。走罷！喲？姑娘看先生動氣，敢則的小姐不怕，我又遭殃，不說你偷懶逃學告謊假，只說奴勾引姑娘把學業荒唐。」小姐說：「奴家眞個心不爽，告遭病假有何妨？」春香笑說：「不知姑娘害的是什麼病？奴家到有個海上方，雖有一味天仙子，少一味治相思的牽牛郎。」佳人罵說：「賤臉的丫頭，無個羞恥，在奴的跟前胡言亂道，總不提防，難爲你也痴長了十幾歲，全不知，地厚天高短共長。一個女孩兒家，也說得出口，且問你什麼叫相思，什麼叫郎？信口開合無道理，眼大心粗任張狂。還不下跪麼？眞眞是要討打，也無個怕懼，逞你的剛強。」羞答答，春香帶愧輕輕兒跪，戰兢兢的無語、低頭泪兩行。說：「念奴偶爾撒嬌失了嘴，小賤人一時多嘴不提防；自知道自己的不是，從今改，望小姐恕妾無知，饒過春香。」這也是主子憐奴才，縱了性，倚仗着小姐惜愛，嘔姑娘。

第二回

佳人息怒恕春香，丫鬟輕起說：「謝姑娘！」小姐說：「你到書房稟師父，只說奴帶病擁衾未下床。」春香領命出小院，輕移蓮步繞迴廊。暗笑道：「姑娘懶把學堂入，却和奴家遭什麼殃！無故的罰奴身子矮了一半，我春香又不曾失禮溺了床。分明說着心裏病，却打醫生藥投簧　；臊搭訕，到說人家無羞恥，羞變怒，摟頭一下反巴掌，不知他雙鎖眉頭愁何事？頻頻的嗟嘆爲着那樁？還說人無了個女孩兒的模樣？你看他憔悴形容，那像姑娘？」小春香走至書房窗下立，說：「我何不看看先生作什麼勾當？」取金釵，刺破窗櫺偷眼看，見先生，憑几正自看文章。暗笑道：「這老頭兒，想要學梁灝　，苦苦的讀書，還要赴科場，那樣嘴巴骨，永朝永夕是那條腸子，熬乾了眼，這世裏休想金榜把名揚。待你姑娘要你一要。」小春香躡足潛踪進書房，走至先生身背後，強憋着笑，却給先生個冷不防，將扇兒，輕輕打在頭巾兒上，先生驚說：「這是誰？」見是春香。說：「好一個大膽的丫頭，又無個道理。」春香笑說：「見頭頂兒發光，敢要娶個師娘。」最良說：「小姐如何不至此？」春香說：「請問先生，可見過茶湯？」最良說：「惟你獨來，因何故？」春香說：「師父要用飯，我吩咐廚房。」先生怒說：「皮臉的丫頭，眞淘氣，問北說南像瘋狂。」春香帶笑說：「實告訴你罷，我家的小姐姑娘受了涼，因此上，病擁紅衾獨自睡，差奴告假到書房。」最良說：「既是如此，暫准假，明朝病愈，要入學堂！」春香說：「曉得了，何勞囑咐！」一轉身，笑嘻嘻風跑到綉房。見佳人乜斜杏眼呆呆立，小春香，朱唇慢啓叫姑娘：「小姐呀！那老頭兒眞是嘔氣，一味胡纏渾似羊。他說：『暫准今日假，明朝必要到書房，再要推脫來告假，打春香，還要罰跪與姑娘。』」小姐說：「先生不情，學生才成器，催我讀書，也是該當。但不知老爺、太太梳洗否？」春香說：「沒聽打點，想未升堂。」小姐說：「在父母的跟前，久缺定省，你隨奴問安，東院看看爹娘。」病佳人，強伸玉體扶春姐，慢款金蓮，出離了畫廊。俏步香階行幽境，輕出小院到中堂。侍女慌忙接小姐，珠簾掀起待姑娘。見雙親說：「父母連朝安康否？」夫人驚說：「孩兒因何把臉瘦黃？」春香說：「小姐忽然心不爽，因而告假未入書房。」老爺說：「既然有恙，何須多禮，我的兒，身子單薄看受了涼。快些兒去罷，好生將養；春香，仔細扶侍你姑娘。」俏佳人，問安已畢出朱戶，見庭中，無限春光惹麗娘。佳人一怔呆呆立，渾身無力倚春香。半響發呆一聲嘆，說：「最關心緒是春光。」偏是佳人愁無計，怎禁艷色惱心腸？「奴不免閑步花園，把心散散，痴心尋夢認仙郎。春香啊！你扶奴到花園裏去，難消遣，這病兒昏昏，怕入綉房。」

第三回

小春香，手扶佳人推朱戶，入花園，幾陣輕風百卉香。這小姐，欲至巫山尋俏夢，要到陽臺雲雨鄉。環珮輕敲竹子徑，金蓮慢款杏花廊，眼角兒留神，特恐竹枝兒挂，杏臉兒加意，提防柳條兒傷，綉鞋兒，露珠兒濕透難移步，袖衫兒，風絲兒吹入綠霓裳。脖頸兒發酸嫌釵重，膀稍兒無力恨衫長。只見那，萬紫千紅都開遍，蒼松翠柏各舒芳。轉雕欄，挨到湖山下，見亭軒緊閉屏門，另樣淒涼。但見些千行弱柳垂金線，幾樹梨花鬥玉妝，木蘭緊靠荼蘼架，杜鵑紅滿曲欄傍，綠竹陰籠松亭子，紅桃夾岸小池塘。落紅滿地花集錦，晴雪一天柳絮狂。院靜風輕飛蝴蝶，金堂水暖戲鴛鴦，翠館蕭條鸚鵡喚，畫閣無人燕繞梁。風景依然還照舊，却去了昨朝入夢的郎。這佳人，尋夢多時無氣力，牡丹亭上倚紗窗；喘吁吁，手托香腮呆呆看，意昏昏，眼望園林細思量：「昨朝夢入桃源境，與那生繾綣相逢太湖傍，到而今，尋來尋去，全無影響，才信這夢寐無憑竟荒唐。枉使奴身來至此，傻賤人， 如何這樣傻心腸！便訪遍，十二欄杆何處覓？反添奴，一種情腸雪上霜，至使我人兒未遇，病兒反重，情兒未散，意兒更長。全因我心中有個瞎影子病 ，才使這有意春風悶麗娘。」小春香見佳人無語頻吁氣，說：「姑娘啊！今歲春光比去歲強。你看那，百花開放如錦簇，竹柳煙籠似翠妝，草滿香階鋪綠茵，蜂蝶紛飛過粉墻，綠波鴨睡被人驚起，巧鸚鵡一見梅香，喚點茶湯。惟有牡丹可惡的狠，見姑娘，也不吐蕊，也不發香。」佳人嘆說：「牡丹雖是花之王，他若占却春光，便不是花王。」春香說：「花也待時，分個次序，因知人事不可勉強。姑娘啊！園內風寒，回去罷，仔細夫人進綉房。」意遲遲的佳人移蓮步，軟怯怯的小姐攙春香；冷淒淒，步回無人徑，喘吁吁，慢繞綠池塘。走的他，面似桃紅紅過耳，一身香汗汗沾裳。忽見那，芍藥闌邊梅花盛，直亭亭獨逞嬌姿，燦爛非常，佳人倚樹把梅花看，說：「樹兒嚇！何事無情，先泄了春光？可憐你，空有容顏獨自守，好似奴，無限幽思是一人當，何須你埋怨東風生愁態，自有奴，死後魂靈在你傍。但與你，酸酸楚楚同一處，誰把那，死死生生罣心腸。」佳人一嘆出花苑，春姐相攙進綉房。從此病臥淒涼帳，終日懨懨懶下床。要知小姐離魂事，松窗自有妙文章。

三、姜編彈詞開篇「牡丹亭」

夢會

困人天氣日初長，端坐書齋杜麗娘，嬌小玲瓏無俗韻，姿容體格美非常。尖尖玉指翻詩卷，默默柔懷對粉墻。正自凝神功課讀，（來了個）春香婢子語紅妝。（說道小姐呀，可曉得）百花齊放園中景，（你緣何）悶昏昏獨坐在書房。千金聽，喜衷腸，蓮步輕移整綉裳。主婢一雙同向外，園門開處去雙簧。遲遲走，曲曲行，（但見那）碧桃濃艷襯垂楊。燕穿梭，鶯譜腔，（妙不過）粉蝶黃蜂逐畫廊。繞遍闌干紅十二，晴風吹暖總芬芳。芊綿小草陳翡翠，嫵媚棠梨白雪妝。（眞所謂）美麗人看花美麗，（只落得）花容人面兩無雙。牡丹亭上欹身坐，心曠神怡樂趣長。半晌支頤憨婢去，夢魂早進黑甜鄉。（他）穿花拂柳從容走，游目騁懷興欲狂，瀲灩秋波忙四矚，（見一個）丰神瀟灑少年郎。無瑕美玉殊凡品，楚楚衣冠極大方。一見之時如舊識，相親相近話衷腸，姻緣似屬天生定，兩小無猜儘不妨。（他們是）媒妁休邀塵俗客，牡丹亭做小洞房。柳夢梅三字記胸膛。

柳夢梅拾畫

碧天如水淨無塵，桂子香飄節候更。江上暮煙籠遠道，堤邊衰柳接長營。（夢梅是）秋闈考試場期近，買棹舟趕路程。（這幾天）夜泊曉帆行得快，（喜只喜）櫓聲欸乃抵揚城。（想起了）最良杜府爲西席，（在我是）父執還該世伯稱。今日整衣親拜訪，（他是個）歧黃妙手善回春。他把衣巾換，上岸行，急急忙忙到杜氏門。（一個是）倜儻風流才學廣，（一個是）經綸滿腹老儒生。（見面後）談今論古心歡喜。（陳最良）留住年輕美俊英。（那夢梅）鎭日園庭來散悶，（愛煞那）滿園花木倍精神。（他便在）太湖石畔將身坐，（瞥見了）五百年前未了因。（白）這是甚麼東西。（唱）離座擡身拾不起，展開注目喜還驚。（原來是）丹青一幅傾城貌，（姐姐吓爲甚你）鳳目盈盈看小生。（分明是）閉月羞花人絕代，（莫不是）嫦娥私出廣寒門。淡粧綽約如仙子，（姐姐吓爲甚你）鳳目盈盈看小生。（妙不過）雲鬢雙分珠鳳壓，翠環低墜玉釵橫。桃花粉頰梨渦現，（姐姐嚇爲甚你）鳳目盈盈看小生。（妙不過）柳葉秀眉添喜色，櫻桃小口綻朱唇。瓊瑤佳鼻甚端正，（姐姐吓爲甚你）鳳目盈盈看小生。（妙不過）綉帶慢藏蓮瓣穩，鸞飄微露玉葱春。（妙不過）羅衫淺色裙深綠，（姐姐吓爲甚你）鳳目盈盈看小生。（眞所謂）脈脈柔情何處寄，依依春色半含嗔。難將修短描新樣，（姐姐吓爲甚你）鳳目盈盈看小生。柳郎正在凝神看，忽睹詩詞上面存。（不覺得）如醉如痴神恍惚，（他便去）推敲句子足移情。（說甚麼）他年若伴蟾宮客，不是夢生即柳生。（那夢梅）姐姐長來姐姐短，（他竟然）朝朝暮暮喚伊人。輕憐密愛情無限，夢想眠思意更深。手捧丹青如異寶。（喚得那）月魄花魂也動心。（有誰知）入土紅顏三載久，精誠所至慶回生，好夢終圓了宿因。

杜麗娘尋夢

萬綠叢中一點紅，佳人才子夢巫峯。天教成就鴛鴦侶，牡丹亭上喜相逢。（他二人）你憐吾愛難分捨，（好一似）得水游魚情倍濃。（有誰知）汚穢名園佳勝地，司花神主怒冲冲。立拿花瓣拚孤注，迫繫多姣不放鬆。（杜麗娘）霎時驚醒陽臺夢，四顧梅郎失了蹤。神恍惚，眼朦朧，（却原來）和衣假寐在園中。歸。房扶着春香婢，倒臥牙牀理想窮。（從此他）一日迴腸時十二，菱花鏡裏損姿容。七情有感相思症，茶飯無心藥少功。（聽檐前）鐵馬叮噹疑佩玉，（望庭中）芭蕉搖曳誤儒躬。（見當頭）團圓皓月如人面，（思遠道）爛縵春光亂妾胸。（病懨懨）懶把迴文綉，（姣怯怯）無意理絲桐。（情脈脈）終日園亭坐。（露盈盈）溼透繡鞋弓。（雨瀟瀟）滴盡紗窗淚，（草青青）隔斷錦屛風。（恨綿綿）孰是知音伴，（心戚戚）甘作可憐蟲。（細思量）有夢不如無夢好，夢醒難尋夢再逢。痴情擬續前番夢，地角天涯夢境空，落花如雨怨西東。

無名氏編彈詞開篇「牡丹亭」

學堂

一生名宦守南邦，兩袖清風詩一囊，政簡刑清無一事，差隨俗吏送迎忙。晚年無兒悲伯道，承歡有女似中郎，姣養深閨猶待字，惜蹉跎尚未選東床。延名師，陳最良，內衙設帳課紅妝。賢小姐，小梅香，一同拜見至廳堂。女學生當作男兒待，朝朝暮暮論短長。伴讀青衣年紀小，性耽遊戲似癲狂，幾番唐突老年蒼。不從師教難寬恕，取刑條痛打理應當。幸千金，善包荒，臨晉帖，取文房，簪花妙格竟無雙。先生偶而詩經講，咏到關雎詩一章，千金忽地動愁腸，（沒來由）君子好逑四個字，打入心坎永不忘。起春愁，對春光，春情難遣意惶惶。誰料自此病根種，默默無言返上房，萬分愁悶倚蘭床。

勸農

布穀聲中天氣佳，春疇漸暖換年華，十里杏花紅似錦，千條柳絮碧于紗。新任南安杜太守，安排花酒課桑麻，（想我是）爲乘陽氣行春令，不是閑游玩物華。清樂鄉風景無邊好，民樂官清語不差，處處兒童騎竹馬，家家父老獻香花。勸農切莫耽遊戲，誤了農工誤自家，遠鄉僻壤俱經過，土俗民風細訪查。男耕田，女採茶，男勤女儉信堪誇，吩咐從人賞酒花。黃童白叟心歡喜，子婦丁男興倍佳，官裏醉流霞，風前笑揷花，桑榆深處語喧嘩。課農已畢回衙去，循吏遺風千載誇，治國非難難治家。

驚夢

咏到詩經暗出神，對春光有女正懷春，聞說後園花似錦，偶然散步至園林。綠暗紅稀春色暮，無端綠葉已成陰，不信春光如許深，春來春去循環理，一年易過又逢春。（恨只恨）人世韶華留不住，少年人轉眼發星星，辜負春光眞可惜，光陰如箭不留停。一片春愁抛不得，自言自語暗傷心，悶到頭來穩穩臥，夢中邂逅美才子。折柳枝乞求題詩句，小姐含羞不出聲，拂柳穿花携玉手，牡丹亭上訂三生。香夢正酣情萬種，（那知）落花有意把人驚，彷彿耳旁呼姐姐，啓星眸（仔細）看分明，無端來了白頭親。一番絮語回房去，（說什麼）女兒家晝臥不該應，（那知奴）夢時歡喜醒時嗔。

尋夢

春色撩人不得眠，杜麗娘款款至花前，（想昨朝）入南柯邂逅風流子，相親相迎意似癲，執柳枝乞我題詩句，四目相窺二意牽，恩情美滿言難盡，緩款溫柔一晌眠。（今日是）偷得浮生閑半日，重尋香夢至林泉，百花依舊迎人笑，（爲什麼）不見多情美少年。有意尋春春不見，自思自恨悶無邊，難消遣，怎流連，傍花隨柳慢俄延。青衣勸吾回香閣，回香閣（也）不過倚床眠，

（怎能夠）重握手，再幷肩，三生石上姓名塡。翹首向天天不應，問何時重度柳梅邊，想到傷心雙泪落，春山蹙損二眉尖。從此相思成疾病，難將丹藥駐紅顏，情太深時痴病添。

寫眞

熏香悶坐太無聊，柳葉雙眉久不描，心切切害成相思病，回想夢境心倍焦。（記前番）遊園偶動傷春感，夢中遇見美英豪，瀟灑風流佳公子，溫文蘊藉丰姿標。二意投，似漆膠，牡丹亭上訂桃夭。春夢醒時人不見，悶懨懨一病至今朝，曾過幾度園林內，尋夢偏偏夢境遙。（到如今）容顏瘦如梅花樣，只愁一日赴陰曹，（誰知我）丰韻十分姣，彩雲易散琉璃脆，從來好物不堅牢，容易少年容易老，（倒不如）自把春容仔細描，免其日後等香消。對鏡沉吟揮彩筆，畫成絕世美多姣，天然姿色天然美，自在風情自在嬌，（眞個是）梨花如面柳如腰。圖角更題詩一絕，柳梅邊三字費推敲，寫出眞情當解嘲。

離魂

冷雨幽窗燈不紅，簷前鐵馬響叮咚，杜麗娘一病郎當甚，悶滿心懷恨滿胸，夢裏才郎難再見，恨西風吹夢影無踪。情切切，意矇矇，病入膏盲不能鬆，自知將死心難死，請高堂立即至房櫳。（母親呀）女孩兒一死何輕重，（最可憐）白髮慈親白髮翁，暮年人反送少年終，回首家山千萬里，旅櫬無須返蜀中，不妨埋葬後園東，梅花深處棲魂處，女兒雖死與生同。告罷娘親呼婢子，與爾生小二依從，宛比同胞女弟兄，一幅春容交付你，葬太湖石畔莫朦朧。（自古道）心病須用心藥治，（不知）心上醫兒何處逢，（只怕奴）今宵等不到五更終，句句傷心字字泪，霎時風剪玉芙蓉。幽閨倩女離魂去，堂前二老痛無窮，（怎能夠）月落重升花再紅。

冥判

十地宜差胡判官，森羅殿上獨占權，平生正直無私曲，莅任先將册簿觀。臺上高懸照膽鏡，在生前善惡豈能瞞，筆有一枝千金重，六道輪迴掌生殺權。有男犯四名先提到，（他們在）生前作惡罪難寬，向來淫性風流種，變作燕蝶蜂鶯向花裏攢，彈打弓傷扇滅完。提女犯，杜嬋娟，何屈已歸枉死院。傷身皆爲觀花起，夢梅自柳意懸懸，誤走冥途擔不孝，還望今朝指示穿。判爺聽說頻點首，忙把花神地府傳，爲因陽壽尚未絕，叫他望鄉臺上望家園。手扳月下姻緣簿，夙世有緣柳狀元。一紙路引硃筆判，送他回陽世見椿萱，骨肉團圓秦晉歡。

拾畫

拾得畫圖桌上鋪，教人不覺費猜磨，（我只道）慈航大士蓮臺像，（却原來）閨閣佳人玉貌圖。淡淡春山青如柳，盈盈秋水活如波，尖尖玉手衣襟露，窄窄金蓮裙幅拖。曾記那宵折入花園裏，太湖石畔見姣娥。夢中可是美人顏，今日緣何少氣呼。深深揖，情倍多，姐姐美人口亂呼。秋波頻眺情無限，（莫不是）思想憐我孤，何方走下結絲蘿。美人叫得悲情切，飄蕩神思魂魄無，有影無形想煞我。

幽　媾

悠悠魂魄逐風行，一念椿萱一愴神，生前容貌渾如玉，死後形骸冷似冰，斷送青春因一夢，游魂渺渺泣幽冥。幸鬼神，沛深恩，好心腸拔出（我）枉死城，一紙路引親付我，（命我是）到處追尋夢裏人。喜才郎（即在）梅花觀，不須更向遠方尋。（誰料他）掛圖容終日焚香拜，姐姐卿卿千萬聲，如此多情人世少，得諧姻眷慰生平。今朝特奉陰曹命，見一見才郎了夙因。玉手忙將朱戶叩，柳郎啓扉見娉婷，邂逅相逢心似醉，喜美人彷彿畫中人。（一個兒）細將家世從頭問，（一個兒）瞞却眞情不言明，喜千分，情萬分，三生石上便題名，從此蕭齋春意滿，破工夜夜往來頻。（惹得那）二衆道姑都疑惑，（這個）痴秀才痴病十分深，與誰人旦夕共談心。

吊　打

伯道無兒倍心酸，中郎有女也徒然，不堪回首思嬌女，月貌花容女嬋娟，依依膝下博親歡，（那知）多才多貌遭天忌，斷送青春赴九泉。（最可恨）劫墳賊，盜女棺，屍骸拋棄在花園。天網恢恢疏不漏，自投羅網自鑽圈，冒認官親墳墓掘，彌天大罪不能寬，帶至公堂嚴訊問，（把那）徹底根由細查盤。呼岳父，氣昂然，平章怒髮竟冲冠，不加刑豈敢輕招認，（莫不是）月魅花妖起禍端，取出桃枝打不完。幸而苗老先生到，放下新科柳狀元，（說道）翁婿豈解翁婿誼，因甚相逢陌路般，無情棒打有情種，泰山壓卵辱儒冠，冤家宜解不宜結，總有差池須見原。此刻平章稱奇異，細思量打不破大疑團，（請）黃門商議奏金鑾。

圓駕

骨肉相逢誰不欣，那知陌路一般形，親生父不認親生女，女婿怎能拜丈人，面奏君王何不可，大家聚集午朝門。老丞相，朝至尊，（道女兒）青春早已喪殘生，明明化日光天下，大膽妖魔敢擾人。新狀元，柳春卿，將還陽一節細奏明，杜氏是人非是鬼，笑平章屈煞掌上珍。各執一詞皆有理，聰明天子好調停，取出秦宮照膽鏡，立時臺上看分明。人有影，鬼無形，照一照鏡後人鬼分。陳黃門，據實陳，麗娘有影是人身。甄夫人愛惜嬌兒子，也把根由奏當今。聖旨降，齊跪聽，賜完婚格外沛深恩。父女依然爲父女，一雙翁婿（即）認親情，合家歡樂二家春。牡丹亭一夢從今醒，有情女配有情人，情分深時福分深。

四、灘簧「勸農」

(四雜引生上)何處行春開五馬，采邠風物候穠華，竹宇聞鳩，朱幡引鹿，且留憩甘棠之下。(白)時節，時節，過了春三二月。乍晴膏雨烟濃，太守親身勸農。農重，農重，緩理征徭詞訟。下官南安知府杜寶是也。向在江廣之間，春事頗早，想俺爲太守的，身居府堂，那遠鄉僻戶，有抛荒游墮的農民，何由得知，因此，昨已吩咐該吏，置辦勸農花酒，本府親自下鄉勸農，想已齊備。(小生上白)承行無令史，帶辦有農民。太爺在上，吏典叩頭。(生)勸農花酒，可曾齊備？(小生)俱已齊備，請老爺起馬。(生)吩咐打道。(小生)吓，外廂打道。(衆應介)(生唱)雨順風調大有年，官清民業萬家歡，深受皇恩雨露重，惟求國泰與民安，水旱年豐從天降，也須民力不偷閑，猶恐鄉民多懶惰，因此勸農親自到鄉間，花酒兩行爲犒賞，勸農坐馬不乘軒。(衆)呵！(生)開道鳴金把城關出，(衆)牙皀威嚴分兩邊。(生)左右。(衆)有。(生唱)勸農何用高聲喝，威凜森嚴不在鄉下間，何須開道鬧喧天。(衆)吓。(生唱)見鄉村四月游人少，兩岸紅稀柳暗妍，只見懸燈并結彩，家家門首把香拈。(雜)父老們迎接太老爺。(小生)起去，官廳伺候。(雜)吓。(生唱)見父老執香兩旁接，盡多鶴髮共蒼頭，本府是十年窗下惟勤讀，怎及他自在逍遙散蕩人，我下馬離鞍把官廳進，身登公案坐中間。(雜)太老爺在上，父老們叩頭。(小生)起去。(生)父老。(雜)太老爺。(生)此處何鄉何都？(雜)南安府大庾縣清樂鄉第一都。（生）待本府一看。（衆）吓。（生）妙吓，此鄉果眞清而可樂也。你看山也清，水也清，人在山陰道上行，春雲處處生。（衆）正是。官也清，吏也清，村民無事到公庭，農歌三兩聲。（生）父老。（雜）太老爺。（生）可知本府游春之意？（雜）父老們不知，乞太老爺下示。（生）聽我道。（雜）是。（同唱曲頭）平原麥灑，（生唱）鋪地青，綠野春耕鋤不停，雨露桑麻處處好，男勤女儉各勞辛，因此本府下鄉將民勸，要你們不辭勞苦把田耕，黃堂準備花紅酒，（雜）百姓沾恩享太平。（淨上）阿阿阿吠呵！（山歌）閭閻繞繚接山嶺，春草青青萬頃田，日暮不辭停午馬，桃花紅杏阿呀竹籬邊，阿阿阿吠嚇。（白）阿呀，好滑吓！（唱鎖南枝）泥滑喇，脚吱沙，短耙長犂在懷內拿，夜雨撒菰麻，天晴出糞渣，香風醃鮓。（衆）過來，見了太老爺。（淨）是哉，到有舍官府拉里，讓我放下子鋤頭拉介，噯喳來，太老爺拉朵上頭，農夫叩頭哉。（生）你歌得好。（衆）太老爺道你歌得好。（淨）種田山歌，嘸舍好聽個。（生）夜雨撒菰麻，天晴出糞渣，香風醃鮓。父老們。（雜）太老爺。（生）可知糞是香的？焚香列鼎奉君王，饌玉炊金飽即妨，直待飢時聞飯過，龍涎不及糞渣香。與他花酒。（衆）這裏來。（淨）是哉。（同唱）官裏醉流霞，風前笑揷花。（衆）謝了太老爺。（淨）謝子太老爺。把俺農夫們俊煞。（下）（丑上）（前腔）春鞭打，笛兒吵，咱倒騎牛背夕陽賒，咦，一樣小腰肢，一般雙髻叉，能騎大馬？（衆）過來，見了太老爺。（丑）是哉。太老爺，牧童男女叩頭哉。（生）怎指著門子唱一樣小腰肢，一般雙髻叉，能騎大馬？父老們。（雜）太老爺。（生）他却不知騎牛倒穩。（雜）怎見得？（生）有詩爲證。（衆）聽了。（丑）聽拉里。（生）常羨人間萬戶侯，只知騎馬勝騎牛，今朝馬上觀山色，怎及騎牛得自由。與他花酒。（衆）是。這裏來。（丑）來哉。（同唱前腔）官裏醉流霞，風前笑插花。（衆）謝了太老爺。（丑）謝了太老爺。（唱）把俺村童們俊煞。（下）（旦上）（唱前腔）桑陰下，柳籆兒搓，順手腰身剪一丫。噯，羅敷自有家，秋胡怎認他？提金下馬。（衆）過來，見了太老爺。（旦）是。太老爺在上，採桑婦人叩頭。（生）你認差了。（衆）太老爺道你認差了。（旦）是。（生）下官不是魯國秋胡，又非秦家使君，是本府在此勸農。（旦）是。（生）見你們勤採蠶桑，甚爲可敬，有詩爲證。（衆）聽了。（旦）是。（生）一般桃李聽笙歌，此地桑陰數畝多，不比世間閑草木，枝枝葉葉是綾羅。與他花朵。（衆）是。（同唱前腔換板）官裏醉流霞，風前笑插花。（旦）俺採桑人俊煞。（下）（吹六板）（貼上）（唱鮮花調）提籃去採茶，（重一句），桃李兒爭姸春色兒佳，粉蝶兒一對呀，飛舞着去採鮮花，（重一句）。用手去採茶，（重一句），半是的旗槍，半是的茶芽，多是天公降下山呀，實堪誇，（重一句）。（衆）過來，見了太老爺。（貼）是。太老爺在上，採茶女子叩頭。（生）你們又認差了。（衆）太老爺道你們又認差了。（貼）是。（生）我不是郵亭學士，亦非陽羨書生，是本府在此勸農。（衆）是太老爺在此勸農。（貼）是。（生）你們採桑採茶，勝如採花，有詩爲證。（衆）聽了。（貼）是。（生）只因天上少茶星，地下先開百草精，閑煞女兒貪鬥草，風光不似鬥茶清。與他花朵。（衆）是。（同唱前腔）官裏醉流霞，風前笑插花。（貼）把俺採茶人俊煞。（下）（雜）啓禀太老爺，勸農已完。（生）餘下花酒，父老們領去，給散鄉人，以見本府勸農之意。（雜）是。父老們備得上馬酒飯，候在公廨之所。（生）不消。吩咐打道。（衆）吓，打道。（衆喝道）呵。（尾聲）黃堂春游韻瀟灑，身騎五花馬。村務裏有光華，花酒藏風雅，德政碑，隨路打。（下）

五、吟香堂曲譜所附「堆花」

葉堂「納書楹牡丹亭全譜」於第五十五齣「圓駕」後附有「堆花」、「玩眞」，馮起鳳「吟香堂曲譜」於「驚夢」附「堆花」、「玩眞」附「叫畫」。今附「吟香堂曲譜」「堆花」一段原件影本於後：

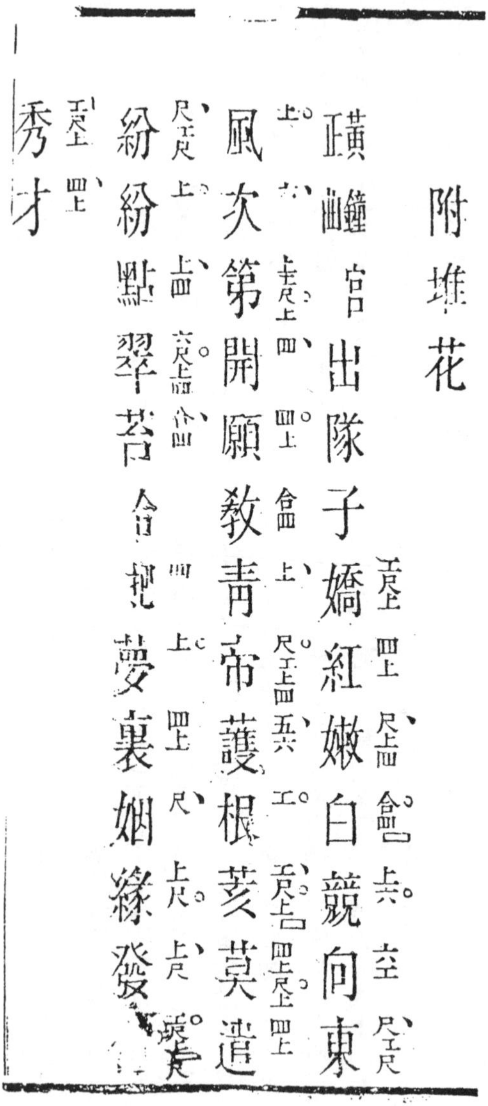
附堆花
黃鐘宮 出隊子
嬌紅嫩白競向東
風次第開願教青帝護根荄莫遣
紛紛點翠苔合把夢裏姻緣發
秀才

一名京兆序

畫眉序好景艷陽天萬紫千紅盡開遍滿雕闌寶砌雲簇霞鮮篤春工連夜芳菲愼莫待曉風吹顫 合 爲佳人才子諧繾綣夢兒中十分歡忭

舊譜一名雙鬪雞

滴溜子湖山畔湖山畔雲纏雨綿雕闌外雕闌外紅翻翠駢惹下蜂

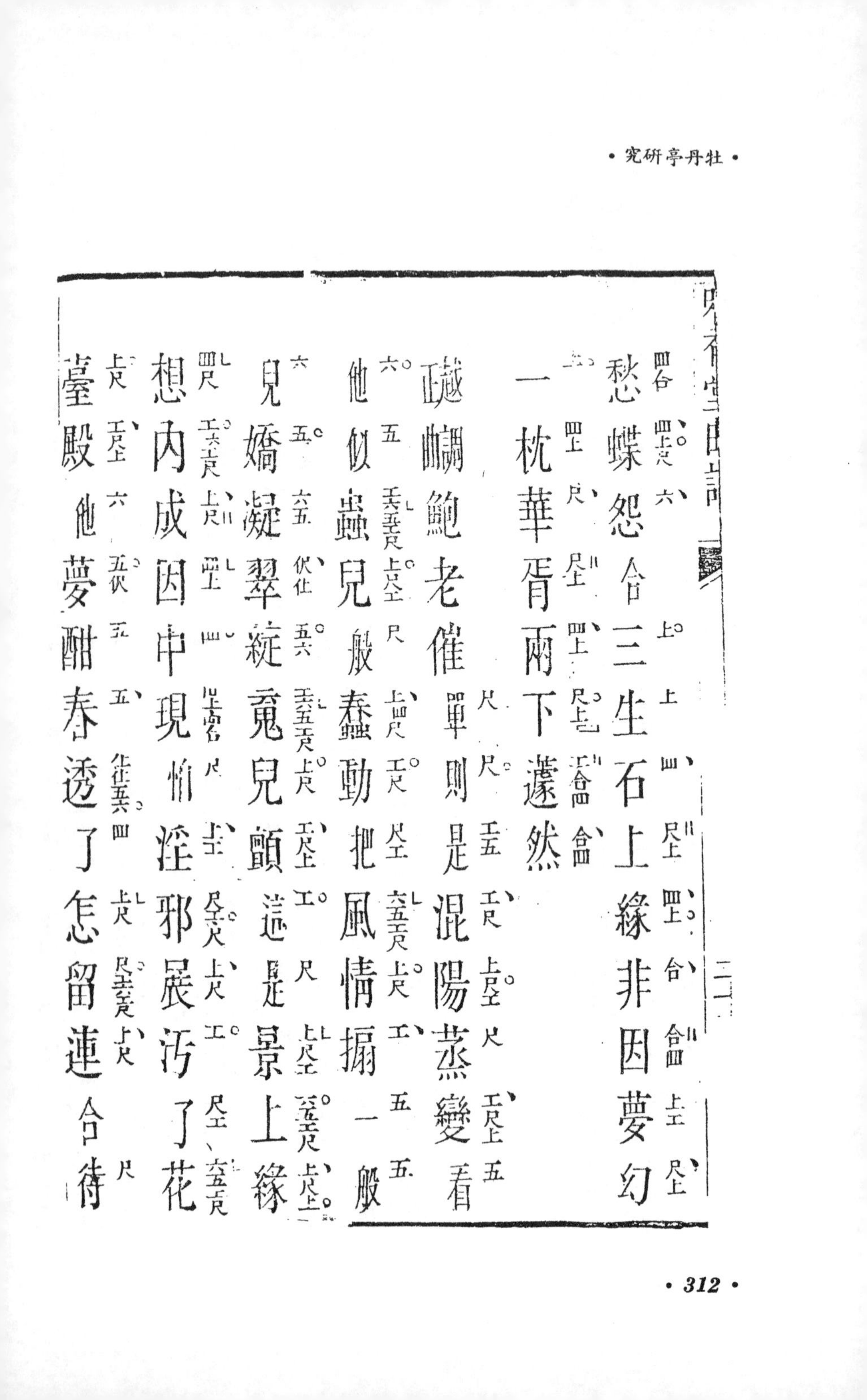

愁蝶怨三生石上緣非因夢幻

一枕華胥兩下遽然

〔越調正曲〕鮑老催　單則是混陽蒸變看

他似蟲兒般蠢動把風情搧一般

兒嬌凝翠綻魂兒顫這是景上緣

想內成因中現怕淫邪展污了花

臺殿他夢酣春透了怎留連咱待

南詞譜格

拈花閃碎的紅如片

五般宜

一個兒意昏昏夢魂顛一個兒心耿耿麗情牽一個巫山女稱着這雲雨天一個桃花浪逐幻成劉阮一個精神忒展一個歡娛恨淺合兩下裏萬種恩情則隨這落花兒一會轉

與黃鍾正曲同

雙聲子

柳夢梅柳夢梅夢兒裏成姻眷杜麗娘杜麗娘勾引得香魂亂兩下緣非偶然合夢兒裏相逢夢裏合歡

六、六種曲譜「閨塾」、「肅苑」、「驚夢」齣之唱腔簡譜對照

（註）：此處所附「牡丹亭」內三齣唱腔簡譜，按時代先後排比，讀者自能由互相比對之中觀察出自清初迄民國以來唱腔變化情形。

譜例整理工作，由內子蔡孟珍負責，並承蒙江蘇省崑劇院張繼青、姚繼焜二位師長予以唱腔指導，於此一併致謝。

《閨塾》遶池遊

九宮

吟香（散板）

| 6 5 35 653 ∨ | 16 3 2 1216 216 ∨ | 3 2 16 6 1 216 5356 ∨ | 5 65 13 23 ∨ | 16 6

素 妝 纔 罷 款 步書堂 下 對淨几明 窗瀟 灑 昔 氏 賢 文 把 人

四夢

| 6 5 35 653 ∨ | 16 35 2 1216 216 ∨ | i 65 35 6 1 216 56 ∨ | 5 65 13 23 ∨ | 1 61

遏雲

| 55 35 653 ∨ | 12 3⁵ 2 216 216 ∨ | i 6i5 3 6 1 21 6 ∨ |

崑曲大全

| 65 35 6i53 ∨ | 12 3 2 1216 2³16 ∨ | i 6i5 3 3 5 216 56 ∨ |

集成

| 65 35 6i53 ∨ | 12 3⁵ 2 1216 216 ∨ | i 6i5 3 6 1 216 56 ∨ | 5 65 13 23 ∨ | 1 61

《閨塾》遶池遊

九宮

吟香

| 12 1 21 6 1 1 6 1 1 12 32165 616 V |
禁 殺 恁 時 節 則 好 教 鸚 哥 喚 茶

四夢

| 21 6 1 6 1 1 61 3 1 12 32165 616 V |

遏雲

崑曲大全

集成

| 21 6 | 1 6 1 1 61 3 3 1 32165 616 V |
鵡

《閨塾》掉角兒序(一)

九宮

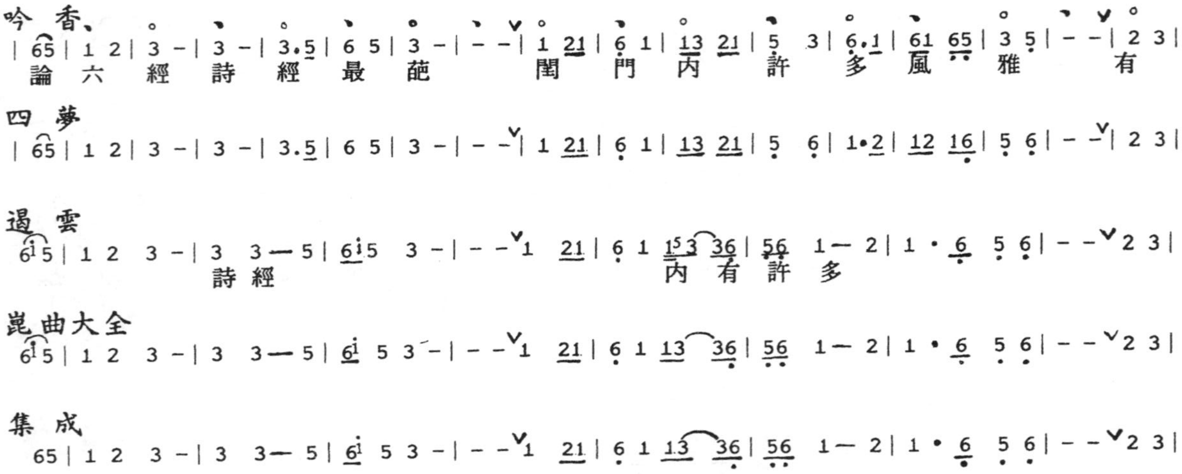

《閨塾》掉角兒序(一)

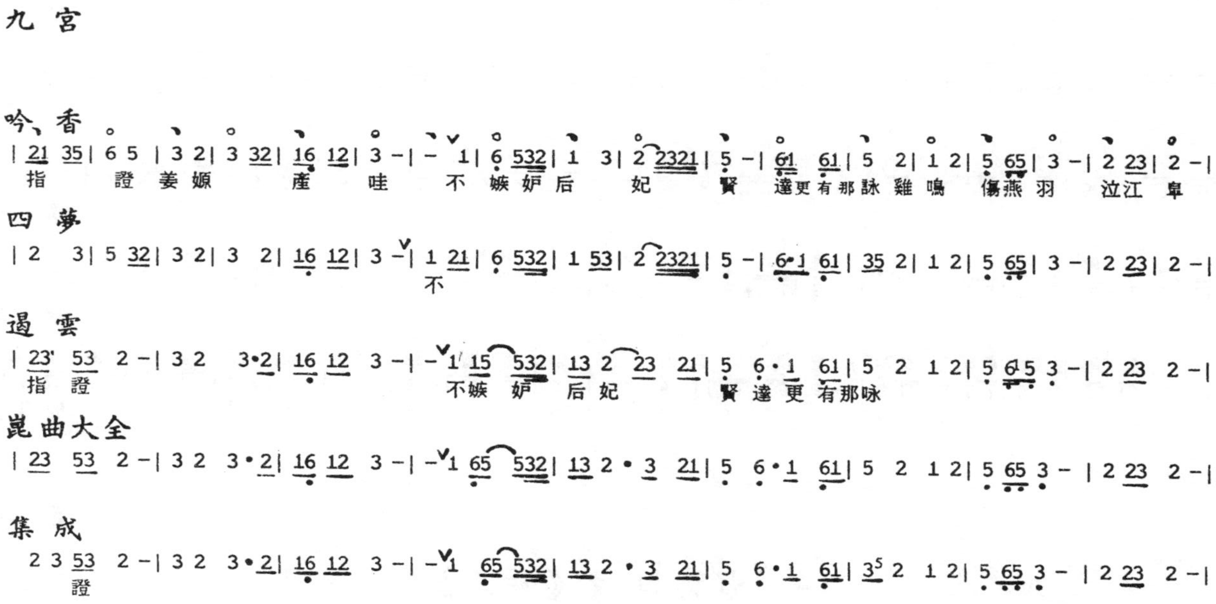
九宫
吟、香
指 證 姜 嫄 產 哇 不 嫉 妒 后 妃 賢 達更有那詠 雞 鳴 傷燕 羽 泣江 皋
四 夢
不
遏 雲
指 證
不嫉 妒 后 妃 賢 達 更 有那咏
崑曲大全
集 成
證

《閨塾》掉角兒序(一)

九宮

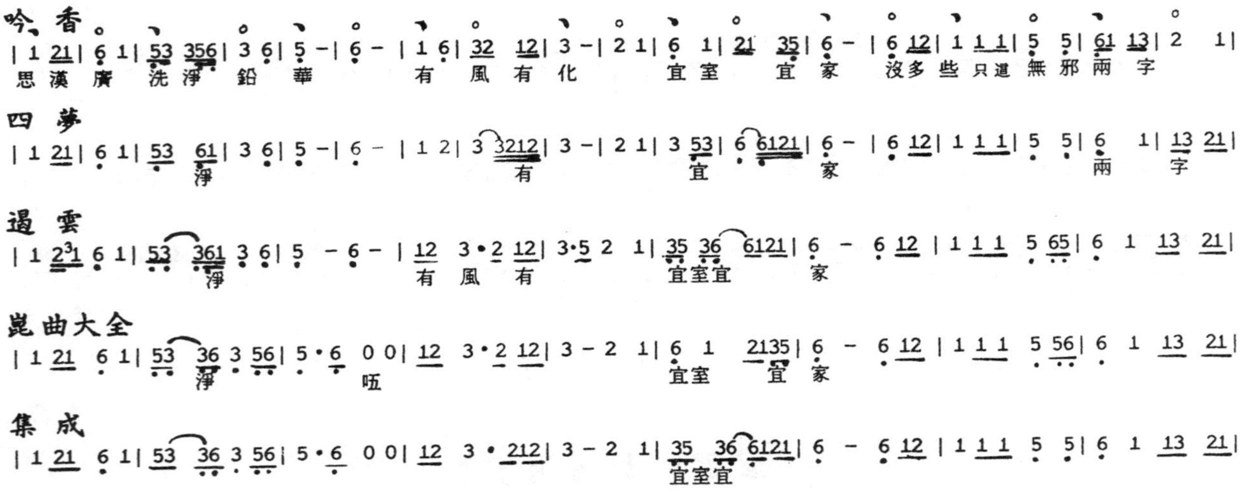
吟香
思漢廣洗淨鉛華有風有化宜室宜家沒多些只道無邪兩字
四夢
淨有宜家兩字
遏雲
淨有風有宜室宜家
崑曲大全
淨呸宜室宜家
集成
宜室宜

《閨塾》掉角兒序(一)

九宮

吟香

| 61 53 | 3 5 | 6 |

付 與 兒 家

四夢

| 61 53 | 3 5 | 6 |

遏雲

| 6¹ 532 3 5 | 6

崑曲大全

| 6 53 3 5 | 6

集成

| 6 53 3 5 | 6

《閨塾》掉角兒序(二)

九宮

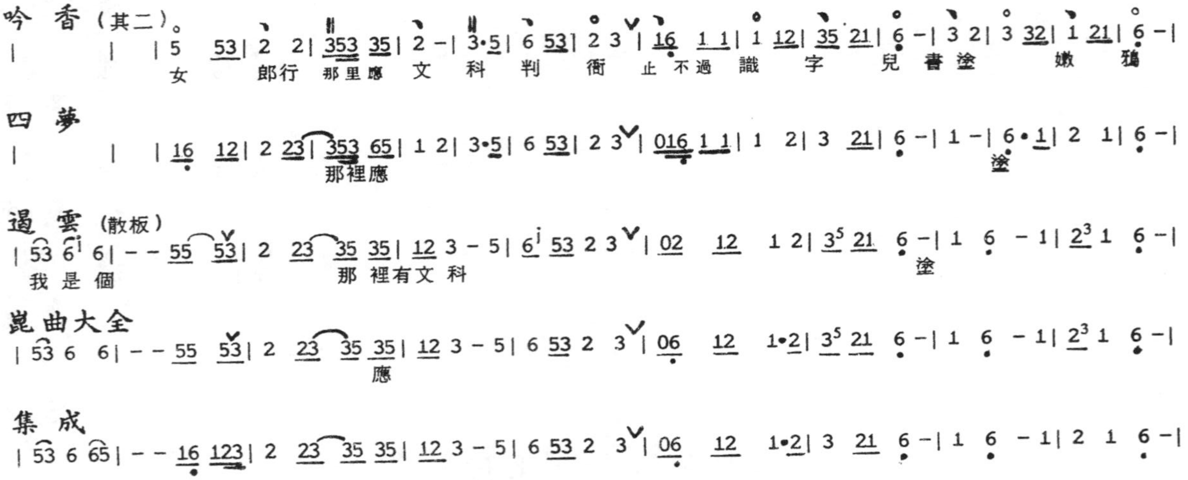
吟香（其二）。
女 郎行 那里應 文 科 判 衙 止不過 識 字 兒 書塗 嫩 鴉
四夢
那裡應 塗
遏雲（散板）
我是個 那裡有文科 塗
崑曲大全
應
集成

《閨塾》掉角兒序(二)

九宮

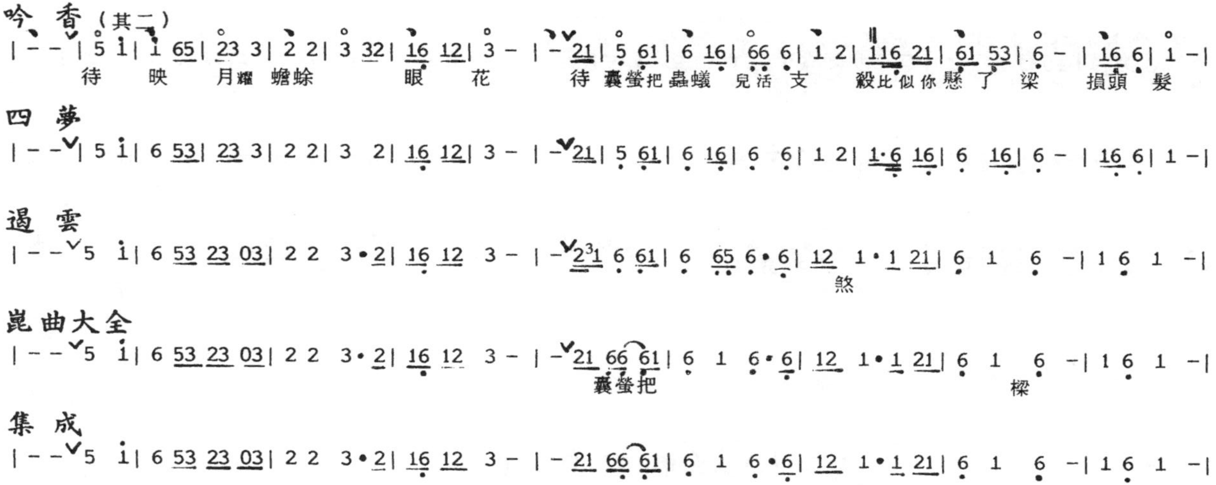
吟香（其二）
待 映 月耀 蟾蜍 眼 花 待 囊螢把蟲蟻 兒活 支 殺比似你懸了 梁 損頭 髮
四夢
遏雲
煞
崑曲大全
囊螢把
樑
集成

《閨塾》掉角兒序(二)

九宮

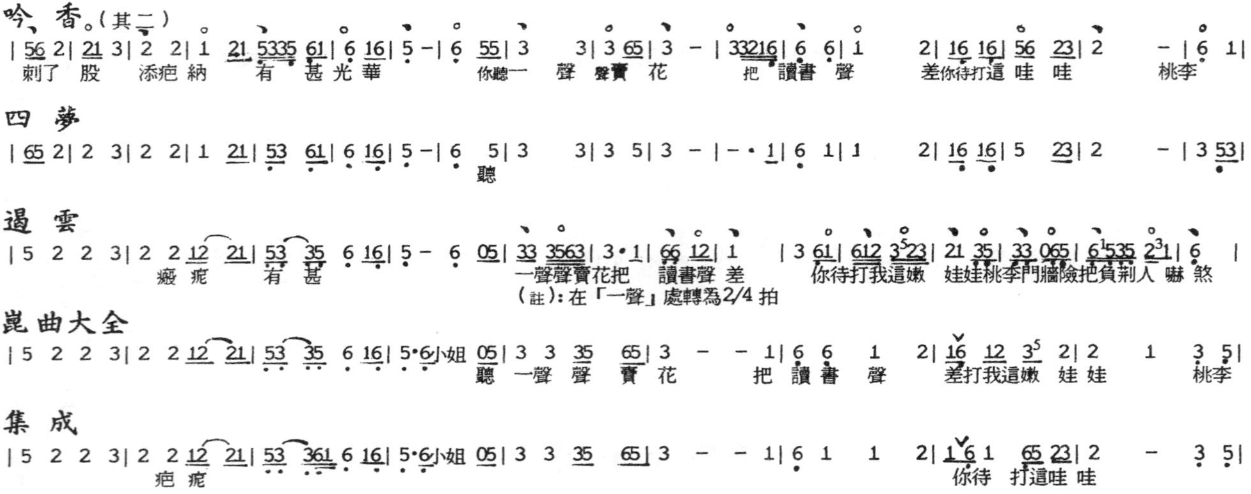
吟、香。(其二)
刺了 股 添疤 納 有 甚 光 華 你聽一 聲 聲賣 花 把 讀書 聲 差你待打這 哇 哇 桃李
四 夢
聽
遏 雲
瘢 疤 有 甚 一聲聲賣花把 讀書聲 差 你待打我這嫩 娃娃桃李門牆險把負荊人 唬 煞
(註):在「一聲」處轉爲2/4拍
崑曲大全
小姐 聽 一聲 聲 賣 花 把 讀 書 聲 差打我這嫩 娃 娃 桃李
集 成
疤 疤 小姐 你待 打這哇 哇

《閨塾》掉角兒序(二)

九宮

吟香（其二）

| 3 – | 1 335 | 61 6 | 56 21 | 6 |
門 牆 險把 負 荊 人 諕 煞

四夢

| 3 – | 3 335 | 61 6 | 56 1 | 6 |
嵬 把

遏雲

崑曲大全

| 32 3 · 3 35 | 61 65 35 231 | 6
門 墻 險 把 負 荊 人 嚇 煞

集成

| 32 3 · 3 35 | 61 6 56 21 | 6

《閨塾》掉角兒序(三)

九宮

吟香（其三）

| | 1 2 | 3 32 | 166 12 | 3 − | 3•2 | 3 53 | 2 3 | − − | 1 12 | 1 21 | 66 6 | 1 6 | 1 2 | 12 16 | 5 6 | − 65 | 3 − |

手 不 許 把 鞦 韆 索 拿 腳 不 許 把 花園 路 踏 這 招

四夢

| | 1 2 | 3 2 | 16 12 | 3 − | 3•2 | 3 53 | 2 3 | − − | 1 2 | 1 21 | 6 6 | 1 − | 6•1 | 2 16 | 5 6 | − 65 | 3 − |

園

遏雲

| 1 2 | 33 32 16 612 | 3 3 − 2 | 3 53 2 3 | − − 1 2 | 1 21 6 • 6 | 1 6 − 1 | 2[3] 16 5 6 | − 05 3 − |

鞦 韆 園

崑曲大全

| 1 2 | 3 • 2 16 12 | 3 3 − 2 | 3 53 2 3 | − − 1 2 | 1 21 6 • 6 | 1 6 − 1 | 2[3] 16 5 6 | − 05 3 − |

集成

| 1 2 | 3 • 2 16 012 | 3 3 − 2 | 3 53 2 3 | − − 1 2 | 1 21 6 • 6 | 1 6 − 1 | 2[3] 16 5 6 | − 05 3 − |

《閨塾》掉角兒序（三）

九宮

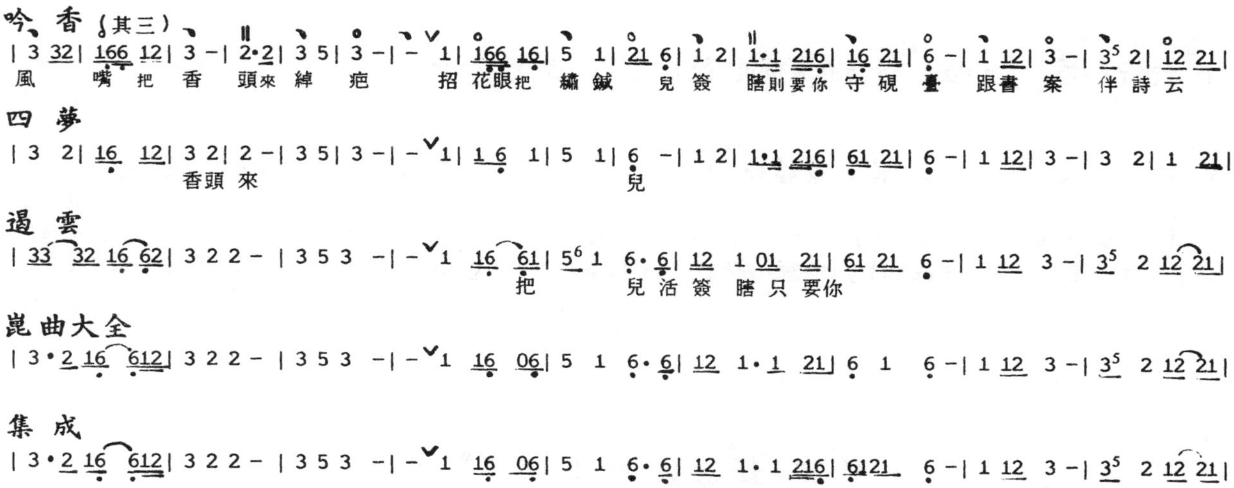

吟香（其三）
風 嘴 把 香 頭來 綽 疤 招 花眼把 繡 鋮 兒 簽 瞎則要你 守 硯 臺 跟書 案 伴 詩 云
四夢
香頭 來 兒
遏雲
把 兒 活 簽 瞎 只 要你
崑曲大全
集成

《閨塾》掉角兒序(三)

九宮

吟香(其三)

| 36 53 | 3 – | 3 335 | 6 1 | 6 – | 05 653 | 53 33 | 32 112 | 3 – | 2 1 | 53 365 | 61 21 | 6 61 | 53 23 | 2 – | 1 65 | 6 12 | 35 21 |

陪子曰 沒的 爭 差 則問你幾絲 兒頭髮 幾條兒 背 花敢也怕些 些 夫人 堂 上

四夢

| 3 5 | 3 – | 3 5 | 6 1 | 6 – | 05 653 | 53 33 | 32 112 | 3 – | 2 1 | 53 3 | 61 21 | 6 61 | 53 23 | 2 – | 1 65 | 6 1 | 13 21 |

幾絲 兒頭 幾條兒

遏雲

| 3 5 3 – | 33 35 6 1 | 6 – 05 53 | 53 23 32 12 | 3 – 2 1 | 53 36 61 2³1 | 6 61 5 23 | 2 – 1 65 | 6 1 13 21 |

沒些 幾絲 兒 頭 敢你

崑曲大全

| 3 5 3 – | 33 35 6 1 | 6 – 05 63 | 53 23 32 12 | 3 – 2 1 | 53 36 61 21 | 6 61 5 23 | 2 – 1 65 | 6 1 13 21 |

敢也

集成

| 3 5 3 – | 35 565 6 1 | 6 – 05 63 | 53 23 32 12 | 3 – 2 1 | 53 36 61 21 | 6 61 5 23 | 2 – 1 65 | 6 1 13 21 |

敢也

《閨塾》掉角兒序(三)

九宮

吟香（其三）

| 61 5 | 6 1 | 6 | |

那 些 家 法

四夢

| 6 5 | 6 1 | 6 | |

遏雲

| 6¹ 53 12 1 | 6 |

崑曲大全

| 6¹ 53 6 1 | 6 |

集成

| 6¹ 5 6 1 | 6 |

《閨塾》尚繞梁煞

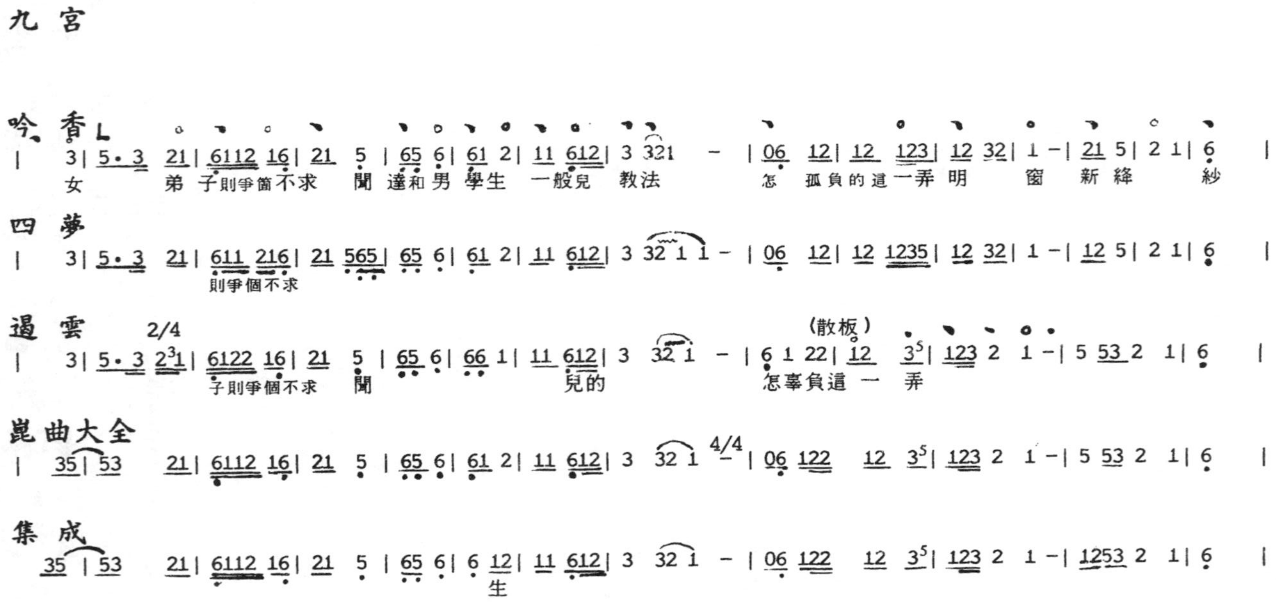

九宮
吟香
女弟子則爭箇不求聞達和男學生一般兒教法怎孤負的這一弄明窗新絳紗
四夢
則爭個不求
遏雲
2/4
子則爭個不求聞兒的
(散板)
怎辜負這一弄
崑曲大全
4/4
集成
生

《肅苑》一江風

九宮

吟香（肅苑）（散板）

| 53 6 6 | 232 1 | 23 6 | 5 61 | 6 65 | 3 53 | 2 1 | 3 6 | 5 56 | 35 232 | 1 2 | 5 61 | 6 65 | 3 53 | 2 16 | 1 – | 2・3 |

小春香一種在人奴上畫閣裡從嬌養

四夢（肅苑）

| 53 6 6 | 232 1 | 23 6 | 5 61 | 6 5 | 3 53 | 2 1 | 3 6 | 5 6 | 35 232 | 1 2 | 5 61 | 6 5 | 3 53 | 2 16 | 1 – | 2・3 |

遏雲（學堂）

| 53 6 6 | 232 1 2 36 | 56 1 6・5 | 3 53 2 1 | 3 6 5・6 | 35 232 1 2 | 56 1 6・5 | 3 53 2 16 | 1 2 — 3 |

崑曲大全（學堂）

| 53 6 6 | 232 1 2 36 | 56 1 6・5 | 3 53 2 1 | 3 6 5・6 | 3^5 232 1 2 | 56 1 6・5 | 3 53 2 16 | 1 2 — 3 |

集成（學堂）

| 53 6 6 | 232 1 2 36 | 56 1 6・5 | 3 53 2 1 | 3 6 5・6 | 3^5 232 1 2 | 56 1 6・5 | 3 53 2 16 | 1 2 — 3 |

《肅苑》一江風

九宮

吟香。

| 2 -| 62 1| 6 -| 5 6| 1 2| 6 5| 5 -| 6• 1| 6 -| - -| 62 16| 5 35| 6 -| 1 6| 56 16| 5 3| 2 32| 1 -|

待 娘 行 弄 粉 調 朱

四夢

| 2 -| 62 1| 6 -| 5 65| 6 1| 6 5| 5 -| 6• 1| 6 -| - -| 62 16| 5 35| 6 -| 1 6| 56 16| 5 3| 2 32| 1 -|

遏雲

| 2 - 62 1| 6 - 5 665| 6 1 6 5| 5 6 - 1| 6 - - -| 6• 1 55 35| 6 - 1 6| 56 16 5 3| 2 32 1 -|

崑曲大全

| 2 - 62 1| 6 - 5 65| 6 1 6 5| 5 6 - 1| 6 - - -| 6 - 5 35| 6 - 1 6| 56 16 5 3| 2 32 1 -|

集成

| 2 - 62 1| 6 - 5 65| 6 1 6 5| 5 6 - 1| 6 - - -| 6 - 5 35| 6 - 1 6| 56 16 5 3| 2 32 1 -|

《肅苑》一江風

九宮

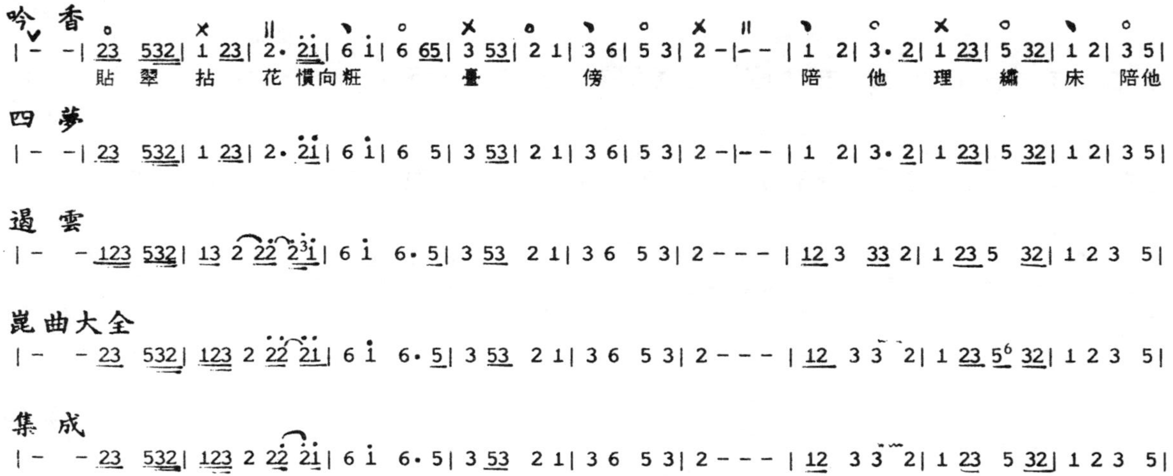

《肅苑》一江風

九宮

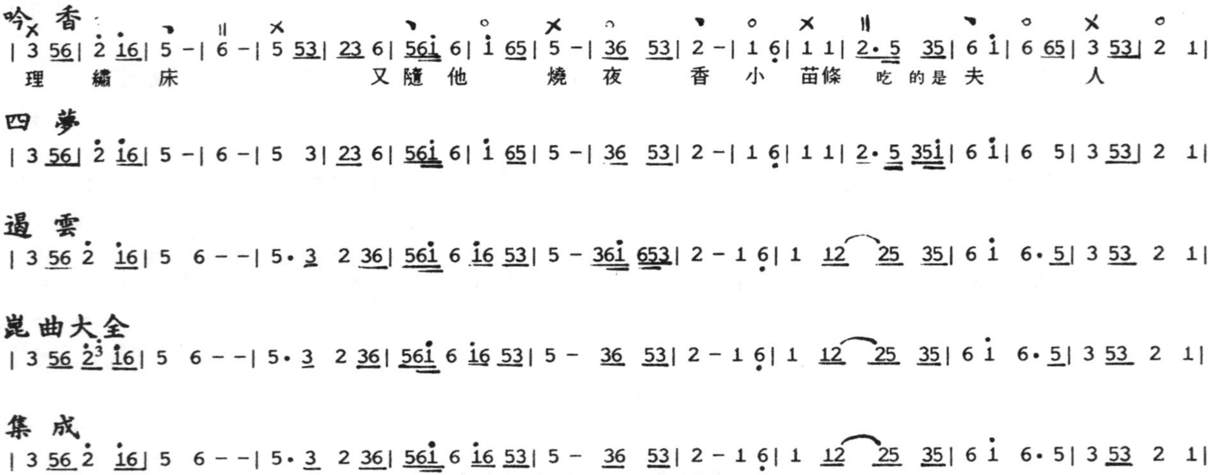
吟香
理 繡 床 又隨他 燒 夜 香小 苗條 吃的是夫 人
四夢
遏雲
崑曲大全
集成

《肅苑》一江風

九宮

吟香
| 3 6 | 5 3 | 2 | | (其二) | 5 35 | 6 – | 5 6 | 1̇ 1̇2̇ | 1̇ 6 | 5 – | 6 – | 35 3 | 2 3 | 5 61̇ | 6 65 |
枕 老 書 堂 暫 借 扶

四夢
| 3 6 | 5 3 | 2 | | | 5 35 | 6 – | 5 6 | 1̇ 2̇ | 6 5 | 5 – | 6 – | 36 3 | 2 3 | 5 61̇ | 6 5 |

遏雲
| 3 6 |

崑曲大全
| 3 6 |

集成
| 3 6 |

《肅苑》一江風(二)

九宮

吟香（其二）

| 3 53 | 2 1 | 6 − | 5 32 | 1 1 | 2 3 | 6 i | 6 65 | 3 53 | 2 1 | 3 6 | 5 3 | 2 − | 6 2i | 6 − | 5 65 | 6 1 | 6 5 |

風　帳　日煖　鉤　簾　蕩　那　迴

四夢

| 3 53 | 2 1 | 6 − | 5 3 | 6 1 | 2 3 | 6 i | 6 65 | 3 53 | 2 1 | 3 6 | 5 3 | 2 − | 6 2i | 6 − | 5 65 | 6 i | 6 5 |

遏雲

崑曲大全

集成

《肅苑》一江風(二)

九宮

吟、香(其二)

| 5 – | 6· 1̇ | 6 – | – – | 3 32 | 3 5 | 6 – | 1̇ 6 | 5 6 | 5 32 | 1 2 | 1 – | – – | 3 16 | 1 1 | 266 1̇6 | 5 61̇ | 6 65 |

廊 小 立 雙 鬟 似語 無言 近 看 如

四夢

| 5 – | 6· 1̇ | 6 – | – – | 5 3 | 3 5 | 6 – | 1̇ 65 | 6 1̇6 | 5 32 | 1 2 | 1 – | – – | 21 6̣ | 1 1 | 261̇ 6 | 5 61̇ | 6 5 |

遏雲

崑曲大全

集成

《肅苑》一江風(二)

九宮

吟香（其二）

| 3 53 | 2 1 | 6 − | 5 3 | 2 − | − 21 | 3 − | 3.5 | 2 21 | 6 1 | 2 − | 6 6 | 56 53 | 2 35 | 6 − | − − | 55 3 | 2 3 |

何　相　問你恩　官　在　那　廂　恩官　在　那　廂

四夢

| 3 53 | 2 1 | 6 − | 5 3 | 2 − | − − | 3 − | 3.5 | 23 21 | 6 1 | 2 − | 5 5 | 65 35 | 3 5 | 6 − | − − | 5 3 | 2 3 |

遏雲

崑曲大全

集成

《肅苑》一江風(二)

九宮

吟香(其二)

| 6 5 | 6 5 | 3 32 | 1 61 | 2 − | 1 661 | 2 3 | 23 53 | 6 1 | 6 65 | 3 56 | 35 2 |

夫人 在 那 廂 女 書 生怎不把書 來 上

四夢

| 6 5 | 6 5 | 35 32 | 1 61 | 2 − | 1 61 | 2 2 | 23 535 | 6 1 | 6 5 | 3 53 | 2 1 ¦ 3 6 | 5 3 | 2 − | |

遏雲

崑曲大全

集成

《肅苑》一江風(三)

九宮

吟香(其三)

| |6 21|6 56|12 65|6 2|3 23|61 56|3 5|35 2|12 323|61 65|3 5|6 53|2 61|6 56|1 65|6 61|6 −|

甚 年 光 忐 煞 通 明 相 所 事 關 情 況 為 詩 章

四夢

| |6 21|6 −|5 6|12 32|1 65|6 −|− −|3 353|2 3|6 1|6 5|3 53|2 1|6 53|2 −|12 35|2 35|

甚 年 光 忐煞 通 明 相 所 事

遏雲

崑曲大全

集成

《粛苑》一江風（三）

九宮

吟香（其三）

| 535 62 | 1 6 | 56 32 | 1 21 | 23 113 | 21 326 | 56 165 | 3 5 | 36 53 | 2 2 | 1 12 | 353 23 | 2 35 | 62 6 | 6 53 | 2 3 | 6 665 | 32 16 |

講動情腸書要埋頭那景致則擡頭望他平白地爲春傷平地爲春傷因春去的

四夢

| 6 1 | 6 5 | 3 53 | 2 1 | 6 – | 5 3 | 2 – | 6 21 | 6 – | 5 6 | 1 2 | 6 5 | 6 – | – 1 | 6 – | – – | 3 5 | 6 21 |

關情況爲詩章講動

遏雲

崑曲大全

集成

《肅苑》一江風（三）

九宮

吟香（其三）

| 13 21 | 3 235 | 61 65 | 3 5 | 36 53 | 2 | |

忙後花園要把 春 愁 漾

四夢

| 6 – | 1 6 | 5 6 | 5 32 | 12 32 | 1 – | – – | 2 32 | 6 1 | 2653 65 | 5 61 | 6 5 | 3 53 | 2 1 | 3 6 | 5 3 | 2 – | –2 |

情 腸 書要 埋頭 那景致 則擡 頭 望 他

遏雲

崑曲大全

集成

《肅苑》一江風(三)

九宮

吟香

四夢

| 1 12 | 3 65 | 36 53 | 2 3 | 2 3 | 35 65 | 6 21 | 61 6 | 5 3 | 2 3 | 6 6 | 1 65 | 6 32 | 1 6 | 1 2 | 36 53 | 232 1 | 26 35 |

平白地為春傷平白地為春傷因春去的忙後花園要把

遏雲

崑曲大全

集成

《肅苑》一江風(三)

九宮

吟香

四夢

| 6　i | 6　5 | 3　53 | 2　1 | 3　6 |　|

春　　　愁　　　　深

遏雲

崑曲大全

集成

《肅苑》一江風(四)

九宮

吟香（其四）

| 6.5 | 3 56 | 5 6 | 232 12 | 3 6 | 5 65 | 3 21 | 3 235 | 6 65 | 3 5 | 6 53 | 2 5i | 6 5 | 3 56 | 5 – | 6 – | 35 56 | 5 3 |

論娘 行出入人 觀 望 步起 須 屏幃 但 如常 著甚

四夢

6 2i | 6.5 | 6 i6 | 5 6 | 2 123 | 5 65 | 3 5 | 3 2 | 35 123 | 6i 65 | 3 5 | 3 2 | 6 2i | 6 5 | 6 i6 | 5 6i | 6 – | 35 6i | 6 56 |

論 障

遏雲

崑曲大全

集成

《肅苑》一江風(四)

九宮

吟香。(其四)

| 2 | 23 21 | 023 212 | 32 235 | 6 65 | 3 5 | 3 53 | 2 3 | 2 23 | 21 6 | 13 35 | 65 36 | 5 6 | 33 21 | 5 56 | 32 16 | 22 312 | 12 326 |

春 傷 要甚春遊你放春歸怎把心 兒 放 你 尋常 到 講 堂尋常 到 講 堂 時 常 向 瑣 牕怕燕泥香點涴在

四夢

| 3 53 | 261 65 | 33 356 | 55 335 | 61 65 | 3 5 | 6 53 | 2 32 | 1 123 | 21 616 | 12 335 | 65 356 | 5 6 | 5 32 | 5 565 | 32 161 | 22 312 | 12 32 |

傷要甚 春遊你放春歸怎把心 點涴在

遏雲

崑曲大全

集成

《肅苑》普賢歌

九宮

吟香（碁四）

| 56 65 | 3 21 | 3 6 | | | | 1 2 | 1 – | 61 65 | 3 56 | 16 12 | 1 3 | 2 3 | 2 1 | 1 2 | 5 32 |

琴 書 上 一 生 花 裡 小 隨 衙 偷 去

四夢

| 56 165 | 3 21 | 3 6 | | | | 3 – | 3 2 | 1 – | 6 – | 1 6 | 5 – | 6 – | – – | 1 – | 2 – |

遏雲

崑曲大全

集成

《肅苑》普賢歌

九宮

吟香

| 1 21 | 6 5 | 6 12 | 65 32 | 1 2 | 1 − | 61 53 | 65 35 | 6 61 | 6 − | 1 66 | 1 56 | 1 556 | 1 165 | 3 3 | 5 6 | 1 5 | 5 6 |

街 頭 學賣 花 令 史們將 我 楂 祇候們將我搭 狠 燒刀 險把 我 嫩盤 腸

四夢

| 1 − | 6 − | 6 1 | 2 − | 1 − | − − | 1 66 | 1 6 | 1 − | − − | 1 16 | 1 6 | 1 6 | 1 1 | 6 1 | 6 1 | 21 6 | 6 − |

學 賣 花

遏雲

崑曲大全

集成

《肅苑》梨花兒

九宮

吟香。

| 1 2 | 65 32 | 1 | | | 16 1 | 6 − | 5 13 | 21 6 | 1 − | 6·12 | 35 32 | 1 2 | 1 6 | 1 − | 2 3 | 21 6 |

生 灌 殺   小花郎看盡 了花 成 浪 則春姐 花 沁的

四夢

| 1 2 | 3 2 | 1 | | 6 | 1 21 | 6 − | 5 5 | 3 6 | 1 6 | 6·1 | 1 21 | 6 1 | 1 21 | 6 − | 1 2 | 6 − |

小花   春 姐 花沁的

遏雲

崑曲大全

集成

《肅苑》梨花兒

九宮

吟香

| 5 6 | 1 − | 2 32 | 1 − | 5 6 | 1 21 | 6 1 | 6 − | 1 2 | 3 5 | 2 21 | 6 − | 1 2 | 1 − | 6 12 | 1 − | 3 3 | 23 32 |

水 洸 浪 和你這日高頭 偷 眼 眼 嗏 好花 枝 干鼈 3

四夢

| 1 6 | 1 − | 1 21 | 6 61 | 6 1 | 6 − | 1 − | 6 1 | 1 21 | 6 − | 2 32 | 1 − | 56 12 | 1 − | 3 2 | 2 32 | 1 6 | 1 6 |

和你日高頭 偷 眼 眼 嗏 好 花 枝 干 癟 了 作麼

遏雲

崑曲大全

集成

《肅苑》梨花兒(二)

九宮

吟香

| 1 61 | 21 65 | 6 5 | 1 | (其二) | 16 1 | 6 − | 1 51 | 65 32 | 1 − | 6•12 | 35 32 | 1 53 | 6 12 | 1 − | 5 65 | 3 2 |

作麼 朗 小花 郎 做盡 花 兒 浪 小 郎 當 夾細 的

四夢

| 5 6 | | | | 56 | 1 21 | 6 − | 5 25 | 3 2 | 1 − | 6•1 | 1 21 | 6 16 | 6 56 | 1 − | 1 5 | 3 2 |

朗 小 花 郎 夾細

遏雲

崑曲大全

集成

《繡襦》梨花兒(二)

九宮

吟香（其二）

| 13 21 | 6 56 | 1 − | − 122 | 16 5 | 6 6 | 1 2 | 1 − | 2 21 | 6 − | 1 2 | 1 6 | 1 6 | 5 32 | 1 56 | 1 661 | 2 1 | 2·1 65 | 61

大 郎 當 俺待到老爺回時 說 一 浪 嗏 敢 幾 個 小 鄉頭 的 你 分的 朗

四夢

| 15 32 | 1 21 | 6 6 | 2 1 | 16 5 | 6 6 | 1 2 | 1 − | 1 21 | 6 − | 2 32 | 16 61 | 1 5 | 6 56 | 1 6 | 1 6 | 5 6 | |

當 朗你 待 到 敢幾個小鄉頭把你分的 朗

遏雲

崑曲大全

集成

《驚夢》遶池遊

俗：遊園

九宮

吟香

| 6 3 56 1653 ˇ15332 1 6 216 216 ˇ5 6 1 6 6 216 216 ˇ |

夢回 鶯 囀 亂 煞年 光 遍 人 立 小 庭深 院

四夢

| 61 3 56 1653 ˇ2 1 6 216 216 ˇ5 6 1 6 6 216 216 ˇ |

遏雲

| 61 3 56 16553 ˇ23 1 6 216 2316 ˇ5 6 1 6 6 216 2316 ˇ |

崑曲大全

| 61 3 56 165 3 ˇ23 1 6 ˇ216 2316 ˇ5 6 1 6 6 ˇ216 2316 ˇ |

集成

| 6 3 56 1653 ˇ23 1 6 216 2316 ˇ5 6 1 6 6 216 2316 ˇ |

《驚夢》遶池遊

俗：遊園

九宮

吟香

| 1 65 2 3 ˇ1 6 1 653 ˇ2 1 1 1 6 3 32165 616 ˇ |

炷盡沈 煙拋殘繡線 恁今春關情 似去 年

四夢

| 1 65 2 3 ˇ1 6 5 216 ˇ2 1 1 1 6 35 32165 616 ˇ |

注

遏雲

| 1 615 2 3 ˇ1 6 5 2316 ˇ23 1 1 1 6 35 32165 616 ˇ |

注

崑曲大全

| 1 65 2 3 ˇ1 6 5 2316 ˇ2 1 1 1 6 35 321ˇ65 616 ˇ |

注

集成

| 1 65 2 3 ˇ1 6 5 216 ˇ2 1 1 1 6 35 32165 616 |

注

《驚夢》步步嬌

俗：遊園

九宮

| 53 3 6 6 56532 ˇ| 1 2| 321| 61 2| 1 65| 6 21| 6 –ˇ| 35 51| 65 3| 2 –| 3 21| 61 2| 1 6|

裊 晴 絲 吹 來 閒 庭 院 搖 漾 春 如

吟香

| 53 3 6 6 56532 ˇ| 1 2| 321| 61 2| 1 65| 62 21| 6 –ˇ| 35 61| 65 3| 2 –| 3 21| 61 2| 1 6|

四夢

| 53 3 6 6 56532 ˇ| 1 2| 321| 61 2| 1 65| 62 1| 6 –ˇ| 35 61| 65 3| 2 –| 3 21| 61 2| 1 6|

遏雲

| 53 3 6 6 56532 ˇ| 1 2 3 21| 61 2 1 65| 62 21 6 –ˇ| 35 51 65 3| 2 – 3 21| 61 2 1 6|

崑曲大全

| 53 3 6 6 56532 ˇ| 1 2 3 21| 61 2 1 65| 62 21 6 –ˇ| 35 51 65 3| 2 – 3 21| 61 2 1 6|

集成

| 53 3 6 6 56532 ˇ| 1 2 3 21| 61 2 1 65| 62 21 6 –ˇ| 35 51 65 3| 2 – 3 21| 61 2 1 6|

《驚夢》步步嬌

俗：遊園

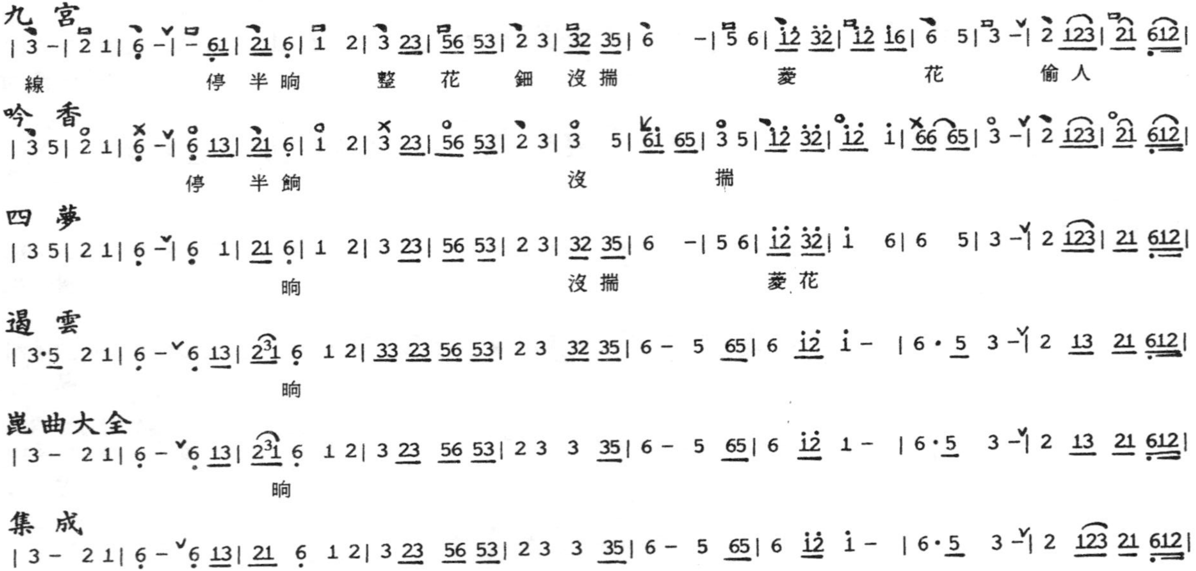

《驚夢》步步嬌

俗：遊園

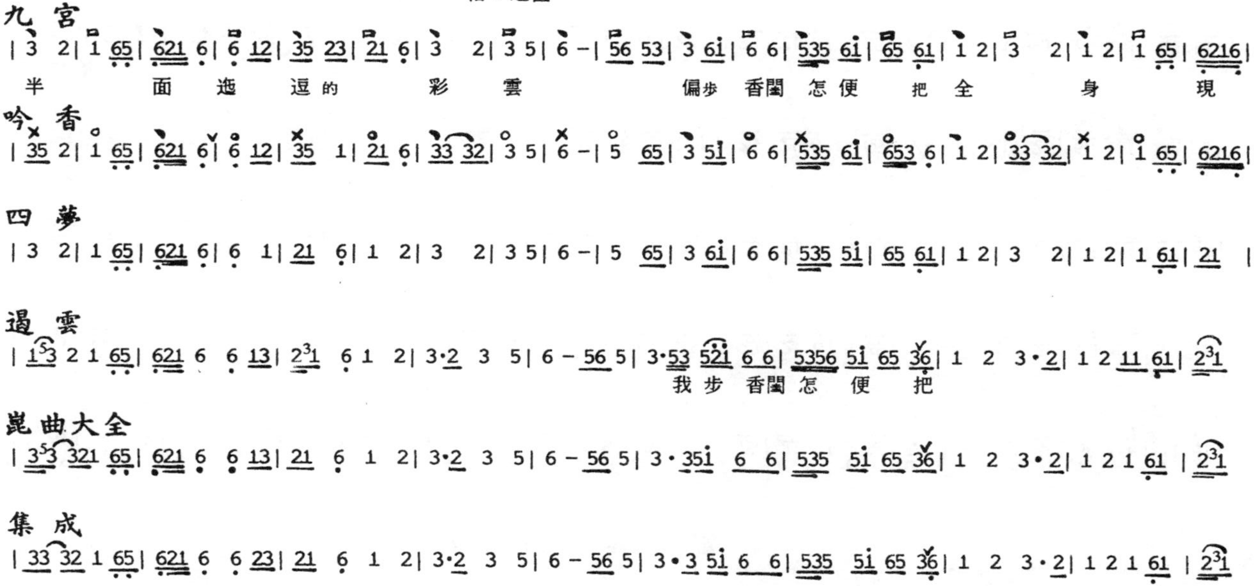

《驚夢》醉扶歸

俗：遊園

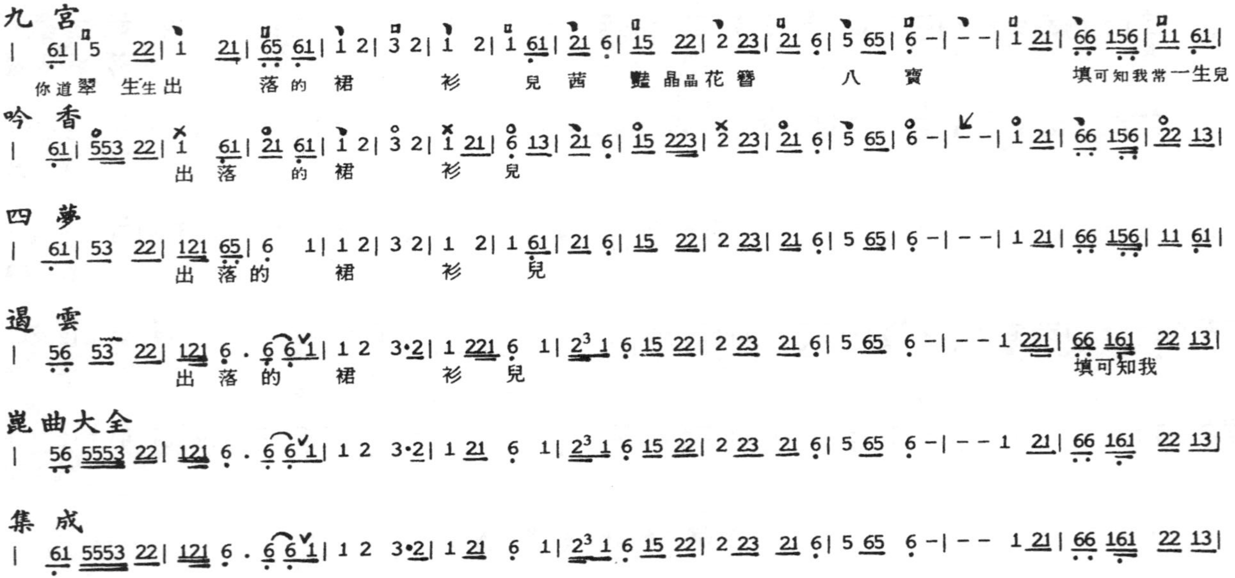
九宮
你道翠生生出落的裙衫兒茜豔晶晶花簪八寶填可知我常一生兒
吟香
出落的裙衫兒
四夢
出落的裙衫兒
遏雲
出落的裙衫兒填可知我
崑曲大全
集成

《驚夢》醉扶歸

俗：遊園

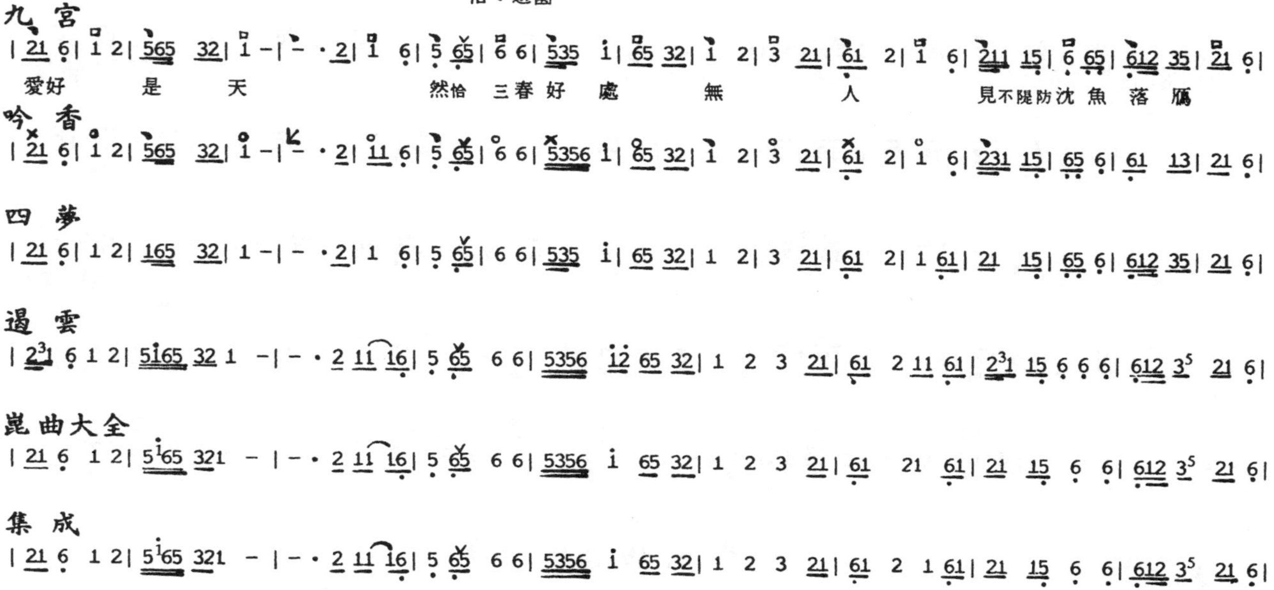
九宮
愛好 是 天 然恰 三春好處 無 人 見不隄防沈 魚 落 雁
吟香
四夢
遏雲
崑曲大全
集成

《驚夢》醉扶歸

俗：遊園

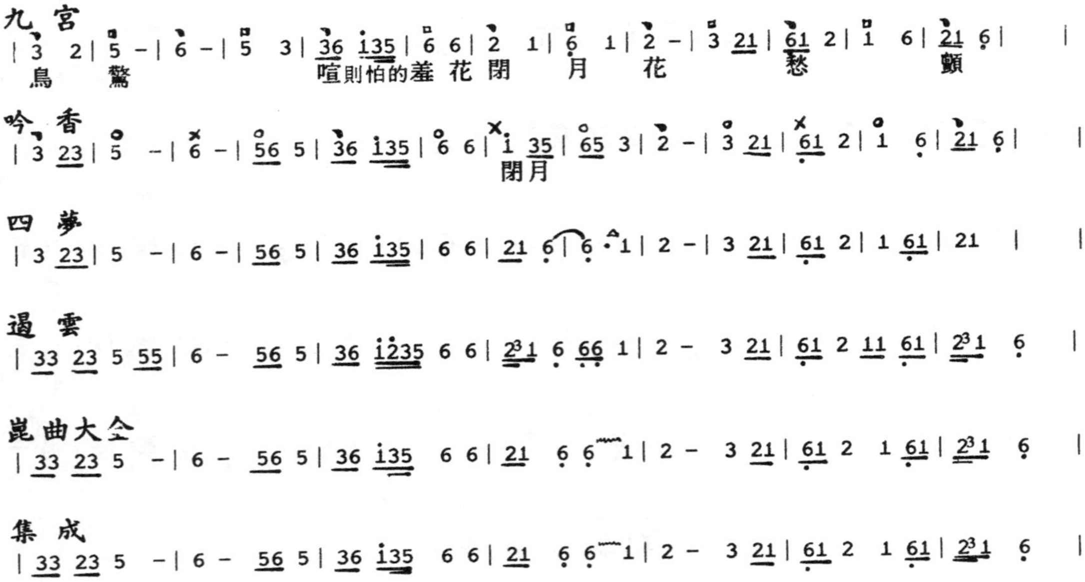
九宮
鳥 驚 喧則怕的羞 花 閉 月 花 愁 顫
吟香
閉月
四夢
遏雲
崑曲大全
集成

《驚夢》皂羅袍

俗：遊園

九宮

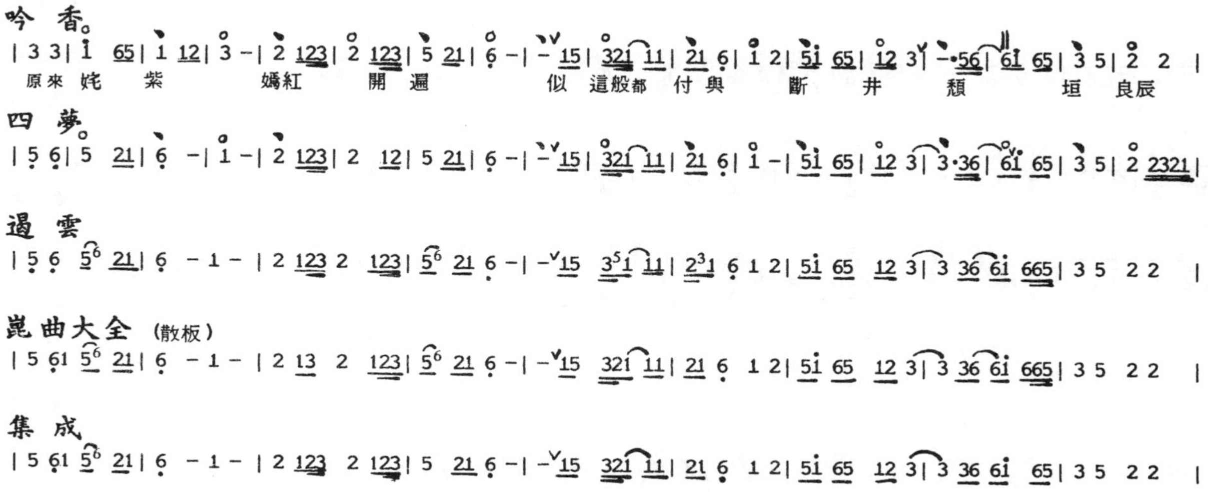
吟香
原來姹紫嫣紅開遍似這般都付與斷井頹垣良辰
四夢
遏雲
崑曲大全（散板）
集成

#《驚夢》皂羅袍

俗：遊園

九宮

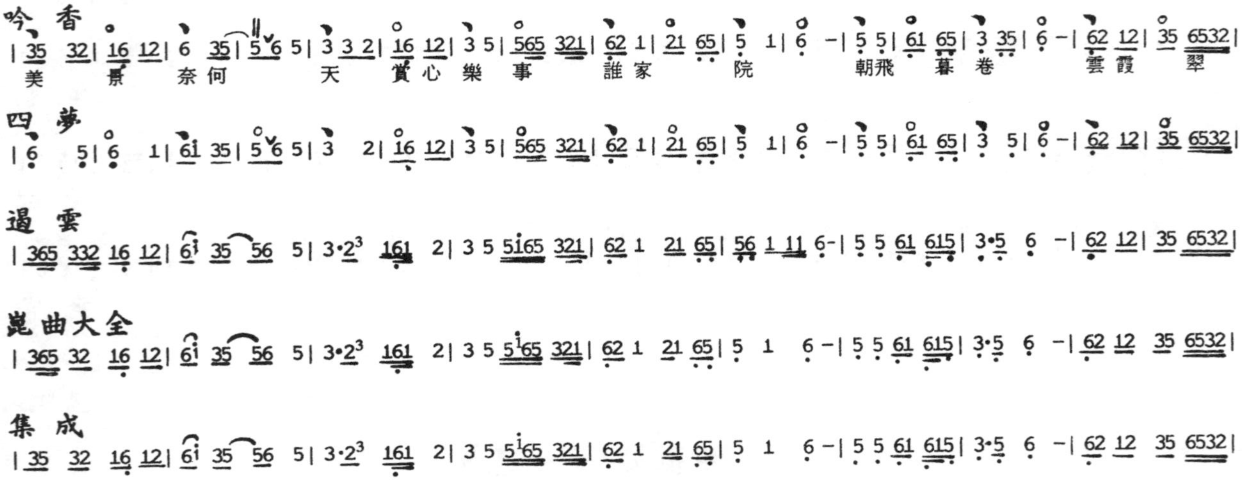

《驚夢》皂羅袍

俗：遊園

九宮

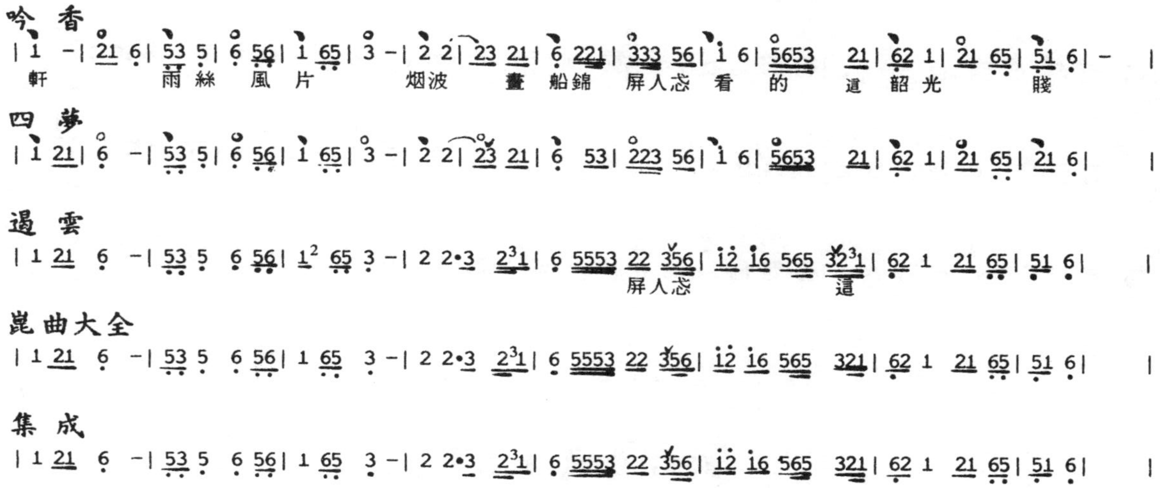
吟香
軒 雨絲 風片 烟波 畫船錦 屏人忒看的 這韶光 賤
四夢
遏雲
屏人忒 這
崑曲大全
集成

《驚夢》好姐姐

俗：遊園

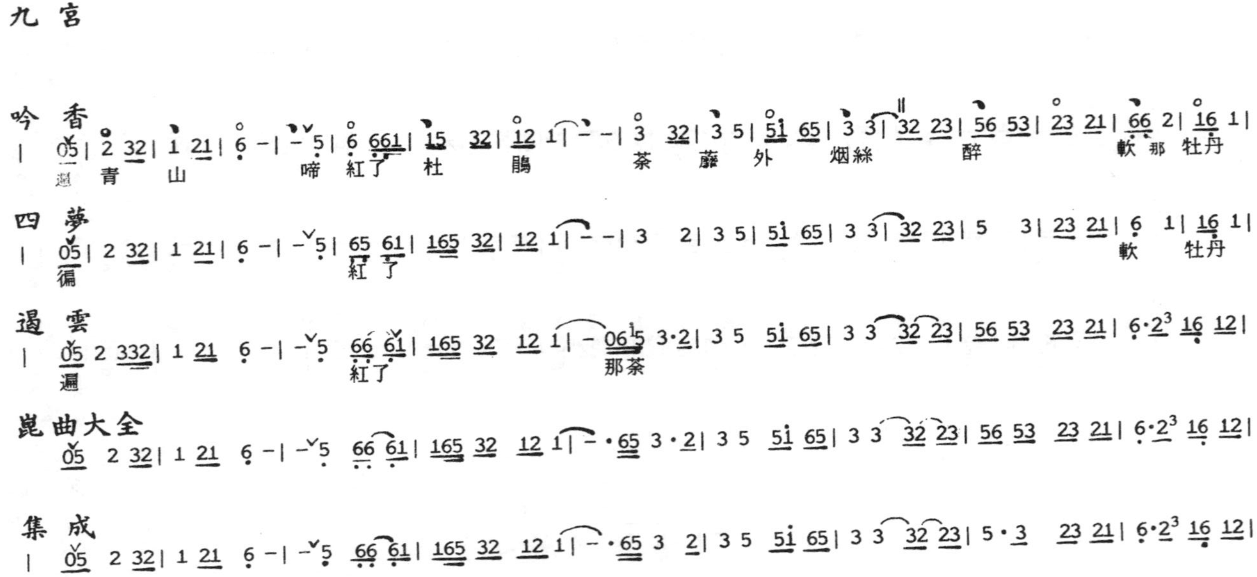

《驚夢》好姐姐

俗：遊園

九宮

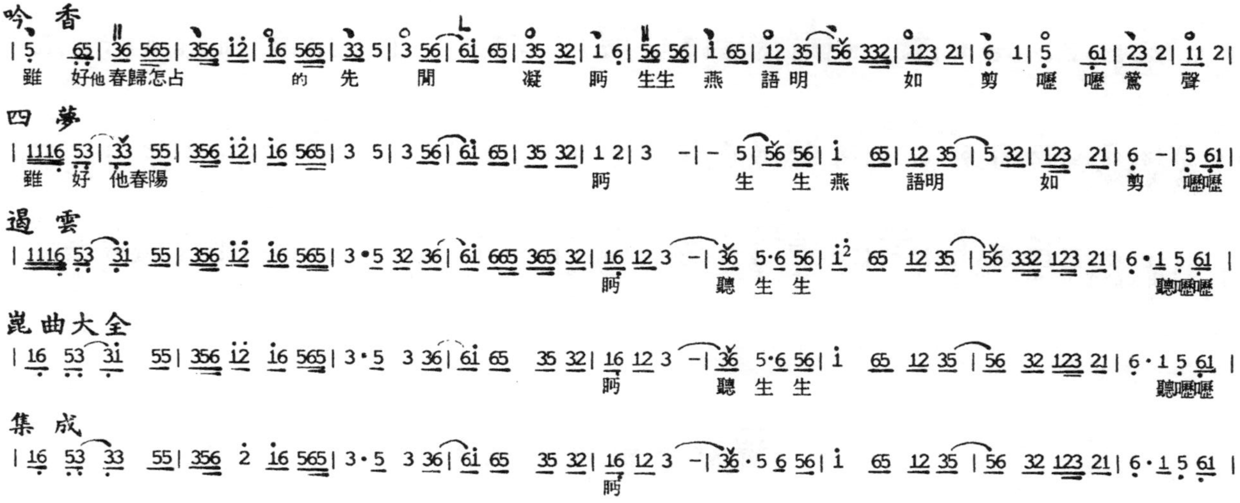

吟香
雖 好他春歸怎占 的 先 閒 凝 眄 生生 燕 語明 如 剪 嚦 嚦鶯 聲
四夢
雖 好 他春陽 眄 生 生燕 語明 如 剪 嚦嚦
遏雲
眄 聽生生 聽嚦嚦
崑曲大全
眄 聽生生 聽嚦嚦
集成
眄

《驚夢》尚繞梁煞

俗：遊園

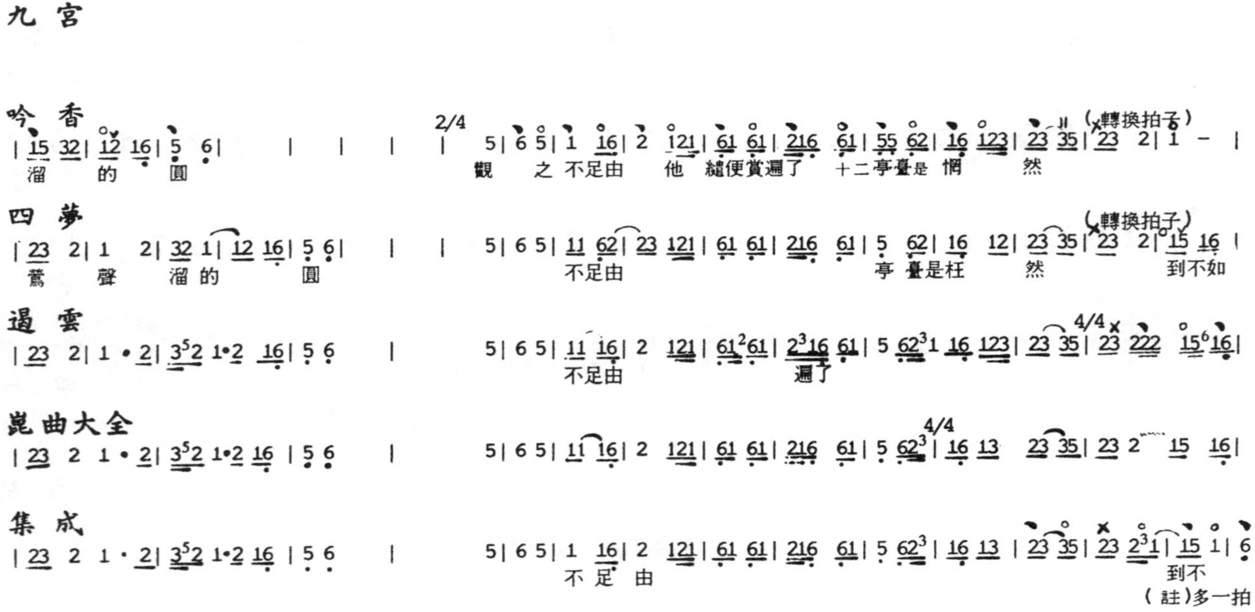
九宮
吟香
溜 的 圓
觀 之 不足由 他 縋便賞遍了 十二亭臺是 惘 然
(轉換拍子)
四夢
鶯 聲 溜的 圓
不足由 亭 臺是枉 然 到不如
(轉換拍子)
遏雲
不足由 遍了
崑曲大全
集成
不 足 由 到不
(註)多一拍

《驚夢》尚繞梁煞

俗：遊園

九宮

吟香

| – 5 | 121 6 | 5 32 | 1 2 | 35 65 | 3 2 | 1 21 | 6 5 | 6 12 | 6 65 | 3 32 | 1 6 | 5 3 5 6 |

到 不 如 興 盡 回 家 閒 過 遣

四夢

| 5 32 | 1 2 | 35 65 | 3 2 | 1 21 | 6 – | 6 12 | 6 5 | 3 2 | 1 61 | 5 3 5 6

興盡 回 家 閒 過 遣

遏雲

| 5 32 1 2 | 35 65 3 2 | 1 21 6•5 | 6 12 6•15 | 3 2 1 61 | 5 3 5556 |

崑曲大全

| 5 32 1 2 | 35 65 3 2 | 1 21 6•5 | 6 12 6•5 | 3•2 1 6 | 5 3 5 6 |

集成 4/4

| 5 32 1 2 | 35 65 3 2 | 1 21 6•5 | 6 12 6•5 | 3•2 1 6 | 5 3 5 6 |

《驚夢》山坡羊

九宮

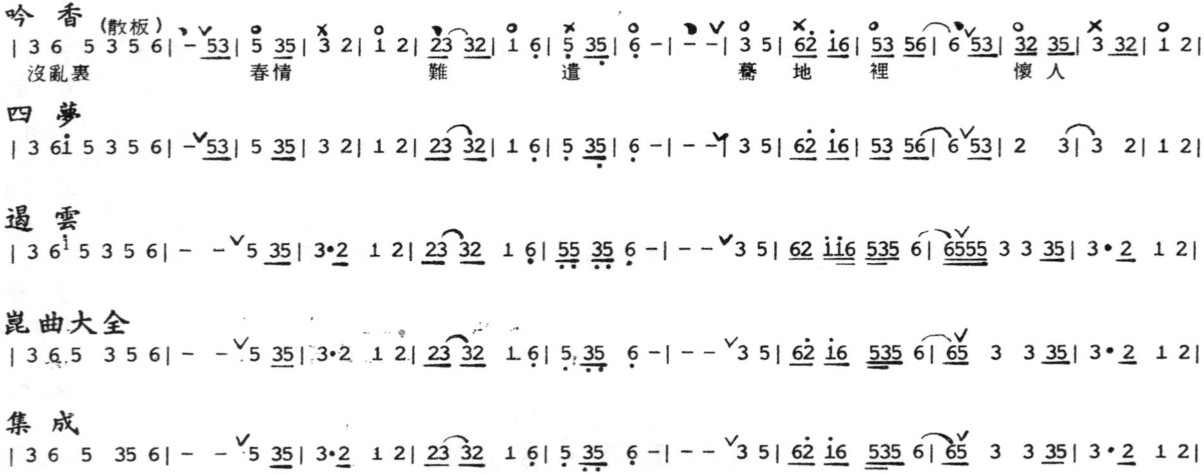

《驚夢》山坡羊

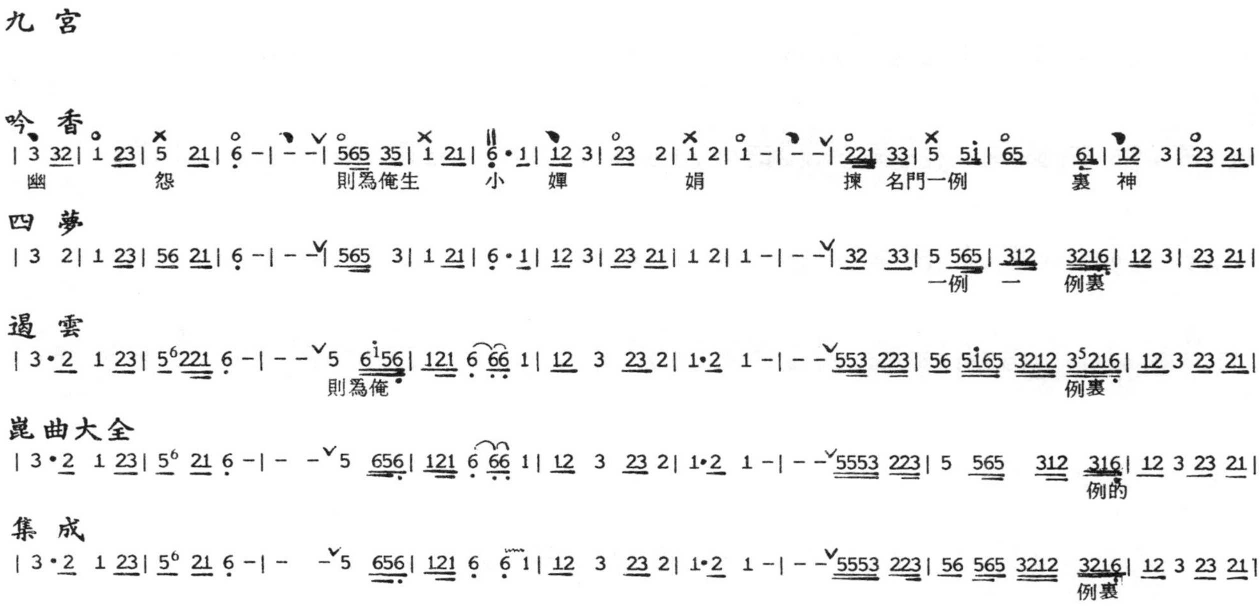

《驚夢》山坡羊

九宮

吟香

| 6 61 | 56 12 | 3 21 | 6 − | 165 332 | 123 21 | 6 − | 1 − | 2 1 | 6 61 | 2 23 | 21 6 | 5 6 | 565 32 | 16 335 | 5 i | 65 53 | 23 21 |

仙 眷 甚 良 緣 把 青春 拋 的 遠 俺的 睡 情

四夢

| 6 1 | 56 12 | 3 21 | 6 − | 165 32 | 123 21 | 6 − | 1 − | 2 1 | 6 61 | 2 23 | 21 6 | 5 6 | 565 32 | 16 335 | 5 i | 6 5 | 3 2 |

遏雲

| 6·1 5 612 | 3⁵221 6 − | 165 332 123 21 | 6 1 − − | 2·1 6 61 | 2 23 221 6 | 5 6 565 332 | 16 356 56 iii | 6·i 6532 3 2 |

崑曲大全

| 6·1 5 61 | 3⁵ 21 6 − | 165 32 123 21 | 6 1 − − | 2·1 6 61 | 2 23 21 6 | 5 6 565 32 | 16 35 56 i | 6·5 3 2 |

集成

| 6·1 5 61 | 3⁵ 21 6 − | 165 32 123 21 | 6 1 − − | 2·1 6 61 | 2 23 21 6 | 5 6 565 32 | 16 35 5 i | 6·5 3 2 |

《驚夢》山坡羊

九宮

外 香
1 6 ̇1̣ 6̣ | 5̇ 3 | 3̇2̣ 1 | 1̣1̣ 2 | 1̇2̣3̣ | 2̣1̣ | 6̣1̣ | 1̇2̣ 3̣2̣ | 1̇ 1̣6̣ | 5̇3̣ 5̇6̇6̇ | 1̇2̇ 1̣ 6̣ |
誰 見　　　　　　　　　　　　則 索　因 循　　　　腼 腆　想 幽 夢

四夢
1 3̣ 56̣ | 2̣1̣ | 6̣5̣ | 3̣3̣ | 3̣2̣ | 1̇2̣ | 2̣1̣ | 6̣1̣ | 1 | 3̣2̣ | 1̇ 6̣1̣ | 5̣ | 3̣5̣ | 6̣ | 6̣1̣ | 2̣1̣ 3̣5̣ | 6̣5̣ |
腼 腆　想 幽 夢

還雲
1 3̣ 56̣1̣ | 2̣1̣2̣ | 6̣5̣ | 3̇·5̣ 2 235̣ | 2 | 1̣3̣ | 2̣1̣ | 6̇1̣2̣ | 1̣5̣3̣ 3̣2̣ | 1 6̣1̣ | 5̣5̣ | 3̣5̣ | 6̣·6̣1̣ | 1̇2̣ 3̣5̣ | 2̣1̣ 6̣5̣ |
只 索 腼　　覷

崑曲大全
1 3̣ 56̣1̣ | 2̣1̣ | 6̣5̣ | 3 - 2 2 3̣ | 2 | 1̣3̣ | 2̣1̣ | 6̣1̣ | 1̣3̣ 3̣2̣ | 1 6̣1̣ | 5̣ | 3̣5̣ | 6̇·6̣ | 1̇2̣ 3̣5̣ | 2̣1̣ 6̣5̣ |

集成
1 3̣ 56̣ 2̣1̣ | 6̣5̣ | 3 - 2 2 3̣ | 2 | 1̣2̣3̣ | 2̣1̣ | 6̣1̣ | 1̣3̣ 3̣2̣ | 1 | 6̣1̣ | 5̣ | 3̣5̣ | 6̣·6̣1̣ | 1̇2̣ 3̣5̣ | 2̣1̣ 6̣5̣ |

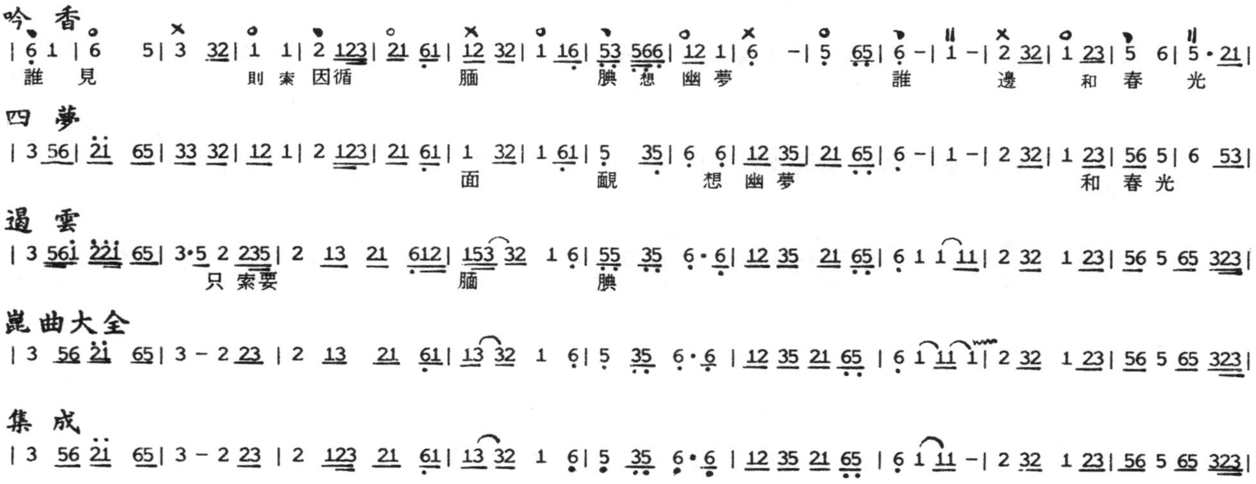

《驚夢》山坡羊

九宮

吟香

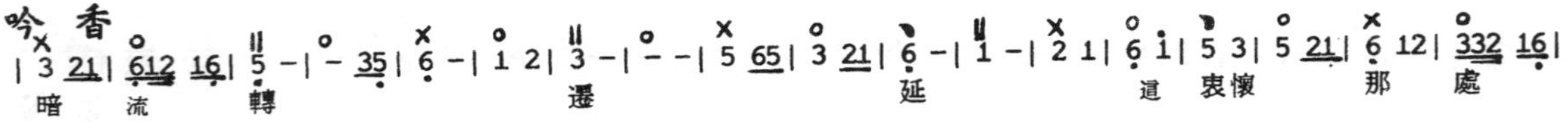

四夢

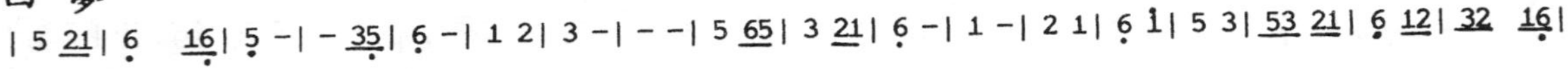

遏雲

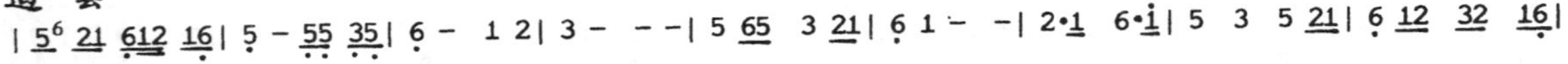

崑曲大全

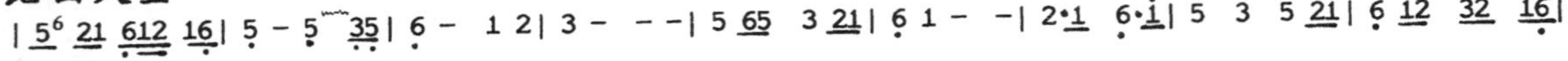

集成

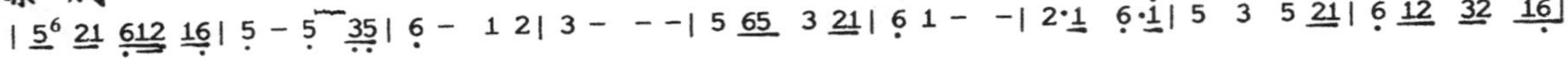

《驚夢》山坡羊

九宮

吟香

| 5 − | 6·1 | 6 − | 1 2 | 6 − | − − | 5 6 | 5 3 | 2 32 | 1 − | 2 1 | 6 63 | 2 35 | 3·21 | 6 1 | 13 21 | 6 |

言 淹 煎 潑 殘 生 除 問 天

四夢

| 5 − | 6·1 | 6 − | 1 2 | 6 − | − − | 5 6 | 5 3 | 2 32 | 1 − | 2 1 | 6 3 | 2 35 | 3·21 | 6 1 | 6 21 | 6 |

遏雲

| 5 6 − 1 | 6 − 1 2 | 6 − 6 66 | 5·6 5 3 | 2 32 1 − | 2·1 6·3⁵ | 235 3 − 21 | 6 1 62 1 | 6 |

崑曲大全

| 5 6 − 1 | 6 − 1 2 | 6 − 66 6 | 5·6 5 3 | 2 32 1 − | 2·1 6·3⁵ | 235 3 − 21 | 6 1 62 1 | 6 |

集成

| 5 6 − 1 | 6 − 1 2 | 6 − 6 − | 5·6 5 3 | 2 32 1 − | 2·1 6·3 | 235 3 − 21 | 6 1 62 1 | 6 |

《驚夢》山桃紅

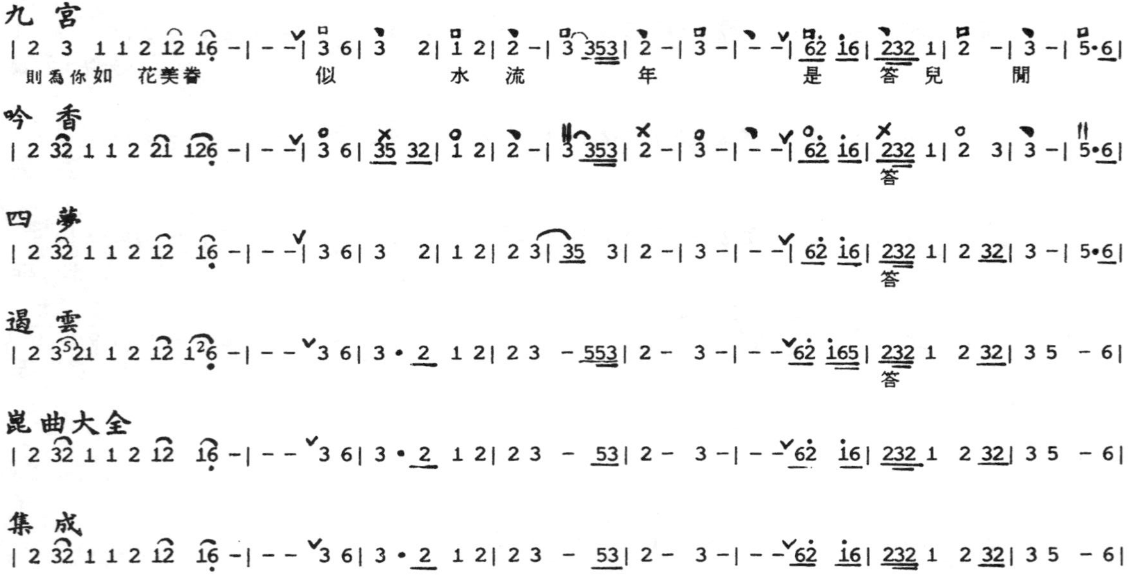
九宮
則爲你如花美眷 似水流年 是答兒閑
吟香
答
四夢
答
遏雲
答
崑曲大全
集成

《驚夢》山桃紅

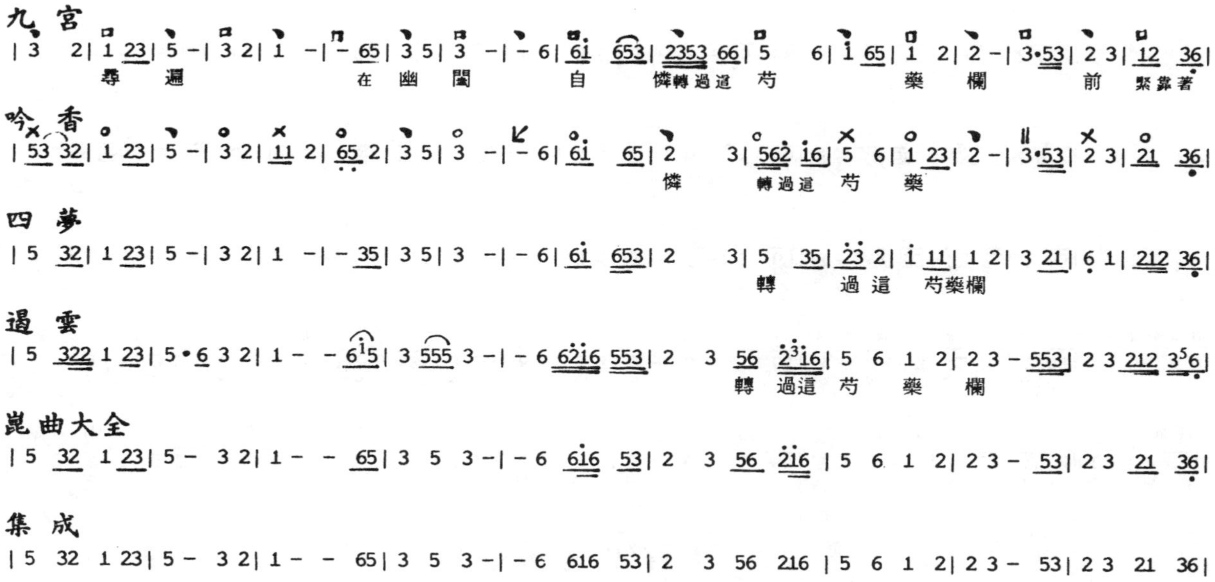

《驚夢》山桃紅

九宮

| 1 2 | 3 5 | 3 21 | 61 23 | 2 − | 112 6 | 1 23 | 6 5 | 3 5 | 3 − | 6 − | i 65 | 3 5 | 3 − | 36 53 | 23 2 | 1 − | 2 63 |

湖 山 石邊 和你把 領 扣 鬆 衣 帶 寬 袖 梢 兒 揾著

吟香

| 1 2 | 3 5 | 3 21 | 6 1 | 2 − | 256 521 | 1 23 | 6 5 | 3 5 | 3 − | 6 − | i6 65 | 3 − | 56 53 | 23 21 | 2 63 |

石 邊 和你把 袖 稍兒（寬、兒字各少二拍）

四夢

| 1 2 | 3 5 | 3 21 | 6 1 | 2 − | 66 16 | 1 23 | 6 5 | 3 5 | 3 − | 6 − | i 65 | 3 − | 36 53 | 23 21 | 2 63 |

和你把

遏雲

| 1 2 3 555 | 3 21 6 1 | 2 − 55 532 | 1 23 6i 5 | 3·5 3 − | 6 − i6 56 | 3 − 36 553 | 232 1 2 6i3 |

崑曲大全

| 1 2 3 5 | 3 21 6 1 | 2 − 05 52 | 1 23 6 5 | 3·5 3 − | 6 − i6 56 | 3 − 36 53 | 232 1 2 632 |

集成

| 1 2 3 5 | 3 21 6 1 | 2 − 05 52 | 1 23 6 5 | 3·5 3 − | 6 − i6 56 | 3 − 36 53 | 232 1 2 632 |

《驚夢》山桃紅

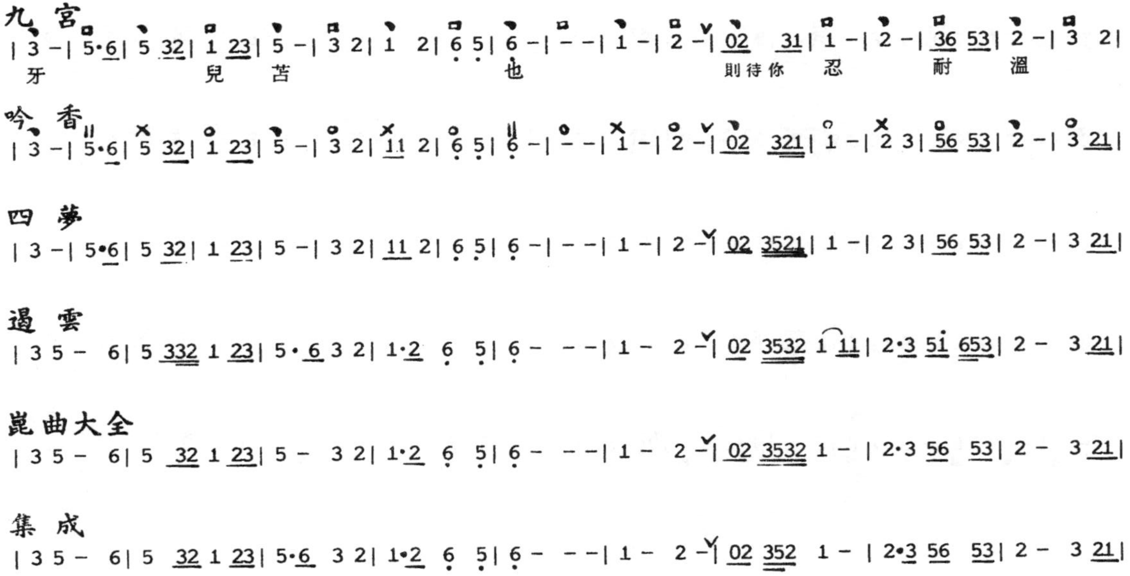
九宮
牙
兒
苦
也
則待你
忍
耐
溫
吟香
四夢
遏雲
崑曲大全
集成

《驚夢》山桃紅

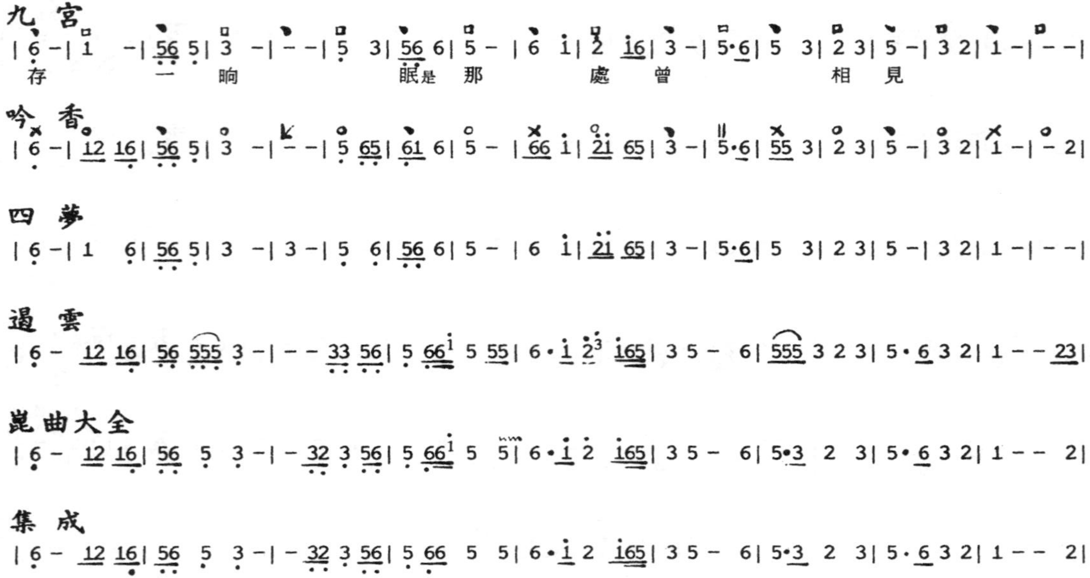

《驚夢》山桃紅

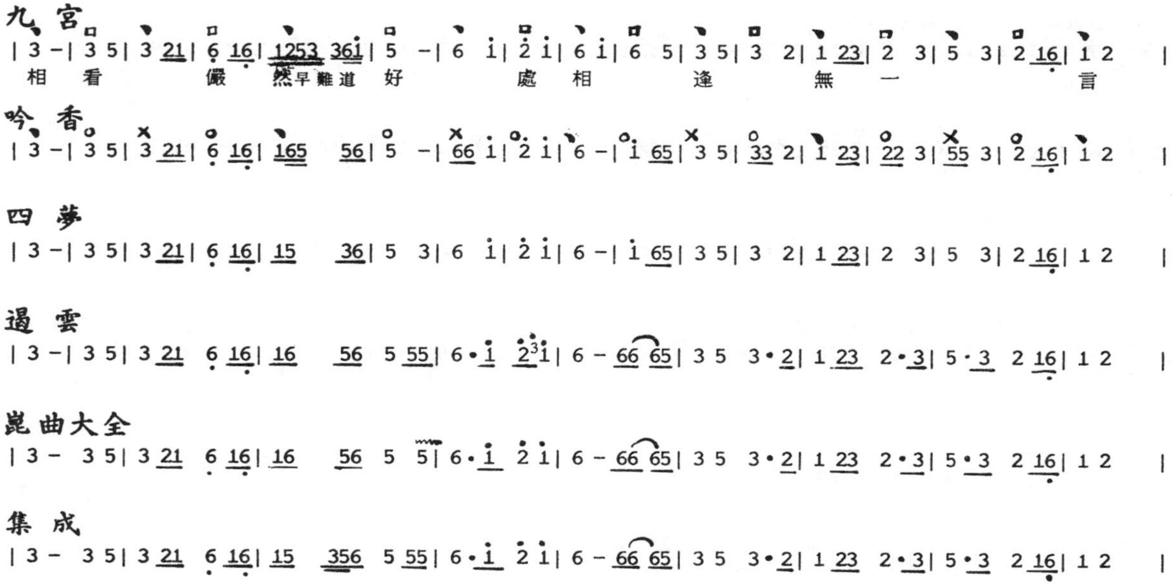
九宮
相看儼然早難道好處相逢無一言
吟香
四夢
遏雲
崑曲大全
集成

《驚夢》鮑老催

九宮

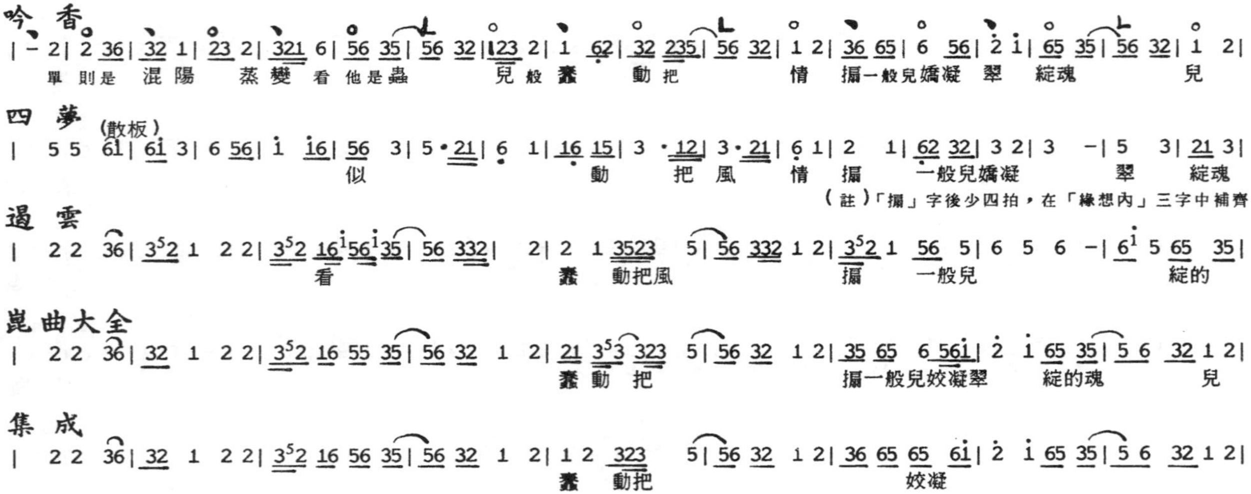
吟香
單則是 混陽 蒸變 看他是蟲 兒般蠢 動把 情 搧一般兒嬌凝 翠 綻魂 兒
四夢
(散板)
似 動 把 風 情 搧 一般兒嬌凝 翠 綻魂
(註)「搧」字後少四拍，在「緣想內」三字中補齊
遏雲
看 蠢 動把風 搧 一般兒 綻的
崑曲大全
蠢 動 把 搧一般兒姣凝翠 綻的魂 兒
集成
蠢 動把 姣凝

《驚夢》鮑老催

九宮

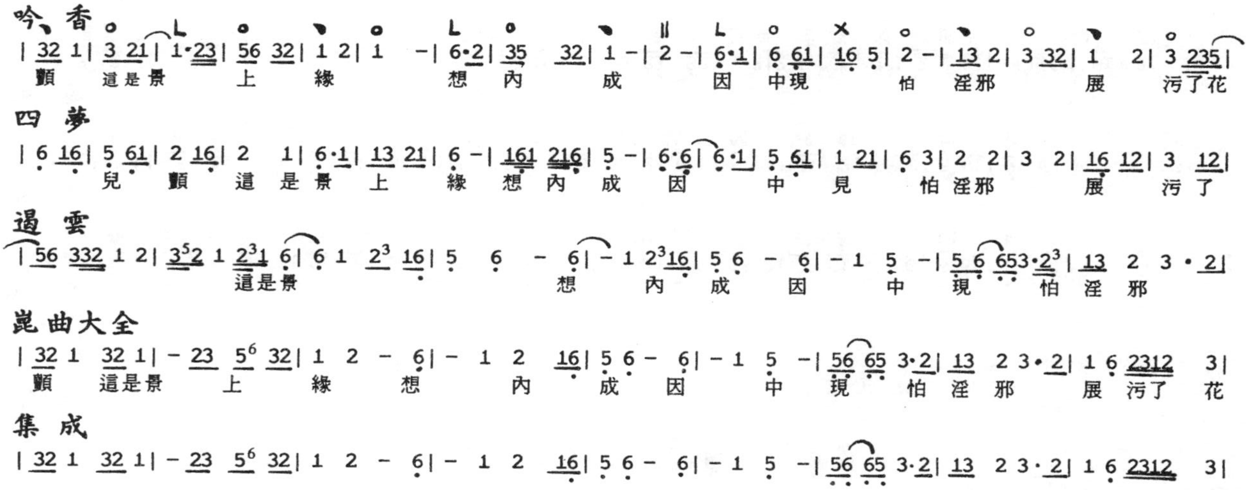

吟香
| 32 1 | 3 21 | 1·23 | 56 32 | 1 2 | 1 – | 6·2 | 35 32 | 1 – | 2 – | 6·1 | 6 61 | 16 5 | 2 – | 13 2 | 3 32 | 1 2 | 3 235 |
顫 這是景 上 緣 想 內 成 因 中現 怕 淫邪 展 污了花
四夢
| 6 16 | 5 61 | 2 16 | 2 1 | 6·1 | 13 21 | 6 – | 161 216 | 5 – | 6·6 | 6·1 | 5 61 | 1 21 | 6 3 | 2 2 | 3 2 | 16 12 | 3 12 |
兒 顫 這 是 景 上 緣 想 內 成 因 中 見 怕 淫邪 展 污 了
遏雲
| 56 332 1 2 | 3⁵2 1 2³1 6 | 6 1 2³ 16 | 5 6 – 6 | – 1 2³16 | 5 6 – 6 | – 1 5 – | 5 6 653·2³ | 13 2 3·2 |
這是景 想 內 成 因 中 現 怕 淫 邪
崑曲大全
| 32 1 32 1 | – 23 5⁶ 32 | 1 2 – 6 | – 1 2 16 | 5 6 – 6 | – 1 5 – | 56 65 3·2 | 13 2 3·2 | 1 6 2312 3 |
顫 這是景 上 緣 想 內 成 因 中 現 怕 淫 邪 展 污了 花
集成
| 32 1 32 1 | – 23 5⁶ 32 | 1 2 – 6 | – 1 2 16 | 5 6 – 6 | – 1 5 – | 56 65 3·2 | 13 2 3·2 | 1 6 2312 3 |

《驚夢》鮑老催

九宮

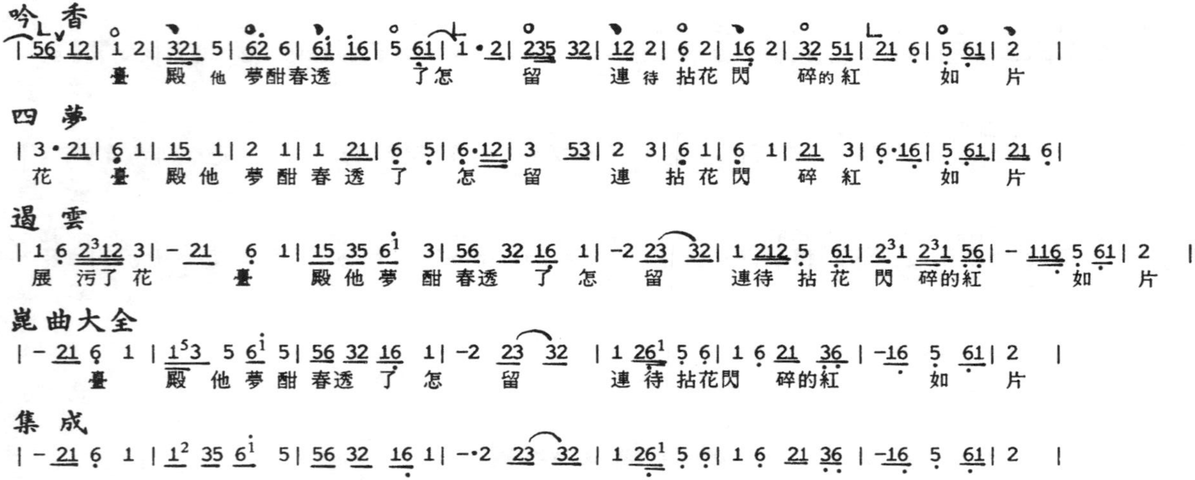

吟香
臺 殿 他 夢酣春透 了怎 留 連 待 拈花閃 碎的紅 如 片
四夢
花 臺 殿 他 夢 酣 春 透 了 怎 留 連 拈 花 閃 碎 紅 如 片
遏雲
展 污了 花 臺 殿 他 夢 酣 春透 了 怎 留 連待 拈 花 閃 碎的紅 如 片
崑曲大全
臺 殿 他 夢 酣 春透 了 怎 留 連 待 拈花閃 碎的紅 如 片
集成

《驚夢》山桃紅

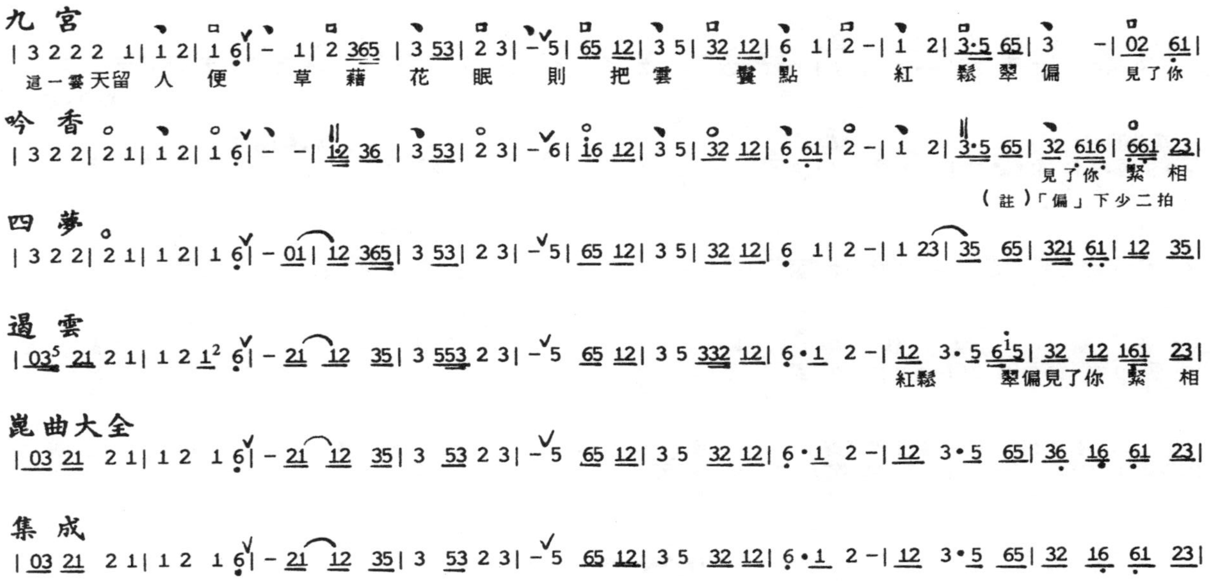
九宮
這一霎天留人便草藉花眠則把雲鬢點紅鬆翠偏見了你
吟香
見了你緊相
（註）「偏」下少二拍
四夢
遏雲
紅鬆翠偏見了你緊相
崑曲大全
集成

《驚夢》山桃紅

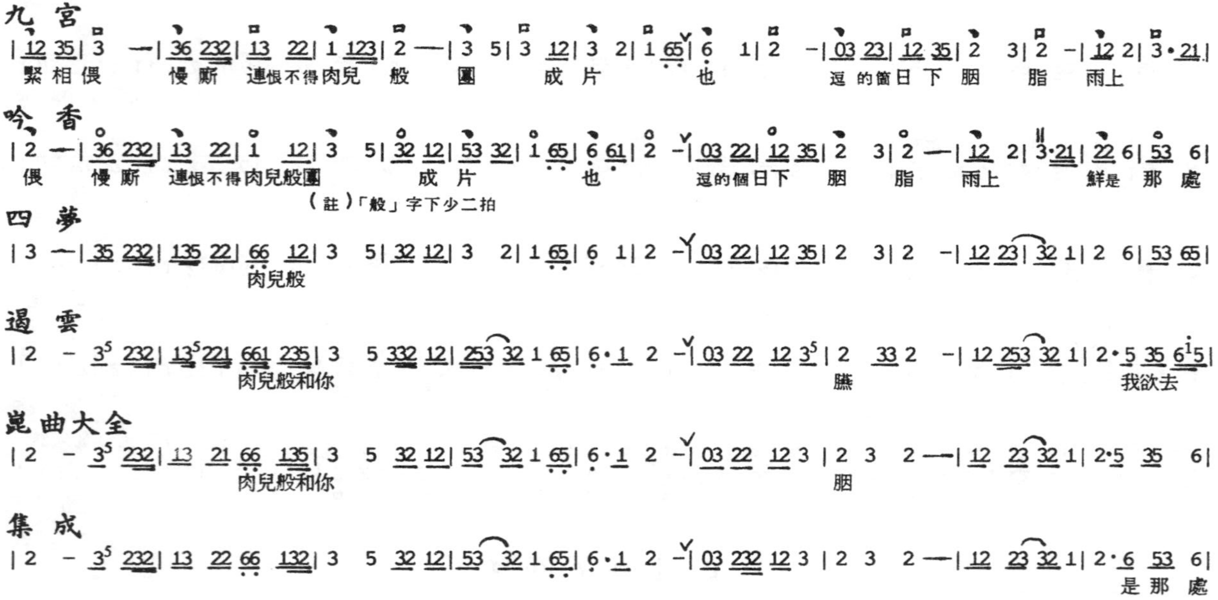
九宮
緊相偎 慢廝 連恨不得肉兒 般 團 成 片 也 逗的箇日 下 胭 脂 雨上
吟香
偎 慢廝 連恨不得肉兒般團 成 片 也 逗的個日下 胭 脂 雨上 鮮是 那 處
（註）「般」字下少二拍
四夢
肉兒般
遏雲
肉兒般和你 膩 我欲去
崑曲大全
肉兒般和你 胭
集成
是 那 處

《驚夢》山桃紅

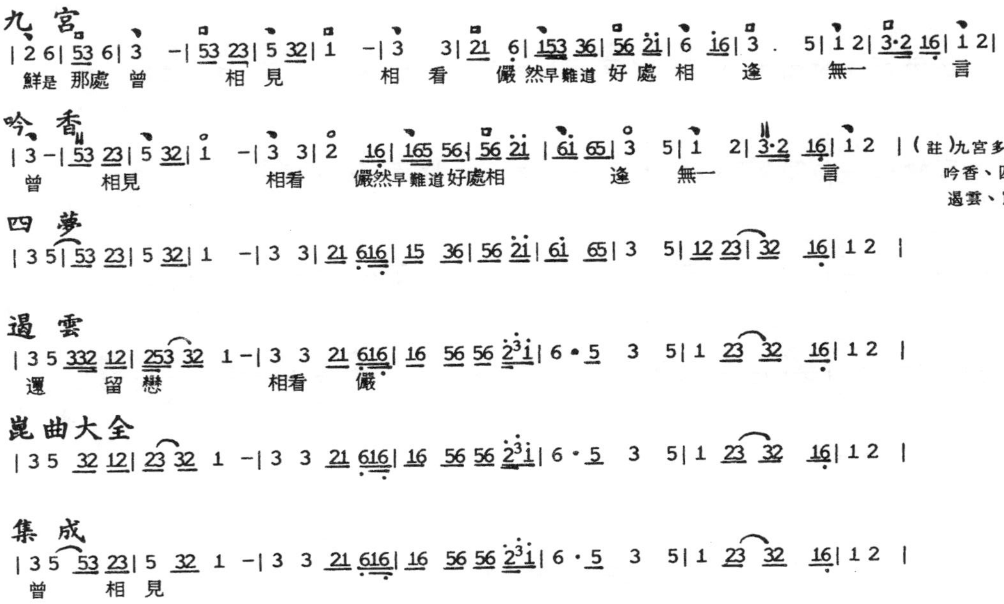

（註）九宮多出四拍。
吟香、四夢、集成，曲文相同。
遏雲、崑曲大全，曲文相同。

《驚夢》綿搭絮

九宮

吟香

| | 21 2 | 1 2 | 1612 65 | 35 23 | 32 1 | 2 23 | 2 – | 56 62 | 16 53 | 2 32 | 1 21 | – 23 | 21 62 | 3 5 | 3 – | 36 2 | 3 3216 |

雨香雲 片纔 到夢兒 邊 無奈 高 堂 喚 醒紗 窗 睡不

四夢

| | 21 2 | 1 2 | 161 5 | 35 23 | 32 1 | 2 3 | 2 – | 3⁵ 62 | 1 65 | 6 32 | 1 21 | – 3 | 21 62 | 3 5 | 3 – | 36 2 | 3 3216 |

遏雲（散板）

| 21 2 12 1²6 | – – 12 6¹5 | 35 23 32 1 | 2·3 2 – | 35 62 1 65 | 6 332 12 1 | – 23 21 62 | 3 555 3 – | 36 23 32 16 |

雨香雲片 纔 到

崑曲大全

| 21 2 | 1 23 65 165 | 3 23 32 1 | 2·3 2 – | 35 62 1 65 | 6 32 12 1 | – 23 21 62 | 3 5 3 – | 36 23 32 16 |

雨 香雲 片 纔到

集成

| 21 2 | 1 2 16 1265 | 3 23 32 1 | 2·3 2 – | 35 62 1 65 | 6 32 12 1 | – 3 21 62 | 3 5 3 – | 36 23 32 16 |

《驚夢》綿搭絮

九宮

吟香

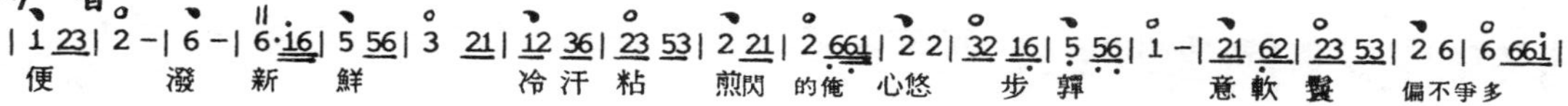
便 潑 新 鮮 冷汗粘 煎閃 的俺 心悠 步 嚲 意軟 鬟 偏不爭多

四夢

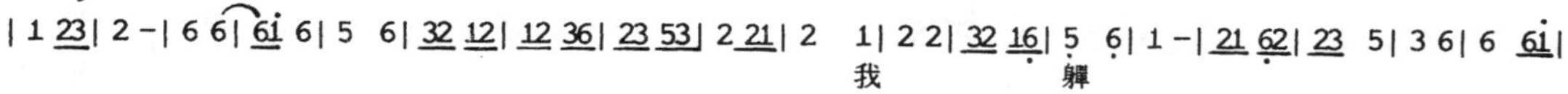
我 嚲

遏雲

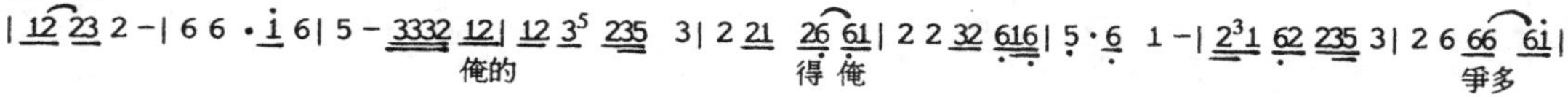
俺的 得俺 爭多

崑曲大全

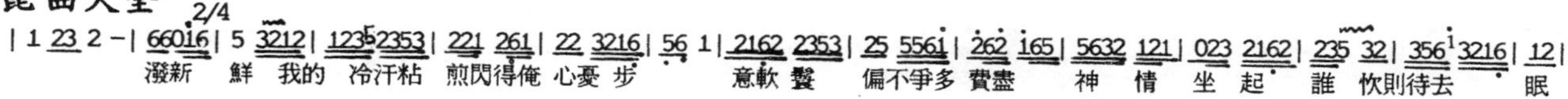
潑新 鮮 我的 冷汗粘 煎閃得俺 心耎 步 意軟 鬟 偏不爭多 費盡 神 情 坐 起 誰 饮則待去 眠

集成

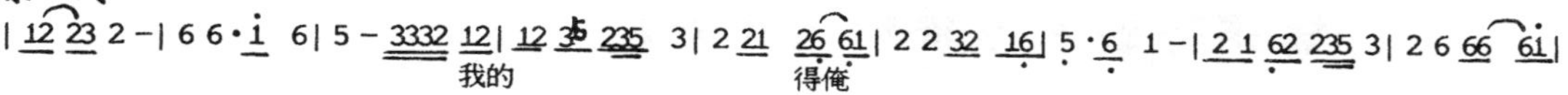
我的 得俺

《驚夢》綿搭絮・情未斷煞

九宮

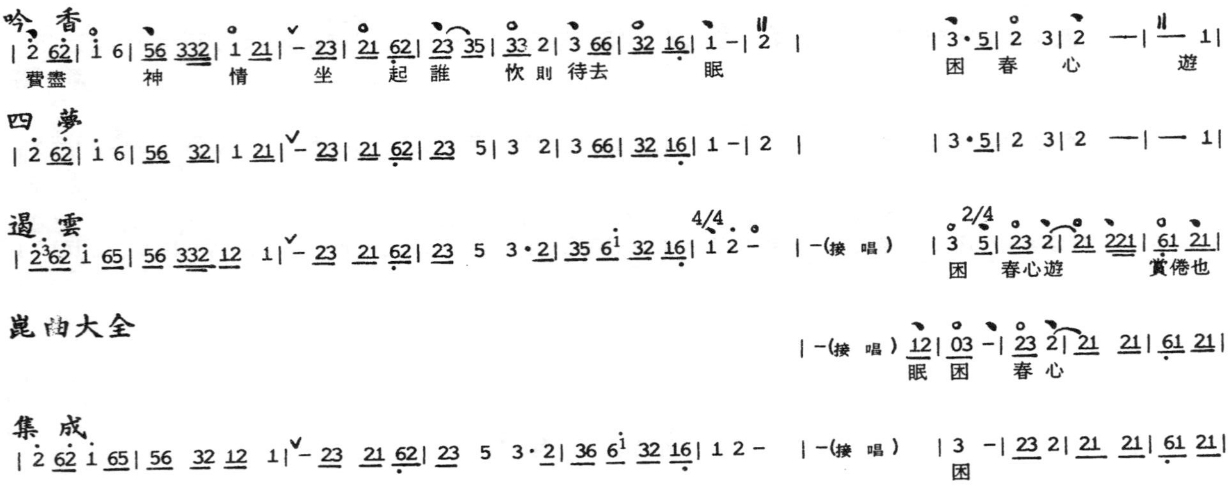

吟香
賞盡 神 情 坐 起 誰 忺 則 待去 眠
困 春 心 遊
四夢
遏雲
(接 唱)
困 春心遊 賞倦也
崑曲大全
(接 唱)
眠 困 春 心
集成
(接 唱)
困

《驚夢》情未斷煞

九宮

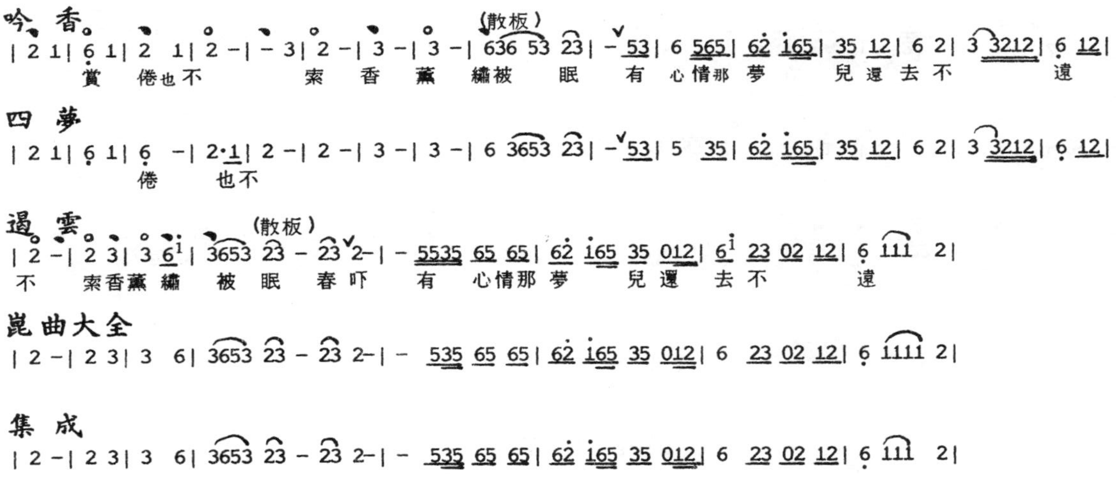
吟香
(散板)
賞 倦也不 索 香 薰 繡被 眠 有 心情那 夢 兒 還 去不 遠
四夢
倦 也不
遏雲
(散板)
不 索香薰繡 被 眠 春吓 有 心情那 夢 兒 還 去不 遠
崑曲大全
集成

《驚夢》出隊子
(堆花)

九宮

吟香

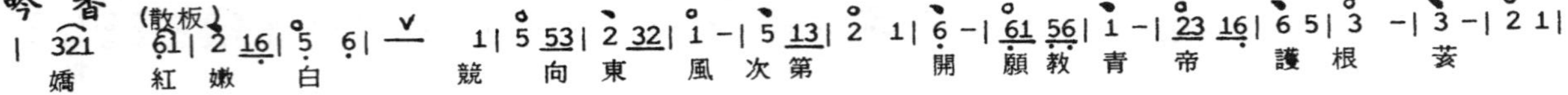

四夢

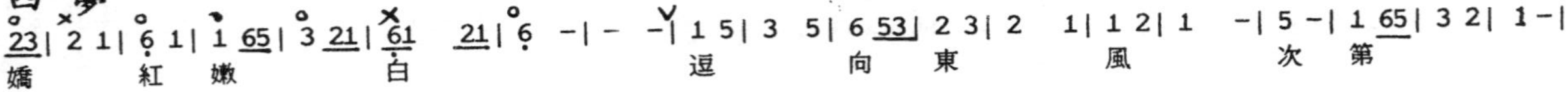

遏雲

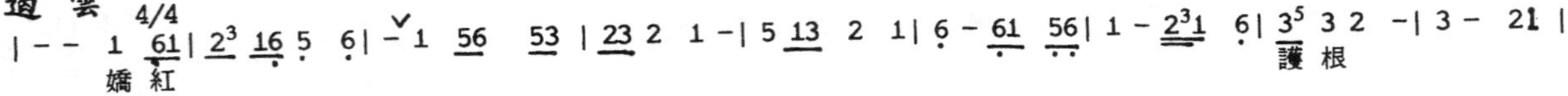

崑曲大全

集成

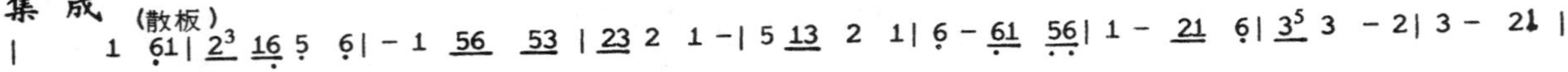

《驚夢》出隊子
（堆花）

九宮

吟香

| – 61 | 21 61 | 2 32 | 1 – | 16 5 | 2 16 | 56 6 | 1 61 | 2 1 | 2 – | 1 2 | 3 21 | – 2 | 3 21 | 6 1 |

莫 遣 紛 紛 點翠 苔把 夢裡 姻緣 發 付 秀 才

四夢

| 6 – | 5 1 | 6 1 | 5 6 | 1 – | 2 3 | 5 21 | 6 – | 5 16 | 5 – | 6 – | 5 65 | 3 – | 5 – | 23 21 | 1 – | – – | 6 1 |

情 願 教 青 帝 護 根 荄 莫

遏雲

| – 61 21 61 | 23 1 – | 16 5^{6} 2 16 | 5 66 1^{2} 61 | 2 1 2 – | 1 – 2^{3} 1 | – 2. 3 16 | 5 6 |

把 秀 才

崑曲大全

集成

| – 61 21 61 | 23 2 1 – | 16 5 2 16 | 5 66 1 61 | 2 1 2 – | 1 – 2^{3} 1 | – 2^{3} 1 6 | 5 6 |

《驚夢》出隊子

（堆花）

九宮

吟香

四夢

| 2 1 | 6 1 | 2 3 | 2 − | 1 2 | 1 − | 6 12 | 3 5 | 3 2 | 1 6 | 56 6 | 1 3 | 2 1 | 6 1 | 2 3 | 2 1 | 6 − | 1 − |

遣 紛 紛 點 翠 苔把 夢 裡 姻 緣

遏雲

崑曲大全

集成

《驚夢》出隊子
（堆花）

九宮

吟香

四夢

| 1 - | 2 3 | 5 21 | 6 - | - - | 6 5 | 3 2 | 1 6 | 5 6 |

發　付　秀　才

遏雲

崑曲大全

集成

《驚夢》畫眉序
（堆花）

九宮

吟香

| 6 16 1 61 6 | – – | 1 5 | 2 21 | 6 1 | 2 32 | 1 16 | 5 – | 6 – | 15 32 | 1 – | 2 1 | 6 5 | 2 16 | 6 1 | 2 123 | 21 65 |

好景豔陽天 萬 紫 千 紅 盡 開 遍 滿 雕闌

四夢

| 6 16 1 61 6 | – – | 1 5 | 2 1 | 6 12 | 5 65 | 3 21 | 61 21 | 6 5 | 15 32 | 1 – | 2 1 | 6 56 | 2 16 | 6 1 | 2 13 | 21 6 |

欄

遏雲

| 6 16 1 61 6 | – – 1 5 | 2·1 6 1 | 2 32 1·6 | 5 – 6 – | 1532 1 – | 2·1 66 56 | 2³1 6 6 1 | 2 13 21 65 |

欄

崑曲大全

集成

| 6 16 1 61 6 | – – 1 5 | 2·1 6 1 | 2 32 1·6 | 5 – 6 – | 1532 1 – | 2·1 6 56 | 2³1 6 6 1 | 2 123 21 65 |

《驚夢》畫眉序

(堆花)

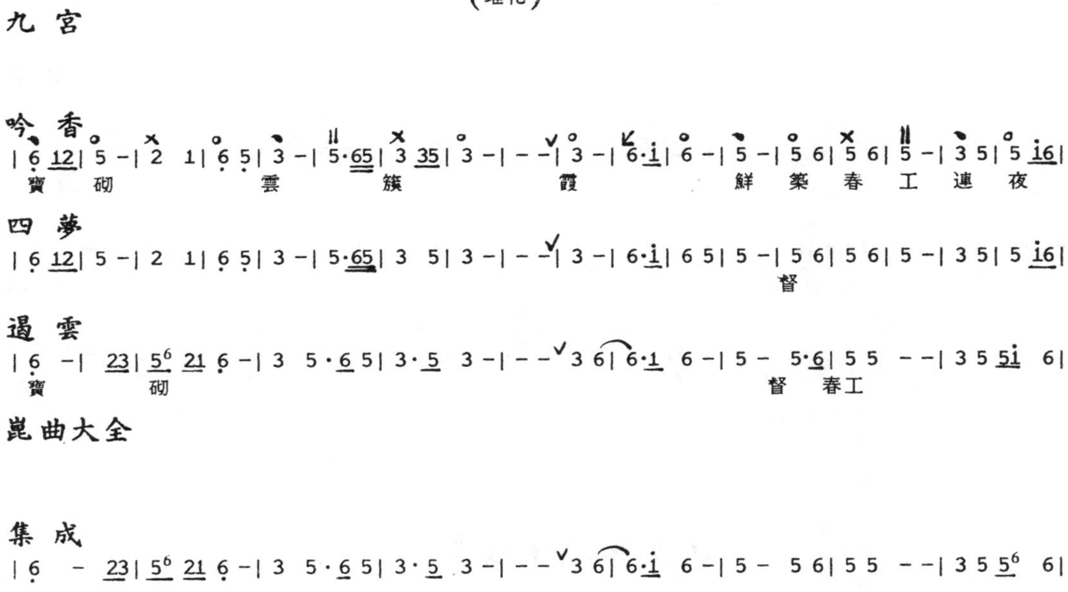

《驚夢》畫眉序
(堆花)

九宮

吟香

| 5 −| 6 −| 5 6| 5 3| 2 23| 2 −| − −| 13 21| 61 2| 1 −| 2 23| 5 65| 3 −| 2 1| 2 −| − −| 3 32| 1 23|

芳 菲 慎 莫待 晚 風 吹

四夢

| 5 −| 6 −| 5 6| 5 3| 2 3| 2 −| − −| 13 21| 61 23 1 −| 16 12| 5 65| 3 −| 2 1| 2 −| − −| 3 2| 1 23|

遏雲

| 5 − 6 −| 56 5 3| 2• 3 2 −| − − 13 21| 61 2^3 1 −| 16 12 5 65| 3 − 2 1| 2 − − −| 3 − 2 • 3|

崑曲大全

集成

| 5 − 6 −| 56 5 3| 2• 3 2 −| − − 13 21| 61 2 1 −| 16 12 5 65| 3 − 2 1| 2 − − −| 3 − 2 • 3|

《驚夢》畫眉序

(堆花)

九宮

吟香

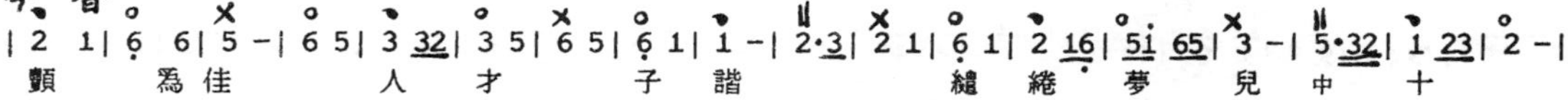
顫 為佳 人 才 子 諧 繾 綣 夢 兒 中 十

四夢

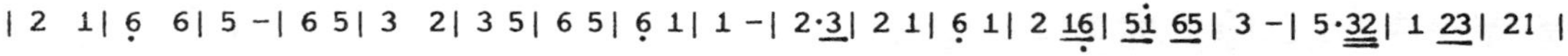

遏雲

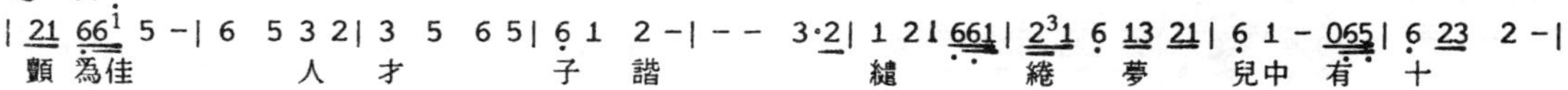
顫 為佳 人 才 子 諧 繾 綣 夢 兒中 有 十

崑曲大全

集成

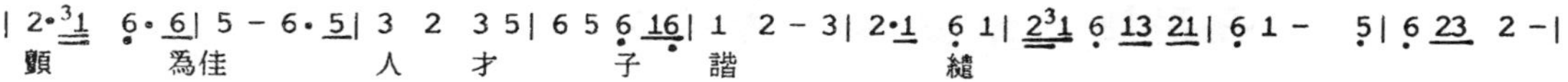
顫 為佳 人 才 子 諧 繾

#《驚夢》畫眉序・滴溜子

（堆花）

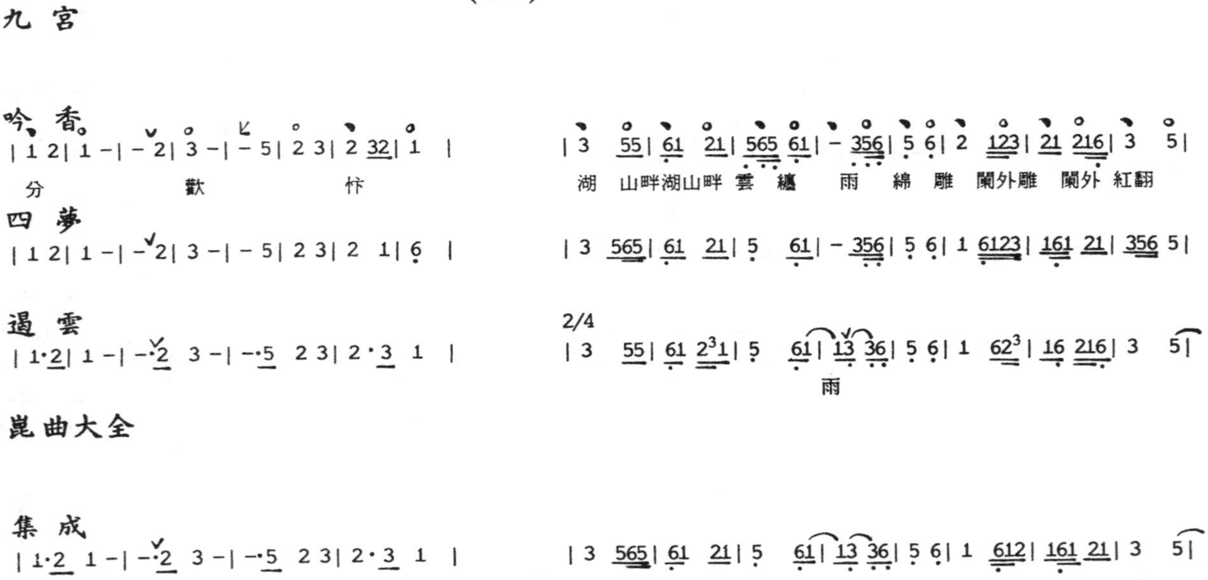

《驚夢》滴溜子

（堆花）

九宮

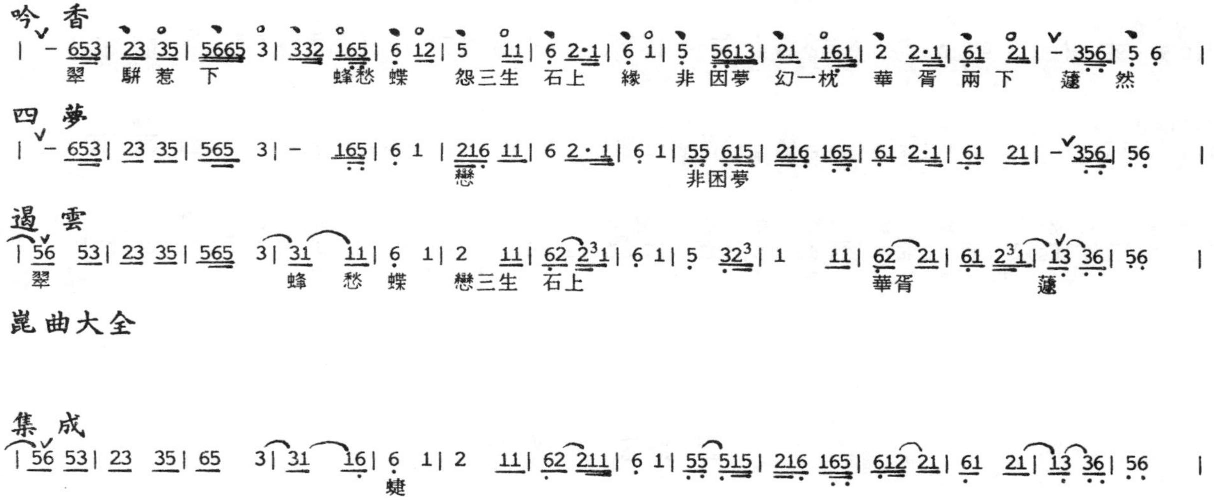
吟香
翠 駢 惹 下 蜂愁 蝶 怨三生 石上 緣 非 因夢 幻一枕 華 胥 兩 下 蓮 然
四夢
戀 非因夢
遏雲
翠 蜂 愁 蝶 戀三生 石上 華胥 蓮
崑曲大全
集成
蜨

《驚夢》五般宜

(堆花)

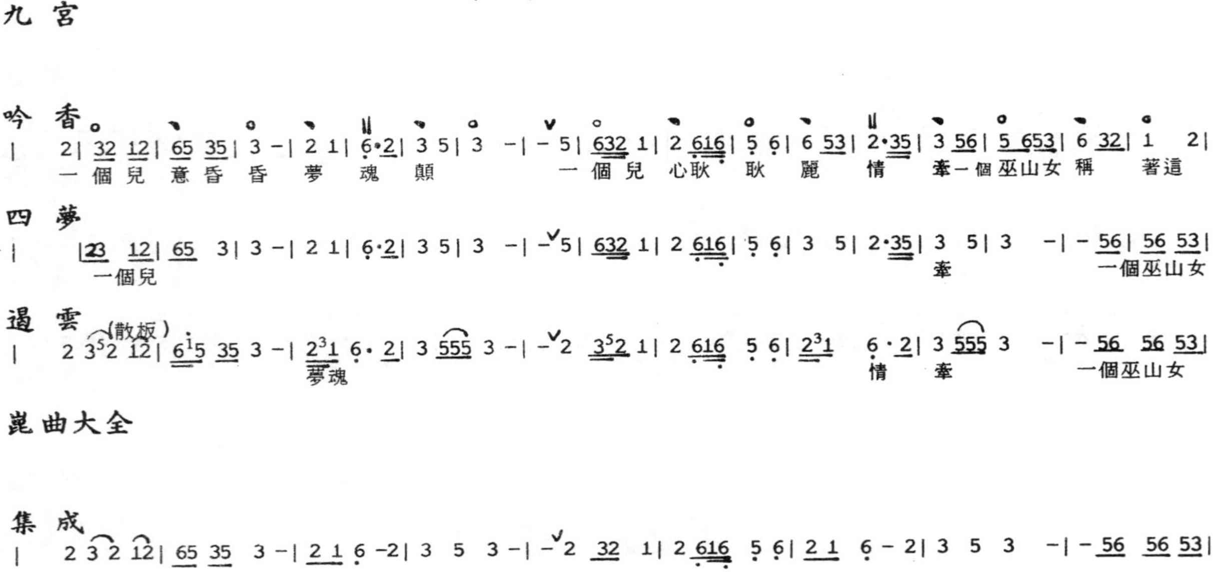
九宮
吟香
一個兒意香昏夢魂顛 一個兒心耿耿麗情牽一個巫山女稱著這
四夢
一個兒 牽 一個巫山女
遏雲
(散板)
夢魂 情 牽 一個巫山女
崑曲大全
集成

《驚夢》五般宜

九宮

吟香

| 1 2 | 6·2 | 3 23 | 1 23 | 56 32 | 1 2 | 3 23 | 21 616 | 5 35 | 6 61 | 6 5 | 6 565 | 3 5 | 6 22 | 3 23 | 56 32 | 153 635 | 6 53 |

雲 雨 天一個桃花 浪 逐 幻成 劉 阮 一個精神 忞 展 一個 歡娛 恨 淺兩下裡 萬 種

四夢

| 6 32 | 1 − | 1 21 | 6·2 | 3 23 | 1 2 | 36 6 | 5 − | 3 23 | 21 616 | 5 3 | 6 61 | 6 5 | 6 565 | 3 5 | 62 35 | 3 23 | 56 32 |

趁 著 雲 雨 天一個桃花 亂處 幻成 劉 阮 一個精神 忞 展 一 個 歡 娛 恨

遏雲

| 6¹32 1·2 | 121 6 − 2 | 3 12 1 23 | 56 32 1·2 | 3 23 21 616 | 5·6 1 61 | 6 5 6 565 | 3·5 6 23 | 3 23 56 3⁵2 |

趁 著這 雲 雨 天一個桃花 閬 苑 幻成 劉 阮 一個精神 忞 展 一個歡 娛 恨

崑曲大全

集成

| 6 32 1·2 | 12 6 − 2 | 3 12 1 23 | 5 32 1·2 | 3 23 21 616 | 5·6 1 61 | 6 5 6 5 | 3·5 6 235 | 3 23 56 32 |

浪 逐

《驚夢》五般宜・雙聲子

(堆花)

九宮

| 1·2 3632 | 12 1 | 6·3 32 | 12 616 | 123 2 | 32 13 |

吟香

| 6i 56 | 3 – | 0212 | 12 12 | 5 56 | 32 12 | 6 12 |

恩 情 則隨這落花一會 轉

| 1·2 3632 | 12 1 | 6·2 32 | 12 616 | 123 2 | 32 13 |

柳 夢 梅 柳 夢 梅夢兒裡成姻 眷杜

四夢

| 13 535 | 6 53 | 6 5 | 3 5 | 02 12 | 1 21 | 6 56 | 32 12 | 6 |

淺兩下裡萬 種 恩 情 則 隨這落花兒 一會 轉

遏雲

| 153 6i35 6i 35 | 66 65 3 5 | 02 12 12 12 | 5 56 332 12 | 6 |

淺兩 下裡 萬 種 恩 情 則隨這落花兒早一會 兒 轉

崑曲大全

6 | 61 216 | 56 65 | 53 21 | 66 35 | 35 56 | 1 · 1 |

柳

集成

| 15 635 6i 35 | 66 65 3 5 | 02 12 12 13 | 5 56 32 12 | 6 |

6 | 61 216 | 56 61 | 12 21 | 66 35 | 35 56 | 1 · 1 |

柳 夢 梅 柳 夢

《驚夢》雙聲子

（堆花）

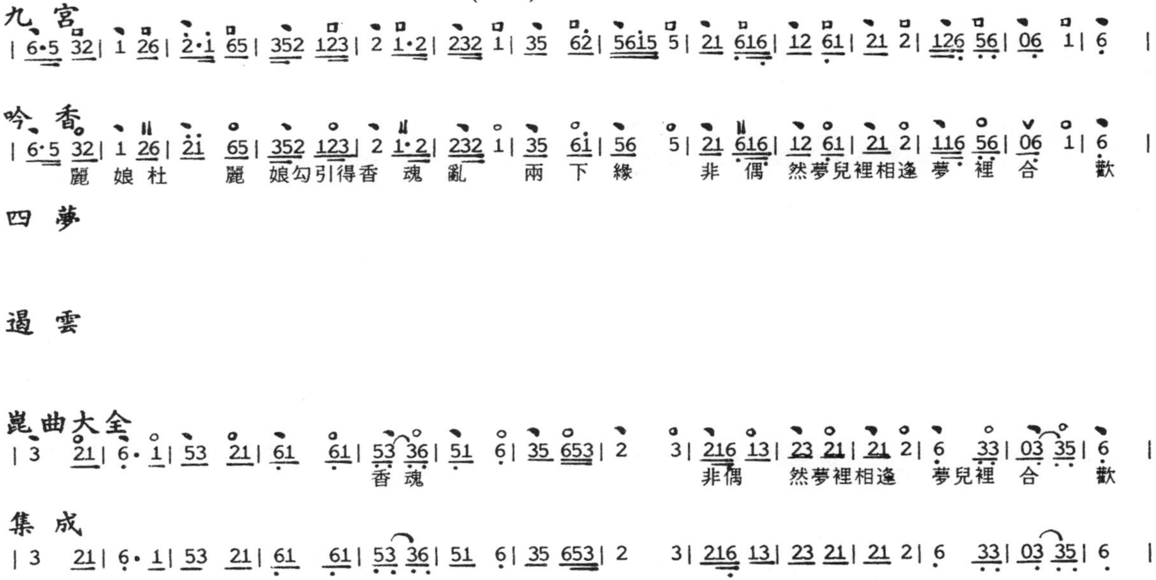
九宮
吟香
麗 娘 杜 麗 娘勾引得香 魂 亂 兩 下 緣 非 偶 然夢兒裡相逢 夢 裡 合 歡
四夢
遏雲
崑曲大全
香 魂 非偶 然夢裡相逢 夢兒裡 合 歡
集成

參考書目

(一)

牡丹亭還魂記　明萬曆丁巳刊本

重鐫繡像牡丹亭　明懷德堂刊本

牡丹亭　明朱墨刊本　古本戲曲叢刊初集

臨川四夢　臧懋循訂　明刊本

新刻牡丹亭還魂記　繡刻演劇　明文林閣刊本

柳浪館批評玉茗堂還魂記　明末刊本

還魂記　六十種曲本　明毛晉編　明虞山毛氏汲古閣刊清代修補本

臨川四夢　臧懋循訂　明末吳郡書業堂翻刊六十種曲本

臨川四夢　清初坊刊本

玉茗堂還魂記　明・湯顯祖撰、格正鈕少雅撰　清光緒卅四年　傅氏暖紅室刊本

玉茗堂還魂記　清宣統二年夢鳳樓暖紅室刊本

墨憨齋重訂三會親風流夢　馮夢龍改訂　明墨憨齋刊本

舊編南九宮譜　明・蔣孝編　明嘉靖己酉三徑草堂刻本
增訂南九宮曲譜　明・沈璟編　明末永新龍驤刻本
南詞新譜　清・沈自晉編　清順治乙未刊本
九宮正始　徐子室輯　紐少雅訂　清順治辛卯精鈔本
新訂十二律京腔譜　清・王正祥撰　清康熙甲子停雲室刊本
群音類選　明・胡文煥編　明萬曆文會堂輯刻
新鐫繡像評點玄雪譜　明・鋤蘭忍人選輯　媚花香史批評　明末刊本
南音三籟　明・凌濛初輯　明末原刊本配補清康熙增訂本
醉怡情　明・青溪菰蘆釣叟編　清初古吳致和堂刊本
綴白裘　清・玩花主人編選　乾隆四十二年校訂重鐫本
審音鑑古錄　道光十四年東鄉王繼善補鐫刊本
九宮大成南北詞宮譜　周祥鈺　鄒金生　古書流通處本
吟香堂曲譜　馮起鳳　乾隆五十四年刊本
納書楹四夢全譜　葉堂　乾隆五十七年刊本
崑曲大全　張芬　世界書局
集成曲譜　王季烈、劉富樑　古亭書屋
與衆曲譜　王季烈　商務印書館
遏雲閣曲譜　王錫純輯　文光圖書公司

(二)

中國古代音樂史稿　楊蔭瀏　人民音樂出版社
楊蔭瀏音樂論文選　楊蔭瀏　上海文藝出版社
崑劇發展史　胡忌　劉致中　中國戲劇出版社
崑劇演出史稿　陸萼庭　上海文藝出版社
崑劇表演一得　管際安・陸兼之　上海文藝出版社
崑劇史補論　顧篤璜　江蘇古籍出版社
戲曲音樂散論　何為　人民音樂出版社
戲曲音樂研究　何為　中國戲劇出版社
湯顯祖及其他　徐朔方　上海古籍出版社
湯顯祖傳　龔重謨　江西人民出版社
湯顯祖傳　黃文錫　中國戲劇出版社
湯顯祖詩文集　徐朔方箋校　上海古籍出版社
湯顯祖戲曲集　錢南揚校　人民文學出版社
湯顯祖研究資料彙編　毛效同編　上海古籍出版社
湯顯祖研究論文集　中國戲劇出版社

牡丹亭研究資料考釋　徐扶明　上海古籍出版社
中國戲劇學史稿　葉長海　上海文藝出版社
詞牌釋例　嚴建文　浙江文藝出版社
中國古典戲曲論著集成　中國戲劇出版社
中國戲曲總目彙編　羅錦堂　香港萬有圖書公司
中國戲曲的藝術形成　謝錫恩　香港中大
中國音樂史論述稿　張世彬　香港友聯出版社
漢上宧文存　錢南揚　上海文藝出版社
中國音樂史綱　楊蔭瀏　音樂出版社
戲曲音樂研究　夏野　上海文藝出版社
華南民間音樂文學研究　波多野太郎　橫濱大學
讀曲小記　趙景深　中華書局
戲曲筆談　趙景深　中華書局
中國古典戲劇論集　曾永義　聯經出版社
說戲曲　曾永義　聯經出版社
錦堂論曲　羅錦堂　聯經出版社

(三)

中國戲曲概論　吳　梅　香港太平書局
中國近世戲曲史　青木正兒　商務印書館
中國戲劇發展史　周貽白　僶勉出版社
中國戲劇史講座　周貽白　中國戲劇出版社
中國戲曲發展史綱要　周貽白　上海古籍出版社
中國劇場史　周貽白　長安出版社
元劇斟疑　嚴敦易　中華書局
元明清戲曲研究論文集　嚴敦易等　作家出版社
小說戲曲新考　趙景深　世界書局
戲曲小說叢考　葉德均　中華書局
元明清戲曲論集　嚴敦易　中州書畫社
明清傳奇概說　朱承樸、曾慶全　廣東人民出版社

(四)

揚州畫舫錄　李　斗　學海出版社
揚州鼓吹詞序　吳　綺　筆記小說大觀三編册九
天咫偶聞　曼殊震鈞　文海出版社

小浮梅閒話　俞樾　春在堂叢書一〇六
通俗編　李調元　世界書局
梅花草堂筆談（梅花草堂集）　張大復　上海古籍出版社
明清筆記談叢　謝國禎　中華書局
梨園佳話　王夢生　學海出版社
燕蘭小譜　西湖安樂山樵　傳記文學
菊部叢談　張肖傖　傳記文學
清代燕都梨園史料　張次溪　傳記文學
永樂大典戲文三種校注　錢南揚　華正書局
曲海總目提要　黃文暘　漢學圖書供應社
明代傳奇全目　傅惜華　人民文學出版社
善本戲曲經眼錄　張棣華　文史哲出版社
新曲苑　任中敏　中華書局
晚清文學叢鈔——小說戲曲卷　阿英　中華書局
元明清三代禁燬小說戲曲史料　王曉傳　作家出版社

(五)

顧曲麈談　吳梅　廣文書局

詞調溯源　夏敬觀　商務印書館

曲律易知　許守白　郁氏基金會

景午叢編　鄭騫　中華書局

北曲新譜　鄭騫　藝文印書館

北曲套式彙錄詳解　鄭騫　藝文印書館

崑曲曲牌及套數範例集（南套）　王守泰等　油印本

曲學例釋　汪經昌　中華書局

南北曲小令譜　汪經昌　中華書局

曲　學　盧元駿　黎明文化事業公司

中國音樂史論集　戴粹倫等　中華文化出版社

(六)

中國戲劇文學的瑰寶——明清傳奇　王永健　江蘇教育出版社

元明清戲曲探索　徐扶明　浙江古籍出版社

戲曲表演美學探索　韓幼德　丹青出版社

論詩詞曲雜著　俞平伯　上海古籍出版社

中國文學論著譯叢　王秋桂編　學生書局
方言與中國文化　周振鶴　游汝杰　上海人民出版社
中國古代美學範疇　曾祖蔭　華中工學院
劫中得書記　鄭振鐸　古典文學出版社
王古魯日本訪書記　王古魯　海峽文藝出版社
日本東京所見中國小說書目　孫楷第　人民文學出版社
中國戲劇年鑑一九八一—八九　中國戲劇出版社

期刊報紙

憶崑曲「全福班」　張允和　大成一〇七期
穆藕初與崑曲　邵　芭　大成一〇七期
我與崑曲　俞振飛　大成一一二期
崑劇表演藝術的審美價值　俞振飛　大成一四一期
崑曲三題　俞振飛　大成六十六期
牡丹亭妙文共賞　南　軫　大成十二期
湯顯祖劇作的明清改本　周育德　文獻十五期
明成化刊本說唱詞話考述　譚正璧、譚尋　文獻三、四期

晚明文人戲曲生活的記錄（讀快雪堂日記） 趙山林 戲劇藝術一九八七、三期
「尺牘偶存」、「友聲」及其中的戲曲史料 顧國瑞 文史十五期
晚清崑劇演員「百十名考」 陸萼庭 文史七期
江南訪曲錄要（一）（二） 周妙中 文史二、十二輯
常熟趙氏「脈望館鈔校本古今雜劇」的流傳與校注 蔣星煜 文學遺產一九八〇年二期
馮夢龍的戲曲主張 陸樹侖 文史集林第七輯
論南曲的合唱 何為 戲曲研究一九八〇年一期
釋滾調 傅芸子 東方學報京都十二册四分
南曲聯套述例 張敬 臺灣大學文史哲學報二十期
旦、末與外來文化 黃天驥 文學遺產一九八六年五期
馮夢龍的戲曲主張 陸樹侖 文學遺產一九八〇年三期
沈璟曲學辯爭錄 葉長海 文學遺產一九八一年三期
沈璟戲曲創作的再認識 李真瑜 文學遺產一九八五年四期
新發現的湯顯祖家傳全集殘版 趙景深 文學遺產一九八〇年三期
我國古代曲論中的風格論 趙山林 華東師範大學學報一九八四年四期
湯顯祖愛情劇一解 孫玫 蘇州大學學報一九八五年二期
牡丹亭的一個漏洞 賈百卿 文學遺產一九八五年二期
肯綮在死生之際（還魂記的思想藝術特色） 董每戡 文學遺產一九八〇年二期

臨川四夢與湯顯祖夢境心理分析　徐保衛　華東師範大學學報第六十九期（一九八七、一期）

試論中國古典戲曲的悲劇　方　敏　文史哲一九八一年六期

魏良輔身世略考　謝　巍　中華文史論叢一九八三年三期

牡丹亭作年質疑　鄭　閏　中華文史論叢一九八三年二期

湯顯祖詩文集雜考　徐朔方　中華文史論叢一九八三年二期

昆山腔戲曲藝術與蘇州　王永健　蘇州大學學報一九八六年四期

論王驥德曲律對文心雕龍審美上的因襲　楊振良　中國文學批評討論會議論文　一九八七年十二月　收入「中國文學批評研討會論文集」　學生書局

牡丹亭的情與夢　楊振良　中央日報一九八八年二月廿八日

蘇州彈詞中的「杜麗娘尋夢」　蔡孟珍　中央日報一九八八年二月廿八日

吳梅與晚清曲學　楊振良　人文學報十四期　一九九一年一月

國家圖書館出版品預行編目資料

牡丹亭研究

楊振良著. – 初版. – 臺北市：臺灣學生，1992
面；公分
參考書目：面

ISBN 978-957-15-0323-3(精裝)
ISBN 978-957-15-0324-0(平裝)

853.6　　81000456

牡丹亭研究

著作者　楊振良
出版者　臺灣學生書局有限公司
發行人　楊雲龍
發行所　臺灣學生書局有限公司
地址　臺北市和平東路一段 75 巷 11 號
劃撥帳號　00024668
電話　(02)23928185
傳真　(02)23928105
E-mail　student.book@msa.hinet.net
網址　www.studentbook.com.tw
登記證字號　行政院新聞局局版北市業字第玖捌壹號
定價　精裝新臺幣八五〇元
　　　平裝新臺幣五五〇元

一九九二年三月初版
二〇二四年六月初版二刷

82402　